GILLIAN SHIELDS

Das Geheimnis des Amuletts

GOLDMANN
Lesen erleben

Buch

Vom ihrem ersten Tag auf der einsam gelegenen Internatsschule Wyldcliffe Abbey an haben die drei Freundinnen Evie, Sarah und Helen gegen die dunkle Schwesternschaft gekämpft. Diese hatte mit Hilfe Schwarzer Magie dunkle Mächte heraufbeschworen. Nun jedoch scheint sie besiegt, und Sarah und Evie, beide frisch verliebt, freuen sich auf eine sorglose, glückliche Zeit.

Nur Helen hat nach wie vor Bedenken. Ihre Mutter hatte sie schon früh verleugnet und sich der Schwarzen Magie zugewandt. Als Direktorin der Schule stand sie der dunklen Schwesternschaft vor, bis die drei Freundinnen sie in einem dramatischen Kampf besiegten und tödlich verletzten. Helen ist nun offiziell Waise, doch die Dunkelheit hat Spuren hinterlassen. Auch wenn ihr eine große Liebe »über die Grenzen dieser Welt hinweg« vorhergesagt wurde, bleibt sie skeptisch. Spielt der geheimnisvolle Musikstudent Lynton eine Rolle in dieser Prophezeiung? Helen ist fasziniert von ihm, weiß aber nicht, ob sie ihm trauen kann.

Bevor sie ihren Gefühlen auf den Grund gehen kann, taucht eine neue Bedrohung in der Schule auf, und zusammen mit Evie und Sarah tritt sie ein letztes Mal an, die Dunkelheit zu besiegen und ihr Schicksal zu erfüllen. Ein rätselhaftes Amulett scheint eine entscheidende Rolle in diesem Kampf zu spielen – doch erst muss Helen das Geheimnis des Schmuckstücks enthüllen …

Autorin

Gillian Shields hat ihre Kindheit damit verbracht, über die Moore von Yorkshire zu wandern und dabei von den Brontë-Schwestern zu träumen. Nach ihrem Studium in Cambridge, London und Paris arbeitete sie als Lehrerin an einem Mädchen-Internat und an einer Schauspielschule, die sich in einem viktorianischen Waisenhaus befand. Dort machten Gerüchte von einem Geist die Runde. Sicherlich eine Inspirationsquelle für die Romane von Gillian Shields. Die Autorin lebt mit ihrem Mann und ihren zwei Kindern in England.

Von Gillian Shields sind im Goldmann Verlag außerdem lieferbar:

Die Abtei von Wyldcliffe. Die Schwestern der Dunkelheit 1 (47324)
Das heilige Feuer. Die Schwestern der Dunkelheit 2 (47325)
Der Zauber der Steine. Die Schwestern der Dunkelheit 3 (47743)

Gillian Shields

Das Geheimnis des Amuletts

Die Schwestern
der Dunkelheit

Roman

Aus dem Amerikanischen
von Susanne Gerold

GOLDMANN

Die amerikanische Originalausgabe erschien 2012
unter dem Titel »Destiny« bei Katherine Tegen Books,
an imprint of HarperCollins Publishers, New York.

FSC
www.fsc.org
MIX
Papier aus verantwortungsvollen Quellen
FSC® C014496

Verlagsgruppe Random House FSC-DEU-0100
Das FSC®-zertifizierte Papier *Holmen Book Cream* für dieses Buch
liefert Holmen Paper, Hallstavik, Schweden.

1. Auflage
Taschenbuchausgabe Januar 2013

Published by arrangement with HarperCollins Children's Books,
a division of HarperCollins Publishers.
Dieses Werk wurde vermittelt durch die
Literarische Agentur Thomas Schlück GmbH, 30827 Garbsen.
Umschlaggestaltung: UNO Werbeagentur, München
Umschlagmotiv: FinePic®; Getty Images/Digital Vision
Redaktion: Waltraud Horbas
Th · Herstellung: Str.
Satz: DTP Service Apel, Hannover
Druck und Bindung: GGP Media GmbH, Pößneck
Made in Germany
ISBN 978-3-442-47744-9

www.goldmann-verlag.de

Für Sasha und Gabriel

Zwei-, dreimal liebte ich dich schon,
Als fremd mir noch dein Name und Gesicht.

– John Donne »Air and Angels«

In deine Hände lege ich meinen Geist.

– Psalm 31:5

Prolog

Alles ist miteinander verbunden. Die Menschen, denen wir auf der Straße begegnen, das Kind, das vertrauensvoll zu uns hochschaut, die alte Frau, die von ihren Erinnerungen niedergedrückt wird, der Bettler an der Straßenecke. Unser aller Leben verflechten sich miteinander, wie ineinander verschachtelte Kreise, und alles folgt einer Absicht.

Es war uns bestimmt, Helen zu begegnen. Ihr Leben war mit unserem verbunden, und gemeinsam taten wir etwas, das wir allein noch nicht einmal in unseren kühnsten Träumen hätten vollbringen können. Sie war die Beste von uns, und dies ist ihre Geschichte.

Die Geschichte handelt nicht von Magie; sie handelt von Wundern. Vom Wunder der Freundschaft, des Mutes und der Schwesternschaft. Vom Wunder der Liebe – der größten Kraft überhaupt –, die zu uns kam und uns berührte, als Helen sich ihrem Schicksal stellte. Die verrückte Helen Black, so wurde sie genannt – aber wir wissen es besser. Wir glauben an all das, was sie getan hat und was sie gewesen ist.

Wenn du also wieder einmal einem Mädchen begegnest, das nicht zu den anderen passt … ob in der Schule oder im Einkaufszentrum oder auf der Straße … einem Mädchen, das die Schultern nach vorn gezogen hat und deren Augen dunkel sind vor Einsamkeit – bleib einfach einen Moment stehen und frage dich, welche Macht sie tief in ihrer Seele verbergen mag? Und frage dich auch, wohin deine eigenen Kräfte dich selbst führen. Zum Licht oder zu den Schatten? Wir alle stehen irgendwann vor dieser Entscheidung. Wir alle müssen dafür sorgen, dass unser Schicksal sich erfüllt.

Dies ist Helens Geschichte. Lies sie, und triff deine eigenen Entscheidungen. Möge dein Schicksal so sonderbar und schön sein wie ihres.

Im Geist der Schwesternschaft,

Evelyn Johnson und Sarah Fitzalan

Eins

Aus dem Tagebuch von Helen Black
Wyldcliffe, 13. September

Ich habe etwas Verrücktes, Dummes und Übles getan, und du bist der einzige Mensch, dem ich es erzählen kann. Mein Wanderer, ich brauche dich so sehr. Wenn ich dir meine Gedanken in dieses Tagebuch schreibe, scheint es mir fast, als wärst du wieder bei mir, so wie früher.

Ich kann noch nicht einmal Evie und Sarah erzählen, was ich getan habe, weil ich weiß, dass es falsch war. Aber verstehst du, dass ich wissen musste, was passieren würde? Ich musste wissen, ob ich etwas daran ändern kann. Ich musste wissen, ob Freiheit für sie – und für mich – möglich ist.

Die Idee quält mich schon den ganzen Sommer, wie eine dröhnende Stimme in meinem Kopf. »Geh und probiere es aus, wenn du wieder in Wyldcliffe bist. Finde heraus, ob es funktioniert; damit wirst du niemandem schaden …«

Aber woher wissen wir, ob wir Schaden anrichten? Es heißt, jede Handlung hätte Einfluss auf jemand anderen, so wie ein winziger Stein, der herunterfällt und eine Lawine auslöst. Alles ist miteinander verbunden.

Wenn das, was ich getan habe, Evie oder Sarah Schmerz zufügen sollte, werde ich mir das nie vergeben.

Ich ging in die Berge
Wo der Wind über das
Hohe Land weht.
Ich suchte nach der Gefangenen
Die mein Herz gefesselt hält.
Ich fand einen Vogel, der zerschmettert war,
Und ein vergessenes Lied.
Ich fand mich selbst.

Das Schlimmste ist, dass ich genau weiß, ich werde morgen losgehen und es noch einmal tun. Ich kann nur hoffen, dass meine Schwestern mir vergeben werden. Aber ich muss es tun. Und ich muss es allein tun.

Ich, die verrückte Helen Black, beugte mich über mein Tagebuch und suchte nach Worten, die meinen Schmerz lindern würden, während ich mein Herz in einen verlorenen Traum strömen ließ. Der einzige Mensch, mit dem ich sprechen konnte, war mein Wanderer, und der war nicht einmal wirklich da, sondern nur Teil meiner geheimen Erinnerungen. Ich war so allein, wie ich es immer gewesen war und auch immer sein würde. Aus der Traum.

Sarah und Evie – die beiden Menschen, an die ich mich hätte wenden sollen – waren zugleich auch diejenigen, vor denen ich die Wahrheit besonders gut zu verbergen versuchte. Mein ganzes Leben lang hatte ich mich nach Freundschaft gesehnt, aber jetzt, da ich sie gefunden hatte, wusste ich nicht recht, was ich damit tun sollte. Ironie des Schicksals, oder? Endlich hatte ich meine Familie gefunden, meinen Vater Tony und seine neue Frau Rachel und ihre beiden hinreißenden Kinder. Sie alle waren so freundlich zu mir gewesen, aber irgendwie hatte ich das

Gefühl gehabt, ich würde nicht zu ihnen gehören. Während meines Besuches in den Sommerferien fühlte ich mich unbeholfen und gehemmt, ich sehnte mich danach, von ihnen angenommen zu werden, ohne dass ich gewusst hätte, wie ich mich selbst annehmen konnte. Mir war schleierhaft, wie ich mich aus dem schützenden Käfig befreien sollte, den ich seit Jahren um mein Herz herum errichtet hatte, und so haben wir uns während meiner Zeit bei ihnen nicht wirklich kennengelernt. Trotz ihrer freundlichen Worte und guten Absichten und des Versprechens meines Vaters, mir oft zu schreiben, wusste ich, dass Tony und Rachel insgeheim erleichtert waren, als ich ins Internat zurückkehren musste und sie sich wieder ihrem eigenen Leben widmen konnten. Ich dagegen war froh, dass ich sie durch meine Abreise von der Verpflichtung befreien konnte, nett zu mir zu sein. Doch als ich dann an einem stürmischen Septembertag in Wyldcliffe ankam, vertieften sich meine Probleme noch.

Nicht, dass meine Freundinnen sich nicht auf mich gefreut hätten. Als ich an dem kleinen Bahnhof am Talschluss von Wyldcliffe aus dem Zug stieg, kamen sie den Bahnsteig entlang auf mich zugelaufen, um mich abzuholen. Sie umarmten mich stürmisch und strahlten. Meine Freundinnen. Sie waren etwas Besonderes, alle beide. Evie Johnson, einfühlsam und leidenschaftlich, mit langen roten Haaren und meergrauen Augen, hatte sowohl Liebe als auch Verlust kennengelernt. Unter dem Lächeln, das sie mir zur Begrüßung schenkte, lag immer noch Trauer. Evies mystisches Element war das Wasser, das sie mit dem Fluss der Zeit und dem Strom der Jahre verband. Und Sarah – teure, liebe Sarah, meine Schwester der Erde. Sie war gütig und tief verwurzelt und fürsorglich, eine Königin der grünen Wälder und rauen Berge, mit braunen Locken und tanzenden braunen Augen und einem Herzen, das so aufrichtig und standhaft war wie eine Eiche. Andere Leute hätten sie leicht für gewöhnliche Mädchen halten können, aber ich wusste, dass sie einzigartig waren, wundervoll und mächtig.

Ich redete mir ein, dass ich nicht gut genug für sie war. Sie hatten etwas Besseres verdient, als an mein erbärmliches verhängnisvolles Schicksal gebunden zu sein. Ich wollte, dass sie frei von mir waren, also wandte ich mich von ihnen ab und schrieb meine Geheimnisse einem längst verlorenen Geist.

Ein neuer September, ein neues Schuljahr, und wieder kehrte ich zur Abteischule Wyldcliffe für junge Ladys zurück. Aber es wartete noch jemand in Wyldcliffe auf mich. *Sie* war da, zog mich zu den düsteren Hügeln zurück. *Sie* wartete auf mich. Unser Kampf war noch nicht vorüber. Während ich erneut in den düsteren Klassenräumen saß und versuchte, mich auf Französisch und Geschichte zu konzentrieren, schweiften meine Gedanken zu den *Moors*, wo eine geliebte Feindin darauf wartete, dass ich den nächsten Zug machte. Was dachte sie? Was plante sie? Und dachte sie überhaupt jemals an mich?

Ich musste es herausfinden, und ich musste dafür sorgen, dass Evie und Sarah nicht herausbekamen, was ich vorhatte.

Es war leicht, mich aus der Schule zu schleichen, seit ich wieder über meine Kräfte verfügte. Da ich durch die Luft gehen konnte, war es mir möglich, zumindest für eine Weile zu flüchten, und anfangs ging es auch nur darum. Wenn mir alles zu viel wurde – der Lärm in der Schule, das endlose Geplauder der anderen Schülerinnen, die finsteren Blicke der Mistresses, weil ich im Unterricht nicht aufgepasst hatte –, dann benutzte ich die geheimen Wege der Luft und ging über die *Moors,* ergötzte mich am Wind und den Wolken und den Rufen der Vögel. Selbst die Sympathie und die Besorgnis von Evie und Sarah waren manchmal zu viel für mich. Drohten mich zu ersticken. Sie wollten nicht, dass es bei mir so ankam, aber ich konnte spüren, dass sie mich beobachteten, kurze Blicke wechselten – *geht es Helen gut? Kommt sie mit allem zurecht? Was ist mit ihr?* Manchmal fühlte ich mich wie eine Gefangene.

Falls das undankbar klingt … ist es nicht meine Absicht. Und wenn meine Freunde mich so genau beobachteten, dann nur, weil ich ihnen etwas bedeutete. Ich war dankbar, tief in meinem Innern. Ich liebte Sarah und Evie. Ich wäre für sie gestorben. Aber ich fühlte mich abgeschnitten und anders als sie. Ich kam mir immer noch vor wie das verlassene Kind im Waisenhaus.

Deshalb brauchte ich den Wanderer, auch wenn er mich vor langer Zeit verlassen hatte. Ich hatte ihm meine Geheimnisse in glühenden, hastigen Worten mitgeteilt, die sich wie Blut in mein Tagebuch ergossen, statt dass ich richtig mit meinen Freundinnen sprach. Aber es war nicht genug. Mehr als alles andere brauchte ich meine Mutter.

Ich versuchte zu vergessen, dass sie Celia Hartle war, die Priesterin, die allein den Klang meines Namens hasste. Ich sehnte mich danach, das zu haben, was ich nie kennengelernt hatte, und klammerte mich an jedes bisschen Hoffnung. Ich redete mir ein, dass es ein neuer *Term* war, ein neuer Tag, ein neuer Anfang. Und so ging ich allein in die *Moors*, auf den geheimen Wegen. Ich wusste, dass ich das nicht tun sollte, aber mein ruheloses, hungriges Herz trieb mich dazu. Ich ging zum Steinkreis auf dem Blackdown Ridge, wo der Geist meiner Mutter in einem großen, einsamen Felsbrocken gefangen war.

Und ich sprach mit ihr.

Zwei

WYLDFORD CHRONICLE
Lokalnachrichten

14. September: Ein neues Schuljahr beginnt an der Abteischule Wyldcliffe für junge Ladys. Seit jeher stellt die Schule eine wichtige Institution der Region dar; sie bringt nicht nur Prestige, sondern auch Jobs in diesen abgelegenen Winkel unseres Landes. Gärtner, Reinigungskräfte, Küchenpersonal und viele andere Menschen verdienen sich an der exklusiven Internatsschule ihren Lebensunterhalt. Wie der Chronicle allerdings erfahren hat, könnte sich dies bald ändern: Die über einhundert Jahre alte Schule droht geschlossen zu werden.

Die Probleme begannen mit dem mysteriösen Verschwinden der geachteten Obersten Mistress Celia Hartle, die die Schule seit vielen Jahren geleitet hatte. Ihre Leiche wurde oberhalb des viktorianisch-gotischen Herrenhauses in den Moors gefunden, doch der Fall musste vom Gerichtsmediziner als unaufgeklärt zu den Akten gelegt werden. War es ein Herzanfall? War es Selbstmord oder etwas noch Schlimmeres?

Miss Pauline Raglan übernahm zunächst die Leitung der Schule während Mrs. Hartles Abwesenheit, verließ die Schule allerdings schon bald überhastet wegen »familiärer Probleme«. Auch die Ernennung von Miss Miriam Scratton zur neuen Obersten Mistress stand unter keinem guten Stern. Miss Scratton starb im vergangenen Term auf tragische Weise bei einem Autounfall; ihr Tod zog etliche Gerüchte nach sich. Erst ein Jahr zuvor ertrank eine Schülerin von Wyldcliffe im See auf dem Schulgelände, und mittlerweile werden Fragen laut, ob zwischen den drei Todesfällen möglicherweise ein Zusammenhang besteht.

Die Geschichte von Wyldcliffe hat schon immer Anlass zu Gerüchten gegeben – der Ort galt sogar als »verflucht«. Bisher allerdings wurden diese Geschichten als Klatsch abgetan. So erzählt man sich, dass eine ehemalige Bewohnerin von Wyldcliffe, Lady Agnes Templeton, tatsächlich ermordet worden sei und ihr Geist nachts umherwandere. Ja, einige Alteingesessene behaupten sogar, dass Lady Agnes eines Tages nach Wyldcliffe zurückkehren wird, um die Schule vor einer großen Gefahr zu retten. Und jetzt machen weniger schillernde, aber dafür umso beunruhigendere Geschichten die Runde.

Es geht das Gerücht, Wyldcliffe sei das geheime Zentrum eines heidnischen Kultes, dessen Existenz viele Jahre lang vertuscht wurde. Beweise für derartige Behauptungen hat es nie gegeben, aber die Gerüchte und die unglückseligen Todesfälle haben zu einem drastischen Rückgang der Neuanmeldungen an der Abteischule Wyldcliffe geführt.

Selbst die berühmten vornehmen Traditionen zählen nicht mehr viel im einundzwanzigsten Jahrhundert. »Heutzutage möchten die Mädchen gute Zensuren haben, die sie auf das College vorbereiten, und nicht lernen, wie man Messer und Gabel richtig hält. Die Tage von Wyldcliffe sind vorüber«, so die verärgerte Aussage einer ehemaligen Schülerin, die nicht namentlich genannt werden wollte. Längst ist bekannt, dass Miss Scratton ein Modernisierungsprogramm angestrebt hatte; ob diese Änderungen aber nun tatsächlich durchgeführt werden – und ob die Schule ohne derartige Maßnahmen überleben kann, wird die Zukunft zeigen.

Drei

Aus dem Tagebuch von Helen Black
14. September

Ich hatte keine Ahnung, ob ich es überleben würde, wenn ich mich ihr näherte. Ich zitterte vor Angst, als ich da am Fuß des größten Steins hockte, der auf dem Ridge wie ein schwarzer Turm über mir aufragte. Ich versuchte, den Duft der Moors einzuatmen, um mich zu beruhigen, während ich mich an den Stein lehnte und auf die Stimme meiner Mutter lauschte.

Sie spürte mich. Sie begrüßte mich. Sie sprach aus der Tiefe ihres Gefängnisses zu mir, und ihre Stimme hallte in meinem Kopf wider, schwer vor Kummer und niedergedrückt vor Bedauern über das, was sie getan hatte und wie sie gegen uns gekämpft hatte.

Ich weiß, Wanderer, ich weiß! Du musst mir nichts sagen! Du denkst, dass ich mir etwas einbilde und ein gefährliches, maßloses Spiel spiele. Mag sein, dass du Recht hast, aber hör mich an! Wie ich dir schon sagte, hasst Celia Hartle den Klang meines Namens; aber es könnte doch sein, dass sie sich verändert hat, oder nicht? Was ist, wenn sie während der langen Tage und Nächte in ihrem Gefängnis gelernt hat, wirklich alles anders zu sehen? Vielleicht sogar mich. Und ist abgesehen davon nicht jeder fähig zur Erlösung? Wenn wir daran nicht glauben, sind wir alle für immer in der Dunkelheit verloren.

Es war eine außerordentliche Erfahrung, den Geist meiner Mutter zu erreichen. Wir sind beide Geschöpfe der Luft, und obwohl sie sich von der wahren Bedeutung des Mystischen Weges abgewandt hat, kann sie mir trotzdem auf einem Windhauch ihre Gedanken schicken. Und sie scheint sich sehr von der Frau zu unterscheiden, die sie einmal gewesen ist. Jetzt wirkt sie bescheiden und ruhig und ganz und gar nicht wie die Celia Hartle, die ich in Erinnerung habe. Sie zeigt mir zarte Bilder von damals, als ich noch ein Kind war; Bilder aus den wenigen Wochen, bevor sie mich ins Kinderheim gebracht hat. Sie sagt, sie würde gern zurückkehren und alles wieder gut machen. Einen Neuanfang versuchen.

Ich weiß, was du denkst: Kann ich irgendetwas von dem, was sie sagt, glauben? Aber muss ich das überhaupt jetzt schon entscheiden? Kann ich nicht diese verstohlene Zeit einfach nur genießen, bevor Evie und Sarah davon erfahren und sagen: »Du darfst das nicht tun, sei nicht so dumm, sei nicht so verrückt«?

Jetzt, nach all diesen Jahren, scheint es, als wäre Celia Hartle bereit, doch noch eine Mutter für mich zu sein. Ich möchte das glauben, Wanderer. Lass es mich glauben, nur für heute. Sie würde gern noch einmal von vorn anfangen … ich wünsche mir von ganzem Herzen, dass ich sie befreien könnte, ihren Körper und ihre Seele, und dass ich die Zeit zurückdrehen könnte, so dass für uns beide alles anders ablaufen würde, sauber und rein, wie ein neues Lied, ohne Vergangenheit, nur mit einer Zukunft.

Oh, ich weiß, dass das unmöglich ist. Sie ist in ihrem Gefängnis aus Stein und Erde verborgen, und in dieses ewige Grab kann ich ihr nicht folgen. Es gibt so vieles, das uns voneinander trennt und immer trennen wird.

Aber ich kann immer noch hoffen.

Vier

Zeugnis von Evelyn Johnson

Wenn ich mir eines für den Beginn des neuen Terms erhofft hatte, dann dass unser langer Kampf zu Ende wäre. Es war höchste Zeit, dass wir ihn beendeten. Der dunkle Geist der Priesterin lag verborgen im schwarzen Fels oben auf dem windgepeitschten Kamm, aber obwohl wir sie dort gegen Ende des vorherigen Terms festgesetzt hatten, warf ihre verzerrte Seele einen Schatten auf unser Leben, dem Monster aus den Bergen in den Märchen gleich. Solange sie dort war, würden wir nicht wirklich frei sein – und das galt ganz besonders für Helen.

Unsere mystischen Kräfte – Wasser für Evie, Erde für Sarah und Luft für Helen – hatten uns in seltsame Welten geführt, wo nicht einmal der Tod das war, was wir sonst darunter verstanden, und jenseits seines Schleiers weilte unsere geheime Schwester Agnes im Tal des Lichts und diente dem heiligen Feuer des Schöpfers. Wir vier hatten schon so viel zustande gebracht, und doch war mir klar, dass unsere Aufgabe noch nicht beendet war.

Während der Sommerferien hatten Sarah, Helen und ich Wyldcliffe im Zustand eines unsicheren Waffenstillstands verlassen. Wie alle anderen an dieser Schule trauerten wir um Miss Scratton, allerdings war unser Kummer echt. Sie war unsere Wächterin gewesen und hatte uns bei unseren Kämpfen gegen den Hexenzirkel geholfen, und jetzt war sie weg – nicht bei einem Autounfall ums Leben gekommen, wie alle glaubten, sondern in Wirklichkeit von Rowena Dalrymple getötet, die eine der Mistresses der Schule und die fanatischste der Dunklen Schwestern war. Dass wir unsere Wächterin verloren hatten, hatte Helen schwer getroffen, aber ich fragte mich, ob die Tränen, die sie wegen Miss Scratton vergoss, nicht in Wirklichkeit ihrer Mutter galten. Ich wollte Helen so gern helfen, aber ich wusste einfach nicht wie. Sie hatte so viel für mich getan, und ich hätte ihr dafür und für ihre Hingabe gern etwas zurückgegeben. Obwohl Helen sich gezwungen hatte, für uns stark zu sein, spürte ich, dass ihre Nerven bis zum Äußersten gespannt waren, während sie darüber brütete, was da draußen auf den kahlen Hügeln auf sie warten mochte.

Wir waren schon ein paar Tage in Wyldcliffe, als wir zum ersten Mal die Möglichkeit hatten, allein miteinander zu sprechen. Nach dem Abendessen schlichen wir uns zu der alten Grotte, die sich auf dem Schulgelände befand. Es handelte sich um einen beeindruckenden unterirdischen Bau, den Agnes' Vater, Lord Charles Templeton, vor langer Zeit angelegt hatte, damit dort, in einer schwelgerischen Kombination aus Kunst und Muße, Picknicks abgehalten werden konnten. Die Grotte bestand zur Hälfte aus einer Höhle, zur anderen Hälfte aus einem steinernen Tempel, der mit seltsamen heidnischen Mosaiken dekoriert war. Sie war feucht und muffig und wurde nicht benutzt – der ideale Ort, um sich in aller Heimlichkeit zu treffen. Die praktisch veranlagte Sarah machte als Erste einen Vorschlag, was wir als Nächstes tun sollten.

»Ich denke, wir sollten so bald wie möglich zum Ridge hochlaufen und den Stein mit einem neuen Bann belegen«, sagte sie. »Nur um sicherzugehen, dass die Priesterin nicht entkommen kann.«

»Nein!«, sagte Helen überraschend heftig.

»Wieso nicht?«, fragte ich. »Ich verstehe, dass es schwer für dich ist, dorthin zurückzukehren, aber wir werden dabei sein, Helen. Du weißt, dass wir dich nicht allein lassen werden.«

»Darum geht es nicht. Es ist nur …« Sie brach ab und blinzelte in den Lichtstrahl von Sarahs Taschenlampe, während sie sich unruhig umschaute, als könnte sie die Worte, die sie brauchte, in der Luft finden.

»Es ist nur was?«, fragte ich ermutigend.

»Na ja, wir wissen nicht einmal, ob der Fels einer weiteren Beschwörung überhaupt standhalten würde«, erwiderte Helen. »Es könnte sein, dass wir ihn zerschmettern und sie dadurch versehentlich freigelassen wird.«

»Wie siehst du das, Sarah?«, fragte ich. »Von Erde und Steinen verstehst du mehr als wir.«

»Die Megalithen auf dem Ridge sind uralt und sehr mächtig«, antwortete Sarah nachdenklich. »Ich vermute, dass sie mit allem umgehen können, das wir auf sie werfen könnten.«

»Ich halte es einfach für keine gute Idee!«, blieb Helen beharrlich. »Wir können nicht einfach zurückgehen und noch mal in dem herumpfuschen, was wir getan haben – so läuft das nicht. Jeder Moment dreht sich um sich selbst. Man kann nicht zurückgehen.«

»Aber wir suchen doch nur nach einer Möglichkeit, wie wir uns besser schützen können, Helen«, sagte Sarah.

»Nein, lasst es einfach! Die Priesterin ist eine Gefangene, belasst es dabei. Sie kann uns jetzt nichts mehr anhaben. Und ich möchte auch gar nicht, dass ihr beide zu sehr in diese Sache mit reingezogen werdet. Dreimal hatten wir Glück und sind entkommen. Beim nächsten Mal vielleicht nicht mehr.«

»Ich glaube nicht, dass es Glück war«, sagte Sarah. »Wir haben die Kräfte benutzt, die uns gegeben wurden, und haben sie zu etwas noch Tieferem und Stärkerem werden lassen, indem wir zusammengearbeitet haben. Das ist nicht nur Glück. Diesen Kampf sollten wir gemeinsam als Schwestern aufnehmen – miteinander verbunden.«

Helen seufzte. »Selbst, wenn das stimmen würde, könnte es sein, dass sich ein paar Dinge verändern. Der Hexenzirkel ist geschwächt. Ihre Priesterin ist unsere Gefangene. Ich sehe keinen Grund, warum ihr mehr tun solltet. Cal wartet auf dich, Sarah. Und was dich betrifft, Evie … da ist so viel, worauf du dich freuen kannst. Ich bin allein. Lasst mich jetzt diese Sache angehen.«

»Du bist nicht allein, Helen, du hast uns«, sagte ich, plötzlich alarmiert. »Und abgesehen davon, was ist mit all dem, das Miss Scratton uns erzählt hat? Du weißt schon, über das Geheimnis der Schlüssel. Außerdem hat sie gesagt, dass wir bereit sein sollen und dass unsere Bestimmung sich bald erfüllen wird.«

Helen sah mich seltsam an; ihr Gesicht lag halb im Schatten verborgen. »Sie hat von meiner Bestimmung gesprochen, nicht von deiner oder Sarahs. Es ist an mir, die Sache zu beenden. Ich möchte, dass ihr beide euch da raushaltet. Bleibt bei Josh und Cal und seid glücklich. Überlasst es einfach mir.«

»Aber wir sind Schwestern«, wiederholte Sarah. »Wir arbeiten zusammen. Wir brauchen einander.«

»Ich brauche niemanden«, murmelte Helen und wich unseren Blicken aus. Ich wusste, dass sie das nicht so meinte. Helen brauchte jemanden, den sie lieben konnte, und sie brauchte auch uns. Aber es war unmöglich, sie an diesem Abend zu überzeugen. Nichts von dem, was wir sagten – das Versprechen unserer Freundschaft und unsere Unterstützung –, schien sie zu berühren, sondern prallte vielmehr von ihr ab wie Wasser von einem glatten Stein.

Ich machte mir Sorgen, aber Sarah und ich konnten nichts anderes tun, als Helen im Laufe des neuen *Terms* im Auge zu behalten; allerdings versuchten wir, es uns nicht zu sehr anmerken zu lassen. Ich wollte keine Grenze überschreiten. Helen war so schwer zu fassen wie Distelwolle im Wind, unmöglich festzunageln und so schreckhaft wie ein wildes Tier. Mit ihren blonden Haaren und den hellen, kummervollen Augen, die etwas sahen, das uns übrigen verborgen blieb, war sie auch wunderschön, was sie selbst allerdings nicht wahrnahm. Ein falsches Wort, und sie zog sich in sich selbst zurück. Es war, als würde sie den tiefsten Teil ihrer Seele in einem verschlossenen Glaskasten aufbewahren, zu dem wir keinen Schlüssel hatten. Selbst vor uns, ihren engsten Freundinnen, ihren einzigen Freundinnen, hatte sie noch Geheimnisse.

In den nächsten Tagen legte sich eine düstere Atmosphäre über die Schule, wie ein Schleier aus Herbstnebel. Eine gedämpfte Stimmung herrschte, als würden alle auf etwas Unbekanntes warten und insgeheim ein Unglück befürchten. Ich war selbst erst seit einem Jahr in Wyldcliffe und hatte die Schule mit ihren altmodischen Regeln und Gesetzen immer als bedrückend empfunden – das hier war jedoch anders. Es lag Angst in der Luft. Während die Schülerinnen durch die schwach beleuchteten Gänge gingen oder sich in den Klassenräumen mit den hohen Decken trafen, gab es nur ein einziges Thema, über das getuschelt und geredet wurde: Wie würde es mit Wyldcliffe weitergehen? Die privilegierte Welt war von der schäbigen Realität berührt worden und schien plötzlich nicht mehr der sichere Hafen für die Töchter der Reichen und Mächtigen zu sein. Tod und Skandale und Angst waren in das schlummernde Gemäuer eingezogen.

Die Lehrerinnen – oder Mistresses – wirkten ebenfalls angespannt. Nicht wenige Mädchen waren nach der Sommerpause gar nicht mehr zurückgekehrt. India Hoxton zum Beispiel hatte ihre Drohung wahrgemacht und war nach Chalfont Manor bei London gewechselt. Andere waren ihrem Beispiel gefolgt. Ich würde India nicht vermissen, da sie mich vom ersten Moment an, als ich in Wyldcliffe angekommen war, abgelehnt hatte, aber ihre versnobte Freundin Celeste van Pallandt wirkte ohne sie verloren und unruhig. Arme Celeste, wie schwer fiel es ihr, nicht zu hassen. Ihre Wut nagte an ihr wie eine Krankheit, verkrüppelte das Mädchen, das sie hätte sein können …

Celeste weigerte sich natürlich, irgendwelche Sympathiebekundungen von mir gelten zu lassen. In meinem ersten *Term* hatte sie versucht, mich von der Schule zu vertreiben, kaum dass ich als Stipendiatin angekommen war, aber das hatte ich ihr inzwischen vergeben. Ich wusste, dass ihr Groll mir gegenüber seltsamerweise damit zusammenhing, dass sie unter dem Tod ihrer Cousine Laura litt. Das Mädchen war im See unten bei der Ruine der uralten Kapelle »ertrunken«. Jedes Mal, wenn ich Celeste sah, dachte ich an die arme Laura und ihr schreckliches und geheimes Schicksal: Sie war von den Schwestern der

Dunkelheit ermordet worden, deren Hexenzirkel im einsamen Tal von Wyldcliffe seinen Ursprung hatte.

Laura war tot, aber ihre Seele war gefangen, steckte zwischen Tod und ewiger Dunkelheit fest. Die arme Laura war eine Art Gebundene Seele, die wie ein Zombie von der Anführerin des Hexenzirkels kontrolliert wurde – von Celia Hartle, der Obersten Mistress von Wyldcliffe, die zu ihren Lebzeiten Helens Mutter gewesen war und nun Priesterin des Ewigen Königs der Unbesiegten und unsere Todfeindin. Obwohl ihr Geist an den großen Stein auf dem Ridge gebunden war, brütete sie weiter über unsere Schicksale und wartete auf eine Chance zur Rache …

Während wir im Laufe des neuen *Terms* mehr und mehr von der vertrauten Routine eingeholt wurden, breitete sich Unsicherheit in mir aus. Was hatte Helen dagegen, dass wir ihr in ihrem Kampf gegen ihre Mutter halfen? Welche Geheimnisse verbarg sie vor ihren Schwestern?

Fünf

Aus dem Tagebuch von Helen Black
19. September

Gestern habe ich wieder den geheimen Weg benutzt, um meine gefangene Mutter aufzusuchen. Mit ihren Worten hat sie ein Geflecht von Versprechungen in meinem Geist gewoben, wie ein glitzerndes Netz; jetzt, wo der Kontakt hergestellt ist, kann ich nicht mehr zurück.

Früher war ich so wütend auf sie gewesen. Ich habe versucht sie anzugreifen, bevor sie mich wieder verletzen konnte. Ich habe sogar versucht sie zu hassen. Aber ich war nie besonders gut im Hassen. Abgesehen davon ist Hass nichts weiter als umgeschlagene Liebe. Sag mir, Wanderer, war es falsch von mir, dass ich mich unserem gefallenen Feind genähert habe? Oder war es eine Tat der Hoffnung und des Glaubens?

Ich muss es herausfinden. Es schmerzt, in ihrer Nähe zu sein, aber ich kann jetzt nicht aufhören. Ich muss wissen, ob sie das, was sie sagt, auch wirklich so meint. Ich muss die Wahrheit wissen.

Jeden Nachmittag nach dem Unterricht machte ich mich auf den Weg zum Kamm, verzweifelt darauf hoffend, dass ich wieder mit dem Geist meiner Mutter sprechen konnte. Ich musste herausfinden, ob ihre Reue echt war. Sarah und Evie durften absolut keinen Verdacht schöpfen. Ich hatte versucht, sie mit Warnungen fernzuhalten, damit ich es allein tun konnte. Ich wollte nicht, dass sie wieder verletzt wurden oder in Gefahr gerieten, aber die Vorstellung ließ mich nicht mehr los, dass ich meine Mutter vielleicht würde retten können. Meine Mutter – unsere Feindin – die Priesterin – oh, es war so gefährlich! Ich hatte Angst, aber ich war auch aufgeregt, erfüllt von einem Sturm aus quälenden Hoffnungen und Träumen, und jeden Tag bat ich die Mächte um ein Zeichen.

Meine häufige Abwesenheit erklärte ich Evie damit, dass ich mich ins Kunststudio zurückziehen würde, um ein Projekt für den Unterricht von Miss Hetherington vorzubereiten. Kunst und Musik und solche Sachen waren die einzigen Fächer, in denen ich nicht total schlecht stand, daher vermute ich, dass Evie mir glaubte. Allerdings lag mir die Lüge schwer im Magen. Man sollte Freunde nicht anlügen. Hätte ich Evie jedoch die Wahrheit gesagt, hätte sie sich furchtbare Sorgen gemacht. Ich konnte ihnen von dieser Sache nichts erzählen, und daher log ich, in dem Wissen, dass sie und Sarah sich ein bisschen entspannen würden, was ihre Sorge um mich betraf. Sie würden zu den Ställen gehen und Josh und Cal treffen, ohne mich, die Seltsame, mit sich herumschleppen zu müssen.

Es störte mich nicht, dass die vier auf eine Weise verbunden waren, wie es mir gegenüber nie der Fall sein würde. Ich wollte, dass sie glücklich waren. Es machte mir Freude, an Sarah und Cal zu denken, an Evie und Josh … schon allein die zusammengehörenden Namen waren für mich wie ein Gedicht; ein Lied voller Versprechungen für eine bevorstehende glückliche Zukunft. Eines Tages würde Evie Josh vielleicht genauso lieben wie er sie. Ein Stück von Evies Herz war für immer bei Sebastian Fairfax, dessen tragische Geschichte mit der von Agnes und dem Hexenzirkel und dem langen Fluch verbunden war, der auf Wyldcliffe lastete. Evie klammerte sich immer noch an die Erinnerung an Sebastian, aber ich wusste, dass ihr Herz groß genug war, um wieder jemanden lieben zu können, und daher hoffte ich, dass Joshs Geduld irgendwann belohnt werden würde. Ich wünschte mir einfach, dass zumindest die Geschichten meiner Freundinnen ein glückliches Ende finden würden, auch wenn ich dazu ausersehen war, einen einsameren Pfad zu beschreiten.

Eine weitere Schulwoche neigte sich dem Ende zu. Es war Freitagabend, was bedeutete, dass wir uns auf ein Wochenende freuen konnten, an dem die ansonsten herrschenden strengen Regeln etwas gelockert wurden. Sarah und Evie hingen mit den Jungs bei den Ställen herum, aber ich erklärte ihnen, dass ich noch einen Entwurf beenden müsste. Ich tat, als wollte ich wirklich zum Kunststudio gehen, hielt den Zeichenblock etwas verlegen an mich gepresst. Kaum war ich jedoch außer Sichtweite, schob ich den Block in meine Tasche und schlug eine andere Richtung ein. Ich musste zu den Umkleideräumen gehen; dort würde mich niemand sehen. Auf dem Weg dorthin kam ich an den kleinen Übungsräumen für Musik vorbei. Ich hörte eine luftige, wilde Musik, eine leichte, fröhliche Melodie. Meine Seele erhob sich wie ein Vogel, der über die *Moors* glitt. Aus irgendeinem Grund erinnerte sie mich an meinen Wanderer. Es war, als würde mich seine Stimme in der Musik rufen.

Ich blieb abrupt stehen und schob ohne nachzudenken die Tür zum nächsten Übungsraum auf. Der Musiklehrer Mr. Brooke sah verärgert hoch. Ich störte seine Unterrichtsstunde, die er allerdings nicht mit einer Schülerin von Wyldcliffe hatte, sondern mit einem Jungen. Er war vielleicht achtzehn oder neunzehn Jahre alt. Ich konnte nicht genau erkennen, wie er aussah, nur dass er groß und schön und schlank war. Sein Blick begegnete meinem, und er lächelte, während er aufhörte zu spielen. Er hielt eine silberne Flöte in den Händen.

»Tut mir leid«, sagte ich und schlug die Tür wieder zu.

Während ich versuchte, wieder zu Atem zu kommen, spielte der Junge weiter. Einen Moment lang stand ich einfach nur da, verlor mich in der Schönheit der Musik, erinnerte mich an das Lächeln des Jungen, an das kühle Strahlen seiner Augen, an die langen, einfühlsamen Finger, die auf der glänzenden Flöte ruhten. Aber meine Mutter rief nach mir, und ihre Stimme löschte alles andere aus. Ich riss mich los und eilte zu den Umkleideräumen, die in einem hinteren Winkel der Schule untergebracht waren. Als ich dort ankam, waren sie leer, wie ich gehofft hatte. Jetzt konnte ich entkommen.

Dies war meine einzig wahre Gabe: Ich besaß die Fähigkeit, die unsichtbaren Geister der Luft anzurufen und sie zu bitten, mich auf ihren verborgenen Pfaden zu tragen. Wenn ich spürte, wie ich verändert wurde, die Schwere des täglichen Lebens hinter mir zurückließ und mich fast im Licht auflöste, konnte ich gar nicht anders, ich war überglücklich. In diesem Moment war ich frei, ich existierte überall und nirgendwo, in einem wilden Ausbruch von Energie und Macht. Ich hatte es gegenüber Evie und Sarah einmal als Tanzen auf dem Wind bezeichnet, als ich versucht hatte es zu erklären, aber die Wahrheit war, dass ich nicht wirklich wusste, wie es funktionierte. Ich wusste lediglich, dass ich mich tief in mein Inneres versenkte und dann das, was ich in meinem Geist sah, wirklich geschah. Ich konnte mich durch Raum und Luft und Licht hindurch an andere Orte begeben. Und so trat ich in die Ungewissheit ein – in eine Leere aus endloser Macht –, und als ich auf der anderen Seite herauskam, fand ich mich beim Steinkreis wieder, der den Blackdown Ridge beherrschte.

Es war bereits dunkel. Jetzt, da der kurze Sommer von Wyldcliffe vorbei war, setzte die Dämmerung rasch ein. Der Wind raste über die kahlen Hügel, und die wenigen krummen Bäume verloren bereits ihre Blätter.

Ich fand einen Vogel, der zerschmettert war,
und ein vergessenes Lied …

Ich hätte diesen Platz lieben können, wäre er nicht das Gefängnis meiner Mutter gewesen. Die Luft hier oben war rein und scharf, bemächtigte sich meines Atems und zerrte an meinen Haaren, als wollte sie mich aufheben und tanzend in ein weites, unbekanntes Land tragen. Der aus wuchtigen Steinen bestehende Kreis war vor langer Zeit von längst vergessenen Menschen errichtet worden, die einen Tempel für ihre Naturgötter hatten erschaffen wollen. Uralte Macht vibrierte in ihnen, aber im Herzen des größten Steines spürte ich ihr verlassenes Herz pulsieren, ihre Qual, ihren suchenden Geist. Und in meinem Geist hörte ich, während ich am Fuß ihres Gefängnisses niederkniete, ihre leise Stimme, die durch Schmerz und Bedauern sanft geworden war.

»Bist du wiedergekommen, Tochter?«, fing sie an.

»Ich bin hier«, erklärte ich eifrig.

»Es tut gut, deine Stimme zu hören.«

»Meinst du das ernst?«

»Was hätte ich davon zu lügen?«, fragte sie mit einem Seufzer. »Jetzt, da alle meine Pläne zunichtegemacht worden sind? Meine Wahrheit besteht jetzt in meiner vollständigen Demütigung. Sie hat mich dazu gebracht, mich vom Pfad der Lügen abzuwenden. Ich bin so müde, Helen. Ich kann mir nicht mehr einreden, dass ich große Dinge vollbringen werde. Jetzt bin ich weniger als nichts, weniger als der Staub unter deinen Füßen.«

»Du darfst so etwas nicht sagen.«

»Wieso nicht? Es ist die Wahrheit. Du besitzt Jugend, Schönheit und Kraft, und das ganze Leben liegt noch vor dir. Ich habe nichts als ewige Dunkelheit und Ketten und Schmerz. Meine Anhänger haben sich zerstreut. Mein Herr, der Ewige König der Unbesiegten Lords, hat mich meinem Schicksal überlassen, seit ich für ihn und seine furchterregenden Hauptleute nicht mehr von Nutzen bin. Du hast gewonnen, und meine Macht ist zerfallen. Meine Schlachten sind vorüber. Nur die Wahrheit ist noch übrig.«

»Wenn du das ehrlich meinst«, sagte ich zögernd, »dann erzähl mir die Wahrheit über das Siegel. Wieso hast du es mir gegeben? Was bedeutet das Siegel auf meinem Arm?«

Das Siegel war eine kleine Brosche, welche die Form von zwei Flügeln hatte, die über die Sonne flogen. Meine Mutter hatte es bei mir im Kinderheim zurückgelassen, als ich ein Baby gewesen war, noch bevor sie der Dunkelheit anheimfiel. »Das einzig Gute, das ich dir jemals gegeben habe«, hatte sie gesagt, als wir uns im letzten *Term* in der unterirdischen Höhle getroffen hatten. Seither hatte ich heimlich Beschwörungen darüber gesprochen und seinen inneren Geist beschworen, aber es hatte nicht reagiert. Im

Gegensatz zu Evies Talisman schien es keinerlei Macht zu besitzen; allem Anschein nach war es nichts weiter als eine teure Brosche, ein kleines Geschenk von einer Mutter an die Tochter. Aber da war noch etwas anderes.

Ein paar Monate zuvor war ein seltsames Zeichen, ähnlich einer Tätowierung – die exakte Nachbildung der Brosche, ein Kreis, der von Flügeln gekreuzt wurde – wie ein Feuermal auf meiner Haut aufgetaucht, und es hatte sich seither weder verändert noch war es verblasst. Sarah hatte etwas über solche Zeichen in dem alten Buch der Überlieferungen gefunden, das Agnes und Sebastian vor so langer Zcit studiert hatten und das wir jetzt besaßen. Ich konnte nicht vergessen, was darin stand.

Gilt für die, die sich Hexenfinder nennen und auf den Frauenkörpern nach Makeln suchen und, wenn sie einen Makel entdecken, diese arme Seele als Dienerin des Teufels verfluchen, aus der Gesellschaft ausstoßen und töten wollen. Egal, ob Unwissenheit oder Aberglaube, so bleibt doch eine Frage: Woher stammen solche Makel? Viele Gelehrte glauben, dass sie Unglückszeichen sind, die den Tod nach sich ziehen und auf ein besonderes Schicksal hinweisen.

Ich musste wissen, was es bedeutete, und fragte daher noch einmal, diesmal drängender. »Was ist das Siegel? Wieso hast du es mir gegeben?«

Ein langes Schweigen folgte. Ich hatte schon den Verdacht, dass sie sich wieder zurückgezogen hatte, als schwache Bilder in meinem Geist auftauchten, während ich mich an den kalten Stein lehnte. Ich hörte wieder die Stimme meiner Mutter in meinem Kopf hallen, leise und zärtlich und voller Bedauern, und ich sah ihre Erinnerungen und verspürte ihren Schmerz.

»Als ich jung war«, begann sie langsam, »hatte ich so viele Träume. Ich sah den Sonnenuntergang und träumte von Schönheit und Macht und ewig währendem Leben. Ich sah die Vögel im Herbst wegfliegen und träumte davon, selbst auf eine große Reise zu gehen, die kein Ende hatte und deren Zweck in ihr selbst lag. Ich sah Schnee wie gesponnenes Silber die Erde bedecken und träumte vom Heilen und von Frieden und einem riesigen, immerwährenden Licht. Ich sehnte mich nach Magie und Wundern und Geheimnissen. Ich hatte niemanden, mit dem ich diese Gefühle hätte teilen können. Meine Familie lachte darüber und bezeichnete mich als kindisch und romantisch. Meine Freunde entfernten sich von mir. Ich war allein. Ich wandte mich nach innen und widmete mich den Geheimnissen meines eigenen Herzens und Geistes. Allmählich und auf schmerzhafte Weise bemerkte ich, dass ich Kräfte besaß. Ich brauchte niemanden, um meine Träume zu verwirklichen. Ich konnte das Wetter verändern und Dinge sich bewegen lassen, ich konnte Feuer entfachen und tun, was ich wollte. Ich konnte mich selbst an seltsame Orte versetzen und einen Blick in den Geist anderer werfen. Aber ich wusste nicht, was ich mit diesen geheimnisvollen Gaben tun sollte. Ich hielt mich für eine Missgeburt, die langsam, aber sicher wahnsinnig wurde. Und dann bin ich eines Tages jemandem … begegnet.«

»Meinem Vater?«, fragte ich begierig.

»Deinem Vater? Nein!« Sie konnte die Verachtung in ihrer Stimme nicht unterdrücken, aber dann beherrschte sie sich und sprach weiter. »Es handelte sich um einen Boten aus den unsichtbaren Welten, und er sagte, dass ich anders wäre als andere und ein großes Schicksal mich erwarten würde. Früher einmal, so erfuhr ich, hätten viele Leute in Übereinstimmung mit den verlorenen Kräften gelebt: Seher und Propheten und Priester. Jetzt war es ein seltenes, kostbares Geschenk, und diejenigen, die es besaßen, waren eingeladen, sich einem uralten und geheimnisvollen Orden anzuschließen. Ich könnte bis zum Ende aller Zeiten leben, Generation um Generation, und würde der Welt dienen, stets umgeben von Schönheit und Licht. Und dann bot man mir das Siegel an, mit dem meine Zugehörigkeit zu diesem Orden besiegelt werden würde.

Aber ich hatte Angst, Helen. Ich wusste, dass ich die gewöhnlichen Dinge der irdischen Welt würde aufgeben müssen, wenn ich das Siegel annahm. Ich würde niemals heiraten können oder Kinder haben. Ich würde niemals richtig alt werden oder richtig sterben. Ich würde mein bisheriges Leben für eine andere Existenz opfern. Nach dieser Begegnung träumte ich seltsame Dinge, und meine Träume waren dunkel und beunruhigend. Ich hatte Angst und lehnte das Siegel ab.«

Eine neue Pause entstand, zog sich in die Länge. Ein verzweifelter Seufzer erklang, dann sprach sie weiter. »Danach habe ich meine Wahl furchtbar bedauert. Du kannst dir gar nicht vorstellen, wie bitter der Geschmack dieses Bedauerns war. Auf einmal kam mir mein normales Leben so kurz vor, so mühselig und banal, verglichen mit dem, was ich hätte haben können und wer ich hätte sein können. Das Licht des Siegels erstarb. Das Siegel bewahrte keine Geheimnisse mehr, und wenn ich auch noch einige meiner seltsamen Fähigkeiten besaß – nun, sie waren nach meiner Weigerung, meiner Bestimmung zu folgen, verblasst. Die Vorstellung, etwas Besonderes zu sein, hoch über der gewöhnlichen Menge zu schweben und ewig zu leben, schlug dennoch in meinem Geist Wurzeln. Sie wurde zu einer Obsession, die meine gesamte Existenz vergiftete. Ich bin deinem Vater begegnet und fing eine Beziehung mit ihm an. Sie war nicht von Dauer. Dann wurdest du geboren, aber nichts kam mir noch so wirklich vor wie mein verfluchtes Streben nach Unsterblichkeit. Ich suchte neue Leute und dunklere Wege, um sie zu erlangen. Ich studierte Bücher und Pergamentrollen mit entsprechenden Überlieferungen. Auf diese Weise gelangte ich schließlich nach Wyldcliffe. Den Rest kennst du. Ich war dir nie eine Mutter. Ich war ein Fluch für dich, wie ich es jetzt auch für mich bin.«

»Aber du hast mir das Siegel gegeben.«

»Ja, ich habe dir das Siegel gegeben, Helen, auch wenn es inzwischen zu einem armseligen Schmuckstück verkommen ist. Ich habe es dir gegeben, um dir zu beweisen, dass ich einmal gewusst habe, was Hoffnung und Schönheit und Unschuld bedeuten.«

Mein Mund war trocken, und ich konnte kaum sprechen. Ich wollte ihr sagen, dass ich sie immer noch lieben konnte und es nicht zu spät für Hoffnung und Unschuld zwischen uns war, aber alles, was ich zustande brachte, waren ein paar Worte. »Es … tut mir leid für dich.«

»Dann lass mich gehen! Du kannst mich freilassen, und ich werde dir helfen. Die letzten Überreste der Macht, die ich noch habe, werde ich in deinem Sinne benutzen. Ich werde dir dabei helfen, all das zu bekommen, was dein Herz begehrt, alles, wovon du träumst. Was wünschst du dir am meisten? Lass mich dir helfen, es zu finden!«

»Es ist zu spät für das, was ich mein ganzes Leben gewollt habe«, flüsterte ich. »Siebzehn Jahre zu spät.«

»Denk nicht an mich, Helen! Du brauchst keine Mutter, die dich stark oder gut macht. Das alles bist du bereits. Es wird Zeit, dass du dich von der Vergangenheit und dem, was hätte sein können, abwendest. Sieh nach vorn in die Zukunft. Möchtest du Liebe? Oder vielleicht möchtest du das Siegel für dich beanspruchen und alles, was es bewahrt. Lass mich dir helfen.«

»Mir helfen – wie könntest du das?«

»Lass mich frei.«

Ich wusste in diesem Moment, dass ich sie tatsächlich freilassen konnte. Die Macht der Luft und der Winde, die wie ein unsichtbarer Tornado durch meine Adern wogte, würde genügen, um jeden Beschwörungsbann und jede Bindung wegzufegen.

»Befreie mich, bitte, Helen«, flüsterte sie mitleiderregend. »Nicht um meinetwillen, sondern damit ich wenigstens etwas Gutes für dich tun kann, bevor es zu spät ist.«

Oh, wie sehr wollte ich ihr vertrauen! Aber kühle Logik warnte mich. »Ich … ich kann nicht«, brachte ich schließlich mühsam hervor. »Du hast so oft versucht, mich zu verletzen, mich und auch meine Freunde …«

»Ich mache die gleichen Fehler nicht noch mal! Ich diene dem Ewigen König nicht mehr. Ich möchte ins Licht zurückkehren. Ich schwöre es, Helen, bei allem, was mir jemals heilig war. Ich schwöre es bei deiner unsterblichen Seele!«

Ein Blitz flackerte um den Steinkreis herum, und ich sah meine Mutter vor mir stehen, aber so, wie sie ausgesehen hatte, als sie jung gewesen war. Ihr Gesicht war bleich vor Schmerz. Dann sah sie mir in die Augen, und ich sah etwas, das ich nie zuvor gesehen hatte. Da war Liebe. Liebe zu ihrem Kind. Zu mir.

»Ich werde meinem Schwur folgen, Helen. Und dann lass mich durch die Hallen des Todes schreiten, wie Sebastian es getan hat, und ich werde dich nie wieder belästigen. Ich bereue! Lass zu, dass ich erlöst werde. Ist nicht jeder in der Lage, erlöst zu werden? Wenn wir das nicht glauben, sind wir für immer in der Dunkelheit verloren.«

Ich sank auf die Knie, vor Schock ganz benommen. Meine Mutter hatte gesprochen, und zum ersten Mal in meinem Leben glaubte ich ihr. War dies das Zeichen, auf das ich gewartet hatte?

Sechs

Das Zeugnis von Sarah Fitzalan

Warten, warten, warten, dass sich unsere Bestimmung erfüllt – es schien, als wäre das alles, was wir tun konnten, während die Septembertage verstrichen und Helen sich alle Mühe gab, uns aus dem Weg zu gehen.

Wann immer es möglich war, verbrachte ich meine Zeit mit Evie und Josh und Cal, dem Roma, der sein Wanderleben aufgegeben hatte, um in Wyldcliffe und bei mir bleiben zu können. Cal war jetzt mein wahres Zuhause; mein Herz wurzelte in seinem, und unser Wiedersehen nach den langen Sommerferien war ein Segen. Er hatte ein paar Arbeiten auf einem der Höfe hier in der Gegend übernommen, half aber oft Josh in den Ställen, und so sah ich ihn fast jeden Tag. Überwältigt von Glück küssten wir uns in den Schatten des gepflasterten Hofes, und augenblicklich spürte ich die Vertrautheit des Geruchs seiner Haut, des Klangs seines Lachens und der Stärke seiner Gegenwart. Die Liebe machte seine dunklen, breiten Gesichtszüge weich, wenn er mich in den Armen hielt, und in diesen Momenten spielte nichts mehr eine Rolle. Ich war bis über beide Ohren verliebt und schwelgte in dieser strahlenden Liebe, und es kümmerte mich nicht im Geringsten, wer davon wusste.

Ich war nicht die Einzige. Josh war verrückt nach Evie. Ich spürte, dass er beklommen herauszufinden versuchte, ob er seinem Ziel, sie ganz für sich zu gewinnen, irgendwie näher kam, und obwohl Evie froh zu sein schien, wenn sie mit ihm zusammen war, wahrte sie doch eine gewisse Distanz, trug ihre Trauer um ihre verlorene Liebe zu Sebastian wie einen Schutzpanzer mit sich herum. Aber sosehr sie sich auch einzureden versuchte, dass Josh mit ihr nur befreundet sein wollte – es war offensichtlich, dass er mehr im Sinn hatte. Evie lächelte ihn an und war freundlich, und Josh musste damit zufrieden sein, auch wenn ich vermutete, dass sein Herz vor Sehnsucht schmerzte. Sie sah auch hübsch aus, nachdem sie die Sommerferien an ihrem geliebten Meer verbracht hatte. Ihre Haut war übersät von Sommersprossen, und die langen roten Haare waren zu einem dicken Zopf zusammengebunden. Ihre grauen Augen waren erfüllt von Träumen und Geheimnissen. Kein Wunder, dass Josh sich so in sie verliebt hatte.

»Es tut so gut, euch beide wieder hier zu haben«, sagte Josh mit seinem ungezwungenen und strahlenden Lächeln, auch wenn er dabei nur Evie ansah. »Stimmt es, dass die Schule Probleme hat? Die Leute sagen, dass sie vielleicht geschlossen werden wird. Was würdest du tun, wohin würdest du gehen?« Er sah Evie eindringlich an, die errötete und zur Seite sah.

»Wyldcliffe wird nicht geschlossen werden«, sagte ich. »Zumindest glaube ich den Gerüchten nicht. Die Leute geraten nur etwas in Panik, weil zurzeit niemand die Leitung innehat.«

Alle Schülerinnen und Eltern hatten Briefe von der Schulverwaltung erhalten, die besagten, dass in Kürze die Nachfolge für die Leitung der Schule bekanntgegeben werden würde. Die Lehrerinnen, sogar die vernünftigen wie Miss Clarke, die Lateinlehrerin, oder Miss Hetherington, die Kunst unterrichtete, ließen nicht die kleinste Andeutung darüber verlauten, wer die neue Oberste Mistress werden würde. Wyldcliffe kam mir vor wie ein Schiff ohne Kapitän, verloren und orientierungslos. Die meisten Mädchen wirkten unruhig, seit der neue *Term* begonnen hatte. Es schien, als bräuchten sie jemanden, der ihnen sagte, was sie tun sollten. Ein paar Mädchen – wie etwa Velvet Romaine – machten sich die gegenwärtige Situation zunutze, indem sie die Regeln für das Ausmachen des Lichts, die Schlafenszeiten oder das Tragen der Uniform missachteten.

Velvet zog ihre Röcke hoch, legte blutroten Lippenstift auf und stolzierte auf High Heels herum wie ein Model, aber ich gehörte nicht zu ihrem Schwarm von Bewunderern. Ihre düster-glamourösen, prominenten Eltern bedeuteten mir nichts, auch wenn es viele andere Mädchen gab, die nur zu gern mit der Tochter von Rick Romaine, dem berühmten Rockstar, befreundet sein wollten. Ich verspürte nur Mitleid und Angst, wenn ich über die tiefen Schatten in Velvets Vergangenheit nachdachte und darüber, was wir über sie herausgefunden hatten. Die geheime Wahrheit über Velvet Romaine war, dass sie ein Prüfstein war. Im Gegensatz zu Helen, Evie und mir, die wir unseren Kräften der Luft, des Wassers und der Erde treu dienten und dem Mystischen Weg der Liebe und Heilung folgten, benutzte Velvet ihre elementaren Kräfte, ohne sie zu verstehen. Sie war wild und selbstsüchtig, und sie brachte nur Chaos und Zerstörung über die Leute in ihrer Umgebung.

Es gab nur eines, dessen wir uns ganz sicher sein konnten. Eine Gefahr schwebte über uns, drohte uns wie dunkle, über den Himmel rasende Wolken. Wir konnten entweder darauf warten, dass sie uns überraschte, oder uns zum Kampf bereitmachen. Ich war bereit zum Kämpfen, aber zugleich war ich auch nur ein Mensch. Cals Arme waren warm, seine Umarmung hüllte mich ein, und seine Augen waren voller Liebe. *Cal wartet auf dich*, hatte Helen gesagt. *Sei glücklich.* Ich wollte Helen helfen, aber sie ließ mich nicht an sich ran. Wenn ich also in den ersten Tagen in Wyldcliffe zu dem Schluss kam, dass es besser war, mich von irgendwelchem Unheil fernzuhalten und in den Schatten zu bleiben, wo ich Küsse austauschen konnte … war es so falsch? War es so falsch, dass ich eine Weile Schutz vor dem letztlich unausweichlichen Sturm suchte?

Sieben

Aus dem Tagebuch von Helen Black
24. September

Ich komme gerade von einem weiteren Besuch auf dem Ridge zurück, und jetzt tobt ein Sturm in meinem Herzen. Ich kann all das kaum fassen, was meine Mutter mir über das Siegel erzählt hat, und jetzt brennt das Zeichen auf meinem Arm wieder. Meine Mutter, Velvet, der Junge – alles dröhnt wie Trommelschläge in meinem Kopf. Ein Licht ist in meinem Geist … brennt … das Licht …

Kann sie wirklich gerettet werden? Und ich auch?

»Lass zu, dass ich erlöst werde«, hatte meine Mutter gesagt, als sie vor mir stand, ganz und gar in weißes Licht gehüllt. Dann hatte sie sich vor Schmerz gekrümmt. »Ich werde gerufen. Ich kann nicht länger bleiben.« Ein Schatten stieg von dem uralten Stein auf, umhüllte sie und zog ihren Geist zurück in sein stummes Herz.

»Warte!«, schluchzte ich. »Geh nicht – verlass mich nicht!«

»Ich habe keine andere Wahl.« Ihr Gesicht und ihre Stimme verblassten. »Deine Kräfte haben mich hierhergebracht, jetzt können mich nur deine Kräfte wieder befreien. Lass mich gehen!«

»Ich kann nicht. Komm zurück, und wir reden weiter. Warte!«

Aber sie war weg. Und weder in meinem Kopf noch in meinem Herzen oder auf dem trostlosen Hügel war ein Nachhall ihrer Anwesenheit zu spüren. Sie war in das Gefängnis zurückgekehrt, das ich für sie errichtet hatte. Meine Tränen brannten in dem rauen Wind, der durch den Steinkreis heulte. Die überwältigende Leere dieses uralten Platzes schien meine eigene Einsamkeit zu verhöhnen und zu verspotten. Einen Moment lang war ich mir so sicher gewesen, dass meine Mutter ihre Reue aufrichtig meinte, aber die Erinnerung an ihre höhnischen Worte im letzten *Term* sickerten wie bittere Kälte in meinen Geist zurück: *Von diesem Moment an bist du ein Niemand für mich, Helen.* Wie konnte ich ihr nur trauen nach allem, was sie getan hatte?

Es gab zu viele Fragen und keine Antworten. Ich konnte an diesem Tag nichts mehr tun. Mühsam kam ich auf die Füße und bereitete mich darauf vor, zur Schule zurückzukehren, sog die Luft um mich herum ein und betrat die geheimen Pfade des Windes und des Lichts. Als das Licht verblasste und ich mich den Umkleidekabinen näherte, bekam ich einen Schreck. Velvet Romaine und eine Handvoll ihrer Freundinnen waren dort, lachten und machten Witze und reichten eine Flasche herum. Ich versuchte meine Gedanken in eine andere Richtung zu lenken, damit ich nicht direkt vor ihnen aus der Luft krachte. Aber während ich das tat, sah ich, wie Velvet ihren Blick zu meinem hob. Sie schien mich in den geheimen Lücken von Raum und Zeit zu sehen, und brennende Energie pulsierte durch meinen Körper. Eine Sekunde lang war ich in einem Wirbel aus Lärm und Macht verloren.

Ich sah wieder den Steinkreis vor mir, wie er sich schwarz vor dem Himmel abhob, und ich sah Velvets dunkle Augen, ihren wachsamen Blick. Ich hörte Musik in der Ferne. Und dann kämpfte ich darum, von ihr wegzukommen.

Ein paar Sekunden später fiel ich aus der Luft und fand mich auf dem matschigen Weg vor dem Schultor wieder. Ich hatte mir einige Prellungen geholt und zitterte, kämpfte mich auf die Beine und machte mich eilig auf den Weg zum Schulgebäude. Und dann bekam ich noch einen Schock. Der Junge, den ich vorher bei Mr. Brooke gesehen hatte, stand beim Tor. Er pfiff leise in sich hinein und lächelte, als er mich sah.

»Hi«, sagte er. »Schön, dich wiederzusehen. Du verfolgst mich doch nicht zufällig, oder?« Seine Worte lösten die Spannung. Es war, als würde sämtliche Besorgnis, die ich wegen meiner Mutter und Velvet empfunden hatte, weggespült werden, wie Seide, die durch meine Hände glitt. Ich stellte sogar fest, dass ich zurücklächelte.

»Nein, natürlich verfolge ich dich nicht.«

»Dann spazierst du also öfter im Zwielicht herum und hältst Ausschau nach großen, gutaussehenden Fremden?«

Ich wusste, dass er mich aufzog, aber irgendwie störte es mich nicht. Ein Junge, der solche Musik hervorbringen konnte wie er, konnte mich nicht einschüchtern. Und da war etwas so Ungezwungenes und Entspanntes an ihm, dass ich lachen musste. »Jede Nacht«, sagte ich.

»Und hast du schon jemanden gefunden?«

»Dich. Ich habe dich gefunden.«

Plötzlich wirkte unsere Unterhaltung gar nicht mehr so unbeschwert. Er sah mich fragend an, und unsere Blicke trafen sich. Ein Gefühl von Weite und Licht schien mich zu erfüllen, eine Benommenheit …

Es war nichts. Nur die Erschöpfung, eine Folge meiner Begegnung auf dem Ridge. »Ich gehe jetzt besser«, sagte ich abrupt. »Ich muss wieder in die Schule zurück.«

Der Junge hielt mir das Tor auf, und ich musste ganz dicht an ihm vorbeigehen, um auf das Gelände zu kommen. Meine Hand berührte eine Sekunde lang seine. Dann schloss sich das Tor mit einem metallischen Klang und trennte uns voneinander wie das Gitter bei der Beichte. Er sah durch das Gitterwerk hindurch und starrte mich an.

»Geh noch nicht, Helen.«

Ich muss überrascht ausgesehen haben, weil er wusste, wer ich war, denn er lächelte wieder und sagte: »Ich habe Mr. Brooke nach dem Namen des hübschen Mädchens gefragt, das in meine Musikstunde geplatzt ist.«

»Das bin ich nicht – du machst dich über mich lustig.«

»Wie kommst du darauf?«

Ich fühlte mich gezwungen, ihm die Wahrheit zu sagen. »Weil ich nicht hübsch bin.«

»Vielleicht solltest du es anderen überlassen, das zu beurteilen«, sagte er sanft.

Jetzt war ich wirklich verblüfft. Noch nie hatte jemand so etwas zu mir gesagt, nicht in meinen wildesten Träumen. Ich rückte unsicher ein Stück von ihm weg und begann, hastig den Zufahrtsweg entlangzugehen.

»Helen, bleib bitte noch einen Moment!« Da war eine Eindringlichkeit in seiner Stimme, die mich dazu veranlasste, stehen zu bleiben und mich umzusehen. »Ich wollte mit dir sprechen«, sagte er. »Nach dem Ende des Unterrichts bei Mr. Brooke habe ich in der Schule nach dir gesucht.«

»Nun, jetzt hast du mich ja gefunden. Ich muss wirklich los, sonst kriege ich Ärger.«

»Kann ich dich wiedersehen, wenn ich das nächste Mal herkomme?«, fragte er.

»Ich weiß nicht – ich weiß es nicht. Ich schätze schon. Ich bin immer hier. Wyldcliffe ist mein Zuhause.«

»Dein Zuhause? Ich dachte, es wäre nur eine Schule.«

Ich wollte ihm nicht sagen, dass ich kein richtiges Zuhause hatte, nicht einmal bei meinem Vater. Es gehörte nicht zu den Dingen, die man einem völlig Fremden einfach so von sich erzählte. Ein völlig Fremder – und zugleich wirkte er so vertraut. Ich war durcheinander. Ich sollte weggehen, wieder wachsam sein. *Ich brauche niemanden.* Aber seine Augen musterten mich kühl und ruhig und voller Licht und versuchten, mich zum Sprechen zu bringen.

»Was tust du eigentlich in Wyldcliffe?«, fragte ich. Es musste schroff geklungen haben, aber es schien ihn nicht zu stören.

Der Junge deutete auf den kleinen Kasten, den er trug. »Flötenstunden«, sagte er mit einem Grinsen. »Ich habe in diesem *Term* als Schüler auf der St. Martin's Academy angefangen, und da der Musiklehrer krank geworden ist, komme ich hierher, um bei Mr. Brooke zu lernen. Ich warte gerade darauf, dass ein Taxi mich nach St. Martin's zurückbringt.«

Ich spürte eine gewisse Enttäuschung. Also war er einer der reichen jungen »Herren« von St. Martin's, einer noblen Schule in der nahe gelegenen Stadt Wyldford Cross. Er gehörte zu der Sorte Jungen, mit denen Leute wie India Hoxton und Camilla Willoughby-Stuart auf ihren Partys zu flirten pflegten. Die Leichtigkeit, die ich zuvor in seiner Gegenwart verspürt hatte, verschwand. Ich hatte ihm nichts zu sagen, egal, wie talentiert er als Musiker sein mochte. Wir hatten nichts gemeinsam und würden auch nie etwas gemeinsam haben.

»Ich muss gehen«, murmelte ich, und diesmal kehrte ich ihm wirklich den Rücken und schritt auf die massive Schultür zu. Sie würde noch nicht abgeschlossen sein; ich war noch nicht zu spät. Dann erregte etwas meine Aufmerksamkeit. Ein Stück zerknittertes Papier lag wie ein blasses Blatt auf der obersten Stufe. Es war über und über verschmiert, aber nicht mit Worten, sondern mit Noten, die mit der Hand niedergeschrieben worden waren. Als ich es aufnahm, sah ich die Überschrift: »Lied für eine Fremde.«

Eine Fremde. Ich wusste sofort, dass der Junge diese Melodie komponiert haben musste, um sie auf seiner Flöte zu spielen. Ich konnte die Musik fast in meinem Kopf hören, und ich zitterte, als würden der Frost und das Mondlicht und die eishellen Sterne durch meinen Geist tanzen.

Ich wollte die Verse, die ich schrieb, immer beschützen. Jedes Wort war kostbar und unwiederbringlich, wenn es verloren ging. Die Seele kämpfte darum, sich auszudrücken, und Geheimnisse wurden als Worte und Reime und Bilder niedergeschrieben. Ich habe nie irgendjemanden sehen lassen, was ich geschrieben hatte, und es hätte mich zur Verzweiflung gebracht, auch nur eines meiner niedergekritzelten Geheimnisse zu verlieren, meine Versuche, ein Gedicht zu erschaffen. Es wäre schrecklich gewesen, wenn eines davon auf der Schultreppe gelandet wäre, wo jeder es hätte aufheben und sich darüber lustig machen können oder es einfach in den Mülleimer hätte werfen können.

Ich wusste plötzlich, was ich zu tun hatte. Ich drehte mich um und lief den Zufahrtsweg entlang. »He, du hast etwas verloren! Das hier gehört dir, du hast deine Musik verloren«, rief ich. Aber als ich beim Tor ankam, war der Junge weg. Er war weg, obwohl ich weder ein Taxi noch sonst etwas gehört hatte und auch gar keine Fahrspuren auf der feuchten Erde zu sehen waren. Er hatte sich einfach in Luft aufgelöst. Nur war es unmöglich, dass Menschen so etwas so einfach tun konnten …

Nein. Er musste das Warten leid geworden und ins Dorf gegangen sein. Aber ich hatte immer noch seine Musik. *Lied für eine Fremde.* Ich stand einen Moment beim Tor und bedauerte, dass er weggegangen war, dann riss ich mich zusammen. Ein paar Worte mit einem Jungen von St. Martin's gewechselt zu haben war nichts von Bedeutung. Es war weit wichtiger herauszufinden, was Velvet gesehen hatte, bevor ich auf diesem Weg gelandet war. Ich schob das Stück Papier in meine Tasche und ging nachdenklich den Weg zurück.

Gewöhnlich versuchten Sarah und Evie, Velvet von mir fernzuhalten, seit wir wussten, dass sie ein Prüfstein war. Allerdings hatte sie mich im Umkleideraum überrascht. Das war es, was ich im Blick behalten musste, wie ich mir immer wieder sagte, während ich langsam zur Schule zurückging; Velvet und der Mystische Weg und das verhängnisvolle Schicksal meiner Mutter, nicht irgendein Junge, der mir zufällig begegnet war und den ich nie mehr wiedersehen würde. Als ich allerdings in dieser Nacht im Schlafsaal einschlief, hallte der helle, wilde Klang einer Flöte durch meine Träume, wie ein Vogel, der die Morgendämmerung begrüßt.

Am nächsten Morgen hatte ich keine Zeit, lange in solchen Phantasien zu schwelgen. Gleich nach dem Frühstück ergriff Velvet die Gelegenheit, mich festzunageln, als ich einen Brief von Tony abholte. Die Post für die Schülerinnen lag wie immer auf einem Tisch in der Eingangshalle, und ich freute mich, als ich seine Handschrift erkannte. Aber Velvet machte jeden Anflug von Freude über die Tatsache, dass ich einen Brief bekommen hatte, zunichte. Sie stellte sich mir in den Weg, als ich versuchte wegzugehen, grub ihre scharlachroten Nägel in meinen Arm und schob mich in das Empfangszimmer, einen hübschen Raum abseits von der Eingangshalle, in dem bevorzugte Eltern gelegentlich mit ihren geliebten Töchtern und der Obersten Mistress Tee trinken konnten. Ich war noch nie darin gewesen. Meine Mutter hatte mich nicht einmal öffentlich als Tochter anerkannt, ganz zu schweigen davon, dass sie irgendein Aufhebens um mich gemacht hätte. Velvet schob mich weiter auf eines der kleinen goldgerahmten Sofas und schloss die Tür.

»Amüsierst du dich, seit du wieder in der Schule bist, Helen?«, fragte sie spöttisch.

»Sag mir einfach, was du zu sagen hast, und lass mich in meine Klasse gehen.«

»Du hast es aber eilig. Hast du gar keine Zeit für ein kleines Schwätzchen mit mir? Ich denke, da gäbe es so einiges, das wir zu bereden haben.«

»Das glaube ich kaum.«

Sie rückte näher zu mir heran; ihre Augen glitzerten wie schwarze Diamanten. »Aber du wolltest mir im letzten *Term* etwas sagen. Sarah und Evie waren dagegen, aber du weißt, dass das nicht fair ist, nicht wahr? Wissen sollte geteilt werden. Gehört das nicht zu den Gesetzen ›Alles für das gemeinsame Wohl‹?«

Ich hatte das Gefühl, als würde eine Flamme hinter meinen Augen aufflackern und meinen Geist ausfüllen.

»Was willst du?«, keuchte ich.

Velvet zögerte, dann verzichtete sie auf ihre zuversichtliche, angeberische Pose. »Willst du das wirklich wissen?«, fragte sie ruhig. »Die Wahrheit ist: Ich will einfach nur deine Freundin sein, Helen.«

»Ich dachte, du würdest Wyldcliffe und alles, was damit verbunden ist, hassen«, sagte ich überrascht.

»Ich hasse nur das, was langweilig und gewöhnlich ist«, sagte sie. »Und du bist weder das eine noch das andere. Ich brauche deine Hilfe, Helen. Ich muss die Wahrheit wissen. Ich habe dich gestern gesehen.«

»Nein! Du hast gar nichts gesehen!«

Ich stand auf, zog meinen Arm aus ihrem Griff und rannte aus dem Zimmer.

»Helen, warte – komm zurück!«

Aber ich konnte nicht bleiben. Ich spürte, wie die Angst mich einhüllte. Die verführerischen Versprechen, die meine Mutter am Tag zuvor von sich gegeben hatte, schienen zu zerbrechen, als wären sie aus Glas. Eine Stimme rief meinen Namen, und Entsetzen breitete sich in mir aus. Es war eine Stimme, die ich vor langer Zeit gekannt hatte, und sie gehörte jemandem, den ich mühsam zu vergessen versucht hatte. Ich musste weg. Blindlings lief ich weiter, ohne wirklich zu wissen, wohin ich ging. Dann hörte ich eine andere Stimme, hell und aus weiter Ferne, die sagte: »Erinnere dich an den Schlüssel, der jede Tür öffnet … erinnere dich daran, wenn deine Freunde in Gefahr sind … erinnere dich an den Schlüssel …«

Während ich den Korridor entlangstolperte, wollte ich nur noch in Ruhe gelassen werden, aber etwas – jemand – rief mich. Das Zeichen auf meinem Arm brannte wieder. Der Sommer war vorüber. Ängste und Bedrohungen sammelten sich wie herabfallende Blätter um mich herum. Der Schlüssel, der jede Tür öffnete – war er verbunden mit dem »Geheimnis der Schlüssel«, von dem Miss Scratton gesprochen hatte? Aber wie sollte ich ihn finden? Und wo?

Ich konnte niemanden fragen. Miss Scratton war verschwunden. Meine Mutter hatte die Antworten auf so viele Fragen, aber es war ein gefährliches Spiel, ihr zu vertrauen, egal, was mein Herz gern glauben wollte. Und ich weigerte mich, Evie und Sarah noch weiter in die Sache hineinzuziehen. *Wenn deine Freunde in Gefahr sind*, hatte die Stimme gesagt. Ich konnte nicht zulassen, dass sie jemals wieder in Gefahr gerieten. Ich musste alles selbst herausfinden, und obwohl ich meine Schwestern sehr liebte, würde ich sie von jetzt an als Fremde betrachten müssen.

Acht

Aus dem Tagebuch von Helen Black
26. September

Wenn ich meine Mutter nur besser kennen würde. Wenn ich nur wüsste, ob ihre Worte wahr sind oder verdrehte Lügen. Wenn wir uns nur nicht so furchtbar fremd wären.

Dein Gesicht ist eine Maske.
Sie verbirgt deine Seele.
Du willst mit mir befreundet sein.
Du willst meine Mutter sein.
Und du willst mir den Glauben vermitteln,
Schön zu sein.
Masken tanzen in der Dunkelheit,
Stimmen singen in der Nacht.
Was befindet sich hinter der Maske?
Was ist das Ende vom Lied?
Was ist deine Wahrheit
Wunderschöner Fremder?

Ich hatte ihn wiedergesehen – den Fremden, den Schüler von St. Martin's, aber seinen Namen kannte ich immer noch nicht.

Seit meiner Begegnung mit dem Geist meiner Mutter

auf dem Ridge waren ein paar Tage vergangen. Ich war seither nicht wieder zurückgekehrt, um erneut mit ihr zu sprechen – ich zwang mich, dem Ort fernzubleiben und einige Zeit verstreichen zu lassen, während ich ihre Worte abwägte. Jedes Mal, wenn ich Evie und Sarah im Unterricht oder beim Essen oder im Schlafsaal sah, spürte ich, wie sie mich vorsichtig abschätzten und versuchten herauszufinden, was vor sich ging, wie ich mit allem »klarkam«. Ich wiederum gab mir alle Mühe, sie auf Distanz zu halten, versicherte ihnen höflich, dass es mir vollkommen gut ginge. Sie waren so … so fürsorglich, aber meistens waren sie *zu* fürsorglich, und ich hatte das Gefühl, als würden sie mich wie irgendein verletztes Geschöpf ansehen, das man im Auge behalten und gesundpflegen musste. Ich war ihnen ein Rätsel, sagten sie mit ihrem sanften, liebevollen Lächeln. *Du bist für uns so ein Rätsel, Helen. Ein Rätsel und ein Geheimnis …*

Es kam mir so vor, als wäre das einfach nur eine etwas freundlichere Art und Weise, »die verrückte Helen Black« zu sagen. Es gefiel mir nicht. Ich hatte genug davon, bemitleidet und beobachtet zu werden und zu erleben, dass man sich Sorgen um mich machte. Eine Phantasie tauchte immer wieder in meinem Geist auf, wie ich in der Lage war, vor sie zu treten und zu verkünden: »Seht her, ich habe meine Mutter gerettet, sie hat sich von den Dunklen Mächten verabschiedet und ist ins Licht gegangen, und sie hat mir gesagt, dass sie mich liebt, bevor sie weggegangen ist, und jetzt ist der Hexenzirkel zerbrochen, und ihr seid frei und ich auch.«

Hatte ich wirklich geglaubt, dass so etwas jemals passieren könnte? Ich wollte es so gern glauben. Ich wollte, dass es so war. Ich wollte meine Angst vergessen, wollte die Stimme vergessen, die ich gehört hatte, und ich wollte mir einreden, dass ich mit Leichtigkeit die »Schlüssel« finden würde und zu der Heldin werden könnte, von der Miss Scratton irgendwie geglaubt hatte, dass sie in mir wäre. Ich musste spüren, dass ich stark war und alles tun konnte, ohne dabei Hilfe von außen zu bekommen.

In diesem Augenblick sah ich ihn wieder, den Jungen mit dem ruhigen Lächeln und der Musik in der Seele. Er stand im Flur vor einem der Übungsräume der Schule und plauderte mit einigen Mädchen, die ebenfalls Unterricht bei Mr. Brooke hatten. Ich verbarg mich rasch im Eingang zu einem der anderen leeren Klassenzimmer, so dass ich ihn beobachten konnte, ohne selbst gesehen zu werden. Ich hatte das gefaltete Stück Papier mit seiner Musik immer noch in meiner Tasche. Ich hätte einfach zu ihm hingehen und sagen können: *Hi, ich habe die Noten, die du verloren hast – dein Lied. Und übrigens, wie heißt du eigentlich?*

Genau das hätten Camilla und Katie und all die anderen gemacht. Aber ich wollte mich nicht wie ein unerwünschtes Geschenk auf ihn stürzen. Und abgesehen davon musste ich seinen Namen nicht kennen. Ich zog es vor, ihn als Schüler zu sehen – als den Musiker. Genau das war er für mich. Ich wollte nicht herausfinden, dass er in Wirklichkeit Rupert Digby-Rawlins hieß oder einen ähnlich wichtigtuerischen Namen hatte, dass seine Eltern die absolut angesagteste, herrlichste Wohnung in Hampshire besaßen, total im Geld schwammen, o ja, und wir sehen sie auch jedes Jahr in ihrem Schweizer Chalet, wenn wir zum Skifahren dort sind …

Ich wollte nicht, dass er so war.

Ich versuchte, ihn von meinem Versteck aus zu beobachten, als würde ich zu ihm hingezogen werden, und prägte mir seine Gesichtszüge stückchenweise ein, beobachtete jeden flüchtigen Ausdruck. Er war groß, hatte blonde Haare und ein blasses, schmales Gesicht. Er sah aus, als hätte er zu viel gelernt und nicht genug gegessen, aber er wirkte innerlich glücklich, als würde heimlich etwas wie ein Licht in ihm brennen. Ich wusste nicht, ob er das war, was die Menschen als gutaussehend bezeichneten, aber ich mochte seine scharfgeschnittenen Wangenknochen und die geschwungenen Lippen. Seine Augen waren so hellblau wie ein Stück Himmel. Wenn etwas sein Interesse erregte, veränderten sie sich, waren sie nicht mehr kühl und heiter, sondern aufmerksam und lebhaft.

Ich hatte den Eindruck, als wäre es mir zwar gelungen, für einen kurzen Moment sein Interesse zu erregen, als ich in seine Unterrichtsstunde geplatzt war, aber es schien, als würde er sich genauso gern mit den anderen Mädchen von Wyldcliffe unterhalten. Scham durchzuckte mich und erinnerte mich daran, dass ich sterben würde, wenn Evie und Sarah wüssten, dass ich einen Jungen auch nur halbwegs mit Interesse betrachtete. Ich hatte mir immer eingeredet, dass Liebe und Romanzen etwas für meine Freunde waren, aber nicht für mich. Mein Herz war schon so zerrissen genug; es würde nie heilen, solange meine Mutter noch meine Feindin war. Aber wenn ich meiner eigenen Mutter schon nicht trauen konnte, wie dann einem Fremden?

Ich war die verrückte Helen Black, ich war allein – vom Schicksal gezeichnet und ausgesondert –, und so würde es auch immer bleiben. Ich wandte mich ab, unbemerkt von dem Jungen und seiner kleinen Schar von Bewunderinnen, und ihr Gelächter durchbohrte mich wie Pfeile.

Neun

Aus dem Tagebuch von Helen Black
30. September

Ich möchte wieder zu den Moors *gehen, zum Blackdown Ridge.*

Meine Mutter wartet. Ich höre wie sie nach mir ruft. Mein Herz sehnt sich danach, zu ihr zu gehen, auch wenn mein Kopf mir sagt, dass ich es lassen soll. Evie und Sarah würden mir sicherlich raten, mich von ihr fernzuhalten und sie wie ein übles Gift zu behandeln, aber sie haben nicht den Kummer in ihrer Stimme gehört. Sie haben nicht den Schmerz in ihren Erinnerungen, ihr Bedauern gespürt. Ich wünschte, Miss Scratton könnte mich führen. Oh, ich bin so verwirrt! Nichts scheint noch irgendwie klar zu sein.

Aber ich muss mich entscheiden. Vertraue ich ihr? Soll ich versuchen ihr zu helfen, oder sie für immer in dem schwarzen Fels lassen? Ich hatte im letzten Term *gesagt, dass alles gut werden würde. »Alles wird gut, und allen wird es gut gehen …« Aber wie kann das sein, wenn meine eigene Mutter meine Gefangene ist? Und wenn ich sie freilasse und sie verrät mich und entlässt ihre verzerrte Macht wieder auf diese Welt … ich kann meinen Freundinnen das nicht antun. Aber ich kann auch nicht zulassen, dass sie da oben verrottet …*

Mitten in dieser lähmenden, zweifelnden Stimmung träumte ich etwas Seltsames. Ich war früh mit pochenden Kopfschmerzen ins Bett gegangen, aber nachdem ich versucht hatte, meine Gefühle an mein Tagebuch weiterzugeben, stellte ich fest, dass es mir schwerfiel, mich zu entspannen. Da India Wyldcliffe verlassen hatte, hatte man ihr Bett abgezogen, und es stand leer da; es wirkte, als wäre jemand gestorben. Die Fenstervorhänge waren zurückgezogen, und das abendliche Dämmerlicht erfüllte den Raum. Laura starrte von dem Foto, das noch immer über Evies Bett hing, auf mich herab. Ihre Augen blickten mich hilfesuchend an. Ich stöhnte leise und wandte mich von dem quälenden Bild ab, während eine vertraute und trostlose Litanei in meinem Kopf zu dröhnen begann: Ich hätte Laura in der Nacht, als sie gestorben ist, helfen sollen. Ich war da, ich hätte etwas tun können. Ich hätte Lauras Platz einnehmen sollen, als der Hexenzirkel ihre Seele stehlen wollte, ich hätte mich an ihrer Stelle opfern müssen.

Wie schon so oft, häufte ich nur noch mehr Schuld und Selbstablehnung auf meinen müden Geist. Die einzige Person, die ich wirklich richtig hassen konnte, war ich selbst. *Bitte vergib mir, Laura,* bat ich stumm. *Es tut mir so leid.* Ich fühlte mich plötzlich schwindlig, und dann überwältigte mich der Schlaf, zog mich in seine willkommene Tiefe. Danach begann sofort der Traum, und ich sah, wie Miss Scratton auf ihrem weißen Pferd über den See bei der Kapelle ritt. Sie trug ein silbernes Gewand, und Licht ging von ihr aus, schimmerte wie tanzende Flammen auf dem Wasser. »Es ist bald so weit«, sagte sie. »Die Zeit ist gekommen, da alle Pfade sich kreuzen und alle Kreise sich verbinden.«

Dann hatte ich das Gefühl, als wäre es nicht Miss Scratton, sondern meine Mutter, jung und hübsch, wie ich sie einmal auf einem Foto gesehen hatte. Danach veränderte sich das Gesicht erneut, und ich sah einen strahlenden jungen Mann mit einem engelhaften Gesicht und einem Schwert an der Seite. »Helen, wach auf«, rief er sanft. »Es ist fast so weit. Erwarte den Morgen, und folge dem Zeichen.«

Dieser Teil des Traumes verblasste. Als ich mich selbst wieder spüren konnte, stand ich mitten im Steinkreis auf dem Ridge. Die Sterne glitzerten wie silberner Staub. Ich hob meine Arme gen Himmel und überließ mich dem Geist der Luft, dem Atem des Lebens, und begann zu singen. Mein Lied war der Wind und der Himmel, und ich verband mich mit allen Lebewesen, während ich sang. Mein Lied war meine Seele, die sich selbst in die Welt verströmte und eine antwortende Stimme suchte. Ich hörte den Widerhall einer Musik, die mein Herz schneller schlagen ließ. Die Sterne sangen zu mir, und ich sah eine riesige Gruppe von Leuten, die in Licht getaucht waren, bis ich aufwachte. Die Musik schwebte nach wie vor in der Luft.

Ich setzte mich im Bett auf. Meine Zimmerkameradinnen Evie, Sophie und Celeste schliefen alle friedlich. Stunden mussten vergangen sein, seit ich eingeschlafen war, aber es fühlte sich an wie nur wenige Minuten. Die quälende Verwirrung und die Schuldgefühle waren vergangen, als wäre ich von einer langen Krankheit genesen. *Ein Zeichen*, hatte der Engel in meinem Traum gesagt. Nun, ich besaß ein Zeichen, das der Schlüssel zum Verständnis von allem sein konnte. Wieso war ich nicht schon früher darauf gekommen? Ein Zeichen einer großen Bestimmung, hatte das Buch gesagt. Ich musste zum Siegel zurückkehren, musste mehr darüber erfahren, musste herausfinden, ob all das, was meine Mutter behauptet hatte, wahr war.

Still und leise stieg ich aus dem Bett und nahm einen Pullover von dem Stapel Kleidungsstücke auf meinem Stuhl, dann schlich ich mich auf den Flur. Das Siegel war an der Innenseite meines Nachthemds befestigt – ich trug es immer bei mir. Vorsichtig ging ich zu der durch einen Vorhang verborgenen Tür am Ende des Korridors und schob sie auf. Die wurmstichigen Stufen waren voller Staub und quietschten unter meinen bloßen Füßen, als ich mich in der Dunkelheit vorantastete. Wenige Augenblicke später hatte ich das kleine Zimmer erreicht, das sich unter den Dachvorsprüngen der Abteischule befand; hier hatte Lady Agnes vor mehr als hundert Jahren heimlich die Überlieferung des Mystischen Weges studiert.

Es war dunkel, aber ich wusste, dass ich auf einem Regal gleich neben der Tür Streichhölzer finden würde. Ich tastete mich in der Dunkelheit weiter voran, und es gelang mir, ein Streichholz anzumachen und eine Stummelkerze zu entfachen. Ein flackerndes Leuchten erhellte jetzt das Zimmer mit seinen staubigen Samtvorhängen und den abgenutzten Wandteppichen. Agnes hatte hier gearbeitet und gelernt, und gehofft und geträumt und für Sebastian gebetet. Die Luft war mit Erinnerungen an sie geschwängert.

»Agnes«, flüsterte ich. »Hilf mir jetzt.«

Meine Kerze brannte gleichmäßig, als ich mich an den geschnitzten Holztisch setzte. Jede Menge gefüllter Krüge und Pergamentrollen befanden sich darauf. Ich schob die Sachen vorsichtig zu einer Seite, nahm das Siegel ab und legte es auf die schimmernde Tischplatte.

Das Siegel war einfach, beinahe schlicht. Es hatte die Form eines Kreises und wurde von zwei gebogenen Formen gekreuzt, die mich manchmal an Flügel erinnerten, manchmal an scharfe Dolche. Die Brosche besaß ansonsten keine weitere Ausschmückung oder einen Edelstein oder sonst ein Kennzeichen. Sie war nicht so schön wie der glänzende Talisman, aber ihre Gestaltung war gut, als wäre sie genau das, als das sie gedacht gewesen war. Ich hörte wieder, was meine Mutter über das Siegel gesagt hatte, und mein Herz begann zu rasen.

Du wirst das Siegel beanspruchen und alles, was es enthält. Ich nahm die Brosche in die Hand und hauchte sie an. Sie schien im sanften Kerzenlicht zu glühen. Meine Mutter hatte gesagt, dass das Siegel seine Macht verloren hätte, nachdem sie seinen Ruf zurückgewiesen hatte, aber vielleicht würde diese Macht für mich wieder erwachen? Es kam mir so vor, als würde ich mich selbst sehen, wie ich ganz in Weiß auf dem Kamm stand, das Siegel wie ein Stern auf der Brust und vor Freude zitternd. *Immer in Schönheit und Licht zu weilen …*

War es möglich, dass ein solches Schicksal auf mich wartete? Wie konnte ich es erlangen? Schönheit und Licht – das war es, wonach ich mich immer gesehnt hatte. Wieder erklang die verführerische Stimme meiner Mutter in der Luft, als sie flüsterte: *Oder ist es Liebe, was du begehrst?*

Oh, Liebe – Liebe! Sooft ich mir auch einredete, dass sie nicht für mich gedacht war, wusste ich doch tief in meinem Innern, dass ich mich danach sehnte zu lieben und geliebt zu werden. Ein Junge mit blonden Haaren und lachenden blauen Augen … wie würde so etwas sein? Miss Scrattons Worte kehrten zu mir zurück und raubten mir den Atem: *Dann wird jemand anderes kommen, weder Mutter noch Vater noch Schwester noch Bruder, sondern jemand, der dich über alle Grenzen dieser Welt hinaus lieben wird. So viel kann ich dir versprechen. Das ist deine Bestimmung.* Konnte das Siegel wirklich dazu beitragen, dass dies geschah? Ich wusste kaum, was ich denken – oder tun – sollte. Ich konnte kaum noch stillsitzen; am liebsten wäre ich nach draußen gelaufen und über die *Moors* gestreift, hätte mich vom Wind hin und her wehen lassen, als wäre es die Liebe selbst, die mich überwältigte, wieder alles von vorn beginnen ließ.

Ich hatte mich natürlich immer nach der Liebe meiner Mutter gesehnt. Aber es gab noch eine andere Liebe, die Welten erleuchten und wie eine Sonne brennen konnte, es war die Berührung der Liebe, die Zärtlichkeit eines Liebenden … würde ich es denn jemals verdienen, mich in den Augen von jemand anderem als kostbar zu empfinden? Würde der Tag heraufdämmern – der Morgen, nach dem ich Ausschau halten sollte, wie mein Traum es mir gesagt hatte –, da ich nicht mehr allein sein würde? Ich konnte wieder die tanzende Musik des Schülers hören, wie ein Hauch wilder Luft, und es kam mir so vor, als wüsste ich, dass alles, was ich mir heimlich ersehnte, durch dieses Siegel kommen könnte, wenn ich nur herausfand, wie ich es zum Leben erwecken konnte. In diesem Moment wollte ich alles, wovon meine Mutter gesprochen hatte – Schönheit und Macht und Weisheit und Liebe. *Alles, was dein Herz begehrt,* schien sie mir wieder zuzuflüstern. *Es wird Zeit, dass du dich von der Vergangenheit und dem, was hätte sein können, abwendest … das Siegel ergreifst …* Ich war geblendet von ihren Worten. Ich würde all meine Trauer und meine Zweifel und Selbstablehnung aufgeben. Ich würde wieder neu werden, verherrlicht durch das Große Siegel. Es konnte alles mir gehören, wenn ich es nur einfach als mein Recht beanspruchte.

»Erwache!«, befahl ich leise flüsternd. »Erwache und sei mein!«

Ein Windstoß löschte die Kerze. Ich fuhr hoch und ließ die Brosche auf den Boden fallen. Eine Eule schrie draußen in der Nacht. Die kleine Dachkammer wirkte schwärzer und dunkler als je zuvor. Und dann begann in einer Zimmerecke auf der fleckigen Oberfläche eines altmodischen Spiegels ein blasses Licht zu leuchten. Ich ging dorthin, angezogen von dem Licht. Ich sah im Spiegel mein schemenhaftes Spiegelbild … aber nein, da stimmte etwas nicht … diese Augen hatten die Farbe des grauen Meeres. Dieses Mädchen war nicht ich … es war Agnes, und sie versuchte, mir etwas zu sagen. Ihre Stimme war wie ein fernes Flüstern im Wind. »Das ist nicht der Weg. Unsere Aufgabe ist es zu geben, nicht zu empfangen. Sich zu verströmen, nicht zu nehmen. Große Kräfte erfordern große Opfer.«

Agnes' Gesicht war voller Liebe und Verständnis. »Schon bald, Helen, bald ist deine Zeit gekommen, wenn alle Wege sich kreuzen, aber du musst dem Zeichen folgen, das geschickt wird.« Sie streckte mir ihre Hände entgegen, und ich beeilte mich, sie zu nehmen, aber als ich das Glas berührte, zerbarst es in tausend Stücke, die wie weicher, glitzernder Regen auf den Boden fielen.

Ich war allein in der Dunkelheit. Es würde keinen leichten Weg zur Herrlichkeit für mich geben.

Das Siegel würde meinem Befehl nicht gehorchen, und es würde mir auch nicht geben, was ich mir wünschte, nur weil ich das wollte. Opfer, nicht Selbstsucht, war der Pfad des Siegels. Und was wusste meine Mutter darüber? Alles hatte sie ihren egoistischen Wünschen geopfert, selbst ihre Tochter.

Ich kehrte durch die Dunkelheit zurück und legte mich wieder in mein schmales Bett.

Zehn

Das Zeugnis von Sarah Fitzalan

Wir warteten einfach in der Dunkelheit. Ich konnte unsere Probleme nicht mehr einfach ignorieren. Es war wunderbar, mit Cal und meinen Freunden zusammen zu sein, aber Helen entglitt uns mehr und mehr, und ich musste etwas tun.

»Es war so gedacht, dass wir zusammenarbeiten«, ärgerte ich mich. »Wieso tut Helen so geheimnisvoll? Wieso versucht sie uns auszuschließen?« Cal, Josh, Evie und ich waren wie üblich in den Stallungen. Ich zerfetzte gerade ungeduldig ein Stück Stroh, sprang auf und sagte sicher zum hundertsten Mal: »Wir müssen etwas unternehmen.«

»Nur vom Reden passiert nichts«, sagte Cal und legte seine Arme um mich, damit ich mich besser fühlte. »Du bist das alles schon so oft durchgegangen. Was könntest du sonst noch tun?«

»Wenn nur Miss Scratton noch hier wäre«, seufzte Evie.

Ein Kloß bildete sich in meiner Kehle, als ich mich an unsere Wächterin erinnerte. Ich hätte sie so gern wiedergesehen.

»Was würde sie wollen, dass wir tun?«, fragte ich. »Ich meine, Miss Scratton?«

»Dass wir stark bleiben«, antwortete Evie. »Ehrlich zueinander sind. Niemals Angst haben.«

»Ja, natürlich«, stimmte ich ihr zu. »Aber es muss noch etwas anderes geben … etwas muss geschehen, etwas Praktisches. Es ist Zeit, dass wir erfahren, was mit diesen Schlüsseln ist, von denen Miss Scratton gesprochen hat. Sie sagte – was war es? – das Geheimnis der Schlüssel ist nahe. Was hat sie damit gemeint?«

»Sie hat auch gesagt, dass dies jetzt Helens Zeit ist«, sagte Evie. »Ich habe mir mein Hirn darüber zermartert, um was für Schlüssel es sich handeln könnte, aber vielleicht ist es Helens Aufgabe, das herauszufinden, wie Miss Scratton gesagt hat. Alles, was wir tun können, ist womöglich, sie zu unterstützen und uns bereitzuhalten. Was immer passiert, wir werden uns dem gemeinsam stellen.« Cals Arm um meine Schultern wurde fester. Mit jemandem zusammen zu sein fühlte sich in diesem Moment sehr wertvoll an.

»Wir sind mit jemandem zusammen, aber Helen ist allein und unglücklich«, äußerte ich besorgt. »Sie hat noch nicht gefunden, was sie sucht.«

»Hat Miss Scratton nicht gesagt, dass sie dazu bestimmt ist, jemandem zu begegnen?«, fragte Josh. Er warf Evie einen zögernden Blick zu und fügte hinzu: »Jemandem, der sie liebt. Ist es nicht das, was wir alle suchen?«

Armer Josh, dachte ich. Seine eigene Liebe zu Evie brannte wie eine Kerze in einem leeren Raum. Sie errötete und sah zur Seite.

»Ja, das hat sie gesagt«, sagte ich brüsk, in dem Versuch, die verlegene Stille zu überbrücken. »Und Miss Scratton hat zu Helen gesagt, dass … was war es noch? Etwas über jemanden, der sie über das Ende der Welt hinaus lieben würde. Es klang alles ganz wundervoll, aber es scheint nicht einzutreten, oder? Helen sagt, dass es ihr gut geht, aber ich weiß, dass sie ziemlich angespannt ist. Sie wird niemals zur Ruhe kommen, solange der Geist dieser üblen Frau noch darauf wartet, auszubrechen und uns zu zerstören.«

»Und was schlägst du vor?«, fragte Evie. »Wir können Mrs. Hartle nicht *töten*, oder? Sie ist bereits tot, oder zumindest ist sie das, was die meisten Leute als tot bezeichnen. Wie auch immer, wir dürfen unsere Kräfte auf keinen Fall für zerstörerische Zwecke einsetzen. Wir müssen also vermutlich warten, bis sie den ersten Zug macht, oder nicht?«

»Also warten wir und warten wir«, murmelte ich, »bis Helen einen Nervenzusammenbruch hat oder der Hexenzirkel über uns herfällt oder Mrs. Hartle entkommt?«

»Denkst du, die Person, von der Miss Scratton gesprochen hat, wird ihr wirklich zu Hilfe kommen?«, fragte Evie. Sie wirkte beunruhigt.

Ich seufzte. »Ich wünschte, wir wüssten eine Beschwörungsformel, mit der wir diesen mysteriösen Fremden für Helen herholen könnten, und auch die Schlüssel, was immer sie sein mögen, sowie ein Wunder des Friedens und Glücks für alle in Wyldcliffe. Aber so läuft es nicht. Wir haben schon in den Ferien alles Mögliche getan, um herauszufinden, was für Schlüssel das sind. Wir haben die Beschwörungsformeln ausprobiert, die wir haben, um etwas zu finden und zu benennen oder Ähnliches zu tun, aber nichts davon hat funktioniert. Es ist so frustrierend, dass wir nichts *tun* können. Ich hasse es, einfach nur warten zu müssen.« Cal übernahm meine Stimmung, und meine Ungeduld fand einen Widerhall in seiner Stimme.

»Eine Sache könntet ihr allerdings tun«, sagte er. »So,

wie ich es sehe – natürlich tut es mir wirklich leid für Helen, aber es ist Laura, um die ich mir Gedanken mache. Die Toten sollten tot sein und sich nicht in irgendeinem unnatürlichen Zustand dazwischen befinden. Ich weiß, dass es Tore zwischen diesem Leben und dem nächsten gibt, das haben wir erlebt. Agnes spricht vom Licht aus zu euch, von dem Ort aus, der dahinter liegt. Und die Zigeuner haben ebenfalls die Grenze des Todes überwunden, um Sebastian zu helfen, und sind danach an ihren Ruheplatz zurückgekehrt. Aber für Laura ist es anders; sie steckt immer noch irgendwo zwischen Leben und Tod fest. Ich weiß nicht, es fühlt sich alles falsch an, wie eine Art *Amria* – ein Fluch. Könnt ihr eure Kräfte nicht herbeirufen, um ihr zu helfen? Und Evie hat immer noch den Talisman – warum benutzt ihr ihn nicht?«

Ich hatte gewusst, dass ich mich auf Cal verlassen konnte. »Benutzen wir ihn also, um zu versuchen, Laura zu befreien«, sagte ich eifrig. »Wir können die Schlüssel nicht aus dem Nichts herschaffen – wir wissen ja immer noch nicht, was sie eigentlich sind. Und wir können Helen nicht glücklich machen. Aber wir sollten zumindest versuchen, etwas für Laura zu tun, oder? Es ist schlimm genug, dass sie ermordet wurde, aber dass ihre Seele nicht in der Lage ist, die Reise zu beenden, und stattdessen an Mrs. Hartles Seele gebunden ist – Cal hat Recht, das ist schrecklich. Und wenn die Priesterin wieder frei ist, wird Laura nicht die einzige Gebundene Seele sein. Es könnte sein, dass wir die nächsten sind, oder ein anderes Mädchen von Wyldcliffe oder eins von den Kindern in der Dorfschule. Das ist es, was sie will, eine ganze Armee von Gebundenen Seelen, die ihrem Meister dienen. Wir müssen verhindern, dass das passiert!«

»Wenn wir Laura retten, könnte das ein gewaltiger Schlag gegen die Priesterin und ihren Hexenzirkel sein«, sagte Evie nachdenklich. »Es wäre eine Warnung an sie, niemals wieder zu versuchen, jemanden zu versklaven. Es könnte sie sogar dazu bringen zu erkennen, dass es keinerlei Hoffnung für sie gibt, jemals ihre Macht zurückzuerlangen.«

»Genau! Wir haben lange genug gewartet. Wir müssen es tun, wir müssen einfach!« Ich hatte mich jetzt in eine leidenschaftliche Bitte hineingesteigert, und ich konnte an den Gesichtern der anderen sehen, dass sie beeindruckt waren. Die Vorstellung, etwas zu tun, riss uns aus unserem Zögern. Wir bereiteten uns auf die Schlacht vor, verbunden in Liebe und Freundschaft, für immer vereint.

Und so überredete ich meine Freunde mit den besten Absichten, dem Pfad zu folgen, der das große Unheil auf unsere unachtsamen Seelen herabstürzen ließ.

Elf

Das Zeugnis von Evelyn Johnson

Es war so typisch für Sarah, Laura helfen zu wollen. Sarah konnte es nicht ertragen zu sehen, dass irgendjemand Schmerzen litt oder einsam war oder andere Probleme hatte. Und ich pflichtete ihr bei, zumindest in der Theorie. Ich wollte gern genauso warmherzig und liebevoll sein wie sie, aber die ganze Zeit über war mir insgeheim klar, dass ich Josh leiden ließ und dass unsere Treffen für ihn nicht nur Freude, sondern auch Schmerz bedeuteten. Ich wollte ihm nicht weh tun, aber obwohl ich akzeptiert hatte, dass Sebastian tot war, und obwohl ich seine Erlösung begrüßt hatte, fühlte ich mich immer noch eingefroren in der Zeit, wie eine Statue aus Eis.

Ich hätte mich so gern wieder ins Leben gestürzt, so wie Sebastian mich gebeten hatte, aber ich hatte Angst. Es kam mir so vor, als würde meine Liebe zu Sebastian beendet sein, wenn ich mir erlaubte, jemand anderen zu lieben. Er wäre dann endgültig Vergangenheit: »Nur ein Junge, den ich mal gekannt habe, aber jetzt ist es vorbei …« Diese Vorstellung war unerträglich. Ich klammerte mich also an die Erinnerung an ihn, wie die letzte Rose des Sommers sich an den Zweig klammert, lange, nachdem ihre Blüte und ihr Duft verschwunden sind.

Josh und ich waren nur Freunde, redete ich mir ein, und dann fand ich einen Grund nach dem anderen, um ihn in den Ställen zu treffen oder wegen irgendeiner banalen Angelegenheit in die Stadt oder zur Kirche ins Dorf zu begleiten. Er war so gut und stark und gütig – aber ich konnte mir einfach nicht eingestehen, dass ich ihn brauchte und wie viel ich für ihn empfand. Oder vielleicht weigerte sich mein Kopf auch einfach nur anzuerkennen, was mein Herz bereits wusste.

Und da waren wir also: Cal und Sarah, Josh und Evie. Wir vier hatten uns bereiterklärt, eine Möglichkeit zu suchen, wie wir Laura befreien konnten, aufgerüttelt durch Sarahs glühende Worte. Während wir weiter über die Sache sprachen, wurde es dunkel, und wir schwelgten in Träumen und Phantasien. Plötzlich schien es nur noch eine kleine Aufgabe zu sein, die uns bevorstand, als wäre es leicht, Laura zu befreien und der Priesterin und ihrem Hexenzirkel den letzten, entscheidenden Schlag zu versetzen. Und dann, schon sehr bald, würden Sarah und ich die Schule verlassen und uns für immer von Wyldcliffe verabschieden können. Wir schmiedeten mit den Jungen verrückte Pläne, dass wir nach London ziehen und zusammen studieren würden, dass wir uns alle zusammen ein großes altes Haus am Meer kaufen würden, wenn »all das« vorbei wäre und wir mit unserem normalen Leben fortfahren könnten …

Schließlich mussten wir gehen und Josh und Cal in den Ställen zurücklassen. Wir liefen zum Kunstraum, um Helen zu finden und ihr von unseren Plänen im Hinblick auf Laura zu erzählen, aber sie war nicht da. Sie musste schon zum Essen gegangen sein, da die Glocke bereits klingelte. Da es unmöglich sein würde, im Speisesaal mit ihr zu sprechen, hofften wir, danach Gelegenheit dazu zu haben. Während die Mistresses hereinströmten und ihre Plätze am Lehrertisch einnahmen, kam Helen verspätet in den Speisesaal. Sie wirkte blass und müde. »Agnes' Studierzimmer nach dem Essen, okay?«, flüsterte ich ihr zu.

Sie sah mich seltsam zögernd an, aber dann nickte sie zustimmend, und ich wartete ungeduldig darauf, dass das Essen vorüber war. Statt allerdings entlassen zu werden, als die Tische abgeräumt worden waren und das Dankesgebet zum Abschluss gesprochen worden war, befahl man uns, wieder Platz zu nehmen, da eine wichtige Nachricht verkündet werden würde. Geflüster und das Scharren von Stuhlbeinen und Bänken auf dem Boden erklangen, als die Schülerinnen erwartungsvoll wieder Platz nahmen. Ich erinnerte mich an meinen ersten Abend in Wyldcliffe, als Mrs. Hartle mich der Schule vorgestellt hatte und zweihundert Augenpaare sich feindselig auf mich gerichtet hatten. Ich hatte mich so allein gefühlt wie ein Kind, das den Armen der Mutter entrissen worden war.

Aber ich hatte überlebt. Jetzt hatte ich Freunde in Wyldcliffe, tiefe Verbindungen, die niemals zerreißen würden, wer immer auch in der Schule das Sagen hatte. Sarah und Helen, Josh und Cal: Sie alle waren jetzt ein Teil von mir. Und verborgen in der geheimen Vergangenheit dieses seltsamen Ortes wartete Agnes, meine Ahnin und Freundin, meine Schwester des Feuers, immer darauf, dass ich über den Fluss der Zeit hinweg die Hand nach ihr ausstreckte. Wir waren miteinander verbunden – durch den magischen Talisman, den ich verborgen an einer schönen Silberkette um den Hals trug, und durch die Liebe zu einem Jungen namens Sebastian Fairfax, der die ganze Welt für mich gewesen war und noch immer mein Herz bewachte.

Es war Miss Hetherington, die unsere Aufmerksamkeit auf sich lenkte. »Mädchen«, sagte sie, »ich weiß, dass ihr neugierig seid zu erfahren, wer die Schule in diesem Jahr leiten wird. Über Wyldcliffes tragische Verluste ist in aller Ausführlichkeit berichtet worden, und ich habe nicht vor, sie noch einmal zu erwähnen. Wir müssen in die Zukunft sehen.« Ich hatte das Gefühl, als würde die Kunstlehrerin bestürzt dreinblicken, während sie sprach, trotz ihrer mutigen Worte. Es war schwer zu erkennen, wer in Wyldcliffe wem gegenüber loyal war und welche der Lehrerinnen geheime Mitglieder des Hexenzirkels waren. Ich hatte allerdings immer das Gefühl gehabt, dass Miss Hetherington zu den Leuten gehörte, die Miss Scratton und ihre Reformen unterstützt hatten. Es war schwer, sie sich als eine Schwester der Dunkelheit vorzustellen. Im Vergleich zu den anderen Mistresses war Miss Hetherington lebhaft und jung. Sie war eine Künstlerin, und daher musste sie Licht und Farben und Schönheit geliebt haben. Würden diese Ideale reichen, um sie davor zu schützen, dem bösen Einfluss des Hexenzirkels zum Opfer zu fallen? Es schien mir ein ziemlich schwacher Schutz zu sein, aber was hatten wir schon anderes als die unsichtbaren Mysterien der Hoffnung und der Liebe als Rüstung in dieser Schlacht? Unsichtbare Dinge … ein halbvergessener Satz kam mir wieder in Erinnerung und schenkte mir Trost. *Die Dinge, die unsichtbar sind, sind ewig.*

Aber dann sprach Miss Hetherington weiter. Ich riss mich zusammen und konzentrierte mich. »Wie gesagt«, fuhr sie fort, »die Schule muss sich auf die Zukunft vorbereiten. Die Schulleitung hat großflächig nach der richtigen

Person dafür gesucht. Meine Damen, es freut mich, euch den neuen Obersten Master von Wyldcliffe vorstellen zu können, Dr. Franzen. Bitte begrüßt ihn.«

Augenblicklich schwirrten empörte Stimmen durch den Raum, wie ein Schwarm Bienen.

»*Ihn?*«

»Hat sie *ihn* gesagt?«

»Sie werden doch sicher keinen *Mann* hierhergeholt haben?«

Alle drehten die Köpfe und starrten die schwere, beeindruckende Gestalt an, die jetzt in den Speisesaal geschritten kam. Er war etwa fünfzig, schätzte ich, aber er verströmte die Energie und Stärke eines sehr viel jüngeren Mannes, trotz der Tatsache, dass er sich beim Gehen auf einen Stock mit einer silbernen Spitze stützte. Seine lohbraunen Haare fielen ihm bis auf die Schultern, und der weiche Vollbart verstärkte noch den Eindruck von löwenartiger männlicher Kraft. Im ersten Moment wollte ich lachen. Das alles kam so unerwartet, war so unglaublich. Aber als er am Tisch des Lehrpersonals Platz nahm und mit tiefer, kalter Stimme zu sprechen begann, verging mir das Lachen.

»Guten Abend. Ich bin Dr. Franzen. Ich bin hier, um Wyldcliffe wieder zu dem zu machen, was es vor den unglückseligen Vorfällen gewesen ist. Ein Fels in einer sich verändernden Welt. Ein Zufluchtsort vor den Kräften der Anarchie. Der Inbegriff der Vortrefflichkeit für euch Privilegierte. Es wird keine Oberste Mistress mehr in Wyldcliffe geben. Von jetzt an werde ich hier Schuldirektor sein. Die Fehler der Vergangenheit können ausgemerzt und gestrichen werden. Dies ist Tag null. Alles beginnt von vorn.«

Und in genau diesem Moment begann tatsächlich alles. Helen schoss wie von der Tarantel gestochen von ihrem Platz hoch. Sie schnappte nach Luft und hielt sich den Arm; ihr Gesicht war weiß vor Schmerz. »Nein! Das tue ich nicht … das kann ich nicht!« Ihre hellen, zu Tode erschrockenen Augen suchten meinen Blick. »Evie, sag ihm … sag ihm …« Und dann brach sie bewusstlos zusammen, und Dr. Franzens Begrüßung verwandelte sich in Panik und Chaos.

Zwölf

Aus dem Tagebuch von Helen Black
3. Oktober

Wie sie sagen, bin ich krank geworden. Ich erinnere mich nicht daran. Ich erinnere mich nur an diese Stimme … diese Stimme, vor der ich mich so gefürchtet habe, und dass ich das Gefühl hatte, als würde die Welt unter meinen Füßen wegrutschen. Und jetzt schmerzt das Siegel an meinem Arm so sehr, als würde es in Flammen stehen, und ich kann nicht mehr klar denken. Die Zeit, die ich mit meiner Mutter verbracht habe – ihre Worte und Versprechungen –, scheinen wie in weiter Ferne zu liegen. Der Anblick dieses Mannes hat alles andere ausgelöscht.

Die Krankenschwester hat mir heute erlaubt, die Krankenstation zu verlassen, auch wenn ich es nicht über mich bringen konnte, in den Unterricht zu gehen. Ich habe auf meinem Bett gelegen und so getan, als würde ich lesen, aber alles, woran ich denken kann, bist du, mein Wanderer, und was geschehen ist, als ich dich das letzte Mal gesehen habe – und ihn. Die Prellungen in deinem Gesicht … das Blut auf deinen Lippen … alptraumhafte Visionen, die ich zu vergessen versucht habe. Aber es ist alles noch da, so klar und scharf wie ein Messer.

Wanderer, Dr. Franzen ist hier.

Mir wird elend, wenn ich nur seinen Namen schreibe. Wie kann ich jetzt noch eine Minute länger an diesem Ort bleiben? Vielleicht lässt Tony mich bei sich und Rachel leben, wenn ich weglaufe.

Nein. Ich darf ihr Leben nicht wieder mit meiner Anwesenheit beflecken. Ich muss mich von allen fernhalten, die mir etwas bedeuten. Von dir, von Laura, von meinen Freunden – ich scheine alle in Ärger und Dunkelheit zu führen.

Erinnerungen flüstern und fluchen,
Ziehen mich zurück zu den dunklen, fernen Tagen;
Und die Bäume wehen im Wind,
Werfen Gedanken wie Blätter
Auf die feuchte, schwarze Erde.
Zerrissene Blütenblätter fallen auf dein Grab.

Sarah und Evie sind gestern wieder hergekommen, um nach mir zu sehen, und diesmal hat die Krankenschwester sie hereingelassen. Sie wollten unbedingt wissen, was meinen Zusammenbruch verursacht hat. Ich habe ihnen gesagt, dass Dr. Franzen ein »Bildungsexperte« wäre, der das Kinderheim geleitet hätte, und dass ich, als ich ihn gesehen habe, einfach nur von Erinnerungen überwältigt worden bin. Er war anmaßend, ziemlich streng und altmodisch, sagte ich ihnen. Ich konnte ihnen nicht sagen, dass er ein gewalttätiges Ungeheuer ist. Aber er wird hier auch nicht tun können, was er im Waisenhaus getan hat, nicht bei diesen privilegierten jungen Damen. Er hat seine Opfer sorgfältig gewählt. Er hat mich gewählt.

Ich bin nie in der Lage gewesen, mich wirklich mit meiner Vergangenheit auseinanderzusetzen, nicht richtig. Ich habe meinen Freundinnen einmal erzählt, dass die Leute im Waisenhaus versucht hätten, nett zu sein. Nett! Sie waren Wil-

de, Unmenschen, und diejenigen, von denen man hätte Hilfe erwarten können, haben alles unter den Teppich gekehrt. Die Schläge, die Bestrafungen, die Entwürdigungen und Demütigungen, die unausgesprochene Angst vor den noch größeren Qualen, die sie einem auferlegen konnten. Die Menschen, die eigentlich für uns hätten sorgen sollen, behandelten uns wie Dreck, und niemand wusste es oder kümmerte sich darum, und er war der Schlimmste. Aber es sind die Opfer, die mit Scham und Zweifeln und Selbsthass zurückbleiben, nicht die Täter. Ich konnte nie mit jemandem darüber sprechen.

Es war die Angst davor, zu alldem zurückkehren zu müssen, weshalb ich in Wyldcliffe geblieben bin. Sogar, nachdem meine Mutter sich nach den schrecklichen Ereignissen im Zusammenhang mit Lauras Tod gegen mich gewandt hat. Und jetzt ist er hier, er ist in mein Leben zurückgekehrt. Ich weiß nicht, wie ich das ertragen soll. Oh, Wanderer, mein ältester, treuester Freund, hilf mir. Hilf mir.

Als ich sah, wie Dr. Franzen den Speisesaal von Wyldcliffe betrat – sich auf seinen Stock stützend –, und als ich seine Stimme hörte, kam es mir so vor, als wäre alles andere aus meiner Erinnerung wie weggewischt. Ich war nicht mehr Helen, eine Schwester des Mystischen Weges, die sich aufgemacht hatte, dem Geist ihrer Mutter Heilung und Frieden zu bringen. Ich war wieder ein zu Tode erschrecktes Kind, das um Hilfe bettelte. Ich wurde in den Keller des Kinderheims geschickt, wurde in den winzigen, fensterlosen Raum gesperrt, den sie benutzten, um jemanden für »unakzeptables Verhalten« zu bestrafen, ohne etwas zu essen oder zu trinken zu bekommen und ohne Licht oder Wärme. Wie viele Male war ich nach dort unten geschickt worden, hatte Stunden im Elend gesessen, ohne zu wissen, was mit mir passieren würde. Und das war das Schlimmste überhaupt gewesen – dass ich nicht wusste, ob ich nach den Stunden der Isolation einfach rausgelassen oder geschlagen wurde oder …

Es war ein Wunder, als ich herausfand, dass ich mit der Kraft meiner Gedanken von diesem Ort fliehen konnte. Zuerst kam es mir einfach nur wie wilde Tagträume und Phantasien vor, aber das änderte sich bald. Ich konnte mich wirklich durch die Luft in die Seitenstraßen der Stadt befördern oder an die Ufer des Kanals oder in die armseligen, nicht beachteten Wälder bringen, die sich jenseits des Stadtrands erstreckten.

Es war in diesem schrecklichen Keller, wo mein einziger Freund die letzten Schläge für mich auf sich nahm. Er hätte es nicht tun sollen. Ich wäre damit klargekommen. Es war schließlich nur ein weiteres Mal. Aber all die Jahre später, in der Abteischule Wyldcliffe für Junge Ladys, fegte meine Vergangenheit ins Leben zurück wie ein blendender Sturm, als Dr. Franzens Blick durch den Saal glitt.

Meine Vergangenheit. Hier ist sie.

Jahrelang hatte ich nichts anderes gekannt als das Kinderheim: Angst und Elend und Dr. Franzen. Er hatte mir beigebracht, dass ich eine Schande war, unerwünscht, hoffnungslos, nutzlos, dumm, ungehorsam, und dass es insgesamt besser gewesen wäre, ich wäre gar nicht erst geboren worden. Aber dann kam ein Junge zu uns, betrat meine Welt und ließ mich zum ersten Mal begreifen, was Hoffnung war.

Die anderen Kinder im Heim gaben ihm den Spitznamen »der Wanderer«, weil er sich offenbar nie irgendwo länger niederlassen konnte, oder besser, er war immer bereit für ein nächstes Abenteuer, ein nächstes Verschwinden. Wanderer passte besser zu ihm als Tom, sein richtiger Name. Er war nie wirklich ein Tom für mich – er war weit wagemutiger und flüchtiger als das. Ich sah ihn als einen freien Geist, der in die Welt geweht worden war, damit er dort über die wilden Plätze tanzen und über alles lachen konnte, das ihm im Weg war. Und so lernte ich, ihn Wanderer zu nennen, wie alle anderen auch.

Als er in das Heim kam, muss ich etwa elf gewesen sein, und er war ein bisschen älter, etwa zwölf oder dreizehn. Wir waren nur Kinder, aber ich wusste, kaum dass ich ihn sah, dass er anders war. Da war ein Licht in ihm, eine verborgene Freude. Dass er keine eigene Familie hatte, schien ihn nicht zu bekümmern. Er gehörte überallhin und nirgendwohin und zuckte einfach nur jedes Mal mit den Schultern, wenn er wieder einer Pflegefamilie übergeben wurde. Seltsamerweise wählten sie immer den Wanderer aus, obwohl er keinerlei Anstalten machte, ihnen besonders zu gefallen. Niemand hatte jemals mich gewählt, was mich auch nicht sonderlich überraschte. Ich erwartete nichts Gutes vom Leben und erhielt daher auch nichts Gutes. Aber dieser Junge war anders. Er atmete eine andere Luft, und er zuckte einfach mit einem noch breiteren Lächeln mit den Schultern, wenn es mit der Pflegefamilie nicht geklappt hatte und er ins Waisenhaus zurückgebracht wurde.

Der Wanderer interessierte sich nicht für die Schikanen und Statuskämpfe und Hierarchien, die die anderen Kinder beschäftigten, indem jedes einzelne das bisschen an Gebiet verteidigte, das es besaß, bevor irgendjemand es ihm wegnehmen konnte. Ich allerdings war in ihrem Kreuzfeuer gefangen. Sie hielten mich für langsam und dumm, und sie sorgten dafür, dass ich jedes Mal die

Schuld zugewiesen bekam, wenn etwas falschlief. Nicht alle bekamen den Zorn oder die Schläge des Stockes von Dr. Franzen zu spüren, nur ein paar Besondere wie ich. Ich konnte mich ihm gegenüber nicht verteidigen. Ich hatte weder Freunde noch Verbündete. Aber Tom – mein Wanderer – sah etwas Wertvolles in mir. In der kurzen Zeit, die wir miteinander verbrachten, sprach er mit mir und brachte mich zum Lächeln und sang Lieder für mich. In diesen flüchtigen Momenten legte er Musik statt Furcht in mein Herz. Er brachte mir bei zu singen, und er erzählte mir Geschichten von all den wundervollen Dingen, die wir beide tun würden, wenn wir erst erwachsen und nicht mehr an diesem Ort sein würden. Er gab mir Hoffnung und sorgte dafür, dass ich bei Verstand blieb. Ich schätze, ich habe ihn jedes Jahr nur ein paar Wochen gesehen, aber es waren Ferien für mich, wenn der Wanderer kam und Licht und Lachen in meine wütende, trostlose Existenz brachte. Seltsamerweise erinnere ich mich, dass er jedes Mal ein bisschen anders aussah, als hätten meine Augen immer wieder aufs Neue lernen müssen, sich auf ihn zu konzentrieren und ihn zu sehen, auch wenn ich mir sagte, dass er einfach nur etwas älter geworden war.

Und dann, als ich älter war und anfing, die Welt in einem neuen Licht zu sehen, kam alles zu einem schrecklichen Ende. War es mein Fehler oder der von Dr. Franzen?

Nach einem besonders furchtbaren Tag im Heim gelang es mir in der Nacht, unbemerkt aus meinem Zimmer zu verschwinden, indem ich meine geheime Gabe benutzte. Ich lag draußen in den Wäldern, und obwohl mir ziemlich kalt war, war ich froh, dort zu sein. Ich sah die Sterne über mir und lauschte den Stimmen des Windes und sang leise. Die Lichter der Stadt leuchteten in einem gedämpften, schmutzigen Orange unterhalb von mir, und zum ersten Mal konnte ich mir vorstellen, dass mein Leben ganz anders war als das der anderen und dass ich eines Tages frei sein würde. Ich war hin und her gerissen zwischen dem Wunsch, immer im Wald zu bleiben und zurück ins Heim zu gehen, um Tom am nächsten Morgen beim Frühstück zu sehen und ein heimliches Lächeln mit ihm zu tauschen, das ihm verraten würde, dass ich »ihre« Grenzen überschritten hatte. Es war wie ein Ehrenabzeichen, um zu beweisen, dass mich nichts zerbrechen konnte, nicht einmal die feindselige Belegschaft an diesem Ort. Ich hatte dem Wanderer von meiner Gabe erzählt und wie ich mich in der Nacht aus dem Heim schleichen konnte, und obwohl ich niemals erkennen konnte, ob er mir wirklich glaubte, lachte er nicht und hielt mich auch nicht für verrückt. Die einzige Freundlichkeit, die ich im Heim jemals erlebte, kam von ihm. Er war der Stein in meiner Tasche, etwas, an dem ich mich festhalten konnte, und ich ging davon aus, dass er immer da sein würde.

Ich hatte mich geirrt.

In jener Nacht schlief ich im Wald ein, mit dem Rücken an einen Baum gelehnt. Als ich die Augen wieder öffnete, war es bereits hell. Es war immer noch früh, aber die Stadt erwachte bereits. Ich sprang auf – ich musste rechtzeitig wieder zurück sein, bevor jemand merkte, dass ich mich weggeschlichen hatte. Dann versuchte ich, wieder in die Luft zu treten. Nichts geschah. Ich geriet in Panik, denn ich befürchtete, dass ich das Einzige verloren hatte, worin ich gut war und das wirklich mir gehörte. Ich wusste damals nicht, dass es einfach nur schwerer ist, bei Tageslicht über die geheimen Pfade zu reisen, dass man mehr Konzentration und Vertrauen in die inneren Kräfte benötigt. Und so lief ich blindlings davon, bis mein Herz schmerzte und ich Seitenstechen bekam. Ich lief den ganzen Weg zurück zum Waisenhaus. Die Türen und Tore waren verschlossen. Ich kletterte über die Mauer, schürfte mir die Knie auf und rannte um das Gebäude herum nach hinten, wo ich bei der Küchentür ein Fenster einschlug und ins Innere kroch.

Ich schaffte es rechtzeitig in mein Zimmer, aber später an diesem Tag wurde das zerbrochene Fenster bemerkt, und es gab ein schreckliches Donnerwetter. Dr. Franzen war nur zu glücklich, deswegen einen gewaltigen Sturm entfesseln zu können und sich wieder und wieder mit seiner aalglatten Stimme über Disziplin und Respekt vor dem Eigentum und straffällige Kinder, die außer Kontrolle waren, auslassen zu können. Jemand musste gestehen, dass er für den Schaden verantwortlich war, und dafür bestraft werden, und er, Dr. Franzen, würde den ganzen Tag warten, bis es jemand tat ... gerade, als ich vortreten wollte, sprach der Wanderer und nahm die Schuld an meiner Stelle auf sich. Dr. Franzen schleppte ihn in den Keller, bevor ich meine Stimme fand und die Wahrheit gestehen konnte. Ich erinnere mich, dass Tom sich umdrehte und mich anlächelte, als er weggezerrt wurde. Aber später, wann immer ich versuchte, ihn mir vorzustellen, sah ich nur eine verzerrte Version seines Gesichts, wie ein surreales Gemälde: von Blutergüssen und Prellungen übersät und voller Blutspritzer.

Er tauchte am nächsten Tag nicht beim Frühstück auf und auch nicht an dem danach. Die Belegschaft sagte schließlich, er wäre zu einer Pflegefamilie geschickt worden. Die anderen Kinder flüsterten sich andere Geschichten über den Wanderer zu. Dass er so schlimm geschlagen worden wäre, dass er kaum noch hätte stehen können. Dass er entkommen war und es geschafft hatte, ins Krankenhaus der Stadt zu stolpern. Dass er in ein anderes Waisenhaus überwiesen worden war, das ebenfalls Dr. Franzens Leitung unterstand. Dass seine Leiche auf der örtlichen Müllkippe gefunden worden wäre. Sie erzählten so viele Geschichten, und ich bekam nie heraus, welche davon stimmte. Ich wusste nur, dass ich den Jungen, den sie den Wanderer genannt hatten, niemals wiedersah.

War es Dr. Franzens Fehler gewesen – oder meiner?

Ich wurde von der Angst gequält, dass mein einziger Freund tot sein könnte, auch wenn ich versuchte, daran zu glauben, dass er eines Tages wiederkommen würde. Ich sehnte mich danach zu glauben, dass er wieder auftauchen würde. Aber bald darauf kam meine Mutter und brachte mich nach Wyldcliffe. Ich dachte, es wäre ein neues Leben, aber es stellte sich heraus, dass es nur ein anderer Teil des gleichen Alptraums war. Der einzige Trost, den ich in Wyldcliffe fand, waren Kunst und Poesie und die Möglichkeit, in mein Tagebuch zu schreiben, so dass der Wanderer es eines Tages würde lesen können. Irgendwie stellte ich mir vor, dass er wusste, dass ich mit ihm sprach, und dass er eines Tages antworten würde. Es schien ihn am Leben zu halten, auch wenn es mir das Herz brach. Für Tom, für meine Mutter, für die Familie, die ich nie gehabt hatte, für die Person, die ich hätte sein können, und für die Scham, von der ich mich nicht erholen konnte. Ich fand ein Gedicht in der Bibliothek, das sagte, was ich selbst nicht sagen konnte, und ich schrieb es in mein Tagebuch ab:

Ich wende mein Gesicht schweigend zur Mauer;
Mein Herz zerbricht für ein kleines bisschen Liebe …

Das war ich. Das war meine geheime Geschichte. Dann fand ich Evie und Sarah und Agnes. Ich hatte meine Schwestern, und obwohl das nicht alles war, wonach ich mich sehnte, war es ein großartiges Geschenk. Und ich sagte mir immer wieder, dass da doch etwas Gutes an Wyldcliffe wäre, nämlich dass ich Dr. Franzen nie mehr wiedersehen musste.

Aber da war er, betrat mit seinem Stock klopfend wie ein verkrüppelter Teufel die Abteischule, bereit, mich in die Hölle zurückzuschicken. Und niemand konnte mich vor ihm beschützen; weder meine Schwestern noch meine Mutter – und ganz sicher auch kein bezaubernder Musikschüler.

Ich wollte nur noch weglaufen.

Dreizehn

Aus dem Tagebuch von Helen Black
7. Oktober

Weiße Flügel, tragt mich weg von hier,
Dorthin, wo der Wind frei weht.
Zu den Sternen steige ich empor,
Und der stille verborgene Geist
Des Weltenherzes umhüllt mich;
Wie ein Atemhauch,
Wie die Umarmung einer Mutter.

Ich habe die ganze Zeit nachgedacht und gegen mich und meine Ängste angekämpft. Es wäre feige von mir, wenn ich jetzt vor Dr. Franzen weglaufe. Meine Mutter hat das getan; sie ist vor dem Siegel und all dem, was es bedeutet, weggelaufen, und dann blieb sie mit der bloßen Erinnerung an das zurück, was hätte sein können. Ich will nicht den gleichen Fehler machen.

Ich sehne mich danach, von Wyldcliffe wegzukommen, aber ich werde nicht gehen, solange ich nicht weiß, dass meine Schwestern wirklich in Sicherheit sind. Dr. Franzen kann sie nicht so behandeln, wie er mich behandelt hat, als ich in seiner »Obhut« war, aber bevor ich die beiden zurücklassen kann, muss erst noch das Schicksal meiner Mutter geklärt sein. Und dann wartet noch eine andere Aufgabe auf mich. Laura.

Sarah und Evie haben geschworen, sie zu befreien und den Bannspruch zu lösen, der sie als Gebundene Seele fesselt. Aber ich allein bin schuld an Lauras Schicksal, so wie ich allein die Bürde der Scham tragen muss, was dein Schicksal betrifft, Wanderer. Ich kann dir jetzt nicht helfen, aber wenn ich Laura finden und berühren kann, begleiche ich damit vielleicht wenigstens einen Teil meiner Schuld. Ich hätte schon früher daran denken sollen, ihr zu helfen. Da siehst du, wie selbstsüchtig ich war, vollkommen mit meinen eigenen Gedanken und Träumen beschäftigt! Ich werde allerdings nicht zulassen, dass Evie und Sarah noch weitere Risiken eingehen, und deshalb muss ich sie davon überzeugen, dass ich dies allein tun kann.

Laura, meine Mutter, meine Schwestern. Wenn sie in Sicherheit sind, wenn all das geschafft ist, werde ich endlich von hier weglaufen. Und wenn dieser Tag kommt, beginne ich von vorn, allein, und finde meine Bestimmung.

»Ich kann das allein tun«, sagte ich. »Ich bin sicher, dass ich Laura finde.«

»Allein?«, fragte Sarah ungläubig. »Aber was ist mit dem Kreis? Du kannst ihn nicht allein herstellen.«

»Ich brauche vielleicht gar keinen Kreis«, sagte ich etwas unbeholfen. »Ich möchte es einfach probieren. Ich möchte nicht, dass ihr beiden irgendetwas riskiert, und abgesehen davon war es mein Fehler, dass sie sich Laura überhaupt geholt haben. Deshalb sollte ich auch diejenige sein, die die Dinge wieder in Ordnung bringt.«

»Aber wäre es nicht besser, wenn wir zusammenarbeiten, wie wir es immer getan haben?«, fragte Evie.

»Es wäre einfacher, wenn ihr mich das allein machen lassen würdet«, bat ich sie beide. »Je schneller ich Laura finde und befreie, desto schneller kann ich …«

»Was?«, fragte Sarah.

»Desto schneller kann ich mir vergeben, vermute ich.« Ich zuckte mit den Schultern.

»Was mit Laura passiert ist, war nicht dein Fehler, Helen«, sagte Evie sanft.

»Aber ich war da, als der Hexenzirkel ihre Seele eingesaugt hat. Ich hätte sie aufhalten können!«

»Du hast doch gar nicht genau gewusst, was sie tun«, sagte Sarah. »Du musst aufhören, dir die Schuld daran zu geben.«

»Ja, ich weiß. Ich weiß, wir haben das alles schon etliche Male durchgekaut«, antwortete ich ihr. »Aber ich bin trotzdem dafür verantwortlich.«

»Wir alle fühlen uns für Laura verantwortlich«, antwortete Evie. »Deshalb sind wir hier, um es gemeinsam zu tragen. Du musst diese Bürde nicht mehr ganz allein auf dich nehmen, Helen.«

Auch wenn ich nicht lockerließ und weiter versuchte, meine Freundinnen davon zu überzeugen, dass ich mich allein um Laura kümmern würde, berührte mich die Entschiedenheit, mit der sie zu mir stehen wollten. Dennoch würde ich nicht zulassen, dass dies irgendetwas an meinem Plan änderte. »Hört zu«, sagte ich und versuchte, vernünftig zu klingen, »lasst es mich einfach versuchen. Wenn es nicht funktioniert … okay, dann bilden wir den Kreis und sehen, was wir zusammen bewirken können. Aber wenn es funktioniert, wird Laura gerettet werden, und ich werde das Gefühl haben, dass ich eine Schuld beglichen habe. Also werden wir alle glücklich sein. Dagegen könnt ihr nichts haben, oder?«

Sie versuchten es zu meiner großen Erleichterung gar nicht erst, aber ich sah in ihren Augen, dass sie verletzt waren, weil ich sie nicht dabeihaben wollte. Dabei ging es mir gar nicht darum, dass ich nicht mit Sarah und Evie zusammen sein wollte. Es war nicht einmal so, dass ich auf verrückte, egoistische Weise auf meine eigene Macht vertraute. Es lag nur daran, dass mir die einfachste Lösung überhaupt eingefallen war.

Die Priesterin hatte Laura zu einer Gebunden Seele gemacht, und daher würde ich sie einfach bitten, Laura aus dem Zustand als Sklavin freizulassen. Wenn Celia Hartle all das, was sie gesagt hatte, ernst meinte – wenn sie wirklich zeigen wollte, dass ihr nichts mehr an ihren dunklen Machenschaften lag –, so wäre das eine hervorragende Möglichkeit, es zu beweisen.

Ohne noch länger darüber nachzudenken, machte ich mich gleich auf den Weg, schwänzte den Unterricht und überließ es meinen Freundinnen, eine Entschuldigung für mich zu finden. Ein paar Minuten später verließ ich die geheimen Winde und fand mich atemlos mitten im Steinkreis auf dem Ridge wieder. Ich blickte hoch; über mir schwebte ein Falke auf der Suche nach Beute am düsteren Himmel. In der Ferne, auf der anderen Seite des Tals, sah ich eine Gruppe von Wanderern in farbenfrohen Windjacken die Hänge erklimmen. Alles wirkte ganz normal, nur mein Puls raste. Ich stand auf und trat zu dem großen schwarzen Stein, um den Geist meiner Mutter zu mir zu rufen. Sie antwortete schnell und hungrig, erfüllte all meine Sinne mit ihrer vergiftenden, verstörenden Anwesenheit.

»Also bist du zurückgekehrt?«, fragte sie. »Glaubst du mir? Verstehst du jetzt endlich, wie ich um dich trauere, meine Tochter? Wie ich meine vergangenen Fehler bereue? Helen, mein Liebling …« Die Stimme meiner Mutter hallte in meinem Geist wider, leise und sanft wie eine süße Berührung. »Helen, bist du gekommen, um mich freizulassen?«

Die großen Steine, die wie die Krone eines uralten Riesen in den Himmel ragten, schienen ebenfalls auf meine Antwort zu warten. Ich kauerte mich am Fuß des schwarzen Felsens nieder und antwortete langsam, wagte aus Angst, die falschen Worte zu sagen, kaum zu atmen. »Es ist nötig, dass du zuerst etwas für mich tust.«

Sie schien ihren Geist für den Bruchteil einer Sekunde von mir wegzuziehen, dann antwortete sie eifrig: »Alles! Ich werde alles für dich tun, Helen. Sag mir, was es ist.«

»Lass Laura frei. Lass ihre Seele weiterziehen.« Wenn Celia Hartle mich wirklich liebte, würde sie dies bestimmt für mich tun. Ich war mir so sicher …

Stille kehrte ein. Dann kam ein Seufzer, der klang wie ein langer Atemzug des Windes. Die Freude verwandelte sich in Staub und Rauch.

»Das ist das Einzige, was ich nicht tun kann.« Sie seufzte erneut. »Ich habe nicht mehr die Macht, derart komplexe Dinge zu vollbringen. Seit ich hier an diesem Ort bin, bin ich zu beschränkt und eingeengt.«

»Du … du kannst sie nicht freilassen?«

»Nicht in meinem derzeitigen, geschwächten Zustand. Abgesehen davon ist Laura gar nicht mehr bei mir. Ich bin allein, während sie in tiefer Dunkelheit verborgen ist. Wenn du mich allerdings gehen lässt … Befreie mich, und ich werde meine Kraft zurückerlangen und in der Lage sein, dir zu helfen, Helen. Wir könnten es gemeinsam tun, Seite an Seite. Laura wird Frieden finden.«

In meinem Geist blitzte die Vision auf, die ich schon beim letzten Mal im Steinkreis gehabt hatte, ich sah das

Bild meiner Mutter. Sie lächelte und streckte ihre Hände nach mir aus. Ich wäre am liebsten zu ihr hingerannt. Wir würden das gemeinsam tun, Seite an Seite … Sie öffnete den Mund, um etwas zu sagen, aber ich hörte nicht ihre Stimme, sondern die von Miss Scratton, die schroff und trocken sagte: *»Wach auf, Helen, wach auf.«*

Wovon sollte ich aufwachen? Von der Illusion, dass meine Mutter sich wirklich geändert hatte? Ich sehnte mich danach, ihr zu vertrauen und mit ihr zusammenzuarbeiten, aber was, wenn … was, wenn … was, wenn …? Ich trat einen Schritt zurück und sah zum Himmel hoch, suchte verzweifelt nach Rat. Der Himmel war jedoch leer und traurig. Ich war allein, hielt das Schicksal anderer Menschen in meinen zarten und kraftlosen Händen. Schweigen. Die *Moors*. Die Herbstfarben, leuchtend wie Glas. Der Wind, der sein geheimes Lied seufzte. Und Schweigen vom schwarzen Herzen des dunklen Felsens meiner Mutter. Die gesamte Welt wartete darauf, dass ich sprach.

Und der stille verborgene Geist
des Weltenherzes umhüllt mich
wie ein Atemhauch,
wie die Umarmung einer Mutter.

»Ich werde dich befreien«, sagte ich und ballte die Hände zu Fäusten.

»Mein Liebling! Du wirst es nicht bereuen.«

»Ich werde dich befreien«, wiederholte ich, »aber vorher muss Laura frei sein.«

Es war nicht die Antwort, die sie hören wollte.

»Aber das wird alles verzögern! Du musst mir vertrauen!«, erwiderte sie verzweifelt. »Ich habe dir gesagt, dass ich Laura von diesem Gefängnis aus nicht befreien kann. Das ist die Wahrheit.«

»Dann werde ich ihr selbst helfen müssen. Und wenn sie in Sicherheit ist und wenn auch meine Freundinnen in Sicherheit sind – dann werde ich zu dir zurückkommen.«

Sie seufzte erneut. Ein Atemzug voller Hoffnung.

»Danke, meine Tochter. Es gibt da etwas, das dir vielleicht weiterhelfen könnte. Wenn du Laura helfen willst, musst du sie erst einmal finden. Das Auge der Zeit bewacht sie. Als ich … von dir und deinen Schwestern ergriffen wurde, ist Laura vor mir geflohen. Jetzt wandert sie an einem der verborgenen Orte zwischen dieser Welt und den Schatten umher. Such beim nächsten Neumond nach ihr, wenn der Himmel dunkel ist und alles wieder von vorn beginnt. Sie ist unter dem Auge der Zeit. Finde das Auge der Zeit, und du wirst Laura finden.«

»Und wo ist dieses Auge? Wo soll ich danach suchen?«, fragte ich, aber in diesem Moment schoss ein schrecklicher Schrei durch mein Gehirn. Ein Bild meiner Mutter blitzte vor mir auf, wie sie in schwarze Flammen gehüllt wurde, und ich spürte ihren Schmerz.

»Mein Meister … sieht … und hört … Er ist wütend auf mich, weil ich dir helfe … Helen … aah! Nein, bitte, nicht noch mehr … bitte … aufhören …«

Ihr Geist hatte sich in dunkle Sphären zurückgezogen, die ich nicht erreichen konnte, und jetzt weinte ich ebenfalls. Ich konnte es nicht ertragen. Lieber hätte ich hundertmal Dr. Franzen gegenübergestanden, als gehört, wie meine Mutter um meinetwillen litt.

Ich sank in den feuchten Farn und schluchzte, bis meine Kehle schmerzte und meine Augen brannten. Nun, ich hatte meine Entscheidung gefällt. Zweifellos hatte die verrückte Helen Black wieder einmal alles falsch gemacht. Alles, was ich tat, führte zu Kummer und Verzweiflung, und ich hatte es verdient zu leiden, wie Dr. Franzen es mir tausendmal erklärt hatte.

Aber der Wanderer hatte mir etwas anderes gesagt. *Du bist etwas Besonderes, Helen. Du möchtest, dass das Leben wunderschön ist, und das wird es eines Tages auch sein, das verspreche ich dir. Du wirst glücklich sein …*

Der Schmerz in meinem Herzen schien etwas nachzulassen. Ich setzte mich auf und strich mir die Haare aus dem Gesicht. Es wurde spät, und es war Zeit, zur Schule zurückzukehren. Ich war mit solchen Hoffnungen zum Ridge gekommen, hatte mir ausgemalt, wie ich zu meinen Freundinnen zurückkehren und ihnen sagen würde: »Laura ist frei!« Aber so einfach würde es nicht sein. Nichts war einfach, und doch würde ich die Hoffnung nicht aufgeben. Vielleicht würden eines Tages alle Versprechen wahr werden: Celia Hartles Versprechen, mir eine Mutter zu sein; das Versprechen des Wanderers auf Glück und Miss Scrattons Versprechen auf Erlösung. Und ich würde meinen eigenen Schwur halten und Laura helfen. Nur der Tod würde mich davon abhalten können.

Laura. Sie war es, die jetzt wichtig war. Sie war der Schlüssel zu allem anderen. Erst wenn sie frei war, würde ich zurückkehren und nach meiner Mutter suchen, vorher nicht. Ich hatte eine Aufgabe zu erledigen, und es würde mir in keiner Weise helfen, in den Wind zu weinen. Ich zwang mich, nichts mehr zu spüren, und legte mir eine eisige Rüstung aus Taubheit um, so dass ich diese letzte Schlacht schlagen konnte; dann schritt ich den Hang hinunter und ließ den einsamen Steinkreis hinter mir zurück.

Vierzehn

Das Zeugnis von Sarah Fitzalan

Helen kehrte später am Morgen in den Unterricht zurück; ihr Gesicht war aschfahl, aber auch entschlossen, als hätte sie versucht, ihre Gefühle zu blockieren. Sie flüsterte uns kurz zu: »Meine Idee hat nicht funktioniert«, und dann schien sie sich auf ihr Mathebuch zu konzentrieren. Ich bemerkte jedoch, dass sie nicht einmal den Versuch machte, an irgendwas zu arbeiten. Gegen Ende des Unterrichts schob sie mir eine Nachricht zu: Samstagnachmittag in Uppercliffe. Der Kreis. Dann ging sie weiter, ohne etwas zu sagen. Ich seufzte und wünschte, dass sie mir genug vertrauen würde, um mich in ihre Geheimnisse einzuweihen. Aber immerhin hatte sie zugestimmt, mit uns zusammen den heiligen Kreis zu ziehen, damit wir Laura helfen konnten. Das war ein Schritt nach vorn.

An den Samstagen durften wir älteren Schülerinnen die Schule ohne Aufsicht verlassen, um auszureiten oder eine Wanderung zu unternehmen. Dr. Franzen hatte diese Regel noch nicht geändert. Ich hoffte, dass er das auch niemals tun würde, obwohl er seit seiner Ankunft bereits einiges in Gang gebracht und sich dadurch auch ziemlich unbeliebt gemacht hatte. Helen war nicht dazu zu bewegen, sich noch weiter über ihn auszulassen, und ich konnte nur ahnen, was sie wirklich dachte. Ich wusste nicht, dass ihr richtig übel wurde, sobald sie Dr. Franzen im Korridor begegnete oder wenn er vor dem Frühstück oder den anderen Mahlzeiten ein Gebet sprach oder in eine Unterrichtsstunde kam, um die Arbeit zu überprüfen. Ich war blind für ihren Schmerz, obwohl ich ihn hätte klarer sehen müssen, aber trotz der Tatsache, dass ich stolz auf meine Zigeunerabstammung war und manchmal mit kurzen, blitzartigen Einsichten in die Herzen anderer Menschen beschenkt wurde, war Helen gut darin, ihre Geheimnisse zu hüten.

Die anderen Schülerinnen hatten nicht die gleiche Angst vor Dr. Franzen wie Helen, aber sie ärgerten sich darüber, dass er an der Schule war. Wyldcliffe war immer eine entschieden weibliche Institution gewesen; sein neuer Schuldirektor wirkte irgendwie wie eine absonderliche Verletzung seiner Vergangenheit. Ja, die Schule war engstirnig und boshaft und versnobt gewesen, aber es hatte auch eine andere Seite gegeben. Bestenfalls hatten die alten gelehrten Jungfern von Wyldcliffe die jungen Frauen ermutigt, sich um ihre Ausbildung zu kümmern und hart zu arbeiten und stolz auf sich und das, was sie erreicht hatten, zu sein. Aber Dr. Franzen war so kalt und überheblich, so aggressiv männlich mit seinem Bart und seinem militärischen Gehabe, dem Gehstock und seinem strengen, durchdringenden Blick. Es war, als würde er jede Einzelne von uns verachten und uns für dumme kleine Mädchen halten, denen man in jeder Sekunde des Tages sagen musste, was sie zu tun hatten.

Miss Dalrymple und Miss Newman, die Naturwissenschaftslehrerin, und die schikanierende Sportlehrerin Miss Schofield schienen den neuen Leiter und seine Methoden zu befürworten, aber ich mochte ihn ganz und gar nicht. Arbeitszeiterfassung, Gebete, zusätzliche Stunden, Verwarnungen und Beschlagnahmungen wurden noch rigider als zuvor durchgesetzt. Dr. Franzen marschierte die Flure entlang, erteilte mit seiner kalten, tiefen Stimme Befehle und machte sowohl Lehrerinnen als auch Schülerinnen nervös und fahrig. Sogar Velvet mäßigte sich etwas und passte sich an, als er lang vergessene Regeln und Regelungen wieder ausgrub, die Mrs. Hartles Herrschaft tatsächlich in den Schatten stellten und sie im Vergleich entspannt und zivilisiert erscheinen ließen. Was die Reformen betraf, die Miss Scratton einzuführen versucht hatte, so wurden sie allesamt beseitigt. In den Gemeinschaftsräumen, die sie für uns Schülerinnen geöffnet hatte, um uns einen Ort zu geben, an dem wir uns entspannen konnten, hatte jetzt regelmäßig eine Lehrkraft Aufsicht, als würden die Lehrerinnen uns und einander bespitzeln. Was die älteren Mädchen allerdings so richtig verärgerte, war Dr. Franzens Entscheidung, den Ball abzusagen, der zu Weihnachten mit den Jungen von der St. Martin's Academy stattfinden sollte. Dieser Ball hatte *das* Ereignis werden sollen – im eigens dafür geöffneten gespenstischen viktorianischen Ballsaal von Wyldcliffe, der sich bei dieser Gelegenheit erneut mit jungen Leuten und ihrem Lachen gefüllt hätte. Stattdessen sollte im Dezember ein Konzert stattfinden, in der Nacht der Gedenkprozession, bei der entsprechend dem Willen von Lord Charles Templeton die Gebete für seine Tochter Agnes gesprochen werden würden. Diese Tradition bestand schon seit langem, und dieses Jahr, so ließ Dr. Franzen verkünden, wurde von allen Schülerinnen erwartet, dass sie im Chor sangen oder in einem klassischen Musikorchester ein Instrument spielten. Ich war bereit, Agnes' Andenken in jeder Weise zu ehren, aber das Konzert, das Dr. Franzen da ankündigte, klang ehrlich gesagt langweilig und altmodisch – nach dem typischen, schrecklichen Wyldcliffe.

Ich war enttäuscht, was den Tanz betraf, aber es brach mir nicht das Herz. So viele gute Ideen, die Miss Scratton während der kurzen Zeit als Schulleiterin umgesetzt hatte, waren wieder zurückgenommen worden, und jetzt, da sie weg war, konnte ich mir nicht vorstellen, dass Cal oder Josh, die keine »Herren« von St. Martin's waren, jemals bei einem Ball in Wyldcliffe willkommen gewesen wären. Abgesehen davon waren wir mit dem ewigen Tanz von Gut und Böse beschäftigt und nicht mit Partys und Prominenz. Laura war jetzt unsere wichtigste Aufgabe, und als der Samstagnachmittag kam, machten wir uns mit großen Hoffnungen auf den Weg nach Uppercliffe.

Uppercliffe war ein abgelegener Bauernhof in den *Moors*, der sich neugierigen Blicken entzog. Mittlerweile war das kleine Haus baufällig und verlassen, aber Agnes hatte hier einmal verborgen vor der Welt gelebt, nachdem sie mit ihrem Kind, Evies Ururgroßmutter, von London zurückgekehrt war. Es war für uns alle ein besonderer Ort, an dem die Vergangenheit nachhallte.

Evie und ich ritten auf meinen Ponys Starlight und Bonny dorthin. Wir trafen Josh und Cal im Dorf, um nicht in der Schule die Aufmerksamkeit der Tratschtanten auf uns zu ziehen. Die beiden warteten mit ihren Pferden vor der Dorfhalle, in der gelegentlich Versammlungen abgehalten wurden und wo die in dieser Gegend lebenden Mütter jedes Jahr zu Weihnachten eine Feier für die Kinder organisierten. Helen ritt nicht mit uns. Sie würde auf ihre eigene Weise in Uppercliffe ankommen.

Wir trabten gemächlich die Hauptstraße entlang und ließen das Dorf und die Bauernhäuschen hinter uns. Es war ein schöner Herbsttag, und das Farnkraut in den *Moors* leuchtete wie ein glühender Teppich aus Feuer. Schon bald konnten wir im leichten Galopp über die Hügel reiten, und es dauerte nicht lange, bis die vom Wind mitgenommenen Überreste des alten Hofes in Sicht kamen. Es war kalt und dunkel in dem verlassenen Gebäude. Mäuse raschelten in der Ecke, und die Dielenbretter waren verrottet, so dass die üppige, torfige Erde darunter zum Vorschein kam.

Wir unterhielten uns leise, während wir warteten, bis die Luft an einer Stelle zu wirbeln begann und dichter zu werden schien. Ein silberner Dunst entstand. Ich spürte das Vibrieren einer leisen, verborgenen Musik, und dann tauchte Helen aus dem Dunst auf. Wir hatten schon oft zugesehen, wenn sie dies tat, und trotzdem war es jedes Mal erstaunlich.

Während Helen wieder zu Atem kam, fiel mir die deutliche Röte auf ihren normalerweise blassen Wangen auf, und ich bemerkte, dass ihre Augen funkelten. Es war ihr kaum anzumerken, dass sie die Anwesenheit der Jungen wahrnahm.

»Ziehen wir den Kreis«, sagte sie ohne große Umschweife. »Laura ist irgendwo zwischen Leben und Tod verborgen. Wir müssen sie beim nächsten Neumond unter dem Auge der Zeit finden.«

»Woher weißt du das mit dem ›Auge der Zeit‹?«, fragte Evie.

»Ich weiß es einfach.«

Evie warf mir einen Blick zu und zuckte leicht mit den Schultern. Eine unausgesprochene Botschaft lag darin:

Was sollen wir jetzt tun? Ich mache mir solche Sorgen um Helen …

»Ich weiß es einfach!«, rief Helen. »Hört endlich auf, mich wie ein Kind zu behandeln!«

»He, Helen, niemand tut das«, sagte Josh ganz ruhig. »Wir alle wollen Laura helfen und der Priesterin einen Schlag versetzen. Alle sind bereit, dir zu folgen, aber wir möchten gern verstehen, was vor sich geht.«

»Es tut mir leid«, zwang Helen sich zu sagen. »Ich dachte, ihr wärt froh, dass ich etwas gefunden habe, das uns weiterhelfen kann.«

»Das sind wir auch«, sagte ich rasch. »Es ist nur … willst du uns nicht sagen, wie du das gemacht hast?«

»Ich … ich hatte einen Traum. Ich habe von Miss Scratton geträumt; sie hat mir gesagt, was wir tun müssen.«

Das klang geschwindelt, obwohl Helen doch sonst immer so ehrlich war. Evie runzelte wieder etwas die Stirn, und Josh schüttelte leicht den Kopf.

»Gut. Nun … das ist gut«, sagte ich unsicher.

Aber Evie runzelte immer noch die Stirn. »Was hast du in deinem Traum sonst noch von Miss Scratton erfahren?«

»Nur das«, erwiderte Helen. »Wir sollen in der Nacht des nächsten Neumonds nach Laura und dem Auge der Zeit Ausschau halten. Oder zumindest ich werde es tun müssen«, fügte sie verdrießlich hinzu. »Ihr müsst nicht mitkommen.«

Stille. Warten. Evie schien Helens Worte abzuwägen, um herauszufinden, was da vor sich ging. »Natürlich kommen wir mit«, sagte sie schließlich. »Wir sind Schwestern, also tun wir es gemeinsam. Wir haben keine Geheimnisse voreinander, oder?«

»Nein«, sagte Helen, doch ich glaubte ihr nicht, und ich schätzte, das wusste sie auch. Aber es war nicht der richtige Zeitpunkt für eine Auseinandersetzung. Es ging um Laura. Ich versuchte, pragmatisch zu sein.

»Also, wie sollen wir deiner Meinung nach vorgehen?«, fragte ich, als wäre alles vollkommen in Ordnung. »Wir müssen natürlich den Kreis ziehen, und ich habe das Buch auch bei mir.« Ursprünglich hatte Sebastian das Buch gefunden, diesen uralten, ledergebundenen Band mit den Überlieferungen des Mystischen Weges. »Hoffen wir, dass wir darin etwas Hilfreiches finden. Ich habe mir bereits ein paar Dinge angesehen. Da ist ein Zauberspruch, der Leute erweckt, die unter einem Fluch stehen. Das könnte uns vielleicht helfen.«

»Nein«, sagte Helen und nahm mir das Buch aus der Hand. Sie reichte es an Cal weiter. »Wir werden es nicht brauchen, noch nicht, zumindest. Ich glaube, ich weiß, was wir tun. Vor dem nächsten Neumond können wir Laura auf keinen Fall von ihrer Bindung befreien, aber wir müssen in Kontakt mit ihr treten und sie darauf vorbereiten. Evie, darf ich bitte mal den Talisman halten?«

Wir starrten Helen an. Ihre Worte klangen auf eine eigenartige Weise eindringlich, wie sie da in ihrer Jeans und einem formlosen Pullover im Schatten des baufälligen Bauernhofs stand. Ein paar blonde Strähnen fielen ihr über die Augen, und sie wirkte wie eine Pilgerin auf einem alten Gemälde, die sich zu einem geheimnisvollen Ziel aufgemacht hat. Evie nickte langsam und reichte Helen den Talisman.

Als Helen ihn hielt, glitzerte der Kristall in der Mitte klar und weiß.

»Agnes«, flüsterte Helen. »Höre uns. Sei jetzt bei uns.

Du hast die Kraft deiner Liebe in diesen Talisman strömen lassen. Sie verbindet uns alle, Gegenwart und Vergangenheit. Lass sie zu einer Brücke zwischen dem Licht und der Dunkelheit werden. Lass sie in den Schatten strahlen, wo Laura verloren und voller Angst haust.«

Dann zog sie mit ihren bloßen Fingern einen Kreis auf dem Boden. Wir drei traten in diesen Kreis und hielten uns an den Händen, während die Jungen zusahen. Cal wirkte hin und her gerissen zwischen Stolz auf meine Fähigkeiten und leichtem Argwohn gegenüber allem, das mich von ihm trennte, aber Joshs Augen waren voller Bewunderung für Evie, als sie Helens Worte wiederholte: »Agnes. Höre uns. Sei jetzt bei uns. Vervollständige unseren heiligen Kreis.«

Und so riefen wir die Mächte der Luft, des Wassers, der Erde und des Feuers herbei. Helen hielt den Talisman in die Höhe. Sie begann, mit ihrer reinen, klaren Stimme zu singen. Der dürftige Raum mit den Steinmauern begann, sich mit Licht und Klängen zu füllen, die vom Innern des Edelsteins aus aufzusteigen schienen. Unter Helens Führung hatten Evie und ich stolpernd zu unseren elementaren Kräften gefunden, und jetzt führte sie uns wieder, wie eine Prophetin, die dem großen Unsichtbaren etwas vorsang. Ein silbernes Seil aus Licht, beschworen durch Helens Lied, begann sich aus dem Talisman zu materialisieren und webte Kreise in Kreisen. War das der Moment, in dem ich zum ersten Mal begriff, dass Helen weit über das hinaus war, was ich jemals sein könnte? Oder war es der Augenblick, als sich in der Luft weitere bunte Bänder aus Licht bildeten und zu Schemen und Bildern formten? Ehrfurchtsvoll sahen wir zu, während Szenen aus Lauras Leben in Sicht wirbelten. Wir sahen sie zusammen mit ihrer Cousine Celeste lachend auf der Terrasse von Wyldcliffe, dann, wie sie sich wegen irgendeiner Sache Ärger einhandelte und zur Obersten Mistress zitiert wurde, um sich eine Verwarnung abzuholen. Wir sahen, wie sie das Arbeitszimmer von Celia Hartle betrat und kurz darauf in der Krypta unter der Ruine der Kapelle zu schlafen schien, wo sich Mrs. Hartle begierig über ihren Hals beugte und ihre Seele aussaugte. Schließlich zeigten die schimmernden Bilder Laura so, wie wir sie das letzte Mal in der unterirdischen Höhle gesehen hatten: als Gebundene Seele, weiß und hager, so dürr wie ein Skelett und vollkommen dem Willen ihrer Priesterin unterworfen. Mrs. Hartles Sklavin. Selbst in diesem verschwommenen Bild aus vermischten Lichtern sah ich, dass Lauras Augen aussahen wie zwei tote Teiche, und bei diesem Anblick überwältigte mich ein schreckliches Mitgefühl wegen der Demütigung, die sie erleiden musste.

Helen hörte auf zu singen. »Laura!«, rief sie leise. »Hör mir zu!«

Lauras Blick wurde konzentrierter, als versuchte sie, in die Ferne zu schauen. Sie konnte uns nicht sehen, aber es war möglich, dass ihr Geist, wo immer er auch gefangen war, Helens Ruf gehört hatte. Ihre Lippen bewegten sich. »Ich bin nicht Laura«, flüsterte sie. »Ich bin niemand, ich gehöre der Priesterin.«

»Das muss nicht sein«, erwiderte Helen. »Du kannst immer noch gerettet werden. Haben wir deine Erlaubnis, die Schwelle deines Todes zu übertreten und dich auf den Pfad zu bringen, der dich zu deinem wahren Heim führen wird?«

»Ich kann nicht … alles … es gehört alles der Priesterin«, begann Laura erneut.

»Das ist nicht wahr«, sagte Helen. »Dein Geist gehört nur dir selbst und seinem Schöpfer. Der Zugriff der Priesterin auf dich wird aufhören. Dafür werde ich sorgen, das verspreche ich dir. Lass dir von uns helfen.«

Laura schien sich angstvoll umzusehen, und ein schreckliches, krampfartiges Zittern huschte über ihr Gesicht. In gequältem Flüsterton stöhnte sie: »Ja … ja … findet mich, helft mir … bitte …« Einen kurzen Moment lang leuchteten ihre Augen auf; dann flackerte rotes Licht auf, und ein Schrei erklang in der Ferne. Helens filigran gewebte Bilder zersplitterten und lösten sich auf. Der Talisman lag ruhig in ihrer Hand. Wir sahen einander an, atmeten hörbar aus und verließen den Kreis.

»Helen, du warst einfach atemberaubend!«, keuchte Evie.

»Woher weißt du, was du tun musst?«, fragte Josh.

»Ich bin mir nicht ganz sicher.« Helen blickte leicht verlegen zu Boden und gab Evie den Talisman zurück. »Ich sehe in meinem Geist, was ich tun will, und irgendwie schaffen meine Kräfte es, dass es auch geschieht. Aber es ist klar, dass man niemanden retten kann, wenn dieser Mensch nicht gerettet werden will. Zumindest wissen wir jetzt, dass ein Teil von ihr frei sein möchte und über ihre Gebundenheit hinaussehen kann. Ohne das würde es keine Hoffnung geben.« Sie brach ab und murmelte in sich hinein: »Eine Gefangene, die ihr Gefängnis liebt, kann nie befreit werden.«

»Also, was tun wir jetzt?«, fragte Evie.

»Wir warten auf den Neumond.«

»Das ist ja schön und gut«, sagte ich, »aber wir müssen wissen, wo dieses ›Auge der Zeit‹ ist – was immer es ist.«

»Keine Sorge, Sarah«, sagte Helen. Jetzt trat wieder dieser verschlossene, abgeschottete Ausdruck in ihr Gesicht. »Ich glaube, dass ein Zeichen erscheinen wird. Ihr solltet auch daran glauben.«

Eine Erinnerung rührte sich in mir. »Aber ich bin mir sicher, dass ich gesehen habe … oh, da könnte etwas in dem Buch stehen. Ein Versuch schadet nicht.«

Cal breitete seine Jacke auf dem feuchten Boden aus und legte das Buch darauf, öffnete es dann auf den ersten Seiten. Als wir alle darum herum saßen, las ich die vertrauten Worte vor:

»Leser, bist du nicht rein,
So nimm deine Hand zurück und halte ein.
Die hier offenbarten uralten Mysterien
Dürfen nicht durch das Böse befleckt werden.«

»Aber was wir suchen, stand nicht hier«, sagte ich ungeduldig. »Es stand am Ende. Ich erinnere mich, es war etwas über die Zeit.« Ich blätterte die Seiten um, bis zum Ende des Buches. Da, auf der allerletzten Seite, befand sich das kunstvolle Muster mit dem Auge in einem Kreis, umgeben von Symbolen und den Worten Oculus tempi omnia videt. Ausnahmsweise einmal war ich froh über die langweiligen Lateinstunden in Wyldcliffe. »Da – oculus tempi – das Auge der Zeit. Es besagt, dass das Auge der Zeit alles sieht.«

»Das Auge der Zeit sieht alle Dinge«, murmelte Helen und fuhr mit dem Finger über die Worte. »Ja, das stimmt.«

»Aber das verrät uns immer noch nicht, wo wir Laura finden werden«, sagte Josh.

»Wie schon gesagt: Ich denke, dass man uns den Weg

weisen wird«, erwiderte Helen. »Aber es gibt da etwas, das ich tun könnte; es könnte vielleicht helfen. Allerdings muss ich es allein tun.«

»Sprichst du von einem weiteren Traum?«, fragte Cal spöttisch.

Helen errötete schwach, während ich Cal finster ansah. Sie war zu zart, als dass man sie derart aufziehen sollte. Aber statt verärgert zu sein, schlang Helen plötzlich ihre Arme um mich und Evie und sah Cal und Josh an. Tränen standen in ihren Augen.

»Ihr vier – ihr bedeutet mir so viel. Schützt euch. Achtet darauf, dass ihr in Sicherheit seid. Bleibt im Licht. Lasst mich den Rest machen, bitte.« Sie trat einen Schritt zurück, und mit einer raschen Bewegung hüllte sie sich in die schwachen Schatten des verfallenen Hofes und zog die Luft wie eine weiche Decke um ihre Schultern. Einen Moment später war sie weg.

»Was zum Teufel hat sie damit gemeint?«, fragte Cal verwundert. »Und wie macht sie das alles?«

»Ja«, sagte eine leise, heisere Stimme plötzlich hinter mir. »Das verstehe ich auch nicht. Also, wer erklärt es mir?« Mein Herz machte einen Satz, und ich wirbelte herum. Mitten in der Tür stand Velvet, ein boshaftes Lächeln auf ihrem hübschen Gesicht. Sie hatte alles gehört und gesehen.

Fünfzehn

Aus dem Tagebuch von Helen Black
9. Oktober

An diesem Nachmittag hat sich alles innerhalb einiger weniger Augenblicke verändert, mein Wanderer. Ich bin gerade von den Moors *wiedergekommen und weiß, dass meine Freundinnen nach mir suchen werden, aber ich möchte das hier aufschreiben, bevor ich es vergesse. Es ist noch so neu, wie ein Windhauch bei Sonnenaufgang. Außer mir ist niemand im Schlafsaal, so dass ich unbeobachtet bin, und daher kann ich dir sagen, dass eine kleine, gerissene Stimme in meinem Kopf mich immer wieder auffordert:* Vergiss Laura einen Augenblick. Folge stattdessen diesem flackernden Sumpflicht. Tanze auf dem märchenhaften goldenen Pfad. Schließe einfach die Augen, und denk an das, was er gesagt hat. Er sagt es vielleicht nie wieder. Genieß diese Süße. So intensiv wie möglich, so lange du kannst.

Mein Geist scheint blendend hell zu brennen! Ich tanze, ich gleite durch die Luft, ich bin ein Lied im Wind.

Ich bin verrückt, ich weiß. Lass mich dir sagen, was heute geschehen ist, Wanderer, und verurteile mich nicht.

Nachdem wir beim Hof von Uppercliffe unseren Kreis gezogen hatten, hielt ich es für sinnvoll, mich noch einmal dem Geist meiner Mutter zu nähern. Ich wollte nachsehen, ob ich dort weitere Informationen über das Auge der Zeit erhalten könnte. Abgesehen davon sehnte ich mich auch danach zu erfahren, was nach meinem letzten Besuch passiert war, als sie diese schrecklichen Qualen gelitten hatte. Ich fürchtete, dass sie von ihrem dunklen Meister weggezerrt und außerhalb meiner Reichweite geschafft worden war. Daher zog ich mich zurück, bevor meine Freunde mich aufhalten oder mir zu viele Fragen stellen konnten. Ich hatte die Neugier in ihren Augen gesehen, und ich wollte nicht, dass sie irgendwie mitbekamen, was ich getan hatte und noch tun würde.

Mein Element der Luft war mir wohlgesonnen, und ich brauchte nur wenige Momente, um über den geheimen Pfad zu reisen. Als ich aus der Luft in den Schatten der großen Steine stürzte, fing es gerade an zu regnen. Die ersten kühlen Regentropfen fühlten sich auf meinem Gesicht sogar gut an; dann verwandelte sich der Schauer rasch in einen heftigen Regenguss, wie er manchmal in den nördlichen *Moors* vorkommt. Wasser, Erde und Luft – ich war umgeben von den majestätischen Elementen. Nur das Feuer fehlte, aber in diesem Moment riss ein blauer zackiger Blitz den Himmel auf. Ich hörte inmitten des Sturmes einen seltsamen Schrei, wie die Stimme eines Vogels, und lief zum Rand des Kreises, um meinen Blick über die *Moors* schweifen zu lassen. Jemand kam den Hang hochgeklettert, den Kopf zum Schutz vor dem Regen gesenkt. Als er aufsah, erkannte ich das schmale, blasse Gesicht und die lachenden Augen sofort. Er war es, der Musiker. Er schien damit gerechnet zu haben, mich zu sehen, auch wenn ich nicht erklären kann, wieso ich auf diesen Gedanken kam. Er stemmte sich gegen den Wind, während er sich zu mir hocharbeitete. Laura – das Auge der Zeit – und alle Gedanken an meine Mutter und meine Freunde – all das war auf einmal verschwunden. Für einen Moment hatte ich das Gefühl, als wäre er der einzige andere Mensch außer mir auf der ganzen Welt. Es gab nur ihn und mich und den Wind, der über die Hügel heulte.

In diesen wenigen Sekunden hatte ich das Gefühl, als würde ich das Licht seines Lächelns schon seit langem kennen, und auch seinen schlanken Körper, die Künstlerhände. Sein Geist – so feinfühlend und forschend – schien meinen zu berühren wie der Flügelschlag eines Vogels. Aber ich *wollte* nicht so empfinden. Ich wollte gar nichts empfinden. Ich hatte mir eine Rüstung angelegt, mich in meine Einsamkeit gehüllt, und plötzlich wurde ich von diesem Fremden so seltsam angerührt. Ich sagte mir, dass ich weglaufen und verschwinden sollte, aber das konnte ich nicht. Ich wartete, dass er zu mir kam, wartete darauf, dass er meinen Namen sagte.

Als er die Kuppe des Ridges erreichte, wirkten der Wind und der Regen und das Krachen des Donners wie die wilde Musik der uralten Götter. Der Junge sah zum Himmel hoch und lachte, und ich lachte ebenfalls, einfach nur so, aus wilder Freude darüber, ihn zu sehen. Ich konnte nicht anders – es war wie ein Wahnsinn, der über mich hinwegströmte. Und dann, schlagartig, waren wir todernst, standen einfach nur im Regen auf dem Berg und blickten einander an, als würden wir niemals genug davon bekommen, uns anzusehen und zu staunen. Ich hatte tatsächlich das überaus seltsame Gefühl, dass wir uns seit unserer letzten Begegnung viele Male unterhalten hatten. Während der Wind mir den Atem raubte, begriff ich, dass in den vergangenen Tagen stets das Wissen über seine Anwesenheit auf Wyldcliffe wie ein goldener Faden an meinem Herzen gezupft hatte, egal, was ich auch getan hatte und was sonst geschehen war.

Schließlich lächelte er und sprach.

»Was tust du hier draußen, Helen? Folgst du mir schon wieder?«

»Natürlich. Bis ans Ende der Welt«, sagte ich leichthin.

Er grinste. »Dann ist das also geklärt. Aber du wirst völlig durchnässt werden. Hier.« Er zog seine Jacke aus, warf sie über uns beide, und so rannten wir los, um unter einigen der kleineren Steine Schutz zu suchen, die im Laufe von hunderten von Jahren heruntergefallen waren und jetzt kreuz und quer aneinanderlehnten. Wir kauerten uns unter die schräg stehenden Steine, und es wirkte so natürlich, als hätten wir so etwas schon viele Male zuvor getan. Einen Moment lang vergaß ich, wieso ich überhaupt zum Ridge gekommen war, während wir uns unterhielten und lachten und dem Lied des Windes lauschten.

Ich hatte bisher nie viel gelacht. Grübeln, mir Sorgen machen, mich einsam und ängstlich fühlen – darin bin ich ziemlich gut. Aber der Junge weckte in mir das Bedürfnis zu lachen, und das nicht, weil er etwas Witziges oder Geistreiches gesagt hätte, sondern weil in mir, sobald ich ihn ansah und in seine klaren, hellen Augen blickte, die Hoffnung zu keimen begann, das Leben könnte so leicht und süß sein wie die ersten Töne auf einer Flöte.

»Also, was tust du wirklich hier oben in den *Moors*?«, fragte er. »Müsst ihr jungen Damen nicht die ganze Zeit streng bewacht werden?«

»Wir dürfen trotzdem gelegentlich einen Spaziergang machen. Die viktorianischen Zeiten sind vorbei.«

»Ich habe gehört, dass Dr. Franzen das am liebsten ändern würde«, sagte er. »Er möchte wieder alles so machen, wie es früher war.«

Ich versteifte mich, als ich den Namen Dr. Franzen hörte. Ich hatte meine Bürde für einen Moment vergessen, aber jetzt spürte ich sie wieder. »Es kümmert mich nicht, was er tut«, sagte ich. »Ich verlasse die Schule sowieso so bald wie möglich.«

Der Junge sah mich fragend an. »Dann bist du nicht gerade begeistert von dem neuen Direktor von Wyldcliffe.«

»Ich hasse ihn.«

Es hatte nicht so hart klingen sollen. Der Junge lehnte sich jetzt noch näher an mich, so dass ich seinen Körper sanft an meinem spürte, und dann flüsterte er: »Vergiss nicht, dass Vergebung stärker ist als Hass.«

Ich starrte ihn verblüfft an. Miss Scratton hatte einmal genau das Gleiche zu mir gesagt.

»Woher – woher weißt du das?«, stammelte ich. »Was meinst du damit? Und was tust du eigentlich hier oben?« Die Leichtigkeit, die ich bisher bei ihm verspürt hatte, verschwand. Ich stand auf und wich einen Schritt vor ihm zurück. »Wer bist du?«

Er stand jetzt auch auf. »Tut mir leid. Ich wollte dich nicht erschrecken. Mein Name ist Lynton. Und wie ich dir sagte, bin ich ein Schüler von St. Martin's. Ich habe heute Nachmittag wieder eine Übungsstunde bei Mr. Brooke. Es war so ein schöner Tag, dass ich den Taxifahrer gebeten habe, mich bei den *Moors* rauszulassen, um den Rest des Weges nach Wyldcliffe zu Fuß zurückzulegen.« Er zuckte reumütig mit den Schultern. »Ich habe allerdings die Entfernung unterschätzt und auch, wie schnell das Wetter hier umschlagen kann.«

»Man sollte nie etwas unterschätzen, das mit Wyldcliffe

zu tun hat«, murmelte ich und wandte mich ab, um wegzugehen. Das wundervolle Gefühl der Leichtigkeit war verschwunden; jetzt spürte ich nur eine dumpfe, schmerzende Übelkeit in der Magengrube. Ich hatte mich zum Narren gemacht, indem ich meinem maßlosen Unsinn nachgegeben habe; die arme verrückte Helen Black. Er war nur ein Fremder, und es gab keine Verbindung zwischen uns. Ich wollte oder brauchte ihn nicht in meinem Leben. Ich brauchte niemanden. Ich war einfach nur durchnässt und kalt und wild darauf, von hier wegzukommen. Allein zu sein.

»Warte, Helen. Lass mich mit dir zurückgehen.«

»Na schön«, sagte ich reichlich unfreundlich. Ich konnte nicht auf dem Wind zur Schule zurücktanzen, wenn dieser Lynton an mir klebte. Ich wünschte, er hätte sich nie die Mühe gemacht, mich anzusprechen. Das Leben war vorher einfacher gewesen.

Es regnete immer noch heftig, als wir uns schweigend auf den Weg zur Abteischule machten. *Wo wohnst du? Gefällt dir St. Martin's? Wie alt bist du?* All diese banalen Fragen, die mir über die Lippen kamen, erstickten mich. Ich konnte solche Sachen nicht sagen. Für einen Moment schon – aber dieser Moment war vorübergegangen und hatte sich in nichts aufgelöst, und ich hatte nicht vor, die Leere mit atemlosem, idiotischem Gequatsche zu füllen. Es wurde ein langer Rückweg.

Als wir uns schließlich dem Dorf näherten, sagte Lynton: »Ich habe das Gefühl, du hast mich mehr gemocht, bevor ich Dr. Franzen erwähnt habe.«

Ich ging weiter die matschige Straße entlang und zwang mich zu sagen: »Sei nicht albern. Es hat damit nichts zu tun. Es ist gar nichts.«

»Dann magst du mich also?«

Ich ignorierte die letzte Bemerkung, aber er holte mich ein und nahm meinen Arm, zwang mich, ebenfalls stehen zu bleiben. Er zog mich sanft herum, so dass ich ihn ansehen musste. »Helen«, sagte er leise. »Es tut mir leid, dass es immer noch weh tut.«

»Wovon sprichst du?«

»Von gar nichts.« Er ließ mich los. Seine Augen lachten jetzt gar nicht mehr. Sie wirkten so traurig und auch nicht mehr jung. Er sah anders aus, als hätte er viel Kummer erlebt. »Es ist leicht zu erraten, dass du unglücklich bist«, sagte er. »Ich kann es in deinem Gesicht sehen. Manche Leute haben Gesichter wie Masken, die alles verbergen. Aber obwohl du versuchst, dich vor anderen Menschen zu schützen, ist dein Gesicht für mich so offen wie das eines Kindes. Ich möchte dich gern … besser kennenlernen, Helen.«

Seine Worte bewirkten, dass ich mich ungeschützt und völlig offen fühlte. Beinahe wäre ich in Tränen ausgebrochen. »Wieso? Ich bin … ich bin niemand Besonderes.«

»Sag das nicht. Niemals.«

»Aber so ist es.« Ich sah in die Richtung, wo in einiger Entfernung die Abteischule lag, und murmelte: »Die anderen Mädchen in der Schule lachen über mich. Sie halten mich für verrückt. Vielleicht bin ich das auch.«

»Die Leute halten immer für verrückt, was anders ist. Was sie nicht verstehen. Und du bist anders, Helen. Aber anders zu sein ist manchmal auch ein Segen. Ein Zeichen.«

»Was meinst du damit?«, fragte ich. »Ein Zeichen wofür?«

»Oh, dass wir nicht alle so ein geordnetes Leben führen

können. Ich glaube nicht, dass du das jemals tun wirst.« Lynton sah mich direkt an, und sein Gesicht wirkte so strahlend und lebendig wie eine Flamme in der Nacht. »Du bist meine wunderschöne Fremde. Ich möchte Musik für dich erschaffen, und ich möchte dich zum Singen bringen und zum Lachen und dazu, im Wind zu tanzen.«

Ich konnte nicht glauben, was er da sagte. »Fang nicht an, mich … mich zu verspotten«, brachte ich mühsam hervor.

»Das tue ich nicht, das schwöre ich. Es ist mir nicht egal, was mit dir passiert.«

»Wieso um alles in der Welt nicht?«

»Weil du es nicht verdient hast, unglücklich zu sein. Und wenn du dir jemals wegen Dr. Franzen – oder sonst jemandem – Sorgen machst oder verängstigt bist, dann lass es mich einfach wissen, ja?« Er sah mich wieder an, und seine Augen waren jetzt eindringlich blau und strahlend. Ich nickte, verwirrt über seine Worte und doch auch irgendwie durch sie getröstet.

»Gut.« Er lächelte und entspannte sich, und wir gingen weiter. Den ganzen restlichen Weg zur Schule sprach er über seine Musik und das Wetter und die Landschaft; über alles und jedes und nichts. Seine klare, präzise Stimme sprach weiter, es klang wie das weiche, beruhigende Murmeln eines Baches. Aber ich hörte nicht wirklich, was er sagte, bis wir schließlich die riesige Eichentür der Abteischule erreichten.

»Nun, es war schön, dich zu treffen, Helen. Ich hoffe, du hast dich nicht erkältet.« Lynton schüttelte sich den Regen aus den Haaren, dann nahm er meine Hand, als wären wir einander auf einer Cocktail-Party vorgestellt worden. Er beugte sich nach vorn und gab mir einen Kuss auf die Wange, so leicht, dass ich die Berührung seines Mundes kaum spürte. »Ich habe nach dir gesucht, draußen in den *Moors*«, flüsterte er. »Und ich habe dich gefunden. Vergiss das nicht.«

Damit drehte Lynton sich um und ging weg, ohne noch einen Blick zurückzuwerfen. Ich sah ihm nach, dann ging ich eilig zum Schlafsaal. Meine Wangen brannten, mein Herz tanzte. Es gab nur eine einzige Person, der ich es erzählen konnte. Ich beeilte mich, alles meinem Wanderer zu bekennen, indem ich es Seite um Seite in mein Tagebuch kritzelte.

Verstehst du jetzt, warum mein Kopf immer noch in Flammen steht? Weil Lynton mich als schön bezeichnet hat. Er hat gesagt, dass es ihm nicht egal ist, was mit mir passiert. Er hat nach mir gesucht. Und als seine Lippen über meine Wange strichen, spürte ich etwas völlig Neues. Ich fühlte mich glücklich.

Wo endet das Lied?
Was ist deine Wahrheit,
wunderschöner Fremder?

Genug davon. Ich muss jetzt los und die anderen finden und ihnen sagen, dass ich nichts Neues über das Auge der Zeit herausgefunden habe. Ich habe nicht einmal versucht, mit meiner Mutter zu sprechen. Dabei sind es diese Dinge, über die ich nachdenken sollte, und nicht über einen Jungen, den ich kaum kenne. Mächte des Mystischen Weges, beschützt mich vor mir selbst, lasst mich nicht selbstsüchtig sein, lasst mich das Versprechen halten, das ich gegeben habe. Aber, oh, Wanderer, bitte hilf auch mir! Wenn ich nur sichergehen könnte, dass das, was ich dir erzählt habe, dich nicht dazu bringen wird, mich auszulachen oder mich zu verachten.

Ich möchte nicht, dass du denkst, ich hätte dich verraten. Ich wollte mich deinem Andenken gegenüber nicht illoyal verhalten. Aber vielleicht bringt mich das Leben endlich einmal dazu, nach vorn zu schauen statt zurück. Hilf mir, mein lieber Freund. Hilf mir, stark zu sein, nicht selbstsüchtig.

Ich kann trotzdem nicht aufhören. Meine Kleidungsstücke sind nass und kalt, und meine Finger schmerzen vom vielen Schreiben. Aber mein Geist, mein Herz – sie zumindest sind erwacht. Etwas in mir verströmt sich wie der Gesang eines Vogels … glücklich … glücklich … glücklich …

Sechzehn

Das Zeugnis von Evelyn Johnson

Ich war nicht gerade glücklich darüber, dass sich unser Ausflug zum Uppercliffe-Hof anders entwickelt hatte als geplant. Velvet war der letzte Mensch, den ich in diesem Moment sehen wollte, aber nachdem sie uneingeladen aufgetaucht war, konnten wir nicht so tun, als hätten wir nicht mitbekommen, dass Helen in der Luft verschwunden war und sich aufgelöst hatte wie die Erinnerung an einen Traum. Wir konnten uns unmöglich einreden, dass Velvet nicht wusste, dass wir in etwas Tiefes und Seltsames verstrickt waren. Die Schatten und Mysterien, die sich um uns herum webten, übten eine Anziehungskraft auf etwas in Velvets bedürftigem, suchendem Herzen aus.

Und jetzt hatte sie unsere Zusammenkunft in Uppercliffe gestört und strahlte triumphierend. Und sie verlangte Antworten. »Wie hat Helen das gemacht? Könnt ihr mir beibringen, das auch zu tun? Ich werde nicht gehen, bevor ihr mich nicht in euer kleines Geheimnis einweiht. Und, he, Jungs …« Velvet brach ab und lächelte jetzt Josh und Cal mit ihrem üblichen verführerischen Seht-mich-nur-an-Charme an. »Schön, euch wiederzusehen. Dann steckt ihr also immer noch mit drin in dieser Hexensache? Ich dachte, das wäre nur was für Mädchen?«

Cal antwortete nicht, aber er zog Sarah dichter zu sich heran und hielt seinen Blick ungerührt auf Velvet gerichtet.

»Was ist los?«, fragte Velvet, die sich ganz und gar unschuldig gab und uns der Reihe nach ansah. »Habt ihr irgendeinen Schwur geleistet, die arme kleine Velvet außen vor zu halten, dass ihr so schweigsam seid?«

»Was willst du?«, fragte Josh.

»Das Gleiche wie ihr, schätze ich. Etwas Spaß haben, zum Beispiel.«

»Wir tun das nicht, um Spaß zu haben«, antwortete er brüsk. »Und es ist auch nicht irgendeine Mumpitz-Zauberei, als würden wir uns für Halloween verkleiden. Die Mächte existieren wirklich, und sie sind gefährlich. Helen und Evie und Sarah haben ihr Leben riskiert.«

»Und du denkst, ich würde das nicht tun?« Velvets Miene veränderte sich, wurde jetzt mürrisch. »Du weißt gar nichts von mir.«

»Gut. Belassen wir es dabei«, entgegnete Josh. »Komm, Evie, gehen wir und suchen Helen. Vielleicht ist sie inzwischen wieder in der Schule.« Er nahm meine Hand, und ich spürte, wie fest und stark und real seine war; aber selbst jetzt und nach all dem, was Josh für mich getan hatte, hielt ich mich immer noch ein bisschen zurück. Ich drückte seine Hand rasch als Erwiderung, dann ließ ich los und ging zur Tür.

»Wartet! Geht noch nicht. Ich bin noch nicht fertig. Es ist wichtig!« Ich drehte mich zögernd um, um zu hören, was Velvet zu sagen hatte. Sie senkte den Blick, als wäre sie plötzlich demütig geworden. »Gebt mir bitte eine Chance«, bat sie. »Ich schwöre, dass ich helfen möchte. Ich möchte verstehen. Fragt Helen – wenn sie mich nicht will, werde ich es bleiben lassen und euch nicht weiter belästigen. Versprochen.«

Ich fing Sarahs Blick auf; sie nickte ganz leicht. Das überraschte mich nicht. Sarah war stets diejenige, die jemandem eine zweite oder dritte oder vierte Chance gab und immer bereit war, den Außenseitern und Unterdrückten zu helfen. Nur war Velvet in meinen Augen nicht wirklich unterdrückt oder eine Außenseiterin. Sie war eher eine geschmeidige Wölfin, die bereit war, die Hand zu beißen, die sie streichelte.

Sie beobachtete uns schon seit dem vergangenen *Term*, seit wir ihr verdächtig vorkamen, und sie wollte mehr über uns herausfinden. Velvet behauptete, sie wollte so sein wie wir und in unseren heiligen Kreis aufgenommen werden, aber ich traute Velvet Romaine nicht einen Augenblick. Diesem Mädchen eilte der Ruf voraus, immer wieder Ärger zu machen, ja, er hing an ihr wie ein berauschendes Parfüm. Sie war bisher von jeder teuren Schule geflogen, auf die ihre berühmten Eltern sie geschickt hatten, und es gab etliche Geschichten über sie: über Saufgelage, Drogen, hässliche Unfälle, die Menschen in ihrer Umgebung passierten – es war eine lange, unrühmliche Liste von Katastrophen und Krisen, über die jede billige Zeitung berichtete und die in hundert Promi-Blogs und Chatrooms im Internet durchgekaut wurden. Velvet war durch ihre Erfahrungen eher hart als sympathisch geworden, und die Gefühle anderer waren ihr egal; sie behandelte andere, die nicht so von sich überzeugt waren wie sie selbst, wie Idioten. Ich wollte nichts mit ihr zu tun haben. Aber ich würde zumindest versuchen, tolerant zu sein und so versöhnlich wie Sarah. Und wenn Velvet um eine zweite Chance bat, wer war ich, dass ich ihr das verweigern konnte?

»In Ordnung.« Ich zuckte mit den Schultern. »Warten wir ab, was Helen dazu sagt.«

Inzwischen hatte es zu regnen begonnen. Als wir zurück zur Schule ritten, bildeten wir eine lange Reihe mit Velvet auf ihrem mutigen schwarzen Wallach Jupiter als Schlusslicht. Die Schweife der Pferde schwangen hin und her, und die Hufe versanken im matschig gewordenen Boden. Es war kein angenehmer Ritt, und ich machte mir zudem Sorgen, wohin Helen gegangen sein könnte, aber schließlich erreichten wir Wyldcliffe. Es war später Nachmittag, und die von Kletterpflanzen bewachsenen Mauern und die gotischen Türmchen wirkten trostlos und bedrückend. Es wurde bereits dunkel. Josh und Cal erklärten, dass sie unsere Pferde mitnehmen und versorgen würden, während wir uns auf die Suche nach Helen machten.

»Vielleicht können wir uns später noch mal sehen«, sagte Josh, der noch einen Moment neben mir stehen blieb, nachdem er mir die Zügel meines Ponys abgenommen hatte. »Ich möchte – na ja, ich möchte dich gern sehen. Wenn das okay ist.«

»Natürlich komme ich. Sofern Dr. Franzen nicht gerade auf der Jagd ist.«

»Macht er immer noch einen auf viktorianischer Schuldirektor?«

»Es wird sogar noch schlimmer.« Ich seufzte. »Jeden Tag erfindet er eine neue Regel oder ein neues Gesetz. Wyldcliffe war ja vorher schon schlimm, aber das jetzt …«

»Kommst du, Evie? Wir werden hier pitschnass, und außerdem müssen wir Helen finden«, unterbrach Sarah mich.

»Tut mir leid. Bis später, Josh.«

Die Jungen gingen zu den Ställen, während wir das

Schulgebäude betraten. Velvet folgte uns wild entschlossen dicht auf den Fersen. Die eindrucksvolle Eingangshalle stand leer; das einzige Licht stammte von den kleinen roten Flammen, die in dem wuchtigen Kamin flackerten. In den Schatten an den Wänden hing ein kleines Ölgemälde, das jedes Mal von Neuem meine Aufmerksamkeit erregte. Es war ein Portrait von Lady Agnes Templeton – ein weiteres Relikt aus der Vergangenheit anderer Schülerinnen von Wyldcliffe. Für mich hatte es aber darüber hinaus eine ganz persönliche Bedeutung. Ich hatte die grauen Augen und den liebevollen Blick schon so viele Male zuvor gesehen, und gerade jetzt, in diesem Augenblick, benötigte ich ihre Führung. Ich blieb vor dem Portrait stehen und flüsterte: »Hilf uns, Agnes.« Unter meiner Kleidung war der Talisman verborgen, ruhte an meinem Herzen. »Und lass den Talisman Laura helfen«, fügte ich ruhig hinzu.

»Was sagst du da? Was hat denn diese Lady Nochwas mit alldem zu tun?«, wollte Velvet wissen, als sie bemerkte, dass ich das Gemälde anstarrte. »Sie ist tot, oder?«

»Das wirst du schon noch sehen«, erwiderte ich kurz angebunden. »Das heißt, wenn es dir wirklich ernst damit ist, uns zu helfen. Kommt weiter.«

Wir gingen am Bild von Agnes vorbei und direkt zum Schlafsaal, den Helen und ich mit Celeste und Sophie teilten. Celeste lag auf ihrem Bett und blätterte ungeduldig in einer Zeitschrift.

»Hast du Helen gesehen?«, fragte ich.

»Sprichst du mit mir, Johnson?« Celeste sah mich von oben bis unten an, als wäre ich irgendeine Dienerin. »Lass mich in Ruhe, ja?«

»Äh … ich glaube …« Sophie saß zusammengekauert

im Sessel am Fenster und sah uns jetzt unruhig an; es schien sie zu überraschen, dass Velvet bei uns war. »Helen war hier und hat in ihrem Tagebuch oder so geschrieben. Dann ist sie rausgelaufen, als wir reingekommen sind. Sie hat irgendwas gesagt von wegen frische Luft schnappen.«

Sarah und ich drehten uns um und liefen die Treppe hinunter; Velvet folgte uns. Wir kamen an einer Gruppe murrender Schülerinnen vorbei, die sich über die letzte Anordnung von Dr. Franzen beklagten. Ich war mir nicht sicher, welche es war, denn es gab so viele: *Es ist Schülerinnen untersagt, am Abend Freizeitkleidung zu tragen. Das Licht wird in Zukunft eine halbe Stunde früher gelöscht. Altgriechisch ist ab sofort für alle Schülerinnen Pflichtfach. Alle Schülerinnen müssen sich in das Programm für Unterricht in klassischer Musik eintragen, der nach dem gewöhnlichen Unterricht stattfindet; alle Schülerinnen müssen in einem Chor singen. Alle Schülerinnen müssen am Gedenkkonzert teilnehmen.*

»Das ist einfach nicht fair!«, beklagten sie sich grollend, aber als ich an ihnen vorbeilief, wünschte ich mir, dass ich mir nur um Dr. Franzen und seine armseligen Regeln Sorgen machen müsste. Wir liefen hinaus in den Regen und auf das Schulgelände, riefen dabei nach Helen.

»Seht nur!«, rief Velvet.

Jemand stand vollkommen regungslos am anderen Ende des nassen Rasens beim See. Es war Helen, und sie wandte sich ihren inneren Visionen zu, war so versunken in ihre Träume, dass sie ihre Umgebung gar nicht mehr wahrnahm. Wir liefen zu ihr hin, während der Regen die Oberfläche des Sees aufpeitschte. Im Hintergrund erhob sich die Ruine der Kapelle von Wyldcliffe; in der Düsternis und bei dem feuchten Wetter wirkte sie richtig unheimlich.

»Was tust du hier draußen im Regen, Helen?«, fragte ich. »Du wirst noch krank werden. Und wo warst du überhaupt?«

Helen drehte sich zu uns um, und ich blieb abrupt stehen. Ich hatte erwartet, einen gehetzten und traurigen Gesichtsausdruck zu sehen und sie in einer ihrer unglücklichen Stimmungen vorzufinden, aber sie strahlte, als wäre sie von einer Freude erfüllt, die an süßen, klaren Wein erinnerte.

»Helen …« Ich wusste, dass ich eigentlich hätte zufrieden sein sollen, aber um die Wahrheit zu sagen, war ich verwundert und sogar etwas verstört. Was war da los? Wusste Helen etwas, das wir nicht wussten? Hatte sie die Antwort darauf gefunden, wie wir Laura retten konnten? Ich wollte ihr hundert Fragen stellen, wurde aber durch Velvets Gegenwart zurückgehalten. »Helen, Velvet möchte mit uns reden. Sie … sie hat dich gesehen, oben in Uppercliffe.«

Helen sah an mir vorbei zu Velvet, die neben Sarah stand. Ein verständnisvoller Ausdruck ging über ihr Gesicht, und Helen holte tief Luft. »Dann möchte Velvet dem Mystischen Weg folgen?«

»Genau darüber müssen wir reden«, fing ich an. »Wir müssen sicher sein, dass sie … du weißt schon … dazugehört.«

»Warst du dir am Anfang so sicher, dass du dazugehörst, Evie?« Helen ließ ihr seltenes, melodisches Lachen erklingen. »Hast du mich gemocht, als wir uns das erste Mal begegnet sind? Habe ich Laura gemocht, als sie noch am Leben war?«

»Haben wir nicht alle diese Erfahrungen hinter uns gelassen?«, fragte ich ruhig. »Es geht darum, ob es gut ist, wenn Velvet jetzt zu uns kommt. Können wir wirklich Schwestern sein, nach allem, was im letzten *Term* passiert ist? Und was ist ihr Element? Wie könnte sie da reinpassen?«

Helen hatte versucht, mich und Sarah von sich fernzuhalten, seit dieser *Term* angefangen hatte, und daher war ich überzeugt, dass sie Velvet nicht in ihrer Nähe haben wollte. Umso überraschender war ihre Antwort.

»Wir kennen die Antwort darauf nicht. Und es ist nicht an uns, es zu entscheiden. Vielleicht sind unsere Schicksale ganz anderes, als wir es uns je ausgemalt haben.«

»Ich wusste, dass du es verstehen würdest, Helen«, sagte Velvet atemlos. »Ihr müsst mir vertrauen. Ich könnte euch helfen. Ich könnte zu euch gehören.«

»Aber wir brauchen dich nicht!«, rief ich und bereute meine Worte sofort.

Velvets Augen füllten sich mit Tränen. »Ich bitte euch nur um eine Chance.«

»Wir können nicht wissen, wen oder was wir eines Tages brauchen, Evie«, sagte Sarah ruhig. »Ich denke, Velvet sollte die Chance haben, die Wahrheit zu erkennen. Die Wahrheit gehört nicht nur uns. Der Mystische Weg ist weder ein exklusiver Club noch eine Geheimgesellschaft. Niemand von uns war von Beginn an etwas Besonderes. Wir alle haben Hilfe erhalten, während wir unsere Kräfte entdeckt haben. Wenn Velvet eine Rolle zu spielen hat, sollten wir ihr helfen, sie zu finden.«

»Ich vermute, du hast Recht«, sagte ich, beschämt über meinen Ausbruch. »Was sagst du dazu, Helen?«

Sie zögerte. »Lassen wir es Velvet herausfinden«, sagte sie schließlich. »Lassen wir sie die Wahrheit finden.«

»Danke, Helen«, rief Velvet. »Danke, danke! Ich möchte die Dinge tun, die du tun kannst. Ich verspreche …«

»Nein, keine Versprechungen«, sagte Helen. »Geh einfach nur den Weg weiter, wo immer er dich hinführt.«

Sie setzte sich abrupt in Bewegung, ging über den regennassen Rasen davon, und wir folgten ihr, sahen uns überrascht an und zogen die Schultern hoch, als könnte uns das vor dem trüben Wetter schützen. Kurz darauf erreichten wir mehrere Büsche, die dicht an dicht wuchsen und von denen es jetzt heftig tropfte. Ich erkannte den Eingang zur alten Grotte wieder. Schon bald verschwanden wir in dem Raum, in dem die Mauern den Schall zurückwarfen und der uns vom Regen und dem Rest der Welt abschnitt.

Die Wände der kleinen Höhle waren ursprünglich mit phantasievollen Mosaiken geschmückt gewesen – mit Nymphen und Blumen und verschiedenen exotischen Szenen –, aber jetzt sah alles ganz anders aus. Viele der Steinchen waren herausgebrochen, so dass sie zerfressen wirkten; Wasser trat aus ihnen hervor, und sie stanken nach Erinnerungen. Ich war mit Sebastian hier gewesen. Ich hatte ihn berührt, ihn gehalten und seine Stimme gehört … dies war ein Platz voller Geister. Und doch hatte es auch eine Zeit gegeben, als ich nicht an solche Dinge geglaubt hatte. *Sebastian, Sebastian,* rief mein Herz. Ich schluckte mühsam und zitterte in der kalten, feuchten Luft.

»Niemand kann uns hier sehen oder hören«, sagte Helen.

Sarah griff in eine grobe Nische in der Mauer und nahm einen Kerzenstummel heraus, den wir bei unserem letzten Besuch hier liegen gelassen hatten. Sie zündete ihn an, und die Steine und Oberflächen der sonderbaren Mosaiken glänzten im Licht. Velvets Augen waren jedoch immer noch schwarz und hungrig. Ich fühlte mich in ihrer Gegenwart unwohl, aber ich vertraute darauf, dass Helen wusste, was sie tat.

Ich hätte Helen mein Leben anvertraut.

Siebzehn

Aus dem Tagebuch von Helen Black
Mitternacht, 9. Oktober

Ich hoffe, du vertraust mir, Wanderer, wenn ich sage, dass alles, was ich dir mitteilen werde, die Wahrheit ist, so vollständig und total wie eine Sonnenfinsternis. Dieser seltsame Tag ist fast vorüber. Die anderen sind zu Bett gegangen, aber ich konnte noch nicht schlafen. Ich bin in Agnes' Zimmer gegangen, um nachzudenken und zu schreiben und alles noch einmal nachzuerleben.

Nach meiner Begegnung mit Lynton bin ich Sarah und Evie beim See begegnet. Velvet war bei ihnen. Eine lebhafte Aura ging von ihr aus, wie ein schwelendes Feuer, aber Lynton hatte mir Mut gemacht, so dass ich ihr entgegentreten konnte. Ich habe nach dir gesucht … ich mache mir etwas aus dir … *Mein Herz schlug immer noch im Rhythmus seiner Worte. Alles würde gut werden, und alle Dinge würden in Ordnung kommen.*

Ich glaubte es wirklich, in diesem Moment. Ich glaubte es wirklich.

Es war kalt in der Grotte. Der unterirdische Bach floss in die Dunkelheit davon, wie er es schon vor hundert Jahren getan hatte. Das Wasser, das Gestein, die kalte Luft und die gelbliche Kerzenflamme: Wasser, Erde, Luft und Feuer waren hier, um uns an dem geheimen Ort zu begrüßen. Und es war noch ein Element anwesend – Velvet war da.

Ich musste jetzt arbeiten und mich konzentrieren. Ich musste vergessen, was mit Lynton passiert war, aber etwas in mir hatte sich verändert. In diesem Moment empfand ich nichts als Liebe für alle, sogar für Velvet Romaine, und ich wusste, dass ich nicht das Recht hatte, ihr die Möglichkeit zu verwehren, ihrer Bestimmung zu folgen. Als wir so in der feuchten, hallenden Höhle standen, kam mir in den Sinn, dass Evie und Sarah und ich an einer Kreuzung angekommen waren. Velvet konnte uns helfen, wieder näher zusammenzurücken – oder unsere Schwesternschaft in Stücke reißen. Ich hatte keine Ahnung, ob das Feuer, das in ihr brannte, eine reinigende Flamme war oder eine schreckliche Feuersbrunst der Zerstörung, aber wir würden es herausfinden. Wir mussten ihr eine Möglichkeit geben zu entdecken, wer sie tief in der Dunkelheit wirklich war.

Kam mir auch in den Sinn, dass ich möglicherweise die Chance haben würde, die Schwesternschaft zu verlassen falls Velvet aufgenommen werden würde? Sie zu verlassen und frei zu sein … einem anderen Pfad zu folgen …

Sumpflichter. Ablenkungen. Träume.

»Bereiten wir den Kreis vor«, sagte ich. Sarah suchte ein paar kleine Steine aus dem Bachbett und legte damit den Kreis auf dem Boden fest. Evie holte weitere Kerzen aus der Nische in der Höhlenmauer, stellte sie an den Rand des Steinkreises und zündete sie an. Die Steine glänzten nass im Licht der tanzenden Flammen: grau, purpurrot und moosgrün.

»Ist der Talisman hier?«, fragte ich.

Evie nahm ihre Kette ab und legte sie in die Mitte des Kreises. Der Talisman sah kostbar aus, wie ein seltenes Juwel, das im Feuerring glitzerte.

»Wir anderen müssen ebenfalls etwas abgeben«, sagte ich. Ich hatte das Gefühl, als würde alles einen kurzen Moment, bevor es tatsächlich geschah, in meinem Geist auftauchen, und ich müsste dem folgen, was ich sah. Ich tastete unter meinem Pullover nach der Brosche. Sie hatte auf meinen Ruf nicht geantwortet, aber sie war immer noch kostbar für mich, also gab ich sie als Gabe weiter. Als ich sie auf den Steinboden neben den Talisman legte, kam mir ein verrückter Gedanke. Ich begriff, dass ich, hätte meine Mutter das Siegel und all seine Geheimnisse angenommen, niemals geboren worden wäre. Nur ihr Versagen hatte meine Existenz überhaupt möglich gemacht.

Aber ich wollte nicht über Versagen nachdenken. Ich wollte nach vorn schauen, nicht zurück. »Sarah, was wirst du unserem Kreis geben?«, fragte ich. Sie schüttelte ihre dunklen Locken und sagte: »Es tut mir leid, ich habe nichts bei mir. Du weißt, dass meine Gabe die Krone aus Blättern war – sie ist nicht hier. Ich habe sie in einem Versteck im Schlafsaal gelassen.« Sarah sprach von der bronzenen Krone, die sie erhalten hatte, als sie hinunter in den Tod gestiegen war, um die Kinsfolk, das Volk der Erde, aus ihrem lebendigen Grab unter der Erde zu befreien. Sie wirkte besorgt, als hätte sie mich im Stich gelassen. »Tut mir leid, Helen«, sagte sie noch einmal.

Ich lächelte sie an. »Du hast andere Gaben«, sagte ich. Sarah zuckte mit den Schultern und fing an, ihre Taschen zu durchsuchen, dann zögerte sie, bevor sie mir einen kleinen, dunklen Gegenstand reichte. »Ich habe ihn heute Morgen bei der Gartenarbeit an meiner Parzelle benutzt.«

Es war ein kleines Klappmesser mit einem glatten Knochengriff. Ein paar Klumpen Erde hingen noch daran. Ich klappte die Klinge auf und legte das Messer neben den Talisman und das Siegel.

»Du bist dran, Velvet«, sagte ich. »Gib mir etwas.«

Velvet wirkte unter ihrem dicken Make-up nervös, aber dann trat sie stolpernd nach vorn und griff nach dem Messer. Sie trennte eine glänzende Strähne ihrer schwarzen Haare ab und ließ die seidenen Haare auf den Boden fallen. Danach drückte sie mit dem Messer gegen ihren Daumen, zuckte leicht zusammen, als die Haut aufriss und ein Blutstropfen auf die anderen Gaben fiel. Velvet legte das Messer wieder neben den Talisman und erklärte trotzig: »Ich gebe mich selbst, meinen Körper und meine Seele.«

»Der Eine, der alle Kräfte leitet, der gibt und nimmt, lauscht«, erwiderte ich. »Dies ist deine Prüfung. Möchtest du herausfinden, ob deine Gaben angenommen werden?«

»Ja, das möchte ich«, sagte sie, aber da war Angst in ihren Augen. Wovor hatte sie wohl mehr Angst? Angenommen – oder abgewiesen zu werden?

Wir traten in den Kreis und nahmen uns bei den Händen. Während wir das taten, löschte ein Windstoß die Lichter aus. Ich spürte, dass Velvet meine Hand fester packte, und hörte, wie sie scharf einatmete.

»Möchtest du aufhören, Velvet?«, flüsterte Sarah.

»Nein – nein – hört nicht auf«, keuchte sie. »Macht weiter.«

Der Bach gurgelte in der Dunkelheit, und das Wasser

lief seinem unsichtbaren Bestimmungsort entgegen. Evie und Sarah und ich begannen, unsere Kräfte herbeizurufen, und ließen unseren Gesang zum Gebet werden: *»Das Wasser unserer Adern ... das Feuer unserer Begierden ... die Erde unserer Körper ... die Luft unseres Atems ... wir geben alles im Dienst für Wahrheit und Heilung ... wir geben alles für den Tanz des Lebens ...«*

Dann sprach Evie. »Wir stehen hier zusammen, rein in unserem Ziel, mutig im Herzen, jung im Geiste, vereint in unserer Absicht. Wir bitten Agnes, aus dem ewigem Licht, in dem sie wohnt, herzukommen und unserem Kreis beizutreten. Möge sie uns die Wahrheit zeigen. Ist Velvet berufen, den elementaren Kräften und ihrem Großen Schöpfer zu dienen?«

Im nächsten Moment flackerten die Kerzen wieder heftig. Die Mosaike glitzerten im hellen Licht. Große Schatten tanzten über die Höhlenwände. Jetzt war Agnes bei uns. Ihre langen roten Haare und das weiße Kleid schimmerten wie Wasser. Sie war da, und doch zugleich auch woanders, als würden wir sie durch einen dünnen Nebelschleier sehen.

»Agnes«, sagte Evie sanft. »Ist es richtig, dass Velvet Anteil hat an unseren Geheimnissen? Was sollen wir tun? Sie möchte, dass ihr Ruf geprüft wird.«

Aber Agnes antwortete nicht. Sie hielt die Hände so vor sich, dass sie eine Schale bildeten, und eine weiße Flamme tanzte darüber, als würde sie eine flatternde Taube halten. Wir machten es ihr nach und taten das Gleiche, bildeten eine Schale aus unseren Händen und boten den elementaren Kräften unsere Dienste. Evies Hände füllten sich mit Wasser, bis es überschwappte; Sarahs füllten sich mit dem feinen Staub der Erde, während in meinen eigenen ein Miniaturtornado wirbelte. Wir blickten jetzt alle Velvet an, die ebenfalls ihre Hände ausstreckte. »Zeige mir meine Macht«, sagte sie eifrig.

Während sie wartete, verließen uns die Anzeichen der vier Elemente und tauchten nacheinander in Velvets Händen auf: Wasser, Luft und Erde. Schließlich manifestierte sich das Feuer selbst, kleine weiße Flammen, die tanzten und sprühten, ohne die Haut zu verbrennen.

Velvet wirkte erfreut. »Ich wusste es«, sagte sie jubelnd. »Ich wusste, dass es Feuer sein würde!« Aber im nächsten Moment veränderten sich die Flammen und wurden blau, dann dunkel purpurn und schließlich schwarz. Velvet begann, sich vor Schmerz zu winden. »Nein, aufhören, sie verbrennen mich, aufhören …« Wind kam auf, riss an ihren Kleidern und ihren Haaren und raubte ihr den Atem. Das Dach der Grotte erzitterte, und Steine begannen, auf sie herunterzufallen, eiskaltes Wasser aus dem Bach wirbelte um ihre Knie, während sie vor Entsetzen schwankte. Es war, als wäre sie im Herzen eines unnatürlichen Stroms von Elementen gefangen, die uns nicht berührten, aber auf Velvet einpeitschten. Und die ganze Zeit über tanzten die schwarzen Flammen grausam auf ihren Händen.

»Nein, nein, nein!«, schrie sie, während sie das Feuer von sich wegschleuderte. Eine sich drehende Flammenkugel zischte durch die Luft und krachte gegen die Mauer der Höhle, brachte den Stein zum Bersten. Die alten Mosaikbilder mit den Nymphen und blumenbehangenen Hirschen fingen an zu zerbröseln und sich zu verwandeln, zeigten jetzt die Vision einer wilden Jagdgruppe, die rücksichtslos durch die Nacht galoppierte. Die Jäger und Frauen trugen Wolfshäute, und ihre langen Haare wehten im Wind, während sie einem weißen Hirsch folgten. Sie stießen in ihre gebogenen Hörner und drängten den Jagdtrupp mit wilden und doch wunderschönen Rufen weiter. Eine große, dunkelhaarige Frau saß rittlings auf einem herrlichen schwarzen Hengst, der sich auf den Hinterbeinen aufbäumte, während sie einen Pfeil an die Bogensehne legte und auf den erschreckten Hirsch zielte. Die Frau brannte vor Verlangen danach zu verletzen und zu töten. Sie wandte sich uns zu, und ich sah, dass sie Velvets Gesicht hatte.

»Nein, nein, nein …« Eine Mädchenstimme hallte durch die Höhle, jung und bittend wie die eines kleinen Kindes. Ich wusste irgendwie, dass sie Velvets kleiner Schwester Jasmin gehörte. Aber sie war tot – sie war tot.

»Hör auf, Velvet. Ich traue dir nicht … hör auf …« Die Stimme wurde eindringlicher. »Nein, Velvet! Du tust mir weh … bitte … du tötest mich … hör auf!« Dann ließ der Sturm plötzlich von selbst nach, und die wilde Jagd schmolz dahin wie ein Traum. Velvet sackte zu Boden.

»Ich wollte dir nicht weh tun«, schluchzte sie. »Jasmin, es tut mir so leid, ich war einfach nur wütend. Ich wollte nichts von all diesen Dingen tun!« Sie machte einen Satz nach vorn und packte das Messer, das immer noch auf dem Boden neben dem Siegel und dem Talisman lag, und fing an, sich wild die Beine und Arme zu zerschneiden, sich in einem Anfall von Selbsthass zu verletzen. Agnes schnippte mit den Fingern, und das Messer flog in ihre Hand. Velvet blickte auf; sie war jetzt beschämt und erstaunt. Tränen verschmierten ihr Mascara und ihre weiße Haut.

»Das reicht«, sagte Agnes leise. »Wir haben genug gesehen.«

»Wer bist du?«, flüsterte Velvet.

»Mein Name ist Agnes. Ich habe hier gelebt, bevor du geboren wurdest. Ich habe diesen Ort verlassen und hatte ein Kind, und dieses Kind war Evies Urgroßmutter. Evie und ich sind durch das Blut und den Mystischen Weg miteinander verbunden. Sie hat mich gerufen, damit ich heute Abend bei dieser schweren Entscheidung helfe.«

»Also – kann ich ein Teil von alldem werden?«, fragte Velvet zitternd. »Ich möchte dazugehören. Ihr müsst mich mitmachen lassen!«

»Velvet Romaine, ich bringe dir eine Botschaft von der unsichtbaren Welt«, erwiderte Agnes ernst. »Eine Warnung. Deine Prüfung hat ergeben, dass dein Erbe eine schwarze Flamme der Wut und der Verzweiflung ist. Deine Kräfte sind ungeformt und chaotisch. Du bist ein Prüfstein, und das bedeutet, du kannst elementare Kräfte kanalisieren, ohne zu wissen, was du tust oder wie du deine Taten kontrollierst. Deine Begierden sind unlenkbar wie die wilde Jagd, trampeln selbst auf denjenigen herum, die du lieben möchtest. Der Tod deiner Schwester Jasmin – die Verletzungen deiner Freundin im Feuer – hast du von solchen Dingen geträumt? Hast du dir eingeredet, dass du sie erzeugt hast?«

»Ja … ja, das habe ich. O Gott, ich hasse mich!«

Agnes sah sie mitleidig an. »Ihre Bestimmungen wurden ohne dich geschrieben, Velvet. Du bist weder so wichtig noch so vermögend, dass du ihr Leben nach deinen wütenden Tagträumen hättest gestalten können. Andere Mächte waren mit am Werk. Vergib dir selbst, und versuche, dich zu verändern.«

Velvet brach in Tränen aus. »Wirklich? Es war nicht nur ich? Oh, mein Gott … die ganze Zeit dachte ich …« Sie beherrschte sich wieder und sah auf. »Agnes, ich möchte mich verändern. Ich möchte wie Helen sein. Ich möchte Teil eures Mystischen Weges sein, um ihn zu verstehen.«

»Der Mystische Weg ist ein Pfad der Heilung«, erwiderte Agnes. »Du bedarfst selbst viel zu sehr der Heilung, als dass du unserer Schwesternschaft beitreten könntest. Du bist nicht bereit dazu.«

»Aber ich möchte helfen!«

»Die elementaren Geister lassen sich nicht auf Befehl kontrollieren«, sagte Agnes. »Nicht, solange du nicht dein eigenes Herz beherrschen kannst. In der Zwischenzeit akzeptiere die Gaben, die du bereits besitzt. Mut. Stärke. Leben. Öffne dein Herz. Lerne zu lieben. Hör auf, dich selbst zu verletzen, und du wirst vielleicht aufhören, andere zu verletzen. Laufe mit dem Jagdtrupp, aber sorge dafür, dass deine Beute deine Rache verdient hat. Hast du das verstanden?«

»Ich … ich glaube, ja«, keuchte Velvet. Ich hoffte mit ganzem Herzen, dass sie es wirklich tat.

Agnes seufzte. Sie legte das Messer vorsichtig wieder an die Stelle neben den Talisman und das Siegel. Blut war an ihren Fingern. Sie stand auf und machte damit ein Zeichen auf Velvets Stirn. »Du bist vom Tod gezeichnet«, flüsterte sie. »Aber wenn die Stunde deines Todes kommt, denk an mich, Agnes Templeton, Dienerin des heiligen Feuers. Erinnere dich an mich …«, sagte sie, und ihr Bildnis begann zu verblassen. »Unsere Zeit ist vorüber, ich muss zurückkehren. Der Kreis zerbricht. Erinnere dich an mich …«

Sie verließ uns. »Warte, Agnes!«, rief ich. »Erzähl uns etwas über Laura – wo können wir sie finden? Wo ist das Auge der Zeit? Ich muss es wissen!«

»Sie ist in der Zeit verloren, zwischen Welten verloren

wie Sarahs Volk … rufe sie aus ihrem tiefen Versteck hervor. Die Erde ist die Wiege der Zeit … und ihr Grab.«

Agnes war fort. Unser Kreis war zerbrochen. Velvet war geprüft und abgewiesen worden. Aber zumindest war Agnes in der Lage gewesen, uns etwas zu sagen. Verloren in der Zeit, verloren zwischen Welten, wie Sarahs Volk, hatte sie gesagt. Das konnte nur eines heißen. Wir mussten Laura an den dunklen, verborgenen Orten suchen, unter der Erde selbst.

Achtzehn

Zeugnis von Sarah Fitzalan

Verloren in der Zeit, verloren zwischen Welten, wie Sarahs Volk. Kaum hatte Agnes gesprochen, da wusste ich, dass sie von den Kinsfolk sprach.

Sie waren ein uraltes Volk, das in der Zeit gefangen und verflucht war, unfähig, zum Leben jenseits des Grabes weiterzuschreiten. Ich erinnerte mich, was Kundar, ihr Anführer, mir über ihre lange Qual gesagt hatte: *Wir konnten nicht sterben und ins Land der Väter gelangen. Also schliefen wir in der Erde, gefangen zwischen dieser Welt und der nächsten.*

Die Kinsfolk warteten auf das Ende der Zeit und die Neugestaltung aller Dinge, verbargen sich tief in den Höhlen unter den *Moors* vor der modernen Welt. Ich hatte die Krone der Blätter für sie errungen, und sie waren mein Volk, wie Agnes gesagt hatte. Ich wusste, dass sie uns helfen würden, wenn es ihnen möglich war.

Unsere erste Aufgabe bestand allerdings darin, Velvet zu trösten, die – hin und her gerissen zwischen Angst und Enttäuschung – weinte und zitterte. Sie hatte Mysterien berührt und gesehen und gehörte trotzdem immer noch nicht ganz dazu. Und was Agnes gesagt hatte – *du bist vom Tod gezeichnet* … war es wirklich nötig gewesen, Velvet das zu sagen? Zum ersten Mal stellte ich die Urteilsfähigkeit meiner geheimen Schwester in Frage. Wäre es nicht besser gewesen, Velvet in glücklicher Unwissenheit über die Gefahr zu lassen, in der sie sich befand? Aber dann sagte ich mir, dass Unwissenheit nicht das Gleiche war wie in Sicherheit zu sein.

Velvet und ich schliefen im selben Schlafsaal, und daher bot ich an, sie dorthin zu bringen und dafür zu sorgen, dass es ihr gut ging. Unserer anderen Kameradin im Schlafsaal, Ruby, erklärte ich, dass Velvet sich nicht wohl fühlte, und bat sie, ein Glas Wasser für sie zu holen. Auf diese Weise war sie ein paar Minuten aus dem Weg.

»Versuch, etwas zu schlafen«, sagte ich, als Ruby das Zimmer verlassen hatte und Velvet sich auf dem Bett zusammenrollte. Auf ihrer Stirn war ein Blutfleck, den ich wegwischte.

»Ich hatte nicht gedacht, dass es so sein würde«, murmelte Velvet. »Ich dachte, ich würde in der Lage sein, Beschwörungen und Magie zu weben und alle mit irgendwelchem coolen Zeug zu beeindrucken. Ich wollte anders sein, was Besonderes. Aber ich stehe unter irgendeinem Fluch, oder? Ich bin vom Tod gezeichnet.« Sie wirkte verängstigt und jung, wie sie so dalag. Ein junges Leben, das zum Tode verdammt war. Es wirkte so grausam. Ich wollte nicht, dass es so für sie war.

»Natürlich nicht«, sagte ich herzlich – zu herzlich. Ich wollte, dass Velvet sich besser fühlte, aber ich war mir nicht sicher, was ich sagen sollte. »Seien wir ehrlich, wir alle müssen eines Tages sterben.« Meine unbeholfenen Beschwichtigungsversuche klangen nicht gerade tröstlich. Ich versuchte es noch einmal. »Schau her, Velvet, du musst verstehen, dass der Tod nur das Tor ist, eine Art

Anfang. Und Agnes hat gesagt, dass du Gaben hast, deren Benutzung du erlernen kannst. Mut und Stärke. Nicht alle haben das.«

»Sie hat auch Leben gesagt, oder nicht?«, murmelte Velvet. »Dass ich die Gabe des Lebens hätte.«

»Ja. Vergiss nicht, dass am Ende das Leben größer ist als der Tod, so wie das Licht größer und mächtiger ist als die Dunkelheit. Und es spielt keine Rolle, wie lang das Leben währt, wenn man dafür sorgt, dass man jede Sekunde bewusst erlebt. Wir alle müssen uns immer wieder daran erinnern.«

Ein langes Schweigen entstand, dann flüsterte Velvet: »Ich werde es versuchen. Danke, Sarah. Du bist nett. Es tut mir leid, wenn ich …«

»Mach dir deshalb keine Sorgen.«

Ich machte Anstalten zu gehen, aber Velvet setzte sich auf und klammerte sich an mich, so fest, dass mein Arm schmerzte. »Aber ich kann immer noch mit euch zusammen sein, Sarah, oder?«

»Natürlich, sicher.«

»Ich meine nicht in der Schule – ich meine, wenn ihr eure mystischen Kräfte wirkt, oder wie immer ihr das nennt. Ich möchte immer noch dabei sein. Ich könnte dich beobachten und lernen zu kontrollieren, was ich tue, oder nicht? Ich will nicht, dass schlimme Dinge passieren.«

Ich hätte Velvet daran erinnern können, dass sie erst im letzten *Term* in »schlimme Dinge« verwickelt gewesen war. Sie war dabei gewesen, als Helen auf rätselhafte Weise aus einem Fenster der Schule gefallen war. Es war ein Wunder, dass Helen den Unfall überlebt hatte, und Velvet war nicht gerade eine gute Freundin von uns gewesen. Aber ich hielt mich zurück. Ich konnte sehen, dass Velvet wirklich litt. Sie hatte nicht damit gerechnet, abgewiesen zu werden.

»Aber Agnes hat gesagt, dass du noch nicht bereit bist«, fing ich an.

»Ich könnte mich bereit machen! Siehst du nicht, wie erstaunlich das alles ist? Wir sind keine gewöhnlichen Mädchen. Wir haben unsere Kräfte. Wir sind – übermenschlich. Agnes hat gesagt, dass es nicht wirklich mein Fehler war, das damals mit dem Feuer und dem Autounfall, aber ich weiß, dass ich eigenartige Dinge machen kann. Wenn ich etwas in meinem Geist sehe, beginnt es zu geschehen. Stell dir nur vor – wenn ich lernen könnte, es zu kontrollieren, könnte ich echte Macht haben! Ich könnte erstaunliche Dinge tun, und im Kreis würden meine Fähigkeiten noch stärker, nicht wahr? Ich brauche euch, und ihr braucht mich. Ihr müsst zulassen, dass ich ein Teil von alledem bin!«

Ich war alarmiert. Velvets Wangen waren gerötet, und ihre Augen glänzten fiebrig.

»Velvet, du stehst ein bisschen unter Schock, und ich weiß, dass du eine ganze Menge verarbeiten musst, aber du musst das ernst nehmen, was Agnes gesagt hat. Wenn der Mystische Weg nicht für dich gedacht ist, ist es am besten, du vergisst ihn.«

»Aber das ist nur ihre Meinung! Sie hat nicht das Sagen – sie ist nur eine von euch vieren. Wenn ihr Übrigen einverstanden seid, könnte ich zusehen und lernen und … und ein besserer Mensch werden. Ich habe gesehen, wie ihr im letzten *Term* in den *Moors* gegen diese Frauen gekämpft habt. Sie sind eure Feinde, oder? Ich könnte euch dabei helfen, ich weiß es. Ich muss es tun. Ich brauche etwas Wirkliches und Machtvolles in meinem Leben. Ich kann mich nicht weiter so treiben lassen und von einem dummen Einfall zum nächsten springen, nur weil mein Vater berühmt ist. Ich muss wissen, wer ich wirklich bin. Das ist meine Bestimmung – erkennst du das nicht? Bitte, Sarah, sag, dass du auf meiner Seite sein wirst.«

Ich fühlte mich zerrissen. Ich hatte Velvets Hang zur Selbstsucht selbst erlebt, ihren Hunger nach Gefahr und ihre Geringschätzung für andere Menschen. Aber sie schien es ernst zu meinen, und sie wirkte verzweifelt. Vielleicht hatte Agnes sich ja geirrt.

»Ich glaube, es gibt für alles den richtigen Zeitpunkt«, sagte ich langsam. »Und vielleicht ist dies einfach nicht deine Zeit. Hab Geduld.«

Sie ließ sich in die Kissen zurückfallen und verzog ironisch das Gesicht. »Geduld ist nicht gerade mein Ding, falls du das noch nicht bemerkt hast.« Tränen schimmerten in ihren dunklen Augen, aber Velvet blinzelte sie weg, und ich spürte kurz Mitgefühl wie eine heiße Flamme in mir aufflackern.

»Vielleicht könnte ich mit den anderen sprechen und sehen, was Helen denkt.«

»Ja! Bitte, Sarah, bitte. Ich flehe dich an.«

In diesem Moment kam Ruby mit einem Glas Wasser und zwei Aspirin zurück.

Ich stand auf, um zu gehen. Aus irgendeinem Grund griff ich in meiner Tasche nach dem kleinen Messer mit dem Knochengriff und schob es unter Velvets Kissen. »Du könntest das brauchen. Aber verletz dich nicht selbst damit«, flüsterte ich. »Bewahre deine Wut für den Feind auf.«

»Danke, Sarah – danke – und vergiss nicht, was ich gesagt habe, ja?«

Ich machte mich auf die Suche nach Helen und Evie, erleichtert darüber, von Velvet wegzukommen. Mein Geist sprang zu dem, was vor uns lag. Darin war ich gut: planen, Dinge geschehen lassen. Ich hatte den Eindruck, wir müssten so bald wie möglich mit Kundar sprechen. Das tun, was wir tun mussten, um aus Wyldcliffe heraus und zum Weißen Tor zu kommen, dem Hügel im Hochmoor, wo sich der Eingang zum unterirdischen Königreich verbarg. Ich lief so schnell ich konnte die weiße Marmortreppe zur Eingangshalle hinunter, wo meine Freundinnen auf mich warten würden. Ein paar Mädchen hatten sich bei dem wuchtigen Steinkamin in der Halle versammelt, unterhielten sich in lockerer Atmosphäre über das, was sie am Wochenende getan hatten, gähnten und murrten über die Aufgaben, die sie noch nicht erledigt hatten.

Es war seltsam, zu ihnen treten und so tun zu müssen, als wären Evie und Helen und ich einfach von einem harmlosen Ausritt nach Uppercliffe und einem Spaziergang in der Nähe zurückgekehrt, als hätten wir nichts Besseres zu tun, als mit den anderen Schülerinnen zum Essen zu gehen. Aber wir hatten keine andere Wahl. Wir mussten ständig in dieser zweigeteilten Welt des Banalen und des Außerordentlichen leben, ohne zu wissen, wie oder wann die beiden Welten aufeinanderprallen würden. Ich versuchte mir einzureden, dass wir das durchstehen würden und dass alles in Ordnung kommen würde, wie Helen immer sagte.

Alles würde gut werden, solange wir uns allem gemeinsam stellten.

Neunzehn

Aus dem Tagebuch von Helen Black
Mitternacht, 9. Oktober

Alles wird gut werden, und alle Dinge werden in Ordnung kommen …

Ich glaubte es in diesem Moment wirklich. Als wir dann aber in die Höhle kamen, wirkte alles weniger klar. Velvets Prüfung war außerordentlich. Erschreckend. Agnes sprach sich gegen sie aus. Du bist vom Tod gezeichnet, *hatte sie gesagt. Als ich diese Worte hörte, spürte ich einen Schmerz durch meinen ganzen Körper schießen. Velvet ist vom Tod gezeichnet, und ich bin durch das Siegel gezeichnet und ausgesondert.* »Woher stammen solche Makel? Viele Gelehrte glauben, dass sie Unglückszeichen sind, die den Tod nach sich ziehen und auf ein besonderes Schicksal hinweisen.«

Velvet ist mein eigener dunkler Engel, eine Version von mir selbst, die mich heimsucht. Sie kennt Schuld und Furcht und Scham – meine eigenen ständigen Begleiter. Oh, ich dachte, ich würde von alldem frei werden! Einen Moment lang, als Lynton mit mir gesprochen hatte, hatte ich gedacht, Miss Scrattons Prophezeiung würde tatsächlich wahr werden!

Immerhin habe ich noch dich, Wanderer. Du hörst immer zu, bist geduldig, urteilst nicht, gibst keine Widerworte. Aber ich hungere nach einer Antwort, nach jemandem, der nicht nur zuhört, sondern auch mit mir spricht. Ich sehne mich nicht nur nach Worten, sondern auch nach Berührungen, nach Lachen, nach Blicken.

Ich habe das seltsame Gefühl, dass es meine Pflicht ist, alles niederzuschreiben und aufzuzeichnen, als Zeugnis für zukünftige Generationen, für die Tochter, die ich niemals haben werde.

Tochter, jung wie der Neumond,
Trage meine Geschichte in die Zukunft,
Trage meine Liebe mit dir, während du wandelst,
Auf dem Fluss der Zeit, frei und froh.

Also dies ist mein Zeugnis. Dies ist es, was in diesem heiligen, verfluchten Tal von Wyldcliffe gesagt wurde und geschehen ist.

Irgendwie gelang es mir, das Abendessen nach Velvets Prüfung zu überstehen, auch wenn Dr. Franzen da war und mit seinem Stock wild gestikulierte, während er den Saal betrat. Die ganze Zeit über hockte er auf seinem Platz und überwachte die Mahlzeit, starrte von seinem geschnitzten Stuhl aus finster auf uns herunter. Wie immer zuckte ich unter seinem Blick zusammen, verzweifelt hoffend, dass er mich nicht erkannte. Als das Essen endlich vorüber war, zog ich meine Freundinnen nach draußen auf die leere Terrasse. Es regnete nicht mehr. Eine feuchte Frische hing in der Luft, und in der Ferne sahen wir ein paar Lichter im Dorf flackern.

»Wir müssen Kontakt mit Kundar aufnehmen«, sagte ich hastig. »Die Leute der Erde, hat Agnes gesagt. Wann können wir sie treffen?« Aber als ich meine Freundinnen ansah, begann sich die Szene vor meinen Augen zu verändern. Ich sah nicht mehr Evie und Sarah und auch nicht die verlassene Terrasse oder die kahlen Zweige der Rose, die an der niedrigen Mauer wuchs. Eine Gruppe von Frauen stand beim See, und es war, als würde ich rasch über das Gras schweben, um sie zu treffen, mich lautlos zu ihnen hin bewegen. Die Gesichter der Frauen wurden deutlicher – sie sahen im Mondlicht wie geschnitzte Statuen aus, und ich wusste, dass jede einzelne von ihnen große Macht hatte, aber dass sie andere Entscheidungen gefällt hatten. Ich sah das stolze Antlitz meiner Mutter und Agnes' feine Schönheit, ich sah, wie Velvet mich anlachte und eine vierte Frau ihren Schal abnahm, um sich zu zeigen. Mein Herz machte einen Sprung, und Stimmen sangen in meinem Kopf: Es war Miss Scratton.

»Sagt mir, was ich tun soll!«, versuchte ich zu sagen, aber ich konnte nicht sprechen, und meine wahren Gedanken hallten in meinem Kopf wider. *Ich habe gelogen, was Sie und das Auge der Zeit betrifft … es tut mir so leid. Führen Sie mich jetzt … ich brauche Sie.*

Miss Scratton sah mich ernst an, dann verstreute sie einige trockene Blätter über dem See. Die Wasseroberfläche verwandelte sich in einen glänzenden Spiegel. Ich sah gedrungene starke Männer mit grober Kleidung aus Fellen und Häuten, die auf schnellen Ponys über die Hügel ritten – die Kinsfolk. Die Szene rollte vor meinen Augen ab wie ein Film, und ich sah, wie sie beim Steinkreis ankamen. Die Granitblöcke waren roh und neu, und als die Reiter ehrfurchtsvoll auf die Knie sanken, erhob sich die Sonne hinter den Hügeln. Licht … unbeschreibliches Licht überflutete die wilde Landschaft, und in diesem benommen machenden Licht schien eine Gruppe wunderschöner Menschen verborgen zu sein, wie etwas aus einer vergessenen Geschichte. Der Himmel war voller Musik.

Ich weiß nicht, wie lange ich so dastand. Das Lied, das ich hörte, wurde machtvoller und wilder. Das Gesicht des Fremden – Lynton – kam mir in den Sinn; dann dachte ich an Tom, meinen Wanderer, und ich fühlte Tränen in mir aufsteigen. Lynton war mein wunderschöner Fremder, aber der Wanderer war alles gewesen: mein Freund, meine Inspiration, meine einzige Hoffnung. Es war, als wäre er sehr nahe, als würde er, wenn ich nur das richtige Wort sagte, zu mir zurückkommen, so wie er so viele Male aus dem Nichts zu mir gekommen war. Dann hörte ich eine Stimme sagen: »Du musst dich entscheiden, Helen. Du musst wählen. Es ist an dir.« Und ich wusste, dass die Stimme von mir verlangte, zwischen ihm und Lynton zu entscheiden, zwischen der Vergangenheit und der Zukunft.

»Es ist an dir, Helen.« Es war Evie, die mich zurückzog, von meinen Träumen weg. »Du entscheidest.«

»Was entscheide ich?«, fragte ich, für einen Moment ganz benommen.

»Ob und wann wir zu den Höhlen gehen, um Kundar zu treffen, natürlich.«

»Ich glaube, wir sollten heute Nacht gehen«, sagte Sarah forsch, als würde sie nichts Bedeutenderes organisieren als ein Picknick im Sommer. »Können wir heute gegen Mitternacht alle aus der Schule kommen?«

»Nein, nicht um Mitternacht, jetzt!«, sagte ich. »Wir können nicht warten. Agnes hat gesagt, wir sollen sie schnell rufen, und sie hat Recht, wir dürfen keine Minute verstreichen lassen!« Wenn ich jemals den Ort des Lichts und der Schönheit erreichen sollte, den ich gerade gesehen hatte, dann musste ich die Aufgaben absolvieren, die mir bevorstanden, und zwar so schnell wie möglich. Nur dann konnte ich zu meiner Zukunft gelangen. »Wir müssen es jetzt tun!«

»Was – jetzt? Hier?«, fragte Evie zweifelnd. »Und wie?«

Aber Miss Scratton hatte mir ein Zeichen gegeben. »Das Wasser des Sees«, versuchte ich zu erklären. »Wir können es als Spiegel benutzen – als ein Fenster zu den Kinsfolk. Evie, wir brauchen deine Kräfte des Wassers.«

Ich ging voran, verließ die Terrasse und eilte hinunter zu dem verlassenen See. Es waren keinerlei Hinweise auf die Frauen mehr zu sehen, nirgendwo irgendwelche schemenhafte Gestalten zu erahnen. Die Ruine der Kapelle lag im Nebel wie ein Geisterschiff, das über ein endloses Meer glitt. Das Wasser des Sees war ruhig, aber hohes Gras und Schilf schwankten sanft im Abendwind und erzeugten ein leises Rascheln und Flüstern. »Evie, bitte das Wasser, unsere Freunde zu enthüllen«, sagte ich.

Evie kniete sich am Ufer auf den moosbewachsenen Boden und streckte ihre Hände in Richtung Wasser aus. »Wasser des Lebens, erwache. Fließe durch unseren Geist und zeige uns Botschaften und Erinnerungen in deinem endlosen Strom … Wasser des Lebens, höre uns. Wir dürsten nach Wahrheit … zeige uns deine Kräfte.«

Die Wolken teilten sich, und die Spiegelung des Mondes tauchte wie ein silberner Löffel ins Wasser ein. Ein Lichtkreis begann auf der Oberfläche des Sees zu glühen, wie ein Spiegel, der von wirbelndem Nebel erfüllt war.

»Ruf dein Volk an, Sarah«, drängte ich. »Ruf die Kinsfolk her.«

Sarah stand neben Evie und streckte die Arme in der Geste einer Bittstellerin über dem Wasser aus. »Kundar«, rief sie mit leiser Stimme. »Du hast gesagt, du würdest kommen, wenn ich dich brauche. Ich bin deine Königin. Erwache! Höre meine Worte! Kinsfolk, Volk der Erde, antwortet mir. Zeigt euch.«

Der Nebel im Silberkreis wirbelte und teilte sich, und wir sahen die dunklen Umrisse eines wettergegerbten Gesichts. Es war Kundar. »Heil, große Königin«, sagte er und nickte mit dem grauhaarigen Kopf. »Dein Volk hört dich. Wir sind aus dem Schlaf erwacht, um dir zu dienen.«

»Kundar«, sagte Sarah atemlos, »wir müssen etwas über das Auge der Zeit wissen. Wir glauben, dass es unter der Erde ist, in den Höhlen. Weißt du etwas darüber? Kannst du uns dorthin führen?«

»Vor langer, sehr langer Zeit«, erwiderte er, »noch bevor die Kinsfolk über die Erde wandelten, sah die Zeit den Menschen an und fraß ihn auf. Das Auge der Zeit ist überall. Es schläft niemals.«

»Aber das hilft uns nicht – wie können wir es finden? Ist es in der Nähe? Ist es in der Erde?«

Kundars Gesicht legte sich in Falten, als würde er über die Frage eines Kindes lächeln. »Alle Dinge wurzeln in der Erde. Aber es gibt ein uraltes Amulett, das noch älter ist als Kundar. Es beobachtet alle Wege und ist tief verborgen, doch die Kinsfolk kennen jeden geheimen Pfad im unterirdischen Reich. Wir werden unsere Königin dorthin bringen. Wir werden dich jetzt hinbringen.«

»Nein, noch nicht, Kundar«, sagte Sarah. »Beim nächsten Neumond.« Sie warf rasch einen Blick zum Himmel, wo der Mond noch immer als dünne Sichel zu sehen war, kaum eine Woche alt. »In etwa drei Wochen.«

»Dann kommt, wenn die Mondphase wieder von vorn beginnt und er dünn und schwach am dunklen Himmel hängt«, antwortete Kundar. »Kommt zu den Höhlen, du und deine Freunde. Wir werden euch tiefer in die Erde führen, als du je zuvor gewesen bist. Aber lass nicht zu, dass das Auge dich sieht. Es wird dich auffressen. Es sieht alles. Lebwohl, Erdkönigin. Wir treffen uns bei Neumond.« Sein Gesicht verblasste, und die silberne Scheibe auf dem Wasser versank und geriet außer Sicht.

»Dann weiß ich es jetzt also«, murmelte ich. »In drei Wochen werde ich zu den Höhlen gehen, zum Auge.«

»Wir begleiten dich«, sagte Sarah. »Du gehst nicht allein dorthin.«

»Und Cal und Josh möchten auch dabei sein«, sagte Evie mit fester Stimme. »Wir können sie jetzt nicht zurücklassen.«

Ich wünschte, ich könnte es ganz alleine machen, aber ich zuckte zustimmend mit den Schultern, statt eine Diskussion anzufangen. »Es ist noch so lange bis dahin.« Ich seufzte. »Ich wünschte, es könnte morgen sein. Ich möchte, dass wir es hinter uns bringen.« Ich war in einem Wirbelwind der Ungeduld gefangen und sehnte mich danach voranzuschreiten.

»Und was ist mit Velvet? Sollen wir sie mitnehmen?«, fragte Sarah. »Sie möchte immer noch unbedingt zu uns gehören.«

»Aber du hast doch gehört, was Agnes gesagt hat!«, entgegnete Evie. »Velvet ist noch nicht bereit. Sie ist eine Gefahr für sich und andere. Wir können sie unmöglich mitnehmen, siehst du das nicht auch so, Helen?«

Beide sahen jetzt mich an und warteten darauf, dass ich etwas sagte. »Tut mir leid, Sarah«, sagte ich langsam. »Ich glaube, dass Evie Recht hat.«

Und so war es beschlossen. Wir würden in der Nacht vor dem nächsten Neumond in die Höhlen gehen, zusammen mit Josh und Cal. Velvet aber würde uns nicht begleiten.

Zwanzig

Zeugnis von Sarah Fitzalan

Velvet war wütend.

»Aber wieso nicht?«, fragte sie, während sie am nächsten Tag Jupiters Stallbox ausmistete. Ich bürstete Starlight.

»Du weißt, warum nicht«, antwortete ich mit fester Stimme, auch wenn mir etwas bange wurde bei der Vorstellung, dass sie eine Szene machte. »Agnes hat es dir gesagt.«

Aber Velvets dunkle Augen blitzten rebellisch. »Agnes hat auch gesagt, dass ich lernen soll zu lieben. Ich könnte Helen lieben – euch alle – wie Schwestern. Wie ich Jasmin geliebt habe, was immer ihr auch glaubt. Aber nein, ich bin offenbar nicht gut genug für dich und Evie und die dumme Lady Agnes. Nicht gut genug für die verrückte Helen Black.«

»Wage es nicht, sie noch einmal so zu nennen!«

Velvet murmelte eine Entschuldigung und nahm eine Bürste, um halbherzig damit zu beginnen, die dunklen Flanken ihres Pferdes zu striegeln.

»Ich habe es nicht so gemeint. Ich möchte nur einfach so gern zu euch gehören.«

»Vielleicht möchtest du es zu sehr. Vielleicht war es das, was Agnes gesehen hat.«

»Wie auch immer.« Aber es war, als würde Angst in ihrem Gesicht aufblitzen, als sie den Namen Agnes hörte. Dann brachte sie ihr strahlendstes Lächeln zustande. »Na ja, ich vermute, dass ich immer noch meinen ursprünglichen Plan habe, auf den ich mich zurückziehen kann.«

»Und was wäre das für einer?«, fragte ich alarmiert.

»Oh, wir kehren zu dem zurück, was wir vorher hatten. Wir sind keine Freunde, sondern Feinde. Und ich gebe mir alle Mühe, genug Ärger zu machen, um von der Schule zu fliegen. Ich könnte die Schule in Brand stecken. Das müsste eigentlich genügen.«

»Mach dich nicht lächerlich, Velvet.« Ich seufzte. »Und sei vorsichtig. Dr. Franzen wird sich deinen Unsinn nicht gefallen lassen.«

»Glaubst du, ich habe Angst vor ihm? Ich habe vor gar nichts Angst.«

»Abgesehen von dem, was Agnes dir gesagt hat.«

Sie versuchte, ihre Angst mit Spott zu überdecken. »Agnes! Ui, Agnes!« Sie lachte. »Ihr seid alle so voller Ehrfurcht vor ihr. Das ist einfach erbärmlich! Und sie ist noch nicht mal am Leben! Sie ist tot – sie ist vermutlich nur irgendeine kollektive Halluzination, die ihr euch ausgedacht habt und in die ihr mich mit reinziehen wollt. Wieso lasst ihr euch alle von der Erinnerung an irgendeine zimperliche viktorianische Langweilerin beherrschen, die Evies Urgroßmutter oder sonst was ist? Echt, ich habe eure kindischen Spielchen satt. Wenn ich mich mit der anderen Seite verbinden will, tue ich das auf meine eigene Weise. Es gibt andere Mächte, nicht nur diejenigen, von denen ihr glaubt, dass ihr sie kontrollieren und als große Gunst gegenüber uns anderen gewöhnlichen Sterblichen verteilen könnt.«

»Velvet …«

Sie warf die Bürste, die sie gerade eben noch benutzt hatte, auf den Boden und starrte mich finster an. »Sag Josh, er soll hier weitermachen. Mein Vater bezahlt dafür. Und sag deinen Freundinnen, dass es mich nicht kümmert, wenn ich nie wieder ein Wort mit ihnen wechsle.« Velvet schob sich brüsk an mir vorbei und stolperte aus dem Stall, aber ich war sicher, dass ihre Stimme erstickt geklungen hatte und Tränen in ihren Augen gewesen waren. Sie machte sich etwas daraus, das war das Traurige. Rebellin oder Prüfstein oder was immer sie wirklich war, da war ein Teil in Velvet Romaine, der einfach nur geliebt werden wollte.

Aber während der folgenden Herbsttage versuchte Velvet mit allen Mitteln zu beweisen, dass sie niemanden brauchte, ganz besonders nicht uns drei. Sie mied mich ebenso wie Evie und Helen und hing wieder mit ihrer üblichen Gruppe, bestehend aus Camilla und Annabelle und Julia Symons herum. Sie drängte sie, so herausfordernd und beleidigend zu sein, wie es ihnen unter Dr. Franzens wachsamem Blick möglich war. Velvet kam immer wieder in Schwierigkeiten und erhielt eine Verwarnung nach der anderen. Während Miss Scrattons Zeit als Oberste Mistress hatte dies einfach nur bedeutet, eine Stunde zusätzlich in der Bibliothek lernen zu müssen, und sie hatte die eher aufgeblasene Tradition von Wyldcliffe, rote Verwarnungskarten für irgendein kleines Vergehen auszuteilen, in aller Stille abgeschafft. Dr. Franzen hingegen hatte Spaß daran gehabt, als neuer Schuldirektor den alten Brauch wieder einzuführen, und Velvet schien wild entschlossen zu sein, so viele scharlachrote Verwarnungskarten einzuheimsen wie sie konnte: für Widerrede, weil sie Arbeiten nicht abgab, weil sie zu spät kam, weil sie unkooperativ war, weil sie nicht angemessen gekleidet war … die Liste war endlos.

Velvets Strafen waren ebenfalls endlos, und sie verbrachte viele Stunden allein – oder genauer, arbeitete unter dem wachsamen Blick einer Mistress und manchmal auch unter dem von Dr. Franzen selbst – an überflüssigen, langweiligen Aufgaben. Velvet musste viel Zeit gehabt haben, um über ihr Verhalten nachzudenken, aber es änderte gar nichts. Sie sang bei der Probe für das Gedenkkonzert sogar einen Hit ihres Vaters, obwohl sie wusste, dass er voller Gotteslästerungen und Kraftausdrücke war. Sie handelte sich damit einen Dreistundentadel ein, aber tatsächlich schien sie das nicht zu kümmern. Für Helen war das allerdings anders. Velvets Beispiel schien Helen anzuspornen, sich beim Lernen noch mehr Mühe zu geben. Sie schien sich davor zu fürchten, eine Verwarnung zu bekommen, und rackerte sich über ihren Büchern ab, bis sie vor Erschöpfung einschlief.

»Wieso machst du dir so große Sorgen, dass du eine Verwarnung bekommen könntest, Helen?«, fragte ich eines Abends, als wir beide in der Bibliothek waren und sie mit einer Lateinaufgabe kämpfte. »Es bedeutet nur, eine Weile in diesem kleinen Zimmer im Erker im zweiten Stock zu sitzen. Ich meine, ich weiß natürlich, dass es nicht sehr angenehm sein wird …«

»Lieber würde ich sterben«, fauchte sie, dann wandte sie sich von mir ab und widmete sich wieder ihrer Arbeit, beugte sich über ihre Bücher.

Ich verstand nicht, was in Helen während der Zeit bis zum nächsten Neumond vorging, bis zu dem Tag, an dem wir beginnen würden, Laura zu retten. Ich wusste nicht, wie sehr sie hin und her gerissen war. Ich begriff aber, dass sie über etwas brütete, und fragte mich, ob es das Siegel war, diese kleine goldene Brosche, die sie von ihrer Mutter bekommen hatte. Natürlich dachte ich daran, seit Helen sie während Velvets Prüfung als Gabe abgegeben hatte. Hatte Helen sie benutzt? Wusste sie mehr darüber, seit sie sie im letzten *Term* erhalten hatte? Was immer Celia Hartle ihrer Tochter gegeben hatte, musste entweder wertlos sein oder gefährlich; das zumindest war für mich ziemlich klar. Aber da war noch mehr.

Helen trug das Zeichen des Siegels auf ihrem Arm. Es war ein seltsames Zeichen, das einer Tätowierung ähnelte, und ich hatte gegen Ende des letzten *Terms* gesehen, dass der Arm unserer Wächterin genauso gekennzeichnet war. Ich war die Einzige, die dies bemerkt hatte, als Miss Scratton von uns gegangen war, und wegen des Schocks und der Trauer über ihren Tod hatte ich den anderen nichts davon gesagt. Als wir Celia Hartles Geist im Steinkreis gefangen genommen hatten, war es mir einen Augenblick so vorgekommen, als hätten wir eine Pause erreicht, einen Platz, an dem wir uns ausruhen konnten, so dass weitere Fragen zunächst einmal warten konnten. Jetzt allerdings, da die Kräfte sich wieder rührten, konnte ich nicht mehr länger an mich halten. Helen hatte die Brosche ihrer Mutter als kostbaren Schatz in unserer Zeremonie angeboten, und ich wollte wissen, was wirklich damit los war.

Eines Nachmittags, als wir drei in der Bibliothek saßen und einen Französischaufsatz für den Unterricht vorbereiten sollten, bemerkte ich, dass wir zufällig allein in dem stillen Raum mit der hohen Decke waren. Endlich einmal konnten wir uns in der Schule unterhalten, ohne dass jemand zuhörte.

»Was ich gern wissen würde …«, begann ich zaghaft. Helen hatte ihre ausdruckslose, verschlossene Miene aufgesetzt, aber ich machte trotzdem weiter. »Als wir in der Höhle unsere Gaben abgegeben haben, hast du die Brosche deiner Mutter benutzt? Das Siegel. Hast du versucht, irgendetwas damit zu tun?«

»Wie zum Beispiel was?«, antwortete sie zögernd.

»Ich weiß nicht, vielleicht es zu rufen oder seine Macht zu erwecken. Cal und ich haben gestern Nacht in den Ställen darüber gesprochen, und er glaubt, dass es etwas Machtvolles sein muss, wie der Talisman oder ein Amulett. Die Roma benutzen Amulette, um das Böse abzuwehren.«

Helen hatte ihre Schultern hochgezogen und kritzelte ein paar Notizen aufs Blatt, ohne aufzusehen. »Vielleicht hat er Recht. Vielleicht bewahrt das Siegel unbekannte Kräfte in seinem Innern. Aber es zeigt sie mir nicht, nur weil ich das gern hätte. Es ist nichts, mit dem man herumspielen oder experimentieren kann. Man muss auf den richtigen Moment warten.«

Es war offensichtlich, dass Helen nicht wirklich darüber sprechen wollte, aber ich blieb beharrlich. Sie war in den letzten Tagen irgendwie seltsam gewesen, noch geheimnisvoller als je zuvor. Ich machte mir Sorgen um sie. »Weißt du, warum deine Mutter es besessen hat? Woher hatte sie es?«

Helens Miene veränderte sich, und sie schien leicht zu erröten. »Ich weiß es nicht. Woher sollte ich das wissen? Du warst dabei, als Miss Scratton gesagt hat, dass sie im Kinderheim war, als ich noch ein Baby war. Meine Mutter hat die Brosche bei meiner Kleidung und den anderen Sachen im Waisenhaus gelassen, und Miss Scratton hat sie genommen und für mich aufbewahrt. Mehr weiß ich nicht darüber.«

»Aber wieso ist Miss Scratton genau in dem Moment im Waisenhaus aufgetaucht, als du noch ein Baby warst?«, fragte ich. »Wieso hat sie dich damals bewacht?«

Helen schluckte nervös. »Ich weiß es nicht, ehrlich. Aber beschützen die Wächter nicht alles unschuldige Leben, das in Gefahr ist? Ich war jung und verlassen; vielleicht hat das genügt.«

»Oder vielleicht wusste Miss Scratton etwas«, gab Evie zu bedenken. »Vielleicht wusste sie, dass du eines Tages mit dem Mystischen Weg verbunden sein würdest.«

»Ihre Hilfe benötigen würdest«, fügte ich hinzu.

»Wieso hat sie mich dann nicht aus diesem Loch rausgeholt, wenn sie mir so unbedingt helfen wollte?«, antwortete Helen mit einer Spur Bitterkeit. »Das hätte mehr gebracht, als viel Aufhebens um eine Brosche zu machen.«

»Aber du hast gerade selbst gesagt, dass sie unbekannte Kräfte in sich bergen könnte«, sagte ich. »Diese Brosche, dieses Siegel oder was immer es ist, könnte schrecklich wichtig werden. Können wir noch einmal einen Blick darauf werfen?«

Wieder schien Helen zu zögern, aber dann griff sie unter ihren Pullover, machte die Brosche ab und legte sie auf den polierten Bibliothekstisch. Die kreisförmige Einfassung glänzte golden, und die beiden geschwungenen Schemen, die darüber lagen – ich konnte nie ganz entscheiden, ob es Flügel oder Dolche waren –, schienen irgendeine geheimnisvolle Bedeutung zu haben.

»Ich habe es schon einmal gesehen«, sagte ich leise. »Ich habe es auf Miss Scrattons Arm gesehen, in der Nacht, als sie von Rowena Dalrymple angegriffen wurde.«

Helen riss den Kopf herum. »Miss Scratton? Das wusste ich nicht.«

»Es ist wahr. Sie ist irgendwie damit verbunden.«

Evie sah mich ebenfalls überrascht an. »Wieso hast du uns das nicht erzählt?«

»Ich weiß es nicht – es war nicht der richtige Zeitpunkt. Aber jetzt scheint es mir wichtig zu sein. Was denkst du, Helen?«

Helen starrte das Siegel an und flüsterte: »Die Person, die dieses Siegel annimmt, wird niemals heiraten oder Kinder haben oder alt werden oder wirklich sterben.« Sie sah uns mit großen, erschreckten Augen an. »Bedeutet das, dass sie auch niemals richtig leben wird?«

»Helen …«

»Miss Scratton ist nicht tot«, sprach sie so leise weiter, dass ich mich anstrengen musste, um sie überhaupt zu verstehen. »Ihre sterbliche Hülle, die sie wie ein Kleidungsstück getragen hat, ist zerstört worden, das ist alles. Zumindest glaube ich das. Agnes ist gestorben und ruht in Frieden. Die Verbindung unserer Schwesternschaft gestattet es manchmal einem Widerhall ihrer Erinnerung durch das Fenster zu gehen, das zwischen den Welten ist, und zu uns zu sprechen, aber Agnes selbst kann nie wieder leben. Ihre Zeit hier ist beendet. Das ist bei Miss Scratton anders. In der Nacht, als sie von uns gegangen ist, hat sie etwas zu mir gesagt. Ich glaube, dass ein Wächter oder eine Wächterin einen neuen Körper erhält, als wäre er ein Gastgeber für ihren Geist. Sie wird wiedergeboren, und ihre Arbeit auf dieser Welt geht weiter, bis in alle Ewigkeit, bis das Auge der Zeit sich nach innen wendet und nicht mehr existiert.«

»Was macht dich da so sicher?«, wollte Evie wissen.

Helen zuckte mit den Schultern. »Ich denke schon seit langem über alles nach, und ich frage mich … ihr seid nicht die Einzigen, die etwas über das Siegel wissen wollen.« Sie sah auf, als würde sie in die Zukunft sehen. »Ich bin damit gezeichnet. Und ich weiß nicht, ob ich das möchte.« Dann nahm sie plötzlich meine Hand und umklammerte sie. »Sarah, du weißt nicht, was deine Güte für mich bedeutet. Aber wenn du betonst, dass ich erstaunlich und unglaublich bin, ist dir da nie in den Sinn gekommen, dass ich in Wirklichkeit vielleicht einfach nur ganz gewöhnlich sein will? So normal – und so wunderbar – wie das Tageslicht?«

»Tut mir leid, Helen, aber gewöhnlich gehört zu den Dingen, die du niemals sein wirst«, antwortete ich. »Wunderbar vielleicht, aber nicht gewöhnlich.«

Sie ließ meine Hand los. »Ich hoffe, du irrst dich.« Ihre Stimme klang schmerzhaft traurig.

»Versuchen wir das mal logisch anzugehen«, sagte Evie nach einer Pause. »Wenn Miss Scratton das gleiche Zeichen hat wie Helen und die Brosche von Helens Mutter stammt, dann muss es eine Verbindung zwischen den dreien geben, oder?«

»Nein! Das ist unmöglich! Hört einfach auf damit!« Helen nahm ihre Brosche wieder auf, erhob sich und ging weg, ließ ihre Bücher zurück und überließ es uns, schweigend über ihre Worte nachzudenken.

Es war klar, dass Helen nervös und unruhig war, während wir ungeduldig darauf warteten, dass der alte Mond verschwand und der neue aufging. Aber trotz ihrer Sorge um das Siegel, trotz ihrer Unruhe, das zu erfüllen, was wir Laura versprochen hatten, und ihrer zunehmenden Angst vor Dr. Franzen, erlebte Helen tatsächlich etwas Neues und Grundlegendes. Etwas, das sie sich niemals zu erhoffen gewagt hatte, außer in ihren Träumen.

Wir wussten es damals noch nicht, aber diese paar Wochen des Wartens sollten sich in Helen Blacks kurzem Leben als die glücklichsten überhaupt erweisen.

Einundzwanzig

Aus dem Tagebuch von Helen Black
25. Oktober

Ich dachte, ich könnte alles ignorieren, was Lynton gesagt hatte, und nur für meine Schwestern leben, für meine Mutter, für die Pflicht. So lange hatte ich gedacht, dass ich dazu verdammt war, ohne Glück zu leben. Aber jetzt – oh, alles fühlte sich so anders an! Jetzt möchte ich glücklich sein, und zum ersten Mal begann ich daran zu zweifeln, dass mein Glück im Mystischen Weg lag.

Meine Mutter hatte das Siegel angeboten bekommen und das, wofür es stand, zurückgewiesen. Jetzt habe ich es geerbt. Habe ich ebenfalls die Möglichkeit zur Wahl geerbt? Hatte auch Miss Scratton – oder wie immer ihr wahrer Name lautet – diese Wahl angeboten bekommen? Oder war sie als Wächterin geboren worden? Genau das hatte ich immer geglaubt. Aber ich wusste so wenig mit Sicherheit! Ich wusste nicht einmal, dass sie auch dieses Zeichen getragen hatte. Vielleicht war das Zeichen auf meinem Arm lediglich ein Schatten von ihrem, ein Schutz vor meiner Mutter. Vielleicht war das Siegel ein Teil ihrer Geschichte und nicht meiner.

Miss Scratton ist nicht tot; das ist das Einzige, dessen ich ganz sicher bin. Ich habe versucht, es den anderen zu erklären. Unsere Wächterin hat im letzten Term, *als sie von uns ge-*

gangen ist, etwas zu mir gesagt, so leise, dass nur ich es hören konnte. »Es beginnt alles von Neuem«, hatte sie gesagt.

Es beginnt alles von Neuem. Alles wird wiedergeboren. Das Leben geht in einem niemals endenden Kreislauf weiter. Ich habe nie gesehen, welche Zukunft ich in dieser Welt hätte haben können. Aber jetzt – vielleicht habe ich jetzt einen Grund zu bleiben. Wenn ich darüber geschrieben oder davon gesprochen habe, dass ich frei sein wollte, glaube ich inzwischen, dass es in Wirklichkeit eine Ausrede dafür war, wegzulaufen und dem Leben auszuweichen. Manchmal wollte ich sogar sterben. Jetzt will ich noch einmal von vorn anfangen, und ich möchte es besser machen. Ich möchte mich nicht in Geheimnissen verlieren, in selbstzerstörerischen Gedanken. Ich möchte leben, und das alles nur seinetwegen. Zuvor hatte ich einfach nur gewollt, dass möglichst schnell Neumond ist. Jetzt wünschte ich, dass die Erde stillstehen würde, und dass die Wartezeit, meine geheimen Tage mit Lynton, für immer andauern könnten …

Zuerst sah es so aus, als müssten wir nichts anderes tun, als ungeduldig auf den Neumond zu warten, und dann würden Kundar und sein Volk uns den Pfad der Erde zeigen, den wir beschreiten mussten. Was die Frage betraf, was wir eigentlich tun mussten, um Laura zu helfen, wenn Kundar uns zum Auge der Zeit brachte, so vertraute ich einfach den Kräften, die uns leiteten. Sarah und Evie hingegen gingen auf der Suche nach Inspiration die Buchseiten durch und unterhielten sich endlos mit Josh und Cal. Sarah fragte Cal, ob er irgendwelche Überlieferungen und Totenrituale der Roma kannte, die vielleicht helfen könnten, Lauras Seele Frieden zu bringen. Sie und Evie schlichen sich in die Höhle, um dort Beschwörungen und Anrufungen zu üben, wie wir es in den ersten Tagen unserer Schwesternschaft getan hatten. Ich wollte dabei allerdings nicht mitmachen. Denn ich wurde die ganze Zeit von verborgener Musik heimgesucht, und ich sah zwei lachende blaue Augen. Ich dachte nicht an Laura. Mehr als alles andere sehnte ich mich danach, Lynton wiederzusehen.

Ich hing vor dem Musikzimmer herum wie jeder andere verliebte Teenager, dann sagte ich mir, dass ich mich lächerlich machte. Ich versuchte, alles zu vergessen, das mit ihm zusammenhing, während ich mich durch den erstickenden Schulalltag quälte. Unterricht, Spiele, Gebete, Chor – die ganze trostlose Tretmühle von Wyldcliffe, die sich seit hundert Jahren im Kreis drehte.

Eines Morgens hielt ich es nicht länger aus. Ich entschuldigte mich vom Französischunterricht mit der Begründung, dass ich Kopfschmerzen bekommen hätte, und es gelang mir, mich in Agnes' Versteck auf dem Dachboden zu schleichen. Es kam mir leichter vor, hier oben nachzudenken, dicht bei der Stelle, wo sie einmal gearbeitet hatte. Aber wenn ich gedacht hatte, dass ich mich in ein bisschen Tagträumerei flüchten könnte, hatte ich mich getäuscht. Ich war umgeben von den Überresten des Mystischen Weges, und ich spürte, wie alle unsere Probleme auf mich einstürmten. Das gleiche alte Dilemma wirbelte durch meinen Geist: das Siegel, meine Mutter, Laura, das Auge der Zeit … ich versuchte, mich an alles zu erinnern, was Miss Scratton uns im vergangenen *Term* erzählt hatte. Sie hatte angedeutet, dass Kräfte auf Wyldcliffe verborgen waren, eine Zeitverschiebung in der Erde, eine Art Tür zwischen dieser Welt und den Schatten und den unsichtbaren Landen …

Was konnte der Schlüssel zu dieser Tür sein? Was hatte

Miss Scratton wirklich gemeint, als sie von dem »Geheimnis der Schlüssel« gesprochen hatte? Und dann erinnerte ich mich an etwas anderes. Im vergangenen *Term* hatte Sarah mir erzählt, dass Miss Dalrymple Miss Scrattons Arbeitszimmer durchstöbert hatte. Damals hatten wir vermutet, dass Rowena Dalrymple nach etwas gesucht hatte, das sie gegen unsere Wächterin hätte benutzen können. Aber jetzt kam mir der Gedanke, dass der an den Wänden von Büchern gesäumte Raum auch viele Jahre lang das Arbeitszimmer meiner Mutter gewesen war. Was, wenn Miss Dalrymple tatsächlich nach etwas gesucht hatte, das meiner Mutter gehört hatte? Was, wenn es noch immer da war und mir helfen könnte? Was, wenn die »Schlüssel« selbst dort verborgen waren? Dieser Gedanke begann, in meinem Geist zu pulsieren, bis ich davon überzeugt war, dass da etwas in diesem Zimmer war, das ich finden musste. Ich musste nur sicher sein, dass Dr. Franzen lange genug weg sein würde, damit ich in das Zimmer gehen und nachsehen konnte.

Ich verließ Agnes' Zimmer und glitt wieder die Treppe hinunter zur Schule. Ich musste bereit sein, jede Chance zu ergreifen, die sich mir bot, und sie kam schnell.

Später an diesem Tag mussten Evie und ich uns nach dem Unterricht um die Blumen in der Eingangshalle kümmern. Diese Aufgabenverteilung hing mit unseren Stipendien zusammen: Aufräumen, Blumen arrangieren, den jüngeren Schülerinnen beim Lernen helfen. Ich sagte Evie, dass ich die Blumen allein übernehmen würde, so dass sie gehen und Josh treffen konnte. Sie lächelte dankbar und nahm mein Angebot an, ließ mich mit einem Haufen bronzefarbener Chrysanthemen und karmesinroter Rosen zurück, die ich arrangieren wollte. Während ich still arbeitete, hörte ich den festen Schritt von Dr. Franzen und das Tipp-Tapp-Tipp-Tapp seines Stockes auf den Marmorstufen. Mein Magen verkrampfte sich, während er immer näher kam. Miss Hetherington war bei ihm, unterhielt sich angeregt mit ihm über das Gedenkkonzert.

Ich versuchte, mich in die Schatten zu drücken, so dass ich nicht bemerkt werden würde, aber als sie auf der untersten Stufe angekommen waren, musterte mich der Master von oben bis unten. Ein Lächeln spielte um seine strengen Lippen, aber seine Stimme war kalt. »Was hat das zu bedeuten? Kümmert sich normalerweise nicht die Hausverwalterin um das Arrangieren der Blumen? Was tust du da?«

Ich konnte nicht sprechen, dazu war mein Mund viel zu trocken. Miss Hetherington trat vor und sagte: »Das ist Helen Black. Sie ist eine Stipendiatin, und dies ist eine ihrer Aufgaben. Beeil dich damit, Helen; du könntest schon längst fertig sein.«

»Das also ist Helen Black«, sagte Dr. Franzen in seinem langsamen, berechnenden Tonfall und starrte mich irgendwie erheitert an. Ich sah zu Boden und versuchte, seinem Blick auszuweichen. Er nahm eine zarte Treibhausrose, die so rot war wie ein Blutfleck. »So wunderschön«, murmelte er. Dann drehte er mir abrupt den Rücken zu. »Und jetzt zum Kunstraum, Miss Hetherington. Sie hatten gesagt, dass Sie mir dort etwas zeigen wollten. Ich habe eine halbe Stunde, die ich Ihnen widmen kann.« Er ging weg, bewegte sich überraschend schnell trotz seines Gehstocks, so dass Miss Hetherington sich beeilen musste, mit ihm Schritt zu halten.

Das war meine Chance! Ich musste es jetzt tun, solange

er auf dem Weg zum Kunstraum war. Eine halbe Stunde würde genügen, um mich in sein Arbeitszimmer zu schleichen und Nachforschungen anzustellen. Ein paar Schülerinnen kamen die Treppe herunter, plauderten auf dem Weg zur Bibliothek miteinander, aber ansonsten war niemand da. Es war die ruhige Zeit nach dem Unterricht, in der die Schülerinnen lernten oder sich ausruhten oder in den Kunstverein gingen oder musizierten, bevor die langen, dunklen Abendstunden anbrachen. Ich stellte die restlichen Blumen hastig in die Vase und lief den Korridor zum Arbeitszimmer des Masters entlang. Niemand war zu sehen. Die Tür war verschlossen. Ich konzentrierte mich und beförderte mich mit meinem Willen auf die andere Seite der Tür. *Geister der Luft, lasst mich passieren.* Ein Wirbel aus Licht und Farbe hüllte mich ein, und einen Moment später war ich im Zimmer.

Es hatte sich verändert, seit ich das letzte Mal da gewesen war. Dr. Franzen hatte die Vorhänge und Kissen aus Chintz und die kleinen gerahmten Aquarelle und die Fotos ehemaliger Schülerinnen entfernt. Stattdessen verbargen jetzt dunkle Vorhänge das Fenster, und ein großes, hässliches Gemälde eines wilden Hirschs hing an der Wand. Auf dem Schreibtisch lag ein Stapel ledergebundener Bücher neben einem seltsam geformten Brieföffner und dem Foto eines jungen Mannes in Soldatenuniform.

Es fühlte sich falsch an, sich in der Privatsphäre dieses Mannes aufzuhalten, als könnte ich in dieser vergiftenden Anwesenheit kaum atmen. Aber ich fing an, Schubladen aufzuziehen und Papiere zu durchsuchen, Bücher durchzublättern für den Fall, dass zwischen den Seiten etwas verborgen war. Ein schwerer Band auf dem untersten Regalbrett erregte meine Aufmerksamkeit. Auf dem Buchrücken stand: *Eine Geschichte der Abtei von Wylde Cliff.* Ich öffnete es rasch und blätterte die erste Seite um.

Mit der Geschichte der Abtei sind viele Legenden verwoben. Es hieß, dass sie im Mittelalter über einen »Spalt in der Zeit« gebaut worden war, über einer mystischen Tür zwischen dieser Welt und der nächsten, zwischen Leben und Tod. Diese heidnische Bemerkung erregte jedoch das Missfallen des örtlichen Bischofs. Die erste Äbtissin war Mathilda Whitby, eine fromme und erfahrene Frau, und den frühen Nonnen sagte man besondere Heilkräfte nach.

Dann bemerkte ich, dass jemand etwas an den Seitenrand geschrieben hatte, und ich erkannte die klare Handschrift von Miss Scratton. »Öffnet jede Tür«, stand da. Das war alles.

Öffnet jede Tür – an welchen Schlüssel dachte sie? Gab es einen Zusammenhang mit ihrer letzten Botschaft an uns? Hatte es etwas mit diesem Spalt in der Zeit zu tun? Ich wollte das Buch gerade näher untersuchen, als ich etwas hörte. Das Tipp-Tapp eines Stockes. Das Umdrehen eines Schlüssels im Schloss. Das Öffnen einer Tür. Ich wirbelte herum, und das Buch glitt mir aus den Händen. Er hatte mich reingelegt. Er war zurückgekommen, er war hier, und ich saß in der Falle.

Dr. Franzen stand in der Tür, versperrte sie, dann schloss er sie leise hinter sich. Mir war hundeelend zumute. »Also, Helen Black«, sagte er ruhig. »Wie schön, dich wiederzusehen, und schon so bald. Aber was genau hast du gesucht?« Er trat einen Schritt näher an mich heran. Ich konnte die grauen Stellen in seinen gelbbraunen Haaren sehen und spürte seinen Atem an meiner Wange. »Wir sind alte Freunde, nicht war, Helen?«, fragte er. »Du kannst mir all deine Geheimnisse anvertrauen.«

Ich zog mich von ihm zurück, als er mich berührte. »Lassen Sie mich gehen«, bat ich.

Er blickte erheitert drein. »Oh, so einfach wird das nicht. Eindringen in das Arbeitszimmer des Schuldirektors. Was könntest du hier wohl gesucht haben? Prüfungsunterlagen? Wolltest du kostbare Bücher stehlen? Oder diesmal eine Fensterscheibe einschlagen?« Das Lächeln verschwand aus seinem Gesicht. Er packte meinen Arm fest. Er wusste, wer ich war; ich war überzeugt, dass er sich daran erinnerte, dass ich im Waisenhaus gewesen war. »Wir werden eine geeignete Bestrafung für diese Vergehen finden.« Seine Stimme klang wie eine flüsternde Schlange. »Und es wird nicht damit getan sein, Blumen zu arrangieren, das kann ich dir versprechen, Helen. Ich denke, eine kleine Weile Haft unter meiner persönlicher Beobachtung wäre eine sinnvolle Maßnahme für den Anfang. Komm mit.« Er zerrte mich mit sich, aus dem Arbeitszimmer heraus und in den Flur.

»Nein!« Ich kämpfte mit der Wildheit einer Katze gegen ihn. »Ich gehe nicht mit Ihnen! Ich lasse mich nicht wieder einsperren! Lassen Sie mich los!« Aber er verdrehte meinen Arm so sehr, dass ich schon dachte, er würde brechen. Ich war gezwungen, mit ihm den Korridor entlangzugehen.

Bitte helft mir, flehte ich im Stillen. *Agnes – Miss Scratton, wenn ihr mich hören könnt, helft mir.*

Und während Dr. Franzen mich mehr oder weniger zu den Marmorstufen zerrte, geschah das Wunder.

»Helen! Dr. Franzen, was für ein Glück! Ich habe Miss Black gesucht, Sir.«

Es war Lynton, und sein Lächeln war so unschuldig und vertrauensvoll wie das eines Kindes. Und es war seltsam – so seltsam! Er sah gar nicht so aus, wie ich ihn in Erinnerung hatte; sein Gesicht wirkte schmaler – älter – und doch auch attraktiver. Ich hatte das Gefühl, als hätten wir tausend Unterhaltungen geführt, seit ich ihn das letzte Mal gesehen hatte, in irgendeiner Traumwelt, wo es keinen Schmerz gab und wo wir einander sehr gut kannten.

Dr. Franzen ließ mich los, sobald Lynton zu sprechen begann. »Sie suchen Helen Black?« Er runzelte die Stirn. »Und wieso, wenn ich fragen darf?«

»Oh, Mr. Brooke möchte, dass ich sie begleite, wenn sie beim geplanten Gedenkkonzert singt. Er sagt, Helen hätte eine wundervolle Stimme, wie die eines Engels, und dass Sie erstaunt sein werden.«

»Ich bin sicher, dass ich das sein werde«, sagte Dr. Franzen langsam. Er starrte Lynton an, als würde er ihn abschätzen. »Ich vermute, Sie sind unser Gastschüler von St. Martin's, ja?«

»Ja, und wir sollten besser gehen und mit dem Üben anfangen, Sir. Vielen Dank.«

Lynton zog mich den Gang entlang zu den Übungsräumen. Er schob mich in den ersten und schloss die Tür.

»Also ist das entschieden!« Er lachte. »Wir sind jetzt Partner.«

Ich fühlte mich vor Erleichterung und Erstaunen ganz schwach. Ich sackte auf einen Stuhl und versuchte, in all dem einen Sinn zu erkennen. »Aber … aber … ich kann doch gar nicht singen! Wieso hat Mr. Brooke gesagt, dass ich es kann?«

»Wieso sollte er es nicht sagen?«, erwiderte Lynton. Er lachte jetzt nicht mehr. Er sah mich aufmerksam an, als würde er etwas sehen, das in weiter Ferne lag. »Ich denke, dass du alles tun kannst, was du tun willst«, sagte er ruhig. »Du kannst alles sein, was du willst. Du kannst sogar glücklich sein, wenn du das möchtest. Du musst nur daran glauben.«

»So einfach ist das nicht«, sagte ich. »Man kann sich nicht einfach glücklich *machen.*« Aber mein Herz war seltsam leicht, als ich das sagte.

»Nein, aber man kann alles hinter sich lassen, das einen so lange unglücklich gemacht hat. Allerdings musst du davon überzeugt sein, dass es das ist, was du wirklich willst. Gefangene werden nicht frei, wenn sie ihr Gefängnis mehr lieben als die Freiheit.«

Erinnerungen rührten sich in mir, und ich starrte ihn erstaunt an. »Wieso sagst du all diese Dinge – hat Mr. Brooke dich wirklich gebeten, mich zu finden? Was willst du von mir?«

»Ich will gar nichts von dir«, sagte er weich. »Abgesehen davon, dass du weißt, dass ich dich für erstaunlich halte. Für die erstaunliche, wundervolle, wunderschöne Helen Black. Und du bist hier bei mir.«

Während er sprach, fühlte ich mich tatsächlich erstaunlich, als würden seine Worte mich mit Licht erfüllen. Zum allerersten Mal in meinem Leben fühlte ich mich schön. Es kam mir vor, als wäre ich wirklich am Leben und würde aus einem langen, langen Schlaf erwachen. Ich sah ihn verwundert an.

»Du hast mich gerettet«, sagte ich.

»Du hast dich selbst gerettet«, erwiderte er ernst. »Du hast nach mir gerufen, und ich bin gekommen. Ich werde immer kommen.« Dann strahlte er mich an und hielt mir seine Hand entgegen. »Was sagst du, Helen? Wollen wir zusammen Musik machen?«

Bis zu diesem Tag hätte ich nein gesagt. Ich wäre weggelaufen, zurück in mein Gefängnis der Einsamkeit. Aber etwas hatte sich verändert. Wir waren jetzt verbunden. Ich nahm Lyntons Hand in meine, und ein Schauer lief mir über die Haut, als wir uns zur Bestätigung unseres Handels die Hände schüttelten.

»Okay«, sagte ich. »Ich werde mit dir singen. Wir sind Partner.«

Und so sangen wir und spielten und lachten, und in diesen kurzen Stunden vergaß ich, dass es etwas wie Unglücklichsein gab. Ich vergaß sogar, dass es so etwas wie den Mystischen Weg gab.

Es blieb nicht dabei. Wir trafen uns auch am nächsten Tag und am übernächsten, offiziell um für das Konzert zu üben, aber wir schafften es immer, uns während der Proben etwas Zeit zu nehmen, um uns zu unterhalten und zu staunen und einander zu entdecken, und all das fand wegen dieser glücklichen Entscheidung von Mr. Brooke statt, uns zusammenarbeiten zu lassen.

Obwohl ich mir nicht ganz sicher war, ob es tatsächlich nur Glück war. Hatte Mr. Brooke irgendwie gewusst, dass wir einander brauchten? Ich hatte immer geglaubt, dass die Chancen, die einem das Leben bot, in einem verschlungenen Muster miteinander verbunden waren. Es kam mir so vor, als würden die Leute in das Leben anderer hinein- und wieder aus ihm herauswandern, als Teil irgendeines großen Ganzen, wie Vögel, die in bestimmten Formationen über den Himmel flogen.

Ich hatte Sarah und Evie immer noch nichts davon erzählt, dass ich Lynton überhaupt kennengelernt hatte. Ich flüchtete mich weiter in Entschuldigungen, die mit meinem Kunstprojekt für Miss Hetherington zusammenhingen – und die, wie ich hoffte, meine Abwesenheit genügend erklärten, wenn ich die Korridore zu dem kleinen Übungsraum entlanglief, um mit Lynton zusammen zu sein. Danach war ich mir nicht einmal mehr sicher, worüber er und ich gesprochen hatten, nur dass ich bei ihm niemals Angst hatte oder mir dumm oder verrückt vorkam. Lynton erzählte nicht viel über sein Leben in St. Martin's, nur, dass er dort Musik lernte, natürlich. »Ich glaube, Musik hat die Kraft zu heilen, findest du das nicht auch, Helen?«, fragte er und sah mich mit seinem festen Blick an.

»Ich kannte jemanden …«, antwortete ich und unterbrach mich dann. Ich wollte nicht zu viel sagen.

»Jemanden, der …?«

»Oh, jemanden, der heilen konnte«, sagte ich und versuchte, von dem Thema wegzukommen. Aber er ließ nicht locker.

»Und hat er dich geheilt?«

»Wieso denkst du, dass ich Heilung benötigen würde?«

Er zögerte. »Ich habe es dir schon mal gesagt, ich habe das Gefühl, dass du lange Zeit sehr unglücklich warst.«

»Ich bin in einem Waisenhaus aufgewachsen«, erklärte ich kurz angebunden. »Es war nicht gerade toll. Ich habe allerdings überlebt.«

»Ja, du bist eine Überlebende. Du bist sehr viel stärker, als du denkst. Du hast immer weiter und weiter gekämpft, nicht wahr? Aber möchtest du nicht aufhören, dich immer weiter so anzustrengen, Helen? Ist es nicht an der Zeit, um Hilfe zu bitten?«

»Was meinst du damit? Einen Arzt oder sowas? Ich bin nicht krank, egal, was sie sagen.«

»Ich weiß. Ich dachte mehr an jemanden, mit dem du

die Dinge teilen kannst.« Dann wandte er sich ab; er wirkte jetzt etwas verlegen. »Tut mir leid. Ich wollte nicht in dich dringen. Ich bin mir sicher, dass du bereits gute Freunde hast. Tut mir leid.«

»Du musst dich nicht entschuldigen, wirklich nicht.«

»Es ist nur, dass ich dir gern helfen möchte, auch wenn das Konzert vorbei ist. Ich möchte dein Freund sein.«

»Ich … ich möchte das auch«, sagte ich.

»Gut.« Seine Augen waren wieder klar und blau, und er nahm seine Flöte in die Hand. »Gut! Dann lass uns jetzt diese Eröffnungssequenz versuchen, ja?«

Und so sangen und spielten wir und beobachteten einander, und jedes Mal, wenn wir uns trafen, fühlte ich mich ihm näher als zuvor.

Zweiundzwanzig

Aus dem Tagebuch von Helen Black
18. Oktober

Es kommt mir seltsam vor, dass ich Sarah und Evie nichts davon erzählt habe, aber ich weiß nicht, wie ich es erklären soll. »Nur ein einziger Junge hat die Erlaubnis, nach Wyldcliffe zu kommen, und Mr. Brooke hat gesagt, dass ich mit ihm beim Konzert singen muss, und Lynton mag mich, er hält mich für wundervoll …« Es klingt so bizarr, wie die lächerlichen Phantasien eines einsamen Mädchens, als hätte ich mir besondere Mühe gegeben, mich Lynton vor die Füße zu werfen. Das habe ich nicht getan – das schwöre ich dir, Wanderer. Ich würde so etwas niemals tun. Und wenn du hier wärst, hätte ich niemals …

Aber du bist nicht hier. Ich weiß, dass du nicht zurückkommst. Du bist ein Traum, eine Erinnerung. Lynton ist echt. Vergib mir. Ich will nicht mehr in Träumen leben.

Lynton sagt, dass er eine besondere Erlaubnis von St. Martin's hat, an den meisten Abenden nach dem Ende seiner anderen Unterrichtsstunden herzukommen und mit Mr. Brooke zu üben und sich auf das Konzert vorzubereiten. Aber er sagt, dass er jetzt vor allem meinetwegen kommt.

Bin ich dumm? Bin ich das?

Seine Musik ist so zart und echt wie ein Meeresseufzen.

Ich wollte nie wirklich für jemanden singen außer für mich selbst und – in unseren Liedern – für meine Schwestern, aber jetzt … jetzt fühle ich mich so frei, wenn er seine Flöte spielt und wir zusammen Musik machen. Danach allerdings, wenn er nicht mehr hier ist, kann ich nicht verhindern, dass ich den nagenden Zweifeln lausche, die mir einflüstern wollen, dass Lynton sich nur über mich lustig macht, dass er sich einen kleinen Flirt mit mir gönnt, um sich an den langweiligen Tagen in der Schule ein bisschen die Zeit zu vertreiben, und dass er nach St. Martin's zurückkehrt und sich über mich kaputtlacht.

Ich glaube das nicht wirklich. Ich kann es einfach nicht glauben.

Ablenkung, Sumpflichter, Märchen … Happy Ends?

Nein, sei nicht albern, Helen. Hoffe nicht zu viel.

Ich lief nach dem Frühstück zum Schlafsaal hoch, um mir ein Buch zu holen, das ich vergessen hatte, als ich hörte, wie Lynton meinen Namen rief. Ich blieb überrascht mitten auf der Marmortreppe stehen und drehte mich um. Er stand da in der schwarzweiß gefliesten Eingangshalle neben dem Gemälde von Agnes.

»Helen! Ich habe nach dir gesucht.«

Zwei junge Mädchen aus der untersten Klasse kicherten und flüsterten »Das ist ihr *Liebster*«, während sie an mir vorbeirannten. Ich achtete nicht auf sie und lief dahin zurück, wo Lynton auf mich wartete.

»Was tust du so früh hier?«, fragte ich.

»Ich bin gekommen, um dich zu sehen, was sonst?«

»Aber ich muss in den Unterricht!«

»Nein, musst du nicht. Ich habe von Miss Hetherington die Erlaubnis bekommen, heute Morgen mit dir zusammen nach Wyldford Cross zur Kathedrale zu fahren, um dort den Chor anzuhören. Der Chor hat einen hervorragenden musikalischen Ruf, und ich habe Miss Hetherington gesagt, dass es wirklich hilfreich für deine Vorbereitung des Stückes für Lady Agnes' Gedenkfeier wäre. Sie hat mir wunderbarerweise zugestimmt und erlaubt, dass ich mit dir dorthin fahre. Wenn du also deinen Mantel holst, können wir sofort los.«

Ich konnte mein Glück kaum fassen. Einen ganzen Morgen frei von Wyldcliffe zu sein – und einen ganzen Morgen mit Lynton zusammen zu sein. Die einzigen Gewissensbisse, die ich hatte, galten Sarah und Evie, die ich zurückließ. Aber wenn ich ihnen sagte, wohin ich ging, hätte ich ihnen auch sagen müssen, mit wem ich dorthin ging, und ihnen von Lynton zu erzählen kam mir immer schwieriger vor.

Fünf Minuten später stieg ich in ein niedriges schwarzes Auto, das ich noch nie zuvor gesehen hatte.

Lynton erzählte, dass St. Martin's es ihm geliehen hätte, damit er leichter zu seinen Unterrichtsstunden bei Mr. Brooke nach Wyldcliffe gelangen konnte. Schon bald sausten wir über die Landstraßen, entfernten uns mehr und mehr von der Schule und dem Dorf und allem, was gewöhnlich meinen Horizont begrenzte. Wir fuhren über wenig benutzte Straßen, die sich durch das Hochmoor bis zu der alten Stadt Wyldford Cross wanden. Letztendlich führte die Straße bis hinunter zum Meer, aber so weit war ich noch nie gewesen. Das Meer – ich dachte an Evie und wie sehr sie ihr Zuhause am Meer vermisste, und ich hatte das Gefühl, als könnte ich Agnes' graue Augen am ebenso gefärbten, stürmischen herbstlichen Himmel sehen.

Agnes, bat ich im Stillen, *wache über uns. Sei bei uns, wenn wir uns auf die Suche nach Laura machen. Aber bis dahin*, flüsterte eine andere Stimme in meinem Kopf, *bis dahin lass mich alles außer dem Beisammensein mit Lynton vergessen, lass mich frei sein.* Und so plauderte ich und lachte ich, während wir dahinfuhren, und jeder dunkle Gedanke, jede Sorge wurde in den Abgrund zurückgestoßen. Nach etwa zwanzig Minuten erreichten wir die Außenbezirke von Wyldford Cross. Wir passierten die vornehmen Gebäude und Sportplätze der St. Martin's Academy und fuhren weiter zur Stadtmitte, wo schöne alte Häuser sich um den Marktplatz scharten, sich an Pubs und Läden und schmale Gassen drängten. Am anderen Ende des Platzes ragte der Turm der Kathedrale hoch in den Himmel, streckte sich dem großen Jenseits entgegen.

Wir parkten das Auto und betraten die Kathedrale. Eine Gruppe von Gläubigen, hauptsächlich ältere Leute und ein paar Touristen, die sich die Füße wundgelaufen hatten, hockten auf den hölzernen Kirchenbänken. Der Chor hatte sich rund um den kunstvoll verzierten Altar herum aufgestellt, und die Stimmen schwebten wie Engel durch das im dämmrigen Licht liegende Kirchenschiff. Es klang wunderschön und entrückt, doch auch wenn ich das Können der Chorsänger bewunderte, berührte mich dieser Gesang nicht so, wie mich Lyntons einfache Melodien auf seiner Flöte berührten. Es war kein *Herz* in ihm – da war nichts weiter als Kunst und Zierde und die schwere Bürde einer langen Tradition. Ich war froh, als der Gottesdienst vorüber war und ich die Kirche verlassen und an die frische Luft zurückkehren konnte.

»Möchtest du einen Kaffee oder etwas zu essen?«, fragte Lynton.

Ich schüttelte den Kopf. Ich hatte noch nie mit einem Jungen in einem Café gesessen und die Zeit damit totgeschlagen, über unwichtige Dinge zu quatschen und zu kichern, und allein bei der Vorstellung fühlte ich mich unwohl. Ich spürte, wie sich Schüchternheit und Schweigen wieder meiner bemächtigten.

»Ähm … nein, danke«, sagte ich. »Ich sollte jetzt besser wieder zurückgehen. Aber danke, dass du mich hierhergebracht hast.«

Lynton wirkte enttäuscht. »Na schön. Wenn du das willst.«

Wir waren schnell wieder beim Auto. Auf dem Rückweg sprach Lynton über die Lieder, die wir gehört hatten, oder über verschiedene musikalische Techniken, und wenn in unserer Unterhaltung einmal Pausen entstanden, füllte er sie locker und geschmeidig aus. Allerdings nahm er einen anderen Weg zurück. Statt die Straße durch die *Moors* zu benutzen, über die wir hergekommen waren, lenkte er das Auto eine schmale Straße entlang, die auf beiden Seiten von Steinmauern und verstreuten Dornenbüschen gesäumt war.

»Was tust du da?«, fragte ich, plötzlich alarmiert.

»Uns in die Irre fahren.«

»Wie meinst du das?«

»Keine Sorge. Ein Stück weiter gibt es etwas, das ich dir noch lieber zeigen möchte als den Kathedralenchor. Bist du jemals in Thornton Falls gewesen?«

»Meinst du die Wasserfälle auf der anderen Seite der *Moors*? Nein, aber ich erinnere mich, dass Miss Scratton vor ein paar Jahren einige Mädchen mit dorthin genommen hat. Ich war krank und konnte nicht mitgehen. Aber wir haben jetzt keine Zeit mehr, oder?«

»Oh, Helen, es ist kein großer Umweg, und du sollst einfach nur den Wasserfall sehen. Es ist ein perfektes Wunder.«

»Aber ich darf nicht zu spät zur Schule zurückkommen. Ich werde Ärger kriegen, und Dr. Franzen …«

Lynton lenkte das Auto an den Straßenrand und legte seine Hand auf meine. »Ich verspreche dir, dass du nicht zu spät kommen wirst. Miss Hetherington erwartet dich noch lange nicht zurück. Und ich würde niemals etwas tun, das dir Probleme mit Dr. Franzen bereitet. Niemals.« Seine Stimme war sanft, aber der Blick in seinen Augen war hart – eindringlich. Dann zuckte er mit den Schultern und sagte: »Schau, wir sind hier in den *Moors*, und alle anderen sitzen im Unterricht fest. Wieso versuchen wir nicht, das Beste daraus zu machen?«

Einen Moment lang sah ich mich als eine vollkommen andere Person, die sich mit einem Freund wegschlich wie jeder andere Teenager, bereit für einen Tag gestohlener Freiheit und Fröhlichkeit. Und genau jetzt wollte ich dieses Mädchen sein. Ich sah Lyntons bittendes Gesicht und lachte. »Also schön, bring mich zu deinem Wunder. Aber das nächste Mal erzähl mir eher davon, bevor wir uns verirren.«

»Okay.« Er grinste, und ich fragte mich, ob es ein »nächstes Mal« geben würde. Aber an diesem Tag, in diesem Augenblick, genügte es mir, einfach mit ihm zusammen zu sein.

Lynton fuhr vorsichtig die holperige Straße entlang. Irgendwann bemerkte ich zusätzlich zum Brummen des Motors noch ein anderes, aus der Ferne herandringendes Geräusch. Schließlich verwandelte sich die Straße in einen schmalen, unbefestigten Pfad.

»Wir müssen aussteigen und zu Fuß weitergehen«, sagte Lynton.

Ich zog meinen Schal und meinen Mantel fester um mich, als wir das Auto zurückließen und in die Richtung des Geräuschs marschierten. Die Sonne kam eine Sekunde lang hinter den Wolken hervor, und ein herrliches Glühen erfüllte das weite Land, erhellte das Farn- und das Heidekraut. »Nur noch um diese Biegung, es ist gleich hinter diesen Felsen«, sagte Lynton, und als wir um die letzte Biegung kamen, schnappte ich vor Überraschung nach Luft. Am Ende der schmalen Schlucht stürzte ein Wasserfall wie ein Vorhang aus reinem Licht, beständig sich bewegend und doch immer der gleiche, die steile Klippe herab. Er war so filigran und dennoch machtvoll – Licht, Wasser und Geräusch verbanden sich in vollkommener Harmonie. Es war ein Wunder, genau wie Lynton gesagt hatte.

»Das ist wunderschön.«

»Ich habe dir gesagt, dass es sich lohnt. Und wir können noch weiter gehen, die Klippe ganz nach oben.« Er ging voraus, führte mich über die glitschigen Felsen, die nass von der Gischt am Fuß der Wasserfälle waren. Ein paar Stufen waren grob aus dem Granit gehauen worden, und wir kletterten vorsichtig neben dem Vorhang aus herabstürzendem Wasser entlang, kamen höher und höher. Das Tosen des über die Felsen stürzenden Wasserfalls kam mir so vor, als würde die Erde ihr geheimes eigenes Lied singen. Dann traten wir auf einen glattgeschliffenen Absatz aus nassem Gestein, der hinter dem Wasservorhang aus der Klippe ragte, und ich stand da, starrte das Wunder vor mir an. Das Wasser verbarg uns vor der Welt da draußen, und Licht glitzerte und tanzte überall um uns herum, wie ein lebender Regenbogen. »Hier würde uns niemals jemand finden«, sagte Lynton fröhlich. »Sollte das Leben nicht genau so sein? Alles ist in Harmonie. Hast du nicht auch das Gefühl, du könntest einfach durch den Wasservorhang hindurchtreten?«

Ich sog rasch und scharf die Luft ein. Lynton hatte genau das gesagt, was ich gerade insgeheim dachte. Wie gerne hätte ich die Geister der Luft beschworen, um auf dem Rücken des Windes durch die feine Gischt zu tanzen und atemlos über den Hügeln zu schweben … wusste er etwas, das er mir nicht sagte? Ich versuchte, meine Verwirrung hinter einer oberflächlichen Antwort zu verbergen.

»Und auf den Steinen zerschellen?«

»Nein.« Lynton sah mich mit einem seltsamen Blick an. »Ich habe das Gefühl, als könnten wir einfach einen Schritt nach vorn machen und fliegen. Du nicht?«

Zu fliegen … frei zu sein, und doch zusammen …

»Hör zu, Helen«, sagte er sanft. »Das hier ist meine Kathedrale. Es ist, als würde die ganze Welt nur für uns singen und uns ihre Geheimnisse verraten. Wenn ich jemals in Schwierigkeiten stecken würde – wenn ich jemals Zeit bräuchte –, würde ich genau hierher kommen.«

Lynton streckte die Hand aus und berührte den Wasservorhang. Als er sich um seine Finger herum teilte, erhaschten wir einen Blick auf die wilde Schlucht unter uns, und das Licht auf jedem strahlenden Tropfen zerplatzte in tausend schillernde Farben. Ich lachte vor Freude und streckte die Hände aus, um das Gleiche zu tun.

Ich weiß nicht genau, was als Nächstes geschah. War es die große Aufregung, ein Schwindel, herbeigeführt vom Licht und dem allgegenwärtigen Rauschen – ich weiß es nicht, aber ich rutschte auf dem nassen Absatz aus, stürzte nach vorn und verlor den Boden unter den Füßen. Ich fiel – und bevor ich reagieren konnte, erhaschte ich aus dem Augenwinkel einen Blick auf etwas Weißes, Schimmerndes – etwas Weiches strich über mich hinweg, und im nächsten Moment hatte Lynton seine Arme um mich geschlungen und zog mich zurück und in Sicherheit. Aber dann trat er rasch einen Schritt von mir weg, als hätte er einen elektrischen Schlag bekommen.

»Komm«, sagte er abrupt. »Gehen wir wieder runter. Du zitterst ja.«

»Nein, es geht mir gut. Es war einfach nur dumm von mir. Danke, dass du mich festgehalten hast. Normalerweise bin ich nicht so ungeschickt.«

Ja, ich zitterte – aber nicht aus Angst davor abzustürzen. Es war die Weichheit, mit der er mich festgehalten hatte, als ich ausgerutscht war, und Lyntons Reden vom Fliegen, das intensive Licht in seinen Augen, die Ergriffenheit in seinem Gesicht, die Berührung seines Körpers – alles das brachte mich zum Zittern. Ich hatte das Gefühl, einem Geheimnis ganz nahe zu sein, dem Schlüssel zu allem.

Aber dann erstarb die Gewissheit. Lynton geleitete mich die Stufen in der Klippe hinunter, brachte mich zum Auto zurück und holte ein paar Sandwiches hervor, die ich essen sollte. Er machte Witze, war wieder ganz und gar normal. Wir hatten uns auf den Weg gemacht, eine sehr schöne Stelle anzusehen, ich war einen Moment lang benommen gewesen – das war alles. Kein Wunder.

Auf dem Rückweg nach Wyldcliffe sprachen wir nicht viel. Lynton wirkte müde, und ich sah feine Linien um seine Augen, die ich vorher nicht bemerkt hatte. Ich fragte mich, ob die anderen Jungen von St. Martin's so ähnlich waren wie er, und ich erkannte, dass er mir noch rein gar nichts über seine Freunde erzählt hatte oder darüber, was er tat, abgesehen von seinen Musikstunden.

»Also, wie ist es in St. Martin's?«, zwang ich mich ihn zu fragen.

»Oh, es ist eine gute Schule. Sehr auf Tradition bedacht, sehr englisch – es gibt Kricket und Rugby, und sie bringt echte Gentlemen hervor.«

»Bist du ein Gentleman?«

Er lachte. »Ich bin nur auf der Durchreise. Sie werden keine Zeit haben, mich in irgendetwas zu verwandeln, das ich nicht bin.«

Ich schwieg. Lynton hatte offensichtlich nicht vor, lange zu bleiben. Aber ich war an Wyldcliffe gebunden, mit Körper und Seele. Es gab nichts, wohin ich fliegen konnte.

Als wir die Dorfstraße in Wyldcliffe entlangfuhren, standen zwei alte Frauen vor dem Laden und tratschten miteinander. Die schrillen, aufgeregten Stimmen von Kindern, die im Hof der kleinen Dorfschule spielten, schwirrten durch die Luft. Schon in ein paar Minuten würde die Straße uns zurück zu den unfreundlichen Toren der Abtei führen.

»Halt an!«, sagte ich, einem Impuls folgend. »Warte – fahr an die Seite.«

Lynton tat wie geheißen, und dann drehte er sich zu mir um. »Warum? Was ist los?«

»Du hast mich zu deinem Lieblingsplatz gebracht. Ich möchte das Gleiche tun.«

Seine Augen leuchteten. »Natürlich. Sicher«, sagte er. »Das ist nur fair.«

Wir stiegen aus und gingen den Pfad zur Kirche entlang. Der Boden war mit nassem Laub übersät – ein Teppich in Orange, Bronze und Rot. Knorrige Eiben, die die Gestalt von Ungeheuern hatten, bewachten den Eingang zum Friedhof. Ich öffnete das Tor und trat ins Innere, und Lynton folgte mir.

»Ich komme manchmal hierher, um einfach nur nachzudenken«, sagte ich. »Und um Agnes näher zu sein. Ihr Grab ist dort unten. Ich werde es dir zeigen.« Ich ging zu der Engelsstatue, die über das Grab von Agnes wachte.

»Lady Agnes Templeton, von Gott geliebt«, las Lynton laut. »Sie ist das Mädchen von dem Gemälde in der Schule, nicht wahr?«

»Ja.«

»Ich habe ein paar Leute aus dem Dorf reden gehört – sagen sie nicht, dass sie eine Art Geist ist, der eines Tages nach Wyldcliffe zurückkommen und es retten wird?«

»Ja, das sagen sie.«

»Glaubst du das alles, Helen?«, fragte er und sah mich durchdringend an.

Ich erwiderte furchtlos seinen Blick und erklärte: »Ja. Ja, das tue ich.«

»Und ich auch.«

Und dann, für einen Moment, veränderte sich Lyntons Gesicht, als die Strahlen der tiefstehenden Nachmittagssonne darauf fielen. Er schien von einem lodernden Licht umgeben zu sein. Die Vögel in den Bäumen flogen alle gleichzeitig unter lautem Gezwitscher auf, und die Engelsstatue schimmerte herrlich – ich blinzelte, und alles war wieder so, wie es noch kurz zuvor gewesen war.

»Vielleicht ist dieser Tag nahe«, sagte Lynton. Seine blauen Augen lächelten mich an, und der Friedhof war wieder friedlich. Überall herrschte Ruhe, außer in mir.

»Dieser Tag? Welcher Tag? Tut mir leid, aber …«

»Der Tag des Heilens, Helen. Der Zeitpunkt, wenn Lady Agnes triumphieren wird. Wenn alles gut werden wird und alle Dinge in Ordnung kommen.« Er hielt mir die Hand hin. »Komm mit. Gehen wir zur Schule zurück.«

War ich verrückt? Oder war in diesem Tal von Wyldcliffe tatsächlich alles miteinander verbunden?

Dreiundzwanzig

Aus dem Tagebuch von Helen Black
21. Oktober

Auf ein Treffen mit Lynton folgen immer unruhige Nächte. Ich sehe zu, wie der alte Mond kleiner wird, und fürchte den Tag, an dem dieser Wandel abgeschlossen ist und ich mich dem stellen werden muss, was draußen in den einsamen Hügeln auf mich wartet.

Aber bis dahin ist jeder Moment so kostbar wie eine Perle auf einer Schnur.

Eines Abends trafen wir uns wie abgesprochen vor einem der Musikzimmer, aber Lyntons Gesicht erhellte sich spitzbübisch, kaum dass er mich sah.

»Komm mit«, sagte er. »Wir brauchen ein größeres Zimmer. Das Konzert wird schließlich nicht im Übungsraum stattfinden.« Er nahm seinen Flötenkasten und ein Bündel mit Noten und ging einfach los. Ich folgte ihm zum Ostflügel, wo der rote Korridor zu den Gemeinschaftsräumen führte, aber er ging in die andere Richtung, und wir fanden uns vor den verschlossenen Türen des Ballsaals wieder. Lynton schien die Schule so gut zu kennen wie seine Westentasche.

»Das wäre ein toller Raum zum Singen«, sagte er.

»Aber er ist immer abgeschlossen«, wandte ich ein.

»Ist er das?« Lynton strich mit den Fingern über den schweren Messinggriff; es gab ein leises Klicken, und die Tür schwang auf. Er machte eine kleine Verbeugung und flüsterte: »Willkommen in Eurem Königreich.«

Ich schlüpfte hinein, und Lynton machte die Tür hinter uns zu. Ich war noch nie zuvor in dem Ballsaal gewesen. Der Raum war riesig und wunderschön, aber sämtliche Möbel waren zum Schutz vor Staub mit Tüchern verhüllt, abgesehen von den silbernen Spiegeln, die die Wände säumten und in denen sich alles bis ins Unendliche spiegelte. Schwere Vorhänge voller Spinnweben hingen an den raumhohen Fenstern. Es war die Art Zimmer, in der die verzauberte Prinzessin darauf wartete, aus ihrem Schlaf erweckt zu werden, oder zumindest hatte ich mir so etwas immer vorgestellt, als ich noch ein Kind gewesen war. Ich fühlte mich sicher hier. Das Schweigen und der Staub und all die vergessenen Jahre schienen uns vor neugierigen Blicken zu schützen.

Lynton nahm meine Gedanken auf. »Es ist okay«, flüsterte er. »Niemand weiß, dass wir hier sind.« Wir standen immer noch direkt hinter der Tür, gingen nicht weiter in den Saal hinein, als hätten wir Angst, einen unergründlichen Traum zu zerstören. Die Vergangenheit lastete so schwer auf allem in Wyldcliffe. Ich fragte mich, ob Agnes hier jemals mit Sebastian getanzt hatte. Und vielleicht waren die Leute aus dem Tal hergekommen, lange bevor es Wyldcliffe gegeben hatte, bevor auch nur die Abtei zum Ruhme des Einen erbaut worden war, und hatten hier getanzt, barfuß im Mondlicht, um den Frühling zu begrüßen.

»Es ist eine Schande, einen Ballsaal so zu verschwenden, ganz besonders jetzt, wo der Weihnachtsball abgesagt worden ist«, sagte Lynton. Er drehte sich zu mir um und reichte mir die Hand. »Tanzen wir.«

»Nein, ich kann nicht.« Ich lachte unbeholfen. »Ich habe noch nie in meinem Leben mit irgendwem getanzt. Ich würde dir auf die Füße treten.«

Lynton lächelte, aber er ließ seinen Arm nicht sinken. »Wirst du mit mir tanzen, Helen?«, fragte er beharrlich. Seine Augen wurden dunkel und ernst, und es schien, als würde er mich noch mehr fragen als nur das.

»Nun ja – ja, wenn du es wirklich willst.«

»Ich möchte es wirklich.«

Ich nahm seine Hand. Einen Moment lang standen wir da, ohne uns zu bewegen, sahen uns an und warteten. Dann führte er mich langsam in die Mitte des hohen, kalten Raumes, und wir bewegten uns gemeinsam in einem gemäßigten, ernsten Tempo, wie mittelalterliche Höflinge. Ich hatte gedacht, mit Lynton hier zu tanzen wäre in etwa so, wie in einer seiner fröhlichen Stimmungen mit ihm herumzutollen, aber das hier war anders. Während wir uns zu den langsamen, düsteren Schlägen unserer Herzen bewegten, fühlte es sich an, als würden wir stumme, zeitlose Schwüre ablegen und offenen Auges in irgendeine tiefe Gefahr hineinmarschieren. Unser Tanz in dem stillen Ballsaal wirkte mehr wie eine Beerdigungsprozession, ein feierliches Opfer, ein Totentanz.

Ich entzog mich Lynton und stolperte dabei, verrenkte mir den Knöchel. »Tut mir leid – entschuldige«, sagte ich, als ich das Gleichgewicht wiedererlangte. »Ich bin in so was nicht sehr gut. Ich habe dich gewarnt.«

»Nein, es ist mein Fehler. Ich wollte nicht … aber es spielt keine Rolle.« Sein Gesicht wurde weicher, als er lächelte. »Vielleicht wirst du eines Tages wieder mit mir tanzen, wenn du dich entschieden hast, mir zu vertrauen. Und dann werden wir wirklich fliegen. Was denkst du?«

»Ich denke, dass ich als Tänzerin ein hoffnungsloser Fall bin.« Ich zuckte mit den Schultern. »Wie auch immer, wir können nicht die ganze Nacht hierbleiben. Sollten wir nicht allmählich mit der Probe beginnen?«

»Natürlich.« Lynton wandte sich ab und blätterte durch seine Mappe mit den Noten, bis er die gefunden hatte, die er brauchte. »Schau, da vorn am anderen Ende des Saals ist ein Klavier. Das nehmen wir jetzt, und dann wird die Musik sich ganz anders anfühlen.«

Am anderen Ende des Ballsaals stand ein großes, mit staubigen Tüchern abgedecktes Klavier auf einer niedrigen Plattform in der Ecke. Lynton schob die Tücher zur Seite und schlug ein paar Tasten an. Erstaunlicherweise klangen die Töne noch immer richtig, wenn auch etwas gedämpft, als wäre selbst die Musik dieses Instruments durch das Verstreichen der Zeit weicher geworden. Er spielte schwungvoll ein paar Tonleitern, dann hielt er inne. »Sobald du bereit bist«, sagte er.

Ich hatte mich bisher nie unsicher gefühlt, wenn ich vor Lynton gesungen hatte, nicht in dem kleinen Übungsraum, während er mich auf der Flöte begleitet hatte. Aber hier, in diesem großen Saal und mit Lynton an dem großen Klavier, fühlte sich alles anders an.

»Ich glaube nicht, dass ich das wirklich schaffe«, sagte ich zögernd. »Ich meine, vor der ganzen Schule ganz allein zu singen. Meine Stimme ist nicht brillant. Ich will nicht, dass alle mich ansehen.«

»Helen, alles wird gut gehen, mach dir keine Sorgen.« Lynton stand wieder neben mir. »Und was immer passiert, ich bin gleich da, neben dir.«

Ich sah zu ihm auf. Sein Gesicht war blass, aber seltsam erhellt, als würde sich ein unsichtbarer Sonnenaufgang darin spiegeln. Da war etwas Beunruhigendes an der Art und Weise, wie er mich ansah, etwas, für das ich nicht bereit war.

»Wer bist du?«, fragte ich ihn, und meine Stimme zitterte.

»Ich bin der glücklichste Junge auf der ganzen Welt«, antwortete er leise. »Weil ich dich wiedergefunden habe.«

»Wiedergefunden?«

Er wandte den Blick ab. »Ich bin dir in meinen Träumen begegnet. Ich habe an dich gedacht, wollte dich finden.« Seine Stimme verebbte zu einem Flüstern. »Zwei-, dreimal liebte ich dich schon, als fremd mir noch dein Name und Gesicht …«

Ich erkannte die Verse, und ich kannte auch den Rest, murmelte die Worte fast automatisch als Antwort: »Verzückt wie wenn ein Engel zu uns spricht, als körperlose Flamme oder …« Aber mein Verstand raste. Sprach Lynton ernsthaft von Liebe? Sprach er wirklich von mir? Und noch etwas anderes machte mir Sorgen.

»Wie hast du die Tür aufgemacht?«, fragte ich abrupt. »Sarah hat gesagt, dass dieser Raum immer abgeschlossen ist.«

Er sah mich nicht an, sondern sprach still zu sich selbst. »Es gibt viele Arten von Schlüsseln. So, wie es viele Arten von Liebe gibt. Die Liebe einer Tochter zu ihrer Mutter. Die Liebe, die wir gegenüber Freunden empfinden. Und dann ist da die Liebe, die über die Grenzen dieser Welt hinaus bestehen bleibt.« Er sah mich an; seine Augen waren klar und blau und aufrichtig. »Bist du bereit dafür, Helen?«

Über die Grenzen dieser Welt hinaus … wer war er? Lynton legte mir sanft die Hände auf die Schultern und zog mich näher zu sich heran. Mein Herz fing an zu klopfen. Ich war fest davon überzeugt, dass er mich küssen wollte. Ich fühlte mich plötzlich schüchtern und dumm und nutzlos. Mein Körper fühlte sich unbeholfen und ungeschickt an. Nein, ich war nicht bereit. Tanzen – Liebe – Küsse –, das war einfach zu viel, ging zu schnell. Ich konnte die Vorstellung nicht ertragen, dass all dies für ihn vielleicht nur ein Zeitvertreib und ganz und gar nichts Ernsthaftes war. Und doch, wenn er es ernst meinte, wenn es nicht nur ein Traum war …

Nein, ich war ganz und gar nicht bereit. Ich drehte mich um und lief weg.

»Helen! Helen! Es tut mir leid.«

Ich sah mich nicht um. Ich rannte aus dem Ballsaal und den Korridor entlang, riss die erste Tür auf, die ich fand und die in den beschatteten Garten führte. Ich lief über die schwarze Wiese zum See, blieb dann keuchend am Ufer stehen, sah zum abnehmenden Mond hoch. Mein Mund war trocken. Ich wusste nicht, was ich tun oder denken sollte. Ich musste allein sein. Meinte Lynton, was er gesagt hatte? Konnte er möglicherweise derjenige sein, von dem Miss Scratton mir erzählt hatte?

Aber wenn er derjenige war, wieso hatte ich dann Angst? Oh, ich hatte keine Angst vor Lynton, das könnte ich niemals, aber ich hatte davor Angst, fallengelassen zu werden, wieder verletzt zu werden. Und was machte mir eigentlich am meisten Angst, die Vorstellung zurückgewiesen zu werden – oder angenommen zu werden?

Vierundzwanzig

Aus dem Tagebuch von Helen Black
22. Oktober

Ich sollte an nichts anderes als an Laura und meine Mutter und unsere Aufgabe denken. Ich muss über meine Freunde wachen. Ich muss dafür sorgen, dass Velvet nichts tut, mit dem sie sich selbst oder anderen schaden könnte. Ich sollte Sarahs Beispiel folgen und das Buch herausholen und darin nach Hilfe suchen. Verglichen damit ist all diese – diese Genusssucht – unbedeutend. In wenigen Tagen ist Neumond. Wir müssen uns vorbereiten. Dies ist mein Schicksal. Die Liebe ist nicht meine Bestimmung.

> *Ein Fremder klopft an und sagt: »Lass mich ein«,*
> *aber die Prinzessin ist tief im Innern eingeschlossen.*
> *»Schade!«, ruft sie. »Wie schade für mich,*
> *ich liebe mein dunkles Gefängnis und werde nie frei*
> *sein können.«*

Ich muss Lynton sagen, dass ich mich nicht mehr mit ihm treffen kann.

Ich war fest entschlossen, die Sache mit Lynton ein für alle Mal zu beenden. Und ich dachte, es würde leicht sein.

Ich beschloss, ihm zu sagen, dass ich zu nervös war, um in einem Konzert ein Solo zu singen, und dass ich einfach im Chor mit den anderen singen würde. Deshalb würde ich mit ihm auch nicht mehr proben müssen. Zwei weitere Tage vergingen, und unsere nächste Probe stand an. Bevor ich Lynton im Übungsraum traf, ging ich zum See hinunter; ich kämpfte immer noch mit mir, versuchte den Mut für das aufzubringen, was ich zu tun hatte. Es dämmerte inzwischen, und das feine Piepsen eines Vogels am Ufer war zu hören. Es klang, als würde eine Seele rufen, die sich vor langer Zeit im Land der Toten verirrt hatte. Während ich auf den See starrte, erinnerte ich mich daran, wie Lauras Leiche dort eine Weile getrieben hatte, wie Ophelia, bevor sie in der Nacht, in der sie vom Hexenzirkel umgebracht worden war, in der schwarzen Tiefe versank. Die Schuld, die ich wegen dieser Nacht empfand, lastete wie ein Stein auf mir, der mich zu zermalmen drohte. »Genauso ist mein Leben. Schuld und Scham und Lügen und eine unauflösliche Verbindung mit der Vergangenheit.« Ich machte mir selbst Vorhaltungen. »Du bist nicht für die Liebe geeignet oder dafür, geliebt zu werden. Was denkst du, was wird passieren? Glaubst du wirklich, du könntest Lyntons Freundin sein? Was passiert, wenn du seine Eltern triffst und sie etwas über deine Familie wissen wollen? Wirst du ihnen allen die Wahrheit über deine Mutter erzählen?«

Die ganze Sache war unmöglich. Wenn Lynton es ernst meinte und ein Teil meines Lebens sein wollte, würde ich ihm die ganze Wahrheit über alles sagen müssen. Was würde er dann denken? Dass ich wirklich die verrückte Helen Black war. Es war vollkommen unmöglich. Und all das Gerede von Liebe und dem Ende der Welt – das waren einfach nur schöne Worte, bedeutungslose Phrasen eines eifrigen, unbekümmerten Schülers, der von der Atmosphäre eines romantischen alten Ballsaals ergriffen worden war. Lynton gehörte in die äußere Welt von St. Martin's, er war ein junger Mann mit erfolgreichen Eltern und hatte Ambitionen als Musiker. Er hatte mit meiner Welt der Schatten und Träume nichts zu tun. Und deshalb nahm ich mir vor, das alles zu beenden, bevor es zu kompliziert wurde. Alles, was ich tun musste, war aus dem dummen Konzert herauszukommen und ihn zu meiden und so zu tun, als wäre nichts von alledem jemals passiert. Evie und Sarah würde es nie erfahren – niemand würde es jemals erfahren. Lynton würde schon bald von Camilla getröstet werden oder von Katie oder von irgendeinem anderen hübschen, unkomplizierten Mädchen von Wyldcliffe. Alles, was ich tun musste, war, es ihm zu sagen.

»Was musst du mir sagen?«

Ich zuckte zusammen und unterdrückte einen Schrei. Ich musste laut gesprochen haben, ohne es zu merken. Lynton stand hinter mir, hielt eine einzelne weiße Rose in der Hand. Die Abendbrise wehte ihm die Haare leicht aus dem Gesicht. Er war sehr ruhig, und sein Lächeln war so sanft, wie ich es in Erinnerung hatte, aber da war noch etwas anderes an ihm. Sein Blick wirkte wachsam, und er hielt sich zurück, wirkte befangen.

»Tut mir leid, wenn ich dich erschreckt habe.« Er gab mir die Rose mit dem zerbrechlichen Stängel. »Und ich habe dir die hier gebracht, um mich bei dir für gestern Abend zu entschuldigen. Ich hatte kein Recht, dich so zu bedrängen. Mit dir zu tanzen und Gedichte von mir zu geben und all das andere. Du musst mich für vollkommen schwachsinnig halten. Es tut mir leid.« Er lächelte verlegen. »Es war der Ballsaal. All die Geister, die um uns herum getanzt haben … all das hat mich mitgerissen. Bitte vergiss alles, was ich gesagt habe. Ich möchte einfach nur, dass wir Freunde sind, Helen, das verspreche ich.«

Also hatte ich Recht gehabt. Er war nicht interessiert an der Liebe, die ewig währt und all das. Seine Geste mit der Rose bedeutete nichts – einfach nur, dass er dumm gewesen war und es jetzt bedauerte und versuchte, mich zu trösten. Schön. Ich war so dumm gewesen, dass ich mir eingebildet hatte, es könnte echt gewesen sein. Ich hatte gedacht, ich würde den Dingen ein Ende bereiten, aber Lynton war mir zuvorgekommen. Diese Zurückweisung fühlte sich an, als würde sich ein Messer in mein Herz bohren. Ich konnte nicht atmen. Und in diesem Moment begriff ich, dass ich mir nichts in der Welt sehnlicher wünschte als ihn.

Ich wollte sein Gesicht streicheln und mich an ihn schmiegen, von ihm umarmt werden und in die Dunkelheit der *Moors* verschwinden und dabei alles hinter uns zurücklassen, was uns auseinanderbringen könnte. Aber das war nicht der Pfad, den ich beschritt. Ich musste so tun, als würde es mich nicht stören, nicht kümmern, auch wenn mir das Herz blutete. Und die hässliche, bösartige Stimme in meinem Geist, diese Stimme, die Dr. Franzen mir aufgezwungen hatte, begann mich daran zu erinnern, dass ich dumm und erbärmlich und lächerlich war und dass ich in dieser Welt immer allein gewesen war und es auch immer sein würde.

»Oh – nun, ja, natürlich«, murmelte ich. »Vergessen wir es.«

Wir standen einen Moment unbeholfen da, waren zum ersten Mal um Worte verlegen.

»Was wolltest du mir sagen?«, fragte Lynton schließlich.

Dies war der Moment, um alles zu beenden. Natürlich wollte ich es eigentlich gar nicht. Ich wollte mich wie ein verhungerndes Kind an die mageren Krumen der Freundschaft klammern, die er mir bot. Aber ich musste irgendeine Art von Würde bewahren, indem ich wegging. Dies war der Moment, in dem ich meinen Traum tötete.

»Ich kann nicht mit dir zusammen dieses Konzert machen, Lynton«, sagte ich gestelzt. »Danke, dass du versucht hast, mir zu helfen, aber ich bin nicht gut genug, um allein zu singen. Sag Mr. Brooke bitte, dass ich es wirklich nicht kann. Ich werde im Chor mit den anderen singen, und dafür brauche ich nicht mehr mit dir zu proben.«

»Also ziehst du dich in die hintere Reihe zurück und tust, als wärst du nicht da?«, fragte Lynton. »Ist es nicht das, was du getan hast, seit du nach Wyldcliffe gekommen bist?«

»Vermutlich, ja.« Ich zuckte mit den Schultern. »Es schien mir der leichteste Weg zu sein, um über die Runden zu kommen.«

»Du bist mehr wert als nur das.«

»Nein, das bin ich nicht. Ich bin gar nichts wert.« Ich konnte nicht verhindern, dass meine Stimme tränenerstickt klang.

»Du bist der einzige Mensch, der das denkt.«

Ich schüttelte den Kopf. »Selbst meine Mutter wollte mich nicht richtig, jahrelang nicht. Und jetzt … oh, es ist alles so schwierig. Du kannst das nicht verstehen.«

»Ich verstehe mehr, als du denkst. Ich bin dein Freund, Helen.«

Freundschaft war besser als nichts. Aber es würde leichter sein, mit nichts zu leben, als zu versuchen, mit den Resten seiner Zuneigung klarzukommen. Ich versuchte es erneut. »Ich habe meine Freundinnen angelogen, um mich mit dir zu treffen zu können«, brachte ich mühsam heraus. »Ich glaube nicht, dass ich dich wiedersehen will. Es gibt da etwas, das ich tun muss. Dinge, die zuerst kommen, Zeug aus meiner Vergangenheit. Ich kann dich nicht wiedersehen. Es ist zu … zu schwierig, mit dir befreundet zu sein. Wir haben uns gerade erst getroffen, du weißt im Grunde gar nichts über mich, und ich weiß nicht, ob …«

»Ob du mir vertrauen kannst?«, fragte er. »Lass mich dir bei diesen Sachen helfen, was immer es ist, und ich werde dir beweisen, dass du es kannst.«

Ich fühlte mich plötzlich so müde, als hätte ich seit hundert Jahren nicht mehr geschlafen. Der See wirkte so schwarz und tief. »Es tut mir leid, Lynton, du kannst mir nicht helfen. Und ich kann es nicht erklären. Es ist nicht genug Zeit, nicht einmal, wenn ich die ganze Nacht lang reden würde, bis morgen früh die Sonne wieder aufgeht.«

Lynton schüttelte den Kopf und lachte leise. »Es ist seltsam, dass alle denken, die Zeit wäre festgelegt, als müsste sie hastig benutzt werden, bevor sie abläuft. Aber in Wirklichkeit ist es nicht so.«

»Nicht?« Ich war mir nicht ganz sicher, worüber er redete.

»In der Musik«, versuchte er zu erklären, »ist die Zeit eine Grundstruktur, an der alles hängt. Wir können sie messen, sie zählen … aber im Leben und im Tod ist die Zeit anders.«

»Wie? Wie meinst du das?« Lynton wirkte auf die gleiche Weise überzeugt von sich und seinen Ideen, wie der Fluss sicher war, dass er in die richtige Richtung floss.

Er nahm meine Hand. »Du frierst«, sagte er. »Lass uns ein Stückchen gehen, während ich versuche, es dir zu erklären.«

Lynton führte mich vom See weg und zu den Ruinen der Kapelle. Am dunklen Himmel zeigten sich schwach die ersten Sterne.

»Die Zeit ist nur ein weiteres Element, eine weitere Dimension im Universum«, sagte er. »Sie ist von der Welt, die wir sehen, nicht getrennt. Und die Vergangenheit ist genauso real wie die Gegenwart oder die Zukunft.«

»Aber wenn etwas in der Vergangenheit ist, ist es beendet, oder nicht?«

»Nein. Es existiert immer noch – es geschieht immer noch, wenn du es möchtest.« Wir erreichten die Ruine und suchten hinter den zerbröckelnden Mauern Schutz vor dem Wind; eine einzelne Laterne erleuchtete die im Schatten liegende Kapelle. »Die heiligen Schwestern zum Beispiel, die einmal hier gelebt und gebetet haben, sind immer noch da. Ihre Zeit ist in unserer eingewickelt, wie ein Kreis in einem Kreis.«

Ich hatte diese Frauen selbst gesehen, an diesem Ort, als wir unsere Beschwörungen gewebt hatten. Ich hatte ihre Gesichter gesehen und ihre Stimmen gehört. Was Lynton sagte, war für mich nicht so einfach von der Hand zu weisen.

»Also geschieht alles zur gleichen Zeit?«, sagte ich.

»Das ist eine Möglichkeit, es zu beschreiben. Alles ist ein einziges ›Jetzt‹, wenn man es nur erreichen könnte, wie ein ewiger Herzschlag. Schau her.« Er nahm seine Hand weg und zog sich einen Ring, den ich noch nie zuvor gesehen hatte, vom kleinen Finger. Er hielt den Ring hoch ins Licht der Laterne. Im Innern des Goldreifs verlief eine schwache Gravur. Die Worte sagten JETZT UND JETZT UND JETZT UND ... Es war unmöglich zu erkennen, wo es begann und wo es endete. Ein endloser Kreis der Zeit.

»Helen, lass mich dich wiedersehen«, bat er, während er sich den Ring wieder an den Finger steckte. »Schließ mich nicht aus. Mach mit, was diese Konzertidee angeht, denn es bedeutet, dass wir Zeit miteinander verbringen können. Jeder Augenblick ist kostbar. Jedes einzelne ›Jetzt‹. Und du musst mir nicht alles über deine Vergangenheit erzählen, wenn du das nicht willst. Ich weiß auch so schon alles über dich, was wichtig ist.«

»Tust du das?«, fragte ich verblüfft.

»Dass du darum kämpfst, den Leuten zu vergeben, die dich verletzt haben. Dass du dich niemals selbst richtig geliebt hast, weil niemand anderes dich geliebt hat. Dass du wunderschön bist ...«

»Hör auf.«

»Ja, das bist du. Und nicht nur äußerlich, sondern im Innern, wo die Schönheit von Dauer ist. Abgesehen davon, wo steht geschrieben, dass du jemanden jahrelang kennen musst, um ihn wahrhaft zu kennen? Spielt es eine Rolle, dass ich nicht weiß, was dein Lieblingsessen war, als du ein Kind warst, oder dass du den Namen des Kaninchens nicht weißt, das ich hatte, oder wo ich meine Urlaube verbracht habe? Nichts davon ist jetzt noch wichtig, oder? Helen, du sagst, dass wir uns gerade erst begegnet sind – aber sag, was siehst du, wenn du mich siehst?«

Ich zwang mich, Lynton anzusehen, sein empfindsames, sich immer wieder veränderndes Gesicht anzusehen, das Licht in seinen Augen zu sehen. Und ich sagte die Wahrheit, weil jede Lüge ein winziger Tod ist. »Ich sehe dich«, sagte ich unsicher. »Ich sehe den Menschen, mit dem ich lieber als mit allen anderen auf der Welt zusammen sein würde. Ich sehe …« Und dann schluckte ich meinen Stolz hinunter und sprach eine weitere Lüge aus. »Ich sehe meinen Freund.« Wenn Freundschaft alles war, was er mir bieten konnte, würde ich sie dankbar annehmen und nichts weiter erbitten.

Ein weiteres Schweigen entstand. Lynton nahm meine Hand, dann ließ er sie so schnell wieder los, als hätte er sich die Finger verbrannt. Er schien mit etwas zu kämpfen. Er sah nach unten und steckte die Hände in die Taschen.

Schweigen. Warten. Schweigen.

»Dann sind wir also Freunde«, sagte er schließlich mit einem tiefen Atemzug. »Damit wäre das geklärt.«

Aber das war nicht das, was ich wirklich wollte, nicht in diesem Augenblick.

Als ich in dieser Nacht in mein Tagebuch schrieb, legte ich die weiße Rose vorsichtig zwischen die Seiten, um sie für immer aufzuheben. Eine Erinnerung an das, was hätte sein können. Doch dann zerrupfte ich die zarte Blüte plötzlich und warf die Blütenblätter weg wie bittere Tränen.

Fünfundzwanzig

Aus dem Tagebuch von Helen Black
27. Oktober

Ich kann mit Lynton einfach nicht nur befreundet sein. Ich versuche es, aber jedes Mal, wenn wir uns treffen, wird es noch ein Stück schwieriger. Und ich glaube auch nicht, dass er das wirklich meint, wenn er davon spricht, »nur Freunde« sein zu wollen. Seine Worte sagen das eine, aber seine Augen sagen etwas anderes.

Wenn wir das Lied einstudieren, hört er mittendrin auf zu spielen, und ich ertappe ihn dabei, wie er mich eingehend ansieht. Seine Hand streicht über meine, wenn er mir etwas in den Noten zeigen will. Er steht neben mir, wenn er mir Atemübungen zeigt. »Der Atem ist alles«, sagt er, und er ist mir dabei so nah, dass ich den Wind riechen kann, der seine Haare zerzaust und an diesem Tag seine Haut gestreichelt hat. Er behält mich da, um zu reden, stellt mir Fragen, bringt mich zum Lachen, erzählt Geschichten. Und dann packt er alles zusammen und sagt, dass es Zeit ist zu gehen, und geht eilig weg und verwandelt sich wieder in einen Fremden.

Ich werde Sarah und Evie nicht mehr lange verheimlichen können, dass es ihn gibt. Ich habe ihnen gesagt, dass Mr. Brooke für den Konzertabend eine Begleitung für mich arrangiert hat. Mehr habe ich nicht gesagt. Sie werden beide im Chor singen, und ich habe sorgfältig darauf geachtet, dass ich Lynton treffe, wenn sie beschäftigt sind. Meine Freundinnen dürfen ihn jetzt nicht treffen, denn ich weiß, wenn sie uns zusammen sehen, würden sie meine wahren Gefühle erraten. Ich kann sie nicht mehr verbergen.

Wanderer, ich liebe Lynton. Und mein Herz sagt mir, dass er genauso empfindet, aber dass da etwas ist, das ihn zurückhält. Ich bin sicher, dass Celeste schnell hundert Gründe dafür finden würde. »Bist du so dumm, dass du nicht siehst, dass er eine Freundin in London hat? Er spielt nur mit dir. Wie auch immer, warum in aller Welt sollte ein gutaussehender Junge wie er sich mit einer Versagerin wie dir zusammentun?« Aber sie hätte Unrecht. Was immer Lynton noch davon abhält, die Linie der Freundschaft zu überschreiten, ist etwas Geheimes und Verborgenes, und es hat nichts mit seinen Gefühlen mir gegenüber zu tun.

Ich träume von ihm. Ich träume, dass wir gemeinsam fliegen, wie er gesagt hat, dass wir über den Wasserfall und die Moors *in die Dämmerung hineinfliegen. Und dann landen wir an einem fernen Ufer, und alle Geheimnisse lösen sich auf, und es gibt nichts mehr, das uns voneinander trennt. Dann wache ich auf, und zurück bleibt nur eine schmerzhafte Sehnsucht.*

Die Liebe hat sich wie ein ungebetener Gast in mein Herz geschlichen. Aber ich begrüße sie mit offenen Armen; ich begrüße den Schmerz, die Angst, den berauschenden, schwindelerregenden Wahnsinn, den sie mit sich bringt. Lynton einfach nur zu lieben, ohne etwas dafür zu bekommen, macht mich glücklich, selbst in diesen dunklen Tagen. An ihn zu denken schiebt all meine Sorgen über meine Mutter und Laura und alles andere beiseite. Es bringt mich dazu, die ganze Welt umarmen zu wollen, und holt alle in meinen Kreis der Liebe, selbst Velvet, selbst meinen dunkelsten Feind. Ich möchte, dass jeder eine zweite Chance und die Hoffnung auf Erlösung bekommt. Wenn mir dies passieren kann, was ist dann sonst noch möglich? Wenn Lynton an mich glaubt, gibt es nichts, das ich nicht erreichen kann.

Ich erinnere mich an jedes Wort, das er jemals gesagt hat, drehe und wende es in meinem Geist wie einen Schatz. Ich halte dich für erstaunlich, *hat er gesagt.* Die erstaunliche, wundervolle, wunderschöne Helen Black.

Wenn ich nur wirklich Gedichte schreiben könnte, irgendetwas, das seiner würdig wäre. Ich versuche es – habe es versucht –, aber nichts ist gut genug.

Und da war jemand, der zu mir kam,
sanft wie der Regen, strahlend wie die Sonne,
geheimnisvoll wie die Nacht.
Da war jemand, der zu mir kam und sagte: »Lebe,
denn das Licht verblasst, und wir sind jung.«
Da war jemand, der zu mir kam und sagte: »Sing,
denn der Morgen ist nah, und ein neues Leben beginnt.«
Da war jemand, der zu mir kam und sagte: »Lange
schon kannte ich dich in meinen Träumen.«
Er gab mir eine weiße Rose.
Die Dornen stachen mich, aber
die Blütenblätter öffneten sich,
zart wie die Vergebung selbst,
und der Tag war durchdrungen von Schönheit.

Meine Worte verwelken und verblassen wie tote Blätter. Aber ich weiß, was ich fühle. Selbst wenn es keinen Bestand hat, selbst wenn ich heute Nacht sterbe, weiß ich jetzt, was es bedeutet zu lieben.

Sechsundzwanzig

Das Zeugnis von Evelyn Johnson

Helen war wie eine weiße Rose, die an einem späten, unerwarteten Sommertag erblüht.

Sie sang leise vor sich hin, wenn wir in unserer Freizeit über das Schulgelände gingen, und da war ein Ausdruck in ihren Augen, den ich noch nie zuvor gesehen hatte. Ich hatte sie wütend erlebt, mutig, verzweifelt und auch jubelnd, aber ich hatte noch nie gesehen, dass sie eine solche Aura der Hoffnung ausstrahlte, als bestünde sie aus reinem Licht. Ich dachte natürlich, dass es mit unserem Plan zusammenhing, Laura zu befreien. Vielleicht hatte es auch etwas damit zu tun. Aber Helen behielt ihre Geheimnisse für sich, ging wie eine Madonna durch Wyldcliffes düstere Räume und nährte ihre Hoffnungen und Träume in ihrer eigenen, privaten Welt. Dass wir nicht wussten, was sie durchmachte, hatte nichts damit zu tun, dass wir Helen nicht ausreichend geliebt hätten; nein, es war ihr eigener stählerner Wille, der unsere Augen und unser Urteilsvermögen trübte. Sarah und ich hatten keine weiteren Hinweise auf die Priesterin oder den Hexenzirkel wahrgenommen, und ich begann schon zu glauben, dass ihre Macht verblasst und Celia Hartle tatsächlich für immer eingesperrt war. Wenn wir doch nur das vollbringen konnten, was wir uns vorgenommen hatten, und in der Lage wären, Laura zu befreien. Vielleicht wäre unser Kampf gegen die Schwestern der Dunkelheit dann vorüber, und es würde wieder Friede herrschen, sagte ich mir.

Helen versuchte sogar, mit Velvet Frieden zu schließen, wenn auch mit wenig Erfolg. »Komm, setz dich zu uns, Velvet«, versuchte Helen sie eines Nachts beim Essen zu überreden. »Unterhalten wir uns ein bisschen.«

»Wozu?«

»Ich würde gern etwas Zeit mit dir verbringen.«

»Fahr zur Hölle«, fauchte Velvet. »Wieso solltet ihr auch nur das geringste Interesse daran haben, euch mit mir abzugeben? Ihr hattet eure Chance, und ihr habt sie in den Wind geschlagen.«

»Alle verdienen eine zweite Chance, Velvet«, sagte Helen ruhig. »Du wirst deine zweite Chance eines Tages bekommen, und ich glaube, du wirst sie gut nutzen.«

Velvets Miene änderte sich. »Wie meinst du das?«

»Du wirst lernen, die Kräfte zu kontrollieren, die jetzt in dir wüten. Und dann wirst du in der Lage sein, dich zu entscheiden, wie du sie nutzen willst. Wähle weise, und alles, was du dir wünschst, wird zu dir kommen. Du brauchst nur das zu tun, was Agnes gesagt hat. Öffne dein Herz. Lerne zu lieben.«

Velvet verzog die Lippen zu einem höhnischen Grinsen. »Die Liebe macht einen schwach.«

»Nein! Sag so etwas nicht.« Helen wirkte so hell und zart neben Velvets üppiger dunkler Schönheit, aber sie war von einer unterschwelligen Atmosphäre der Macht umgeben. »Du bist sehr viel mehr wert als das, sehr viel mehr. Deine Zeit wird kommen.«

»Als würde dich das wirklich interessieren.«

»Es interessiert mich«, sagte Helen im Flüsterton. »Und ich würde an dich glauben, Velvet, wenn du mich lässt.«

Velvet runzelte die Stirn und öffnete den Mund, um etwas zu sagen, aber dann wandte sie sich abrupt ab. Helen seufzte. Zumindest hatte sie es versucht, dachte ich, auch wenn es so ähnlich war, wie einen wilden Panther zähmen zu wollen, der kurz vor dem Sprung war.

In dieser Zeit arbeitete Velvet nicht; sie brach sämtliche Regeln und beleidigte öffentlich die Lehrerinnen, sogar Dr. Franzen. Und am Abend des Neumonds, auf den wir mit solchen Hoffnungen und Ängsten gewartet hatten, hatte sie schließlich vor der ganzen Schule einen riesigen Krach mit ihm. Nach dem Abendessen hielt er wieder einmal eine seiner langatmigen Reden, ging dabei vor der langen Reihe der Lehrerinnen, die mit ernsten Mienen dasaßen, auf und ab und ermahnte die Schülerinnen, zielstrebig zu sein und hoch hinaus zu wollen, ihr Bestes zu geben und überhaupt dem Rest der Welt ihre Überlegenheit zu zeigen. Diesmal sprach er über sein langweiliges Konzert, für das wir alle so hart üben mussten.

»Ihr glücklichen Wyldcliffe-Schülerinnen seid die Elite«, begann er mit seiner kalten, ausdruckslosen Stimme. »Und mit diesem Privileg geht Verantwortung einher. Wyldcliffe-Mädchen sollten über dem gewöhnlichen Volk stehen. Die vergänglichen, oberflächlichen Werte der Welt sind hier bedeutungslos – Unsinn wie Prominenz und Popkultur. Hier schätzen wir die Dinge, die Bestand haben. Die Schönheit altgriechischer Texte. Das intellektuelle Streben der Wissenschaften. Die Herausforderung der klassischen Musik. Musik ist in der Tat eine Art Mikrokosmos unserer Welt. Deshalb wird unser Gedenkkonzert in diesem *Term* ein so wichtiges Ereignis sein. Morgen

Abend wird eine richtige Probe des ganzen Programms in der Ruine der Kapelle stattfinden. Sämtliche Schülerinnen und der Lehrkörper werden dort sein und sehen, wie weit unsere Arbeit uns gebracht hat und was noch getan werden muss. Am eigentlichen Abend der Gedenkprozession muss alles perfekt sein. Gemeinsam zu spielen oder zu singen erfordert Disziplin. Es erfordert die Unterordnung des Individuums unter das Ganze. Mehr als irgendwelche individuelle Persönlichkeiten seid ihr Wyldcliffe-Mädchen. Ihr tragt Uniformen wie Soldaten, um zu zeigen, dass alles, was wir hier tun, dem Wohle des Ganzen dient: ein Körper, ein Ziel, eine Identität – unser geliebtes Wyldcliffe.«

»Das ist kompletter Schwachsinn«, sagte Velvet. Alle im Speisesaal anwesenden Personen schnappten erstaunt nach Luft und starrten sie an. Dr. Franzens Gesicht wurde dunkelrot vor Wut.

»Hat jemand etwas gesagt?«, fragte er eisig.

»Ja, das habe ich«, antwortete Velvet. Sie stand leicht schwankend von ihrem Platz auf, wirkte ansonsten aber vollkommen unbekümmert. »Entschuldigung, *Sir*«, sprach sie gedehnt und sarkastisch weiter. »Ich wollte sagen, dass ich eine andere Philosophie vertrete, die sich von Ihrer vollkommen unterscheidet. Ich glaube, dass Menschen Individuen sein sollten und nicht Teil einer roboterähnlichen Maschine.«

»Ich denke, wir haben genug von Ihrer Meinung gehört, Miss Romaine«, sagte Dr. Franzen. »Und ich fürchte, Sie selbst sind ein Beispiel dafür, was passiert, wenn der Individualismus über die Stränge schlägt. Das ist nicht das, was wir auf Wyldcliffe lehren.«

»Aber das sollten Sie! Individuen haben Begabungen

und Vorstellungskraft und Inspiration! Individuen verändern die Welt, nicht Gruppen von gehorsamen Klonen, die anderen wie Schafe folgen. Sie reden immer wieder über Musik – aber was ist mit all den berühmten Komponisten und Künstlern? Waren das etwa keine Individuen, die ihrem eigenen Weg gefolgt sind, um etwas Außergewöhnliches zu erschaffen?« Von den Schülerinnen war ein schwaches zustimmendes Gemurmel zu hören. Zumindest eine sagte, was viele von ihnen insgeheim dachten. Ein paar Mutige begannen, Beifall zu klatschen.

»Ruhe!«, fauchte Dr. Franzen. »Setzen Sie sich endlich wieder hin!«

»Ich werde nicht den Mund halten und mich hinsetzen! Wieso halten wir überhaupt diese Gedenkprozession ab? Sie findet zu Ehren von Lady Agnes statt, oder nicht? Sie war weder eine Gipsheilige noch eine bescheidene und sanfte Jungfer! Sie war ein Individuum. Sie war eine Rebellin! Sie hatte ihren eigenen Kopf. Angeblich ist sie sogar weggelaufen und hatte ein Kind …«

»RUHE!«

Ich hatte noch nie jemanden so wütend gesehen wie Dr. Franzen. Seine breiten Schultern schienen vor Wut zu zittern, und seine Finger zuckten.

»Sie werden wieder nachsitzen, Miss Romaine«, zischte er. »Sie werden eine Stunde nachsitzen, um über Ihren Mangel an Manieren nachzudenken.«

»Nein, das werde ich nicht«, sagte sie trotzig. »Sie können mich nicht dazu zwingen, Sie dummer, grober, aufgeblasener kleiner Mann.«

Augenblicklich verschwanden alle Anzeichen von Zorn aus Dr. Franzens Haltung. Er wirkte schlagartig kalt und ruhig und gefährlich. Die Schülerinnen schwiegen; sie fürchteten, dass Velvet jetzt zu weit gegangen war. Auch sie selbst wirkte plötzlich weniger selbstsicher, als Dr. Franzen sie langsam musterte. »Oh, das kann ich«, sagte er mit einem eisigen Lächeln. »Und das werde ich. Tatsächlich werden Sie die ganze Nacht nachsitzen, allein und abgeschieden. Ich kann und werde ein derartiges Verhalten nicht tolerieren. Ich bin hier der Schuldirektor, und Sie werden schon bald herausfinden, was das bedeutet. Sie alle«, fügte er hinzu und sah sich gewollt deutlich um, »werden sehen, dass ich meine, was ich sage. Das Ganze ist größer als die Teile. Am Ende werden Sie alle meine Meinung übernehmen.«

Niemand rührte sich. Niemand sagte etwas. Es war, als hätte er alle Anwesenden mit seiner Willenskraft hypnotisiert. Aber eine der Mistresses stand unsicher auf und sagte leise und hastig: »Dr. Franzen, entschuldigen Sie, ich muss etwas sagen. Ich empfinde diese Bestrafung als zu hart. Wir haben hier eine Fürsorgepflicht … auf diese Weise verfahren wir nicht mit unseren Schülerinnen …«

»Sie sind jetzt meine Schülerinnen, Miss Hetherington. Sie können sie mir überlassen. Und jetzt werden Sie sich alle leise zu Ihren Schlafsälen begeben. Velvet Romaine, Sie werden hierbleiben, es sei denn, Sie wünschen diese unerfreuliche Szene noch fortzusetzen und Ihren Mitschülerinnen noch weitere Unannehmlichkeiten zuzumuten?« Sie zuckte mit den Schultern und sah zur Seite. »Gut. Dann werde ich Sie persönlich zum Turmzimmer im zweiten Stock führen. Ich hoffe, Sie werden von der Zeit dort profitieren.«

Das kleine Drama hatte mich so gefangen genommen, dass ich Helens Reaktion gar nicht bemerkt hatte. Aber jetzt sah ich, dass sie vor Anspannung erstarrt und ihr

Gesicht vollständig weiß war, als wäre es eine marmorne Maske auf einem Grab. Sie schob sich durch die Reihen der verdrossenen Schülerinnen, die nach und nach den Speisesaal verließen, und ging auf Velvet zu. Ich folgte ihr, so rasch ich konnte.

»Velvet, du darfst nicht gehen«, sagte sie aufgeregt flüsternd. »Du darfst nicht zulassen, dass er dir weh tut.«

»Mir weh tun?« Velvet sah sie ungläubig an. »Aber er wird mir natürlich nicht weh tun. Ich musste schon etliche Male nachsitzen. Es kümmert mich einen Dreck, genau wie er selbst. Ich sitze nur in einem anderen blöden Zimmer. Er wird mich nicht einschließen und den Schlüssel wegwerfen, oder? Wie auch immer, es ist mir egal«, fügte sie mit einem trotzigen Schulterzucken hinzu. »Wenn ich meinen Eltern schreibe und ihnen sage, dass ich die ganze Nacht bei Brot und Wasser in einem Turm eingesperrt war, werden sie mich wegholen müssen. Dad wird ausflippen, wenn er hört, was er für all das Geld kriegt, das er hier ausgibt.« Dann erinnerte sie sich offenbar daran, dass sie gar nicht mit uns befreundet sein wollte, und fauchte: »Wieso zur Hölle kümmert dich das überhaupt?«

»Weil ich diesen Mann hasse«, sagte Helen. Sie sprach ruhig, aber mit brennender Intensität. »Und ich werde nicht zulassen, dass er noch einmal irgendjemandem weh tut.« Sie ging eilig weg und ließ Velvet zurück, deren dunkle Augen vor Verwunderung glühten.

Siebenundzwanzig

Aus dem Tagebuch von Helen Black
30. Oktober

Heute Nacht werden wir in die Höhlen gehen. In diesen letzten Momenten weiß ich kaum, was ich denken oder schreiben soll. Schließlich ist der Moment gekommen. Sarah hat alles vorbereitet. Der Neumond wird unser Freund sein. Ich wünschte – ich weiß nicht, warum – aber ich wünschte, Velvet würde mit uns mitkommen. Ich ertrage es kaum, sie hier allein zu lassen, wo sie von Dr. Franzen bestraft wird, obwohl sie ist, wie sie ist, und trotz all dem, was sie getan hat. Wenn dieser Mann ihr auch nur ein einziges Haar krümmt, werde ich ihn töten.

Nein. Das ist nicht der Weg der Liebe, oder? Lynton spricht von Vergebung. Aber wie kann man dem Bösen vergeben? Wie kann man zulassen, dass es existiert?

Mein Kopf tut weh. Hör auf, Fragen zu stellen. Denk nur noch an Laura. In diesem Moment geht es nur noch um sie. Dies ist endlich der Augenblick der Heilung. Der Neumond geht auf, eine schwache silberne Kontur, die große Dinge verspricht, und ich darf mich jetzt nicht ablenken lassen. Das Auge der Zeit wartet, und der Mystische Weg ruft seine Dienerinnen, um das Opfer zu heilen und die Gefangene zu befreien.

Großer Schöpfer, bitte beschütze heute Nacht alle Unschul-

digen im Tal von Wyldcliffe. Silberlicht des Himmels, scheine auf uns, während wir unsere heilige Aufgabe vollbringen. Beleuchte unsere Schritte, selbst in der Dunkelheit der Erde. Lass Laura Frieden finden. Lass meine Mutter all das sein, was sie für mich hätte sein können. Und lass mich beenden, was ich tun muss, und dann zurückkehren. Zu Lynton. Zur Hoffnung. Zum Leben …

Der Neumond hing als geisterhafter Schimmer am riesigen, schwarzen Himmel. Es war Zeit zu gehen. Wir drei hatten verabredet, dass wir uns kurz vor Mitternacht aus der Schule schleichen und beim Schultor treffen wollten. Evie und ich schlichen gemeinsam aus dem Schlafsaal, während Sophie und Celeste tief weiterschliefen, aber als wir den von einem Vorhang verborgenen Alkoven erreichten, in dem sich die Tür zu der Bedienstetentreppe verbarg, stellten wir fest, dass die Tür verschlossen war. Wir sahen uns alarmiert an. Hatte Dr. Franzen bei seiner unaufhörlichen Herumspioniererei im Gebäude diese vergessene Tür gefunden und dafür gesorgt, dass sie nicht länger für irgendwelche Ausflüge von Schülerinnen benutzt werden konnte? Von Sarah war nichts zu sehen. Ich war mir nicht sicher, was wir tun sollten. Ich konnte Evie mitnehmen, sie über die geheimen Wege der Luft aus der Schule bringen, aber was war, wenn Sarah zurückblieb? Am Ende des Ganges erklang ein Geräusch, und wir blickten besorgt auf, hofften, dass es Sarah war. Aber es war Janey Watson, ein Mädchen, das eine Klasse über uns war. Als sie aus dem Badezimmer kam, sah sie uns überrascht an. »Was tut ihr hier?«, flüsterte sie. »Wollt ihr ins Badezimmer?«

»Ähm … Helen fühlt sich nicht so gut«, sagte Evie. »Wir wollten nach unten gehen, zum Krankentrakt.«

»Oh, okay.« Janey starrte mich wieder an, und ihre scharfen kleinen Augen ruhten unverwandt auf meinem Gesicht. »Gute Besserung.« Ich dachte, sie würde in ihren Schlafsaal zurückkehren, aber sie wartete und beobachtete uns neugierig. Uns blieb gar nichts anderes übrig, als zur Marmortreppe zu gehen und so zu tun, als wären wir wirklich unterwegs zum Krankentrakt.

Evie ging voraus, und ich folgte ihr, während mein Herz zu schnell und zu laut klopfte und ich betete, dass niemand uns sehen würde. Als wir auf den Absatz des zweiten Stocks kamen, wo sich der Gemeinschaftsraum und die Schlafzimmer der Mistresses befanden, drückten wir uns gegen die Mauer, um mit den Schatten zu verschmelzen. Glücklicherweise war niemand da, und so schlichen wir weiter ins Erdgeschoss hinunter und erreichten die Eingangshalle mit den schwarzweißen Bodenfliesen. Wir machten uns auf den Weg quer durch die Halle in Richtung Vordertür, aber wir hatten noch nicht einmal die Hälfte des Weges geschafft, als wir plötzlich leise Stimmen aus der Richtung von Dr. Franzens Arbeitszimmer hörten. Ich erstarrte vor Schreck, aber Evie packte mich und schob mich ins Empfangszimmer. Als wir uns hastig hinter den Damastvorhängen vor dem Fenster versteckten, stieß ich gegen einen kleinen Stuhl. In der Dunkelheit wirkte das Geräusch um ein Vielfaches lauter als normal, und ich ärgerte mich darüber, dass ich so unbeholfen war, aber wir konnten nichts anderes tun, als steif und starr hinter den Vorhängen stehen zu bleiben und zu warten. Wir hörten Schritte und das Tipp-Tapp eines Stockes auf den polierten Fliesen. Die Tür öffnete sich weiter, und eine Lampe wurde angemacht. Durch eine Lücke in den Vorhängen sah ich, wie Dr. Franzen die Stirn runzelte und sich finster im Zimmer umsah, während er sich auf seinen schwarzen Gehstock stützte. Die Lampe erzeugte hässliche Schatten auf seinem Gesicht. Er kam näher … er würde uns finden … Panik stieg in mir auf, und ich unterdrückte einen Schrei.

Die Lampe ging aus. Er war weg. Seine schweren Schritte und das Tipp-Tapp des Stockes wurden leiser. »Wir können nicht wieder zurückgehen«, sagte Evie. Sie drehte sich um und hantierte am Fenster. Wunderbarerweise ließ es sich vollkommen problemlos öffnen, und wir kletterten so leise und schnell wir konnten nach draußen und landeten auf dem Gras, das vor dem Gebäude wuchs. Wir schlichen uns in den Schatten der Bäume, die den Zufahrtsweg säumten, und rannten dann, ohne noch einen Blick zurückzuwerfen, zum Schultor. Sarah wartete auf uns, ging unruhig auf und ab.

»Was für ein Glück, dass ihr es geschafft habt«, rief sie leise. »Habt ihr gemerkt, dass die Tür zur alten Treppe irgendwie verriegelt war, nachdem ich durchgegangen bin? Sie ist hinter mir zugeschlagen, und ich konnte sie für euch nicht mehr aufmachen. Tut mir leid, das ist bisher noch nie passiert.«

»Es spielt keine Rolle«, sagte ich. »Gehen wir einfach.« Ich atmete aus und versuchte, mich zu entspannen. Wir hatten die erste Hürde genommen. Wir hatten Dr. Franzen ausgetrickst, und das gab mir Zuversicht. Wir konnten es schaffen … wir konnten es schaffen …

Eine Minute später waren wir auf der anderen Seite des Schultors und liefen die Straße entlang. Möglicherweise war dies das letzte Mal, dass wir drei zusammen einen unserer mitternächtlichen Ausflüge machten, dachte ich. Wenn die ganze Sache hier vorbei und Lauras Geist weitergezogen war, würde ich allein an meiner großen Aufgabe arbeiten, meine Mutter zu befreien. Meine Freundinnen wollte ich da nicht mit reinziehen. Und wenn ich erfolgreich war, würde die Gefahr vorüber sein. Evies und Sarahs nächtliche Wanderungen würden nur der Liebe dienen, und meine Mutter würde keine Last mehr in meinem Leben sein. Sie würde Ruhe finden. Ich konnte sogar Lyntons Eltern treffen, ohne Angst haben zu müssen … aber daran durfte ich jetzt nicht denken. Wir eilten weiter. Wir konnten es schaffen.

Josh und Cal warteten ungeduldig am Ende des Weges in der Nähe der Abzweigung zum Friedhof. Sie waren beide so stark und jung und voller Leben. Ich hoffte plötzlich, dass sie voll und ganz das Risiko begriffen, das sie eingingen, indem sie uns bei unserer mystischen Aufgabe begleiteten. Wir zumindest hatten unsere Kräfte, um uns zu schützen; sie aber hatten nur ihre Loyalität zu den Mädchen, die sie liebten.

»Seid ihr sicher, dass ihr mitkommen wollt?«, fragte ich abrupt. »Es ist nicht fair, euch da mit reinzuziehen.«

»Natürlich wollen wir mitkommen«, antwortete Josh überrascht. »Ich kenne die unterirdischen Höhlen viel besser als ihr. Ihr werdet wieder meine Hilfe als Führer brauchen.«

»Und wenn Sarah mitgeht, gehe ich auch mit«, sagte Cal störrisch. »Das heißt, wenn du das möchtest«, fügte er hinzu und wandte sich an Sarah. Sie nahm seinen Arm. »Natürlich möchte ich das. Aber wir müssen alle sehr vorsichtig sein.«

»Wenn wir dann also alle entschlossen sind, können wir gehen«, sagte ich.

Es war eine raue Nacht, und ein bitterer Wind wehte.

Dicke Wolken sammelten sich und würden schon bald die Sterne verdecken. Wir hatten keine Zeit zum Gehen oder zum Reiten. Ich führte meine Freunde auf den geheimen Wegen zum Weißen Tor, und sie klammerten sich aneinander, als sie durch den wirbelnden Vortex der Luft glitten, um danach atemlos und erstaunt am Eingang der Höhlen wieder aufzutauchen.

Sarah hat bereits erzählt, wie die Reise vom Höhleneingang bis zum unterirdischen Königreich verlaufen ist, wo die Kinsfolk darauf warteten, dass sich ihre Geschichte vollendet. Deshalb muss ich die Dunkelheit nicht noch einmal beschreiben oder die steinernen Tunnel, in denen es beständig tropft, die erstickende Luftlosigkeit, die Geräusche und Echos, die durch die seltsam geformten Felsen hallen, das Gurgeln des eisigen Wassers … Josh führte uns gut, und wenn er Evie noch achtsamer und zärtlicher half als uns Übrigen, so konnte ich ihm das nicht übel nehmen. Irgendetwas umgab die beiden in dieser Nacht, irgendwelche geheimen Gedanken gingen zwischen Evie und dem Jungen, der sie schon so lange so geduldig liebte, hin und her. Ich bemerkte, dass er ihre Hand nahm, als sie über ein paar lose Steine stolperte, und dass sie sie danach nicht wegzog. Ihre Körper schienen in der Dunkelheit miteinander zu sprechen, und ihre Gedanken suchten einander und fanden Trost aneinander, während wir der Gefahr immer weiter entgegenschritten.

Schließlich erreichten wir die tiefe Höhle und den murmelnden schwarzen See, wo wir Kundar und seine Kinsfolk zum ersten Mal getroffen hatten.

»Sarah«, sagte ich, »könntest du jetzt bitte dein Volk herbeirufen?«

Sie nickte und nahm den Rucksack ab, um daraus die

Krone aus bronzenen Blättern zu nehmen. Cal setzte sie ihr stolz auf den dunklen Kopf. Dann reckte sie die Arme über das schimmernde Wasser und rief die Menschen der Erde an. »Kinsfolk, treue Krieger, erwacht aus eurem Schlaf. Eure Königin ruft euch.«

Wie warteten und sahen zu, strengten unsere Augen in der Dunkelheit an, die von allen Seiten wie näher kriechender Rauch an uns heranrückte. Unsere Taschenlampen blieben in der Düsternis fast wirkungslos.

»Sieh nur!« Cal packte Sarahs Arm. »Ich kann etwas sehen, da auf dem Wasser!«

Ein langes, aus einem ausgehöhlten Baumstamm bestehendes Boot glitt über den See auf uns zu. Ich konnte gerade eben so die zusammengekauerte Gestalt im bemalten Bug ausmachen, die ein Paddel aus Holz benutzte und es in regelmäßigen Abständen ins Wasser tauchte.

»Kundar, dem Himmel sei Dank!« Evie atmete erleichtert auf. Als er näher ans Ufer kam, erkannte ich sein hartes, wettergegerbtes Gesicht wieder. Wir wussten nicht genau, wie alt er war – tausend Jahre oder zweitausend? –, aber wir wussten, dass er absolut loyal war und wir ihm selbst an diesem finsteren Ort unser Leben anvertrauen konnten.

»Ich bin so froh, dich wiederzusehen, Kundar«, sagte Sarah und begrüßte ihn dankbar.

»Und ich freue mich über deinen Anblick, Königin meines Volkes. Ich bin gekommen, wie versprochen. Weit oben in der Überwelt wurde ein neuer Mond geboren. Die Zeit lächelt auf dich herab – im Augenblick. Eil dich, eil dich, kleine Königin, bevor die Zeit deine Freude abträgt. Beeil dich!«

Er wedelte mit den knochigen Armen und bedeutete

uns, alle in das Boot zu steigen. Sarah und Cal hielten sich an den Händen, während sie durch das flache, bitterkalte Wasser zum Boot gingen, gefolgt von Evie und Josh. Kundar stand auf, und das Boot schwankte. »Komm«, sagte er und streckte mir die Hand entgegen. »Komm mit uns, Windgeist, Lufttänzerin, Lichtträgerin. Komm in die Dunkelheit, und stelle dich deiner Bestimmung.«

Seine Worte hallten unheimlich durch die feuchte, luftlose Höhle. Ich hatte an diesem Ort so tief unter der Erde das Gefühl, als würde ich ersticken, aber ich reichte Kundar die Hand und sprang ins Boot.

»Dann bring uns also hin«, sagte ich. »Bring uns zum Auge der Zeit.«

Kundar stieß das Boot von den Untiefen ab und steuerte es gekonnt auf den See hinaus. Es war unmöglich, bis zum anderen Ufer zu sehen, und während wir weiter und weiter in der Dunkelheit dahinglitten, versuchte ich den Gedanken an die unbekannten Tiefen aus trübem Wasser unter uns zu vermeiden und an die Kreaturen, die sich dort aufhalten mochten. Kundar paddelte stetig weiter und summte dabei leise vor sich hin. Dann verringerte er die Geschwindigkeit, als wir – nicht ans andere Ufer, wie ich zuerst gedacht hatte, sondern zu einer furchteinflößenden Klippe aus festem Felsgestein kamen.

»Was hat das zu bedeuten, Kundar?«, fragte ich besorgt. »Wir können nicht weiterfahren.«

»Ich kann euch über die geheimen Wasserwege nach unten bringen«, sagte er. »Nur die Kinsfolk kennen diese Pfade jetzt noch.« Er ließ das Boot etwas näher an den Felsen herantreiben, und wir sahen plötzlich eine schmale Öffnung, die gerade breit genug war, dass das Boot durchpasste. Ich atmete nur noch mühsam, als Kundar uns in diesen Spalt hineinsteuerte und die Wände ganz nah an uns heranrückten. Evie drückte sich dicht an Josh, aber ich sah, dass Sarah groß und aufrecht mit der Krone aus Blättern auf dem Kopf vorn im Boot saß; sie schien sich in der Erde, bei den Wurzeln aller Dinge, ganz zuhause zu fühlen.

Die Steinwände sahen aus, als wären sie mit irgendeinem phosphoreszierenden Schleim überzogen, der trüb grünlich leuchtete. Ich befürchtete, dass das Boot jeden Moment stecken bleiben würde, aber Kundar behielt den Kurs bei, auch wenn die Decke manchmal so tief herunterkam, dass sie fast unsere Köpfe berührte. Es war, als würden wir Zoll für Zoll ins Herz der Erde fahren, die uns jeden Moment wie unbedeutende Insekten zermalmen konnte. »Mutter Erde, sei gütig zu uns«, betete ich. »Beschütze uns mit deiner gewaltigen Stärke, bitte. Bitte …«

Etwas veränderte sich in der Luft. Sie wurde kühler und frischer, das Wasser wurde flacher, und dann verließen wir den erstickenden Tunnel auf der anderen Seite. Das Boot kam langsam auf einer feinkörnigen Sandbank zum Halt, und wir stiegen dankbar aus. Wir befanden uns in einer Höhle aus glitzernden Kristallen, die von herabhängenden Bronzelampen erhellt wurde. In der Mitte stand eine massive, rechteckige Steinsäule, die bis zur Decke reichte. Sie war mit kunstvoll eingearbeiteten Gestalten und Mustern bedeckt, und ganz oben befand sich das Bild eines großen, sehenden Auges.

Kundar näherte sich der Säule als Erster, aber obwohl er auf ihre Wunder hinwies, achtete er sorgsam darauf, sie nicht zu berühren. »Seht nur! Die vier Seiten des Auges. Norden, Süden, Osten und Westen. Es sieht in alle Richtungen. Es sieht in die Vergangenheit, in die Gegenwart und in die Zukunft, und es sieht sogar, was hätte sein können.«

Ich starrte die Säule voller Ehrfurcht an. Sarah machte sich eilig daran, ihre Tasche auszupacken, nahm Kerzen und Kräuter und andere mystische Gegenstände heraus, wie auch das Buch der Überlieferungen.

»Was kommt als Nächstes?«, fragte Josh leise.

»Wir müssen Lauras Geist erreichen und mit ihr sprechen«, sagte ich, und Cal murmelte neben mir: »Ich hoffe, sie hört uns noch. Woher wissen wir, dass sie inzwischen nicht zu irgendeinem Dämon geworden ist?«

»Das wissen wir nicht«, antwortete Evie nervös.

»Wyldcliffe ist ein Land dunkler Geister«, sagte Kundar. »Zeitalter um Zeitalter zieht der Schatten über das Land, und wir werden verwirrt. Manchmal kommen Krankheiten, manchmal Krieg – manchmal das Böse.«

»Es ist auch ein Land der Wunder«, sagte ich ruhig. »Deshalb sind wir heute Nacht hier. Wegen eines Wunders.«

Aber etwas ließ mich zögern. Glaubte ich wirklich, dass ich die Macht hatte, das hier zu tun?

»Wir können es schaffen«, flüsterte Sarah, als hätte sie meine Gedanken gelesen. »Du kannst alles tun, was du willst, Helen.«

Die Höhle hallte von Erinnerungen wider. *»Ich denke, dass du alles tun kannst, was du tun willst. Du kannst alles sein, was du willst. Du kannst sogar glücklich sein, wenn du das möchtest. Du musst es nur glauben.«*

Ehe ich mich's versah, rief ich leise: »Genau das hat er gesagt!«

»Wer?«

Ich lächelte kurz und schüttelte den Kopf. »Niemand. Fangen wir an.«

»Dann zeig uns, was wir tun müssen, Helen«, sagte Cal. »Wir sollten nicht länger als unbedingt nötig hier unten bleiben.«

Ich ging langsam einmal ganz um die rechteckige Säule herum und starrte hinauf zu der Stelle, wo sie mit der glitzernden Decke verbunden war. Sie kam mir wie eine große Baumwurzel vor, die keinen Anfang und kein Ende hatte. Dann bemerkte ich einen langen, groben Stein, der neben der Säule lag und wie eine Bank oder ein Tisch wirkte. »Was ist das?«

»Ein Platz für Opfergaben«, sagte Kundar. »Um den Hunger der Zeit zu stillen. Gib, und dir wird gegeben werden.«

»Aber was sollen wir geben?« Ich sah die anderen an. »Was haben wir, das wir geben könnten?«

Es kam keine Antwort. Meine Freunde sahen einander unsicher an. Ich begriff, dass sie darauf warteten, von mir geführt zu werden, und ihr Vertrauen in mich berührte mich. Ich konnte dies tun. Ich konnte alles tun. »Ziehen wir den Kreis«, sagte ich.

Sarah und Cal legten einen großen Ring aus weißen Kieselsteinen um die Säule herum aus. Dann sagte Evie: »Wir brauchen Feuer für Agnes.« Sie und Josh machten noch einen Ring aus Kerzen, weiße für die Unschuld, purpurne für die Trauer, rote für das Leben. Ihre Flammen glühten wie Blumen. Evie nahm ein Fläschchen und goss ein bisschen Wasser, das im Kerzenlicht glitzerte, in eine runde Schüssel. Sie stand auf und berührte den Talisman leicht, der an ihrem Hals hing, und sagte: »Möge die Erde stark unter unseren Füßen sein. Möge das Feuer der Liebe unsere Taten leiten. Möge das Wasser des lebenden Flusses unsere Gedanken reinigen.«

Ich suchte in meinem Innern und verband mich mit meinen inneren Kräften, den Stürmen und Winden der Freiheit, die tief in mir verborgen waren. Ich hob die Hände, und eine sanfte Brise wehte durch die Kristallhöhle. Musik, hell und zart wie Sternenlicht, erklang. »Mächte der Luft«, sagte ich, »erhebt unsere Herzen über die Fehler der Vergangenheit. Mögen die Winde des Wandels unsere Herzen mit Gesang erfüllen.«

Josh reichte mir das Buch und trat dann mit Cal und Kundar ein Stück zur Seite. Ich schlug das Buch an einer beliebigen Stelle auf, und auf der Seite, die ich aufgeschlagen hatte, war das Bild des durch die Sterne reisenden Tierkreises zu sehen. Klare, schwungvolle Buchstaben besagten: »ZEIT IST, ZEIT WAR, ZEIT WIRD SEIN.« Es kam mir wie ein gutes Omen vor. Ich legte das Buch auf den Opferstein am Fuß der Säule und zog dann ein Stück gefaltetes Papier aus meiner Tasche. Es war die Zeichnung von Laura, die ich angefertigt hatte, eine Kopie des Fotos, das im Schlafsaal über Evies Bett hing. Ich legte die Zeichnung neben das Buch.

Ich war bereit.

»Laura«, rief ich. »Deine Jugend und dein Glück sind dir entrissen worden. Hoffnung, Freude und Freundschaft sind dir gestohlen worden. Um Wiedergutmachung zu leisten, geben wir dir, was wir können. Ich bitte das Auge der Zeit, auf das zu sehen, was hätte sein können, und ich gebe dir eine Freundschaft, die ich jetzt niemals erleben werde. Nimm von meiner Zukunft, um Lauras Vergangenheit zu heilen.« Während ich sprach, spürte ich, wie eine Woge von Energie meinen Körper verließ. Ein Kranz aus Licht glühte um Lauras Bild.

Evie war die nächste. »Ich gebe dir einen goldenen

Sommertag, den ich jetzt niemals erleben werde.« Die Aura um das Bild leuchtete erneut auf. »Lass das Licht stattdessen auf Laura scheinen.«

Jetzt trat Sarah vor. »Ich gebe dir einen Tag voller Hoffnung, die jetzt nicht auftauchen und mich trösten wird. Lass Laura stattdessen getröstet werden.« Das Bild glühte nun in einem beständigen Licht.

»Wir müssen alle das Beste opfern, das in uns ist«, sagte ich. »Laura wurde durch Hass zerstört. Wir müssen ihr unsere Liebe geben, um Wiedergutmachung zu leisten. Wir bieten ihr unsere Liebe.«

Evie und Sarah wiederholten leise: »Wir bieten ihr unsere Liebe.«

Ich wandte mich an die Jungen. »Ihr wolltet an unserer Aufgabe teilhaben. Werdet ihr Laura etwas geben?«

Cal streckte seine gebräunte, starke Hand zum Bild hin aus und sagte rau: »Ich biete meine Stärke, um zu dienen und zu beschützen.« Dann war Josh an der Reihe. Er hielt seine Hand ebenfalls in Richtung des Bildes von Laura, aber er sah Evie an, als er mit klarer, klingender Stimme sagte: »Im Namen des Talismans biete ich meine Liebe.« Dann trat er zurück und sagte leise zu Evie: »Ich habe sie dir geboten, seit wir uns das erste Mal gesehen haben.«

Einen Moment lang herrschte Schweigen; dann sang Kundar leise: »Es ist ein gutes Opfer. Jetzt müsst ihr eure Magie weben. Der Mond eilt rasch über den Himmel, und der Morgen galoppiert herbei wie die Pferde des Tals.«

Evie, Sarah und ich hielten uns im Kreis an den Händen und murmelten: »Agnes, Schwester des Feuers, sei bei uns heute Nacht!« Ich sah Lauras Bild an und rief: »Kind der Zeit, Kind der Natur, Kind des Lichts, komm zu uns!« Ich begann zu singen: »Kind der Schöpfung, Kind der

Sterne, Kind der Sonne, tritt aus den Schatten, erwache, erwache, erwache …«

»Erwache, erwache«, wiederholten Evie und Sarah, dann verstummten wir. Lauras Bild war zum Leben erwacht, wie ein Foto, das zu einem Film geworden war. Sie sah uns an, erwartungsvoll, aber auch verängstigt.

»Laura!«, rief ich. »Wirst du von deinen Fesseln ins Licht treten? Wirst du dein Gefängnis verlassen?«

»Ich möchte gern«, flüsterte Laura. »Aber ihr braucht stärkere Kräfte, um meine Fesseln zu brechen.« Ihr Bild schien zu verblassen und sich zu verzerren; dann verwandelte es sich wieder in eine leblose Zeichnung.

»Nein! Warte!«, sagte ich. »Warte!« Aber es war zu spät. Sie konnte uns nicht mehr hören.

»Es hat nicht funktioniert«, sagte ich bitterlich enttäuscht. Unser Kreis genügte nicht für diese Aufgabe. Unseren Kräften fehlte etwas. Evie hatte ihren Talisman, und Sarah trug ihre Krone. Aber was hatte ich? Welche Gabe brachte ich wirklich zu unserer heimlichen Zeremonie mit?

In diesem Moment wusste ich, was ich zu tun hatte. Dies war der Moment, das Siegel zu beanspruchen, nicht für mich selbst, sondern um jemandem zu helfen, die mehr gelitten hatte als ich. Ich schämte mich in diesem Moment, dass ich mich jemals über mein Leben beklagt hatte. Lauras Leben war vollkommen zerstört worden, während ich immer noch die Hoffnung hatte … ich hatte immer noch das Siegel.

Ich beeilte mich, die Brosche von meiner Kleidung zu lösen. Ich musste nur an meine Kräfte glauben und an meine Verbindung mit diesem Gegenstand und was er darstellte.

Und was war, wenn das Siegel antwortete? Würde dies bedeuten, dass ich mich für ein Leben des Dienstes anstelle der Erfüllung entschied? *Die Person, die dieses Siegel annimmt, wird niemals heiraten oder Kinder haben oder alt werden oder richtig sterben.* War ich wirklich bereit, dieses Opfer zu bringen, eine andere Entscheidung zu treffen, als meine Mutter es vor all den Jahren getan hatte? Ich dachte an Lynton und an meine heimlichen Hoffnungen. Konnte ich jemals von Lynton geliebt werden und ein »normales« Leben mit ihm führen? Oder war dies mein Schicksal: andere zu lieben und ohne Hoffnung auf Belohnung für sie zu arbeiten?

Ich starrte das Siegel an. Ein Kreis, der von zwei geschwungenen Linien durchkreuzt wurde. Leuchtende Flügel flogen vor der Sonne vorbei … Mein Herz schlug schneller; ich hatte Angst, aber ich war bereit, alles zu riskieren, um meine Aufgabe zu erfüllen. Ich wollte Laura retten. Ich wollte den Pfad der Heilung beschreiten. Und ich wusste, dass auch Lynton von mir wollen würde, dass ich das tat.

Jetzt … und jetzt … und jetzt …

Ich war bereit.

Ich stand im Zentrum des dunklen Herzens der Erde, unter dem Auge der Zeit. Wir hatten einen Kreis aus Flammen und Stein und Wind und Wasser gemacht. Wir waren alle in Freundschaft verbunden. Der Ort, an dem sich Kreise treffen und alle Pfade kreuzen. Ich legte das Siegel auf den Stein der Opfergaben und kniete davor nieder. Stumm zog ich mich in mein innerstes Selbst zurück und griff nach meinem heiligen Element. Ich sah die wirbelnden Gase des Universums sich bilden. Ich wurde der Wind, der über gewaltige Kontinente streicht, ich hauchte einem Neugeborenen den ersten Atem ein. Ich war Luft und Energie und unsichtbares Licht. Worte kamen, und ich sprach sie laut aus:

»Ich bin Feuer und Luft,
Ich bin Erde und Regen,
Alle Dinge treffen sich in mir
Und werden erneuert.«

Ich streckte die Hand aus und berührte die Brosche leicht dort, wo die beiden dolchähnlichen Stücke sich kreuzten. »Öffne dich«, befahl ich. »Ich bin bereit.«

Licht barst aus dem Siegel. Alles änderte sich. Ich stand oben auf dem Ridge im Steinkreis unter einem schwarzen Himmel, an dem die Sterne wirbelten. Die Zeit kehrte sich um. Der Wind – der Atem des Lebens – raste über das Land. Eine Gruppe strahlender Wesen sang überall um mich herum, und ich hielt das Siegel hoch über den Kopf, so dass sein Licht das ganze Tal von Wyldcliffe erhellte. Der Schatten eines Mädchens tauchte aus dem großen schwarzen Stein in der Mitte des Kreises auf. Sie kam langsam auf mich zu, und ihr Gesicht war voller Freude und Hoffnung.

»Laura!«

Dann war ich wieder in der unterirdischen Höhle, nahm sie mit der Kraft meines Willens vom Ort meiner Vision mit in die Welt aus Erde und Stein. »Laura«, rief ich. »Werde heute Nacht unsere Schwester! Tritt unserem Kreis bei! Verlasse dein Gefängnis, und begib dich in den Tanz von Leben und Tod! Wir geben dir unsere Kraft und unseren Mut. Wir geben dir das Licht, das für alle scheint, die jung sterben.«

Im nächsten Augenblick stand Laura vor uns. Sie war lebendig und unversehrt, und es schien ihr gut zu gehen – aber als Evie und Sarah auf sie zugingen, um sie zu umarmen, blies ihnen ein eisiger Wind entgegen und trieb sie zurück.

»Wir haben dich geweckt, Laura, nicht zum Leben, sondern um dir den Tod zu schenken. Wirst du durch das Tor schreiten? Nimmst du das Geschenk an?«

»Das tue ich.«

Ein ruhiges Lächeln trat auf Lauras Gesicht, und ein Licht schien in ihrem Innern. Ich befahl wieder dem Siegel, und der Wind verwandelte sich in einen Sturm aus wirbelnden Sternen und Licht und Musik, und die letzten Reste von Lauras Bindung wurden für immer weggeweht. Ihre umherirrende Seele war endlich frei, als sie diese Erde verließ und sich im Ewigen Licht auflöste. Die Seiten des Buches flatterten hin und her, und dann wurde es zugeschlagen.

»Sie ist weg«, flüsterte Evie und nahm Joshs Hand.

»Du hast es getan, Helen«, rief Sarah. »Du hast das Siegel endlich geöffnet!«

Es folgte ein Moment wilder Freude. Wir umarmten und küssten einander, und Tränen der Erleichterung flossen. Dann wandte Cal sich an mich. »Laura ist jetzt frei, oder? Sie ist ins nächste Leben übergetreten, und deine Mutter kann ihr nichts mehr anhaben.«

»Ja«, sagte ich dankbar. »Sie ist frei.« Ich atmete tief ein. Es war an der Zeit, ihnen die Wahrheit zu sagen. »Es gibt da etwas, das ich euch sagen muss. Ich muss euch ein Geständnis machen. Es hat mit meiner Mutter zu tun.«

Aber noch während ich sprach, zersprang der obere Teil der Säule in tausend Stücke. Die Säule achzte und zersplitterte mit einem donnernden Krachen, und die Priesterin stand in all ihrer makabren Herrlichkeit vor uns. Sie trug ein Gewand in Schwarz und Scharlachrot, und ihre Miene war so hart wie die Steine, die in einem Haufen um sie herum lagen. »Oh, Helen, Liebling. Du wirkst so überrascht, mich zu sehen, Kind.«

Cal und Josh sprangen auf, als wollten sie sie angreifen, aber ich hielt sie zurück. »Wartet! Geben wir ihr eine Gelegenheit zu sprechen.« Ich wandte mich an die furchterregende Vision, die der Geist meiner Mutter war. »Ich habe dir versprochen, dass ich mich um dich kümmern werde, nachdem Laura die Möglichkeit gewährt worden ist weiterzugehen. Jetzt kann ich dir helfen.«

»Ich brauche deine Hilfe nicht«, sagte die Priesterin kalt. »Ich konnte mich nicht selbst aus dem Fels befreien, aber Laura war mein Joker – mein Weg nach draußen. Ich wusste, dass der kleine Hinweis, sie wäre beim Auge der Zeit zu finden, genügen würde. Natürlich hast du dich so lange damit beschäftigt, bis du es herausgefunden hast.«

»Also, was … was ist passiert?«

Die Priesterin lachte schadenfroh. »Die Säule der Zeit ist die Wurzel des großen Steins auf dem Blackdown Ridge, in dem du mich in unserem letzten Kampf so raffiniert festgesetzt hast. Ich bewundere deine Fähigkeit, was das angeht, Helen. Doch, wirklich. Aber ich war dir immer einen Schritt voraus. Ich bin davon ausgegangen, dass deine enthusiastischen Versuche, mich einzusperren, eines Tages erfolgreich sein könnten, und ich wusste auch, dass Schuldgefühle an dir nagten, weil Laura zu einer Gebundenen Seele wurde. Ich habe gelogen, als ich sagte, dass sie mich verlassen hat. Als du mich gefangen hast, hast du auch sie gefangen, aber ich vermutete, dass du versuchen würdest, sie eines Tages zu befreien. Vor vielen Monaten habe ich ein Zeichen an Lauras jämmerlichem Geist angebracht, so dass in dem Fall, dass ich jemals Hilfe bräuchte, die Energie ihres Todes meinen eigenen Geist befreien würde. Ich war darauf vorbereitet, Laura ziehen zu lassen. Ich kann andere Gebundene Seelen haben – zehn oder hunderte oder tausende von ihnen! Ich war bereit, sie zu verlieren, um dafür den größeren Preis zu erlangen: Freiheit für mich und Versklavung für dich.«

»Aber alles, was du gesagt hast … tu das nicht«, flehte ich. »Es muss nicht so sein. Wir finden einen besseren Weg, wie wir es geplant hatten. Es ist noch nicht zu spät für dich.« Leise fügte ich hinzu: »Jede Seele ist es wert erlöst zu werden, sogar bis zum Ende, sogar deine. Hör mit diesem Wahnsinn auf. Lass mich dich heilen.«

Einen Augenblick lang wirkte sie überaus müde und alt. Dann versuchte sie, es mit einem Lachen zu vertreiben. »Was redest du für einen Unsinn!«

»Mutter, bitte …«

Sie grinste mich auf eine grässliche, wilde Weise an. »Wie rührend, dich das sagen zu hören. Ich glaube, du machst dir wirklich etwas aus mir, du arme Närrin. Und das hat alles umso leichter für mich gemacht. Ich musste nur mit ein paar Halbwahrheiten und ein bisschen falscher Demut dein Vertrauen gewinnen. Du hättest mich wie eine üble Krankheit meiden sollen, aber du hast geglaubt, was du glauben wolltest. Das hier hast du selbst heraufbeschworen. Als wir uns unterhalten haben – was hatten wir doch für nette Gespräche, Helen! –, habe ich gespürt, dass das Siegel auf deinen Ruf wartete. Aber ich wollte es zurückhaben, um es dieses Mal zu erobern. Ich werde dem Siegel nicht dienen – das Siegel wird mir dienen! Es wird der Priesterin gehören! Ihr alle werdet der Priesterin gehören!« Sie hob die Hand, um zuzuschlagen.

»Lauft! Lauft!«, rief ich. Kundar machte einen Satz nach vorn, schnappte sich das Buch und verschwand im Tunnel, durch den wir gekommen waren. Die anderen wirkten jedoch wie gelähmt und taten gar nichts. Ich warf mich vor sie. »Ich werde nicht zulassen, dass du meine Freunde anrührst!«

»Wirklich?« Mit einem Schlenker ihres Handgelenks schoss dunkle Energie wie ein Peitschenhieb vorwärts und umgab Evie, Sarah und die Jungen mit einer Mauer aus ebendieser Energie. Sie stürzten sich wild dagegen, um zu entkommen, aber sie waren gefangen. Ich musste mich der Priesterin allein stellen.

»Ich war bereit, dir zu trauen«, keuchte ich. Mir war elend vor Wut und Enttäuschung. »Ich wollte dir helfen, wollte dich lieben.«

»Wie edel und selbstlos von dir, Helen Black. Aber Selbstlosigkeit und Opferbereitschaft führen zu nichts Gutem«, erwiderte die Priesterin, als würde sie versuchen, einem störrischen Kind etwas zu erklären. »Siehst du, du hättest Laura ihrem Schicksal überlassen und mich für alle Ewigkeit in dem Fels eingesperrt lassen sollen. Du hättest das tun können, nicht wahr? Aber nein, du bist einfach zu nett, zu heldenhaft … du bist einfach zu dumm!«

»Ja, ich war dumm«, sagte ich voller Bitterkeit. »Also war alles, was du gesagt hast, eine Lüge?«

»Wie du siehst«, sagte Mrs. Hartle ironisch.

Ich senkte verzweifelt den Kopf. Jeder Alptraum, den ich jemals gehabt hatte, schien wahr zu werden. »Es war dumm von mir, mir vorzustellen, dass du mich jemals lieben könntest«, flüsterte ich.

»Liebe, Liebe, *Liebe* – deine Liebe macht mich krank. Ich habe etwas in meinem Herzen, das weit mächtiger ist als deine erbärmliche Liebe. Ich habe Hass und Rache! Ich habe dich vom ersten Moment an gehasst, da du geboren wurdest, Helen. Oh, ich gebe zu, dass ich deshalb ein paar leichte Gewissensbisse hatte. Früher einmal, vor langer Zeit, wollte ich eine Mutter sein – eine gute Mutter. Früher einmal war ich wie ihr alle, vergiftet mit diesem Makel der Liebe und Hoffnung und Freude und euren ganzen märchenhaften Gefühlsduseleien. Aber das war, bevor ich das Siegel angeboten bekommen habe. Danach konnte nichts mit der Herrlichkeit mithalten, auf die ich einen Blick erhascht hatte und die mir dann auf grausame Weise wieder entrissen wurde.«

»Sie ist dir nicht entrissen worden! Du hast das Siegel freiwillig aufgegeben! Abgesehen davon war das Siegel niemals dazu gedacht, dir Herrlichkeit zu verleihen – du hättest dich verpflichtet zu dienen.«

»Eine leichte Art zu dienen, die ewiges Leben und unendliche Macht im Gefolge gehabt hätte! Ich erkenne jetzt, dass ich das Siegel zu meinem eigenen Vorteil hätte nutzen können, aber ich war wie du. Ich war zu dumm – zu menschlich und zu anfällig, um dies damals begreifen zu können. Ich habe auf meine Ängste gelauscht und nein gesagt, und dann war es zu spät. Du kannst dir nicht vorstellen, wie qualvoll mein Bedauern war. Nichts hatte danach noch Bedeutung für mich. Ich habe dir gesagt, dass meine angeborenen Fähigkeiten geschwunden sind, nachdem ich das Siegel abgelehnt hatte, aber das stimmte nicht. Ich konnte immer noch alles tun, was ich vorher getan hatte, aber ich war allein und orientierungslos. Ich geriet in Panik. In dieser Zeit habe ich deinen armen schwachen Vater kennengelernt, aber ich bin seiner schnell müde geworden und fand andere Kameraden. Er hatte mir allerdings eines gegeben – ein Kind. Ich hatte dich. Ich dachte, es würde mich von meinem Verlust ablenken. Meine Tochter! *Du!*« Ihr Gesicht war jetzt wutverzerrt. »Im gleichen Augenblick, in dem du geboren wurdest, habe ich es gespürt. Meine wunderbaren mystischen Kräfte haben mich verlassen und sind auf dich übergegangen, als würde mein Lebensblut versickern. Du hast mich zerstört! Danach blieb mir gar nichts anderes übrig, als deinen Geist zu zerstören, um eines Tages das wiederzuerlangen, was du mir gestohlen hattest, und deine Kräfte – *meine* Kräfte! – wieder unter meine Kontrolle zu bringen. Und dieser Moment steht kurz bevor. Schon bald, schon sehr bald …«

Sie schloss verzückt die Augen, und wilder Jubel färbte jetzt ihre Stimme. »Bis dahin werden mich die geheimen Überlieferungen, die ich in den langen Jahren des Studiums in Wyldcliffe zusammengetragen habe, und die unsterbliche Energie meines dunklen Meisters ernähren. Er weiß, dass ich seine treue Dienerin bin, und er wird mich belohnen. Er ist der Ewige König der Unbesiegten Lords, der größte von all denen, die dem Tod entkommen sind und in den Schatten hausen, ein mächtiger Geist, der das Leben seinem armseligen Verlauf entrissen und es auf seine Weise neu erfunden hat. Er wird mich bis zum Ende unterstützen. Er hat mir versprochen, dass ich, wenn ich ihm gut diene, nicht nur seine Dienerin sein werde, sondern eine große Meisterin der Dunkelheit, für alle Ewigkeit. Und diese Schlüssel der Macht, die ihr nicht voll und ganz verstehen konntet, weil ihr zu dumm wart, werden ebenfalls meine sein und meine Kraft und meine Herrlichkeit verstärken!« Sie hob die Arme und stieß einen Schrei aus. Das Siegel, der Talisman und die Krone flogen durch die Luft zu ihr hin und wurden von einer Kugel aus grünem Licht umhüllt, die sich über dem Kopf der Priesterin drehte. »Diese mystischen Schlüssel werden mir nicht nur das geben, was du mir bieten kannst, Helen, sondern auch die Macht deiner geringeren Schwestern – Wasser, Feuer und Erde!«

»Die Schlüssel!« Ich stöhnte. »Also war es so einfach, wir hatten sie die ganze Zeit.« Ich griff hinauf nach der leuchtenden Kugel, die die Schlüssel enthielt, und versuchte, sie zurückzuholen, aber ein Hagel aus Feuerstößen stieß mich auf den Boden zurück. Ich hatte Schmerzen, aber ich spürte sie kaum, während ich vor Wut und Enttäuschung weinte. »Wieso haben wir das nicht erkannt? Wieso bin ich nicht darauf gekommen?«

»Oh, ich kann dir sagen, wieso nicht, liebste Helen. Weil du deine Gedanken darauf hättest richten sollen, deine Macht zu vergrößern. Du hättest versuchen sollen, mich zu zerstören, indem du diese Gegenstände nimmst und mit ihrer Hilfe die tiefsten Tiefen deiner mystischen Fähigkeiten auslotest. Aber wie immer hast du dich stattdessen von deinem jämmerlichen Heldenmut ablenken lassen. ›Oh, ich muss Laura retten – ich muss mich um meine Freunde kümmern – ich muss meine Mutter retten.‹ *Du und mich retten!* Was für eine lächerliche Anmaßung! Und außerdem haben deine Gedanken sich noch um etwas anderes gedreht, nicht wahr, Helen? Weiße Rosen und heimliche Treffen und dein schneller schlagendes Herz beim Anblick eines hübschen Gesichts … dein schöner Fremder.« Meine Mutter lachte wild, und ich sah Evie und Sarah einander erstaunt ansehen. »Du warst so beschäftigt mit deiner langweiligen kleinen Liebesgeschichte. Ich habe alles gesehen. Du hattest durch die Geister der Luft Kontakt mit meinem Geist aufgenommen, und ich ließ mich nicht so leicht abschütteln, wie du gedacht hast. Ich habe alles gesehen, und ich kann dir sagen, wie es enden wird. Du wirst deinen hübschen Musiker und alle deine Freunde verlassen und dich mir am Ende unterwerfen!«

»Niemals, niemals, niemals!«, schrie ich. »Lieber sterbe ich!«

»Dann wird das hier dir vielleicht helfen, deinen Geist zu konzentrieren.« Sie hob erneut die Arme und murmelte eine wilde Beschwörung, und die Wand, die meine Freunde festhielt, löste sich auf. Sie liefen zu mir, aber als Evie mir auf die Beine half, sah sie zu Josh hinüber und schrie auf. Mrs. Hartle schlug mit ihrer Peitsche aus Feuer auf ihn ein, und er war in ihren qualvollen Windungen gefangen.

Er fiel leblos zu Boden. Mit einem wahnsinnigen Triumphschrei zog die Priesterin ihr Gewand enger um sich. Dann griff sie nach der wirbelnden Kugel mit den Schlüsseln und verschwand in einer Wolke aus schwarzem Rauch. Als die Luft sich wieder geklärt hatte, sahen wir einander an, unfähig, etwas zu sagen. Josh und die Schlüssel waren weg.

Ich hatte getan, was ich mir vorgenommen hatte. Oh, wir hatten etwas Gutes und Edles getan, wie die Priesterin gesagt hatte. Wir hatten Laura befreit, aber meine Mutter hatte bereits zurückgeschlagen und sich gerächt. Sie hatte die Schlüssel mitgenommen und Josh entführt.

Dies war das Ende all unserer Pläne. Dies war unsere große Katastrophe.

Achtundzwanzig

Aus dem Tagebuch von Helen Black
31. Oktober, 5 Uhr morgens

Was habe ich getan? Wie kann ich diese furchtbare Katastrophe jemals überleben?

Evie steht unter Schock; sie ist wegen Josh tief getroffen. Sarah sagt, dass sie sein Gesicht gesehen hat, als er zu Boden gestürzt ist, und dass das Licht in seinen Augen erloschen war. Aber ich weiß nicht, ob diese Frau (die ich nie wieder meine Mutter nennen werde) tatsächlich zulassen würde, dass er in den Tod entkommt. Ist es nicht wahrscheinlicher, dass sie sich irgendeine barbarische Folter für ihn ausdenkt? Sie verliert Laura als Gebundene Seele und holt sich Josh als neuen Sklaven – das würde ihrem verdrehten Denken viel mehr entsprechen.

Armer Josh, sein einziges Verbrechen war, Evie zu lieben. Er hätte nicht mitkommen sollen, ich hätte dafür sorgen sollen, dass er zurückbleibt – Oh, ich hätte … ich hätte … ich hätte alles anders machen sollen!

Cal hat geschworen, jeden Zoll der Moors *und der Höhlen abzusuchen, um Josh – tot oder lebendig – zu finden, aber seit die Priesterin frei herumläuft, ist es nicht sicher für ihn, sich in den Hügeln von Wyldcliffe herumzutreiben. Was mit Josh passiert ist, könnte sich wiederholen. Aber Cal brannte so sehr darauf, etwas für seinen Freund zu tun, und daher ist er gegangen, und wir drei sind hier in der Schule. Nur wir drei, wie früher. Agnes bleibt stumm und verborgen, und ich kann meine Schwestern nicht trösten. Als wir in unsere Schlafzimmer zurückgekrochen sind, konnte ich es kaum ertragen, Sarah und Evie anzusehen.*

Ich musste ihnen sagen, dass ich mit meiner … mit der Priesterin Kontakt gehabt hatte. Dass ich mich hatte dazu verführen lassen, ihr zu vertrauen. Ich hatte ihre Aussagen über das Auge der Zeit blindlings geglaubt. Ich hatte sie in eine Falle geführt. Wie kann ich das jemals wiedergutmachen?

Sarah hat mich nach Lynton gefragt. Ich habe ihr gesagt, dass es nichts zu sagen gibt. Dass er nur ein Junge ist. Ein Musiker. Eine Verbindung, die der Musiklehrer hergestellt hat. Das war alles. Alles, was ich gefühlt und gehofft hatte, scheint jetzt nicht mehr real zu sein. Nur der Blick in Evies Augen ist real. Nur der Schmerz ist real.

Als wir schließlich vom Weißen Tor zurückkehrten, versteckten wir uns zuerst in der Grotte und versuchten, uns benommen vor Schmerz und Schock zu sammeln. Es kam uns unmöglich vor, dass wir schon wenige Stunden später wieder in das bedeutungslose Leben der Schule zurückkehren sollten.

Evie weinte nicht, und sie klagte auch nicht. »Jetzt weiß ich es«, sagte sie in einem trockenen, angespannten Flüsterton. »Jetzt weiß ich, dass ich ihn geliebt habe. Dieser Schmerz – das ist Liebe, nicht wahr? Das ist Liebe.«

Ja. Das war Liebe, diese Qual um des geliebten Menschen willen. Ich litt für meine Schwestern und für ihre Geliebten Josh und Cal. Aber ich würde niemals, niemals wieder eine einzige Träne für meine Mutter vergießen. Ich erinnerte mich deutlich an das, was Miss Scratton gesagt hatte: *In einem Teil ihres traurigen Herzens liebt sie dich immer noch, was ihren Hass und ihre Angst und ihre Wut umso schrecklicher macht. Ihre Liebe ist pervertiert worden. Sie nährt jetzt ihren Hass. Die Priesterin wird versuchen, dich zu zerstören – euch alle –, ganz Wyldcliffe, um die letzten Spuren dieser Liebe aus ihrer Seele zu reißen …*

Nun, jetzt hatte sie mir auch die letzten Reste der Liebe, die ich jemals für sie empfunden hatte, aus der Seele gerissen. Ich wusste nicht, ob ich jemals in der Lage sein würde, ihr zu vergeben, aber ich wusste, dass ich allein war, und meine schreckliche Einsamkeit würde mir die Kraft geben, bis zum Ende gegen sie zu kämpfen.

Schließlich mussten wir im ersten Licht des neuen Tages in die Schlafsäle zurückkehren. Evie lag zusammengekauert mit trockenen Augen schweigend auf ihrem Bett, während ich fieberhaft und verzweifelt in mein Tagebuch schrieb und versuchte, in dem, was geschehen war, einen Sinn zu erkennen. Schon bald läutete die Glocke, und wir mussten aufstehen und so tun, als wäre alles ganz normal. Es kam uns unglaublich vor, dass um uns herum das Leben seinen ganz gewöhnlichen Gang nahm. Unterrichtsstunden, Mahlzeiten, Gebete, Lachen; Mädchen, die Hockey spielten, Mädchen, die Französisch sprachen, Mädchen, die sich unterhielten und miteinander tuschelten und sich ihre Träume mitteilten, sich nach etwas ganz anderem sehnten. Ich erhaschte einen Blick auf Velvet. Sie brüstete sich mit dem Martyrium ihrer nächtlichen Strafe und erklärte, sie rechne damit, dass ihr Vater schon bald kommen und sie von hier wegholen würde. Ich hoffte, dass sie Recht hatte. Jetzt, da die Priesterin zurück war, hätte ich am liebsten alle Schülerinnen aus Wyldcliffe weggeschafft.

Der Tag verging. Die Zeit blieb nicht stehen, nicht einmal für unseren Kummer. Beim Abendessen hatten wir immer noch nichts von Cal und erst recht keine Neuigkeiten über Josh gehört. Unsere Qual ihretwegen dauerte an, aber es gab nichts, das wir hätten tun können. Am Ende der Mahlzeit, noch vor dem Gebet, richtete sich Mrs. Hetherington an die Schülerinnen und erinnerte alle daran, dass an diesem Abend die große Probe für das Gedenkkonzert stattfinden würde. Das hatte ich ganz vergessen. Lynton würde da sein, dachte ich leer, aber wieso sollte das jetzt noch von Bedeutung sein? Ich fühlte mich so alt, so müde und so voller Schuldgefühle und Sorgen wegen all dem, was ich falsch gemacht hatte. Es war schwer, mir vorzustellen, dass ich jemals an seine Liebe geglaubt hatte.

Miss Hetherington beauftragte die Schülerinnen, sich nach dem Essen in der Ruine der Kapelle zu versammeln, wo alle Jahre wieder die Gedenkprozession stattfand. Es kümmerte mich nicht mehr, ob ich sang oder nicht; mich kümmerte gar nichts mehr, abgesehen davon, dass wir Josh finden und die Schlüssel zurückbekommen mussten. Und dann mussten wir die Priesterin besiegen, für immer, um jeden Preis. Ich würde alles geben, *alles*, um sie aus unserem Leben zu befördern.

Mr. Brooke hatte die Verantwortung für die Probe, und er teilte auch die Schülerinnen ein, die die Musikinstrumente zur Kapelle hinunterschafften. Aber in Wirklichkeit war *er* es – Dr. Franzen –, der alles kontrollierte. Er strich wie ein Gefängniswärter herum, musterte alle und jeden, erteilte Befehle und sorgte dafür, dass er nicht übersehen wurde. Wir alle mussten mit anpacken, mussten Stühle und etliches mehr nach unten tragen, und ich erhielt die

Aufgabe, mich um eine kleine Gruppe jüngerer Schülerinnen zu kümmern, die sich darauf vorbereiteten, ein einfaches Stück auf der Violine zu spielen. Während ich ihnen half, hörte ich, wie Mr. Brooke mit Dr. Franzen sprach.

»Äh … entschuldigen Sie bitte, Master, aber ich werde das Gefühl nicht los – bei allem nötigen Respekt –, dass es glatter von der Bühne gehen würde, wenn wir die Erlaubnis hätten, drinnen zu proben – vielleicht im Speisesaal oder sogar im Ballsaal. Um diese Jahreszeit ist es draußen kalt und feucht, das ist weder für die Instrumente noch für die Stimmbänder der Mädchen gut. Ich muss Sie bitten, Ihre Idee noch einmal zu überdenken.«

»Sie überraschen mich, Mr. Brooke, wirklich. Ich habe meine Meinung zu dem Thema bereits kundgetan. Sie wissen nur zu gut, dass die Gedenkfeier für Lady Agnes jedes Jahr in der Ruine der Kapelle stattfindet. Das war eine der Bedingungen im Testament ihres Vaters, die für jeden galten, der nach dem Tod des letzten Templeton die Abtei übernahm. Wir sind rechtlich und moralisch daran gebunden, uns an diese Bedingungen zu halten. So ist es hier Tradition, und wir sollten sie aufrechthalten. Ein bisschen kalte Luft hat noch niemandem geschadet.«

»Aber es ist wirklich …«

»Mr. Brooke, wir erziehen unsere jungen Frauen zu Disziplin und Mut und nicht dazu, beim ersten Hauch von Frost ins Haus zu laufen. Abgesehen davon wird dieses Ereignis mit den Lichtern und der Musik und dem ganzen Drumherum ziemlich spektakulär werden, das kann ich Ihnen versprechen. Ich bin mir sicher, dass alle vom Ergebnis begeistert sein werden. Und wir haben viel Zeit, um die Einzelheiten bis zur richtigen Vorstellung im Dezember zu … äh … zu glätten.«

»Ich glaube trotzdem nicht …«

»Es ist von wesentlicher Bedeutung, dass das Konzert – und die Probe – in der Ruine der Kapelle stattfinden. Ohne diese atemberaubende Kulisse würde alles ziemlich bedeutungslos wirken. Also, wo ist das Problem, Mr. Brooke? Sie haben doch nicht etwa Angst vor der Herausforderung, oder?«

Ich sah Dr. Franzen herzlich lächeln, aber in seiner Stimme schwang eine unterschwellige Drohung mit, als er weiterging und Mr. Brooke stehen ließ, der noch unbedeutender als sonst wirkte, und klein und besiegt.

Schließlich hatte sich die ganze Schule in dem verfallenen Gemäuer versammelt, sowohl die Schülerinnen als auch die Lehrerschaft. Der Platz, wo einmal der Altar gestanden hatte, war für diejenigen reserviert worden, die etwas vortrugen. Die Mistresses stellten sich in einem großen Halbkreis hinter ihnen auf, eingehüllt in ihre dunklen Lehrergewänder. Wir Übrigen begaben uns dorthin, wo sich früher, in den alten Tagen, die Nonnen versammelt hatten, um zu huldigen. Wir zitterten vor Kälte in unseren Winteruniformen. Die jüngsten Mädchen wirkten beeindruckt von dem dramatischen Anblick der von Fackeln erleuchteten Ruine, und während wir – angeleitet von Mr. Brooke – die erste Hymne zu singen begannen, sah ich, wie Lynton am Ende der Reihe der Lehrerinnen an seinen Platz glitt. Er hatte seine Flöte bei sich, und als er mich sah, lächelte er. Ich versuchte zurückzulächeln, aber es gelang mir nicht. Ich hatte das Gefühl, ich würde nie wieder lächeln können. Die ganze Übung war für mich völlig bedeutungslos. Dr. Franzen machte sich nichts aus dem Andenken von Lady Agnes, nur aus dem Pomp und aus der Vorführung und der Möglichkeit, alle in die eiskalte

Nacht zu zerren und ihnen zu zeigen, dass Wyldcliffe sich noch an die Traditionen hielt.

Beim nächsten Stück handelte es sich um ein langsames Beerdigungs-Requiem, das sowohl von den Schülerinnen als auch den Lehrkräften gesungen wurde, die jeweils eine dunkle Kerze in der Hand hielten, deren Flamme im Wind flackerte. Während der lauter werdende Gesang in der Ruine widerhallte und ein düsteres Crescendo erreichte, schien es, als würden sich andere Stimmen hinzugesellen und die Musik um tiefe Töne voll wilder Verzweiflung ergänzen. Ich sah mich unsicher um; ich spürte, dass etwas nicht stimmte. Evie und Sarah folgten meinem Blick. Aus der Dunkelheit jenseits der Kapelle näherten sich in Kapuzenmäntel gehüllte Frauen, und als die Brise ihre Umhänge hochwirbelte, konnten wir sehen, dass ihre Gesichter Totenschädel und ihre Kleider Fetzen waren.

Es waren die Toten, herbeigerufen durch die verborgene Macht, die unter der Musik pulsierte. Es waren die Toten, die kamen, um die Lebenden als Opfer auszusuchen. Es waren die Toten, die allerersten Schwestern der Dunkelheit, die aus ihren Gräbern gestiegen waren, um erneut die Unschuldigen zu quälen.

»Aufhören!«, rief ich ihnen zu. »Kehrt um!« Aber es war ungefähr so, als hätte ich dem Meer befohlen, nicht mehr gegen das Ufer zu branden. Einige der Mädchen drehten sich zu mir um und sahen mich an, und als sie das taten, erblickten sie die widerlichen Gestalten, die sich um uns herum versammelten, und begannen zu schreien. Andere lachten unsicher auf, da sie dachten, es würde sich um eine Art ausgeklügelten Halloween-Auftritt handeln. Miss Hetherington versuchte, für Ordnung zu sorgen, aber Dr. Franzen brüllte: »Ruhe!«

Alle verharrten. Die Musik verstummte, aber ein unheimlicher Trommelschlag hallte weiter durch die Nacht, wurde lauter und lauter. Mr. Brooke rief: »Nein! Lauft! Ihr alle – lauft!«

Ein gewaltiges Krachen erklang, und der grüne Hügel des alten Altars zerbarst in zwei Hälften, brach aus wie ein Vulkan. Alle schrien und duckten sich, und nachdem sich Trümmer und Staub und Rauch gelegt hatten, war *sie* da – mein Schicksal, meine Feindin, meine Schande.

Die Priesterin war zur Abtei Wyldcliffe zurückgekehrt, und sie war dunkel und hager, aber erfüllt von neuer Macht. Miss Dalrymple trat vor und führte den wilden Jubelgesang an, der von den Schwestern der Dunkelheit kam, unterstützte ihre Führerin jetzt ganz offen. Miss Schofield war eine von ihnen und auch die Mathematiklehrerin Miss Houseman sowie eine Handvoll anderer. Sie wurden von Frauen ergänzt, die zum Küchenpersonal gehörten, und von der Frau vom Postamt im Dorf wie auch von fremden Gesichtern, die ich noch nie gesehen hatte. Und die ganze Zeit kamen die grässlichen wandelnden Toten, die Schwestern der Dunkelheit aus Wyldcliffes Vergangenheit, näher und näher. Sie waren Überreste der allerersten Frauen, die Sebastian in der Zeit seines Wahnsinns als Hexenzirkel um sich geschart hatte, und als sie schließlich stehen blieben, bildeten sie einen undurchlässigen Kreis, der die erschrockenen Schülerinnen und Lehrerinnen in der Ruine gefangen hielt.

Dr. Franzen sprach jetzt. »Die wahre Mistress von Wyldcliffe ist zurückgekehrt«, rief er. »Wir verachten die Verräterin Agnes Templeton. Verneigt euch stattdessen vor unserer Priesterin! Ehrt sie!«

Niemand rührte sich. Evie neben mir schnappte nach

Luft. »Agnes. Agnes, hilf uns.« Aber ich war einen Moment lang wie erstarrt. Ich konnte in alldem keinerlei Sinn erkennen. Dr. Franzen und meine Mutter waren irgendwie miteinander verbunden. Dr. Franzen und meine Mutter … Hatte sie gewusst, wer er war? Hatte sie gewusst, was er mir angetan hatte?

»Tut, was ich sage!«, rief Dr. Franzen den erschrockenen Schülerinnen unwirsch zu.

Ich machte einen Satz nach vorn und stürzte mich auf ihn. »Tun Sie ihnen nichts!«, rief ich. »Ich lasse nicht zu, dass Sie ihnen etwas tun!« Aber er war immer noch so stark wie früher. Er schleuderte mich zur Seite, und Miss Hetherington rief: »Aufhören! Dr. Franzen, lassen Sie die Mädchen ins Haus gehen, beenden Sie diesen Wahnsinn.«

Dr. Franzen wandte sich ihr zu und lächelte langsam. »Sie wollen, dass es endet? Gern.« Er hob den Gehstock und deutete damit auf sie. Eine Zunge aus blauem Feuer schoss aus dem Stockende heraus. Mr. Brooke warf sich vor Miss Hetherington und wurde von dem Energiestoß mitten in die Brust getroffen. Er verharrte einen Moment in dieser Position, dann brach er auf dem Boden zusammen.

Schweigen.

Sämtliche Blicke richteten sich auf die Gestalt von Mr. Brooke. Miss Hetherington zitterte, als sie auf ihn hinunterstarrte. Dr. Franzen stupste den Musiklehrer mit dem Fuß an. »Er hat Glück«, sagte er. »Er ist tot. Der Nächste, der sich mir widersetzt, wird weniger Glück haben.«

Jetzt brach die Hölle los. Überall schrien Mädchen, weinten und versuchten wegzulaufen. Ich sah, wie Evie von einer Gruppe entsetzter Schülerinnen niedergeschlagen wurde, die in ihrer Hysterie nur darauf aus waren wegzukommen. Niemand allerdings wagte es, den Kreis der furchterregenden Toten von Wyldcliffe zu durchbrechen.

Die Priesterin richtete sich auf und rief: »Hört mir zu! Niemandem wird etwas geschehen, wenn ihr tut, was man euch sagt. Wir sind nicht euretwegen hier!« Sie drehte sich um und sah mich an, zwang mich mit ihrem Willen, ihrem Blick zu begegnen. »Du weißt, was wir wollen, Helen. Du bist es, die den Schlüssel des Schicksals deiner Freunde hier in den Händen hält. Komm zu uns, und wir werden sie gehen lassen.«

»Nein!«, rief Sarah. »Helen, hör nicht auf sie.«

»Sei still, Erdkind! Sie wird zuhören, und sie wird gehorchen. Wenn nicht, wird sie die Konsequenzen tragen müssen.«

»Ich werde niemals wieder auf dich hören«, keuchte ich.

»Na schön«, sagte sie. »Dann ist das hier dein Werk.«

Dr. Franzen und die Schwestern der Dunkelheit lachten und heulten, als die Priesterin eine Peitsche aus Feuer aus der Luft griff. Während sie sich darauf vorbereitete, mit ihr auf die sich duckenden Schülerinnen einzuschlagen, hörte ich, wie eine Stimme nach mir rief.

»Helen!« Es war Lynton. Mitten in der wogenden Masse von Körpern sah ich sein blasses Gesicht und seine strahlenden Augen. Eine Sekunde lang drückte er meine Hand; dann wurde er von Dr. Franzen zurückgezerrt, der zischte: »Was tust du hier? Schafft ihn weg!«

Im nächsten Moment war Lynton von den Dunklen Schwestern umgeben, und Dr. Franzen verabreichte ihm einen wilden Hieb mit seinem Stock.

»Schafft ihn von hier weg«, befahl er. »Er gehört nicht nach Wyldcliffe.« Die Frauen packten Lynton, der nur noch halb bei Bewusstsein war, und begannen ihn wegzuzerren. Sie wurden augenblicklich von der Menge verschluckt, während die Priesterin mit ihrer lodernden Peitsche um sich schlug; ich konnte nicht erkennen, wohin sie gingen. Überall herrschte nur noch Schmerz und Verwirrung und Kampf. Ein Kreis aus Flammen und Rauch wirbelte wie ein höllischer Tornado über der Ruine. Wildes Getrommel erklang, und die Schwestern der Toten gaben schreckliche, schnatternde Beschwörungen von sich. Die Mädchen um mich herum schrien alle, hielten sich Augen und Ohren zu und warfen sich vor Qual auf den Boden.

Eine riesige Säule aus Rauch und Asche erhob sich über der Ruine der Kapelle. Mein Herz zog sich vor Verzweiflung zusammen, als ich einen Schatten in den wabernden Schwaden sah: das hochgewachsene Wrack eines einst bedeutenden Mannes mit einem auf schreckliche Weise schönen und stolzen Gesicht. Er trug eine stählerne Rüstung, und in seinen Augenhöhlen brannten Flammen. Die Priesterin warf sich ehrfurchtsvoll und huldigend zu Boden, und Dr. Franzen senkte den Kopf. Es war der Ewige König der Unbesiegten Lords, der niemals vergehen würde, bis die Erde selbst an ihrem Ende war oder bis eine größere Macht sich erhob und deren Übel ausrottete. Dieser Dunkle König hätte Sebastian fast in sein Reich gezerrt, und jetzt hungerte er nach weiteren Seelen, die ihm als Dämonen und Sklaven dienen sollten. Ich hatte das Gefühl, ohnmächtig zu werden – er war gekommen, um uns alle zu holen. Es war vorbei, wir hatten verloren …

Seine Stimme tönte voll und trocken wie ein Todesrasseln, als er mit der Priesterin sprach. »Vollende mein Werk«, befahl er. »Verbreite mein Königreich.« Sie ließ ihre Peitsche wieder knallen, und hunderte von winzigen Pfeilen aus schwarzem Feuer fielen auf die erschreckte Menge, stachen und piekten sie wie eine Mückenplage. Dann wurde alles still. Die Flammen und der Rauch verzogen sich in die Nacht und verschwanden. Der König der Dunkelheit kehrte in die Schatten zurück. Es gab keine Schreie mehr und keine Kämpfe. Niemand weinte mehr, alles war ruhig.

Sämtliche Schülerinnen und Lehrerinnen saßen in ordentlichen Reihen da und starrten mit ausdruckslosen, gelassenen Mienen vor sich hin. Nur diejenigen Frauen, die sich offen als Mitglieder des Hexenzirkels offenbart hatten, schwärmten jetzt um die Priesterin herum, die lauthals jubilierte.

»Siehst du, Helen, was ich alles tun kann!«, rief sie. »Sie gehören alle mir, sie sind unter meiner Kontrolle. Sie gehören ebenso der Priesterin wie du, und zwar schon bald!«

Ich lief nach vorn und packte Evie am Arm, schüttelte sie verzweifelt, um sie aufzuwecken, aber sie antwortete nicht. Sie sah mich einfach nur mit leeren Augen an. Ich wich entsetzt einen Schritt zurück. »Sarah!«, rief ich, »hilf mir!«

Sarah wandte mir ihren Blick zu und sagte mit tonloser, hypnotisierter Stimme: »Helen, Liebes, was ist los? Du siehst ziemlich unelegant aus. Beruhige dich. Vergiss nicht, du bist eine Lady – du bist in Wyldcliffe.«

»Das ist alles, was sie jetzt noch sind, vollkommene junge Ladys, die keinen Gedanken an sich selbst verschwenden«, prahlte die Priesterin. »Und sie werden noch mehr zu erdulden haben, wenn du mir nicht gehorchst.«

Ich sah mich hektisch um und fand überall vertraute Gesichter – Camilla, Jane, Alice, die Gruppe von kleinen Mädchen, die immer noch ihre Violinen festhielten, Celeste und Sophie und sogar Velvet, und alle hatten den gleichen leeren, vollkommenen und nichtssagenden Gesichtsausdruck. »Was … was meinst du damit?«, stammelte ich.

»Dies ist nur der erste Schritt. Morgen werde ich sie alle in Gebundene Seelen verwandeln und ihnen ihre Jugend und Kraft nehmen und mich davon ernähren. Sie werden ewige Sklaven werden, eine Opfergabe an den Ewigen König. Was könnte besser sein? Und meine Schwestern und mein treuer Freund werden mir helfen.« Sie drehte sich um und nickte dem kriecherischen Haufen des Hexenzirkels und Dr. Franzen zu, der ein bisschen abseits stand.

»Sie!«, keuchte ich. »Sie haben mit alldem zu tun! Aber wie? Das verstehe ich nicht!«

»Dabei hast du doch sonst eine so rasche Auffassungs- und Kombinationsgabe, Helen«, sagte Dr. Franzen mit einer verächtlichen, spöttischen Verbeugung. »Aber ich werde dir die Mühe ersparen, alles selbst zusammenzusetzen. Behalte deine Energie für die Aufgabe, die wir für dich ausersehen haben. Weißt du«, sprach er mit einem grausamen Unterton weiter, »deine Mutter hat sich nie etwas aus deinem Vater gemacht. Er war ein schwacher, langweiliger Mann, der nicht über sein gewöhnliches Leben hinaussehen konnte, wie all die anderen Millionen gewöhnlicher, wertloser Menschen. Aber deine Mutter und ich waren uns ähnlich. Wir haben nach Höherem gestrebt.

Sie und ich sind schließlich ein Paar geworden, wenn es auch nicht die Liebe war, die uns zueinander hingezogen hat. Es war unser Verlangen danach, die verbotenen Künste kennenzulernen.« Er kam näher, und ich fing an zu zittern. »Ich habe die Menschheit lange und ausgiebig studiert, und ich bin ein sehr bekannter Arzt und psychologischer Experte geworden, aber meine wahren Studien waren sehr viel tiefgründiger und schrecklicher. Denn mich haben vor allem die dunkelsten Geheimnisse der Menschheit fasziniert. Ich habe entdeckt, dass bestimmte mutige Individuen wie die Unbesiegten Lords im Laufe der Jahrhunderte gelernt haben, ihr Schicksal zu steuern und sich über die gewöhnliche Masse zu erheben, und zwar mit Hilfe von uralter, mächtiger Zauberei. Ich nahm mir vor, zu werden wie sie – und der größte Zauberer unseres Jahrhunderts. Und ich war erfolgreich.

Ach, Helen«, sprach er weiter. »Ich kenne Geheimnisse von jenseits des Grabes. Ich kenne Beschwörungen, mit denen man die Toten erweckt. Ich kenne Gifte, mit denen man das im Mutterleib lebende Kind erstickt. Meine Inspiration waren deine Mutter und die Kräfte, die sie besaß. Aber als du geboren wurdest, hast du ihr diese Kräfte gestohlen, und so gab sie dich in meine Obhut im Waisenhaus mit dem ausdrücklichen Wunsch, deinen Geist zu brechen.« Er strich mir leicht über das Gesicht, und ich würgte bei der Berührung. »Ich war grausam, nicht wahr, Helen? Ich bekenne, dass ich es genossen habe, dir Schmerz zuzufügen; es war, als würde ich ein hilfloses Tier in meinen Händen zerdrücken … und ich habe dich für das gehasst, was du meinem Liebling Celia angetan hast. Alles, was du ihr genommen hast, hätte auch mir gehört; alles, was ich dir an Qual und Pein angetan habe, war die Strafe dafür. Aber ich versichere dir, dass es nur zu deinem Wohle war, um dich für später gefügig zu machen, wenn deine Mutter dich wieder beanspruchen und dich in unsere Wege einweihen würde. Aber obwohl ich dich auf jede erdenkliche Weise leiden ließ, bist du stur und störrisch geblieben. Nicht einmal jetzt kannst du erkennen, was der beste und leichteste Weg für dich wäre – nämlich zu uns zu kommen.«

Mir war elend. Meine eigene Mutter hatte mich also in die Hände dieses Ungeheuers gegeben. Und doch hatte ich auch das Gefühl, als würde ich mich aus einem langen und hoffnungslosen Kampf befreien. Hiermit wurden die letzten Bande zwischen uns zerschnitten. Meine Kindheit war vorüber. Was immer Celia Hartle getan hatte oder nicht getan hatte, als ich aufgewachsen war, lag in der Vergangenheit. Sie und ihr Geliebter hatten mich beide gehasst, aber ich musste ihre Arbeit nicht mehr fortsetzen. Ich musste mich nicht mehr selbst hassen. Es war vorüber. Eine Woge von Energie und Stärke durchlief mich, als ich mich Dr. Franzen zuwandte.

»Ich werde nicht zu euch kommen«, sagte ich. »Sie halten sich für einen großen Zauberer, aber Sie sind nichts weiter als ein Sadist und Schwindler. Ein gemeiner Mörder! In einem Atemzug von mir liegt mehr Macht, als Sie jemals erleben werden.«

»Sprich nicht so mit deinem Herrn!«, rief die Priesterin. »Er ist mein Gefährte, mein irdischer Partner, und du wirst ihm Respekt erweisen! Aber wenn du uns nicht um deiner selbst willen beitrittst, wieso dann nicht, um deinen Freundinnen zu helfen? Willst du wirklich erleben, dass all die unschuldigen Mädchen zu Gebundenen Seelen werden? Und ich denke … ja, ich denke, ich werde mit diesen beiden hier anfangen.« Sie ging zu der Stelle, wo Evie und Sarah nebeneinandersaßen, und lachte ihnen ins Gesicht.

»Rühr sie nicht an!« Ich stürzte zu ihr, aber die Schwestern der Dunkelheit hielten mich zurück. Ich sah Miss Dalrymples triumphierenden Blick, als sie mir den Arm hinter dem Rücken verdrehte, bis ich schon dachte, sie würde ihn mir brechen. »Es kümmert mich nicht – es kümmert mich nicht, was ihr mir antut«, schluchzte ich. »Aber tu Sarah und Evie nichts, bitte. Ich flehe dich an.«

»Oh, wie schnell und leicht ich dich dazu gebracht habe zu betteln«, erwiderte die Priesterin höhnisch. »Das gefällt mir mehr, als ich sagen kann, Helen.« Sie sah mir geradewegs in die Augen. »Oh, Helen, Helen, wie anders hätte alles sein können. Wenn du nur von Anfang an mitgemacht hättest. Ich habe es mir so sehr gewünscht, als du nach Wyldcliffe gekommen bist. Wir hätten wirklich Mutter und Tochter sein und unsere Kräfte miteinander teilen können.«

Ich spuckte ihr ins Gesicht, und sie wich wütend zurück. Sie klatschte in die Hände, und Schmerz drang in jeden Zoll meines Körpers. Aber ich lachte, während ich zugleich schluchzte und keuchte: »Es kümmert mich nicht, du kannst mich nie wieder wirklich verletzen. Und deine Art von Macht lässt sich nicht teilen. Sie ist gierig und bösartig und selbstbezogen; du wirst niemals mehr sein als die Sklavin deines Meisters der Dunkelheit – aber ich, ich bin frei!«

»Und du wirst deine kostbare Freiheit dazu nutzen, mir zu sagen, wie ich diese Zeichen benutzen kann! Öffne diese Schlüssel und lass mich ihre Macht an mich nehmen!« Sie schnippte mit den Fingern, und die Kugel aus grünem

Feuer, die wir schon zuvor gesehen hatten, begann sich vor meinen Augen zu drehen. Unsere Schätze waren immer noch darin eingeschlossen. Die Schönheit und Reinheit des Talismans, das Siegel und die Krone schimmerten hindurch und gaben mir Hoffnung.

»Ich weiß, dass der Talisman der Schlüssel zu Feuer und Wasser ist«, sprach sie weiter. »Und die Krone beschwört den schweren Geist der Erde. Das Siegel hat mir gehört und wird wieder mir gehören. Wenn du diese Geheimnisse für mich öffnest, verspreche ich dir sogar, dass ich weit von Wyldcliffe weggehen und meine Kräfte woanders benutzen werde, dass ich dich und diese anderen dummen Mädchen hier in Frieden lassen werde. Verstehst du, ich bin nicht so gierig, wie du denkst, Helen. Ich will nicht die ganze Erde erobern, nur ein kleines Stück davon. Also tu, was ich sage, und verrate mir das Geheimnis der Schlüssel!«

Wie konnte ich das, wenn ich es doch nicht einmal selbst kannte? Alles, was wir bisher getan hatten, war unseren Herzen entsprungen, als wir dem Mystischen Weg folgten, und nicht irgendeiner komplizierten Überlieferung. Und dann kehrte alles zu mir zurück – alles, was ich tief in meinem Herzen wusste, blitzte vor meinen Augen auf und hallte in meinem Geist wider: die Botschaft von Miss Scratton – *Er öffnet jede Tür* – und ich hörte Agnes wieder sanft sprechen, *Öffne dein Herz, lerne zu lieben* – und ich sah Lynton die Türen zum Ballsaal öffnen und mir seine Hand reichen. Die Erde schien sich unter meinen Füßen zu drehen, und ich hörte seine Stimme: *Es ist, als würde die ganze Welt nur für uns singen und uns ihre Geheimnisse verraten* – und ich sah sein Gesicht, wie es mich anlächelte, schmal und sanft und vollkommen, in einem inneren Licht leuchtend. Und schließlich wusste ich es – ich wusste es! *Es gibt verschiedene Arten von Schlüsseln … viele Arten der Liebe … die Liebe, die über die Grenzen dieser Welt hinaus Bestand hat. Bist du bereit dafür, Helen?*

Und ja, ich war bereit. Ich wusste alles, und die Antwort war so leicht. Ich fing an, leise zu lachen. »Es ist die Liebe«, sagte ich. »Alles, was wir getan haben, geschah aus Liebe. Der Talisman, die Krone, das Siegel – sie antworten nur auf Liebe, und daher wirst du nie in der Lage sein, sie zu berühren, ohne zerstört zu werden. Das ist der Schlüssel, den du niemals wirst benutzen können, die Tür, durch die du niemals gehen wirst – weil du dich geweigert hast zu lieben.«

Tränen der Verwunderung liefen mir über das Gesicht. Ich hatte das Geheimnis der Schlüssel die ganze Zeit gekannt. Es war ganz nah gewesen, genau wie Miss Scratton gesagt hatte. Wir mussten uns nur umsehen und konnten die Liebe, die wir füreinander empfanden, in unseren Augen widergespiegelt sehen, in unserer geheimen Schwesternschaft, in der Liebe von Josh und Cal zu Evie und Sarah, und selbst in Sebastians unglücklichen Leidenschaften – es war ein großes Netz aus Liebe, das uns zusammenhielt.

Ich war nicht allein. Dies zu glauben war mein großer Fehler gewesen. Ich konnte gar nicht mehr allein sein, ich war Teil einer ewigen Schwesternschaft. Wie hatte ich das vergessen können? Ich hätte mich an meine Schwestern wenden sollen, um mir von ihnen helfen zu lassen, nicht an die Schatten der Vergangenheit, indem ich der Erinnerung an den Wanderer nachjagte und mich nach der Liebe sehnte, die meine Mutter mir nie hatte geben können.

Statt meine Geheimnisse in meinem Herzen zu verschließen und zu versuchen, mit allem allein fertig zu werden, hätte ich mit Evie und Sarah sprechen sollen. Ich hätte ihnen erzählen sollen, was ich tun wollte und wohin meine Träume mich führten. Ich hätte ihnen von Lynton erzählen sollen. Wir waren zu einem bestimmten Zweck miteinander verbunden – um einander zu lieben und zu helfen und zu unterstützen –, und ich hatte all das beiseitegeschoben.

»Oh, du hältst dich für so schlau, Helen«, sagte die Priesterin mit gefährlich leiser Stimme. »Du verhöhnst mich wieder mit diesem Wort. Vielleicht hast du Recht. Vielleicht gibt es Dinge in der sentimentalen Welt, die du bewohnst, die ich nicht verstehe. Aber eines verstehe ich: dass deine Freunde in meiner Gewalt sind und dass du alles für sie tun würdest, nicht wahr? Also tu dies, Helen. Finde bis morgen Nacht einen Weg, mir die Macht der Schlüssel zu übergeben, sonst werden sie zu Gebundenen Seelen wie Laura. Nur werde ich nicht so nett zu ihnen sein, wie ich zu Laura war. Sie werden sich wünschen, niemals geboren worden zu sein. Sie werden um den Tod betteln, und er wird niemals kommen.«

Sie klatschte in die Hände, und die ausdruckslose Miene auf den Gesichtern von Sarah und Evie verschwand. Sie schrien beide vor Schmerz auf, gaben gequälte jammernde Laute von sich, die wie ein Rasiermesser durch meinen Geist schnitten. Dann klatschte die Priesterin wieder in die Hände, und sie sanken zurück in ihren marionettenhaften Zustand. Sie lächelte grausam. »Morgen Nacht, Helen, sonst sind sie für immer mein. Weigere dich, und du verdammst deine Freundinnen und alle unschuldigen Mädchen hier zu einer Existenz als Gebundene Seelen! Weigere dich, und lebe mit dieser Schuld, wenn du das kannst.«

Die Priesterin wandte sich an Dr. Franzen. »Komm, wir werden von meinem Meister gerufen – bis morgen. Und, Helen, ich hoffe, du genießt deinen letzten Tag in Freiheit. Nutze deine Zeit gut!« Sie zog ihre Gewänder enger um sich, und einen Moment später waren beide verschwunden. Rowena Dalrymple und die Schwestern der Dunkelheit riefen den immer noch unter dem Bann stehenden Schülerinnen und Lehrerinnen Befehle zu. Sie alle reagierten sofort und marschierten in geordneten Reihen zurück zur Schule, aber sie sahen nichts, und sie hörten nichts. Die Frauen des Hexenzirkels verhöhnten mich, als sie vorbeizogen, aber sie berührten mich nicht, und zumindest dafür war ich dankbar. Schon bald hatten sie die Schülerinnen in das Schulgebäude geführt. Die Ruine der Kapelle wirkte jetzt noch stiller und verlassener als je zuvor.

Ich sah mich müde um. Am äußeren Rand der Dunkelheit glitten die verhüllten Gestalten der Toten in die Nacht davon. Und mitten in der Ruine lag schmerzlich allein die Leiche von Mr. Brooke, als würde er schlafen. Ich ging langsam zu ihm und sprach ein Gebet, dann zog ich meinen Umhang aus und deckte ihn damit zu.

Erschöpfung wogte über mich hinweg. Ich begriff, dass ich die ganze Zeit meine Hände zu Fäusten geballt hatte, und öffnete sie, versuchte, meinen Körper zu entspannen und meinen Geist zu klären. Etwas fiel ins Gras.

Ich kniete mich hin und hob es auf. Es war ein kleiner goldener Ring, ein vollkommener Kreis. Lynton musste ihn mir in die Hand gedrückt haben, bevor er weggezerrt worden war. Ich schob ihn auf meinen Finger und klammerte mich an die Hoffnung. Jetzt … und jetzt … und jetzt …

Ich wollte glauben, dass ich meine Freunde retten konnte. Weil das Geheimnis der Schlüssel die Liebe war und weil die Liebe das Wunder war, das uns alle retten konnte.

Neunundzwanzig

Aus dem Tagebuch von Helen Black
1. November, 4 Uhr morgens
Allerheiligen

Ich habe jetzt so lange geschrieben, dass mein Handgelenk weh tut, aber ich muss alles berichten, was heute Nacht passiert ist, ich muss versuchen, es zu verstehen und das Entsetzen von mir fernzuhalten. Es ist fast Morgen. Evie schläft auf der anderen Seite des Schlafsaals, aber ihr Geist wird vom Feind kontrolliert. Wird sie jemals wieder richtig wach werden? Sarah befindet sich in dem gleichen dunklen Schlaf. Josh ist verloren, und Cal ist vermutlich immer noch dabei, ihn in den wilden Hügeln zu suchen.

Denk nach, Helen, denk nach!

Dies sind die Möglichkeiten, die ich sehe:

Ich könnte versuchen, die Bande zu zerbrechen, die Sarah und Evie festhalten, so wie wir es bei Laura getan haben. Aber ich habe das Siegel nicht mehr, und ich kann den heiligen Kreis nicht allein herstellen.

Ich könnte auch einen Weg finden, wie ich der Priesterin geben kann, was sie verlangt. Unsere elementaren Kräfte als Gegenleistung für die Sicherheit meiner Freundinnen. Sie bekommt, was sie will, und die Schule ist frei. Aber würde sie wirklich Wort halten und irgendwo anders hingehen, sich von

Wyldcliffe fernhalten? Sie hat bisher jedes Versprechen gebrochen, das sie gegeben hat. Abgesehen davon – wäre es nicht genauso schlecht, wenn sie Wyldcliffe verlässt und die Menschen eines anderen Tals, eines anderen Landes oder sogar eines anderen Kontinents versklavt? Mein Kopf sagt ja, dass es tatsächlich genauso schlimm wäre, aber mein Herz sagt nein, weil ihre Opfer nicht meine Freundinnen sein würden, nicht Sarah und Evie, meine Schwestern …

Aber vielleicht kann ich auch einen Weg finden, die Priesterin zu überraschen, sie anzugreifen und zu vernichten? Aber dann komme ich wieder an den Punkt, an dem ich angefangen habe: Ich besitze das Siegel nicht, daher habe ich gar nicht die Macht, so etwas zu tun, und sie weiß das auch. Ich habe gesagt, dass ich mich an die Hoffnung klammere und an den Glauben, aber es ist so schwer …

Ich brauche ein Wunder, Wanderer.

Wenn ich nur die Überlieferungen in dem Buch genauso studiert hätte wie Sarah. Ich habe mich immer darauf verlassen, dass mein Instinkt mir sagt, was ich tun muss, dass mein Herz es weiß. Ich dachte, ich wäre einfach und demütig, aber vielleicht war das die größte Arroganz von allem. Ich hätte mir mehr Mühe geben sollen zu lernen. Jetzt ist es zu spät.

Ich brauche Sarah und ihre Fähigkeit, einen Plan zu entwickeln, ich brauche Evie, damit sie mich inspirieren kann, und Agnes, damit sie mir Mut macht. Ich brauche meine Freundinnen.

Ich setzte mich im Bett auf und schob mein Tagebuch in meine Tasche. Natürlich.

Ich brauchte meine Freundinnen. Zusammen konnten wir Wunder wirken. Wir waren aus einem bestimmten Grund miteinander verbunden. Aber wenngleich Evies und Sarahs Geist unter der Wolke des Bannes verborgen lag, den die Priesterin gewebt hatte, und Josh sich in den Schatten befand, hatte ich noch andere Freunde. Da war Agnes, und da war Cal. Und da war auch Lynton … oh, es gab tatsächlich noch Hoffnung!

Ich stand auf und flog die Marmortreppe regelrecht nach unten. In dieser Stunde vor Sonnenaufgang war es noch still in der Schule. Die Schülerinnen schliefen alle, waren tief in ihrer Traumtrance versunken und hatten nicht die geringste Ahnung, welches furchtbare Schicksal sie später an diesem Tag erwartete. Ich hatte einen Tag Zeit, die Priesterin daran zu hindern, ihre Drohung wahrzumachen, aber ich konnte es nicht allein tun. So schnell ich konnte, lief ich zu den Ställen. Die Pferde bewegten sich leise in ihren Boxen. Ich erinnerte mich daran, dass sie am Abend zuvor vermutlich niemand versorgt hatte, und machte schnell eine Runde mit Futter und frischem Wasser, auch wenn ich nicht genau wusste, was ich tat. Mir fehlte Cals oder Joshs Wissen im Umgang mit diesen großen, geduldigen Tieren. Als ich an Cal dachte, krampfte sich mein Magen vor Sorge wieder zusammen. Ging es ihm gut? Hatte er Josh schon gefunden?

Und wie würde er reagieren, wenn er herausfand, was mit Sarah passiert war?

An einem Haken im Stallgebäude hing ein zerschlissener alter Mantel von Cal; ich nahm ihn und drückte ihn an mich, atmete seinen Geruch nach Pferd und wildem Gras ein und begann, sein dunkles, starkes Gesicht zu visualisieren.

»Cal!«, rief ich im Geist. »Wo bist du?«

Einen Moment später war ich in einer Welt der Schatten. Es war, als würde ich vor dem winzigen Bauernhaus stehen, das Cal von dem Bauern gemietet hatte, für den er arbeitete. Ich versuchte, an die Tür zu klopfen, aber meine Hand ging hindurch, als würde sie aus Wasser bestehen, und dann wurde ich durch die Luft gewirbelt und landete unsanft auf dem Boden der *Moors*. Im Tal unterhalb von mir konnte ich Cal in der Dunkelheit auf seinem Pferd sitzen sehen; er galoppierte über das Land, suchte hier und dort. Eine Gruppe dunkelhäutiger Männer ritt auf ungesattelten, struppigen Ponys mit ihm – die Kinsfolk. Sie alle suchten nach Josh.

»Cal!«, rief ich, aber meine Stimme wurde vom Wind weggetragen. Die Luft wirbelte jetzt wieder, und ich fiel auf die Erde, ganz in der Nähe von Agnes' Grab. Da war jemand bei ihr … ein dunkler, junger Mann, vor Qual vornübergebeugt, Tränen unterdrückend … Sebastian, Sebastian! Nein, es war Cal … er betete für seinen Freund, weinte, weil das Ende der Welt gekommen war …

Die Vision verging. Ich warf den Mantel ab und lief zur hinteren Ecke der Ställe. Miss Scrattons Pferd Seraph stand immer noch hier. Ich betrat die Box und murmelte beschwichtigend auf die strahlend weiße Stute ein. Sie knabberte ein paar Handvoll von dem Hafer, den ich ihr anbot, und trank aus dem Eimer mit frischem Wasser. Als Seraph ihren Durst gestillt hatte, schob ich ihr rasch das Zaumzeug über den Kopf und führte sie auf den Hof. Da war noch etwas, das ich brauchte. Ich sprang auf ihren bloßen Rücken und drängte Seraph über die Pflastersteine. Sie zuckte mit den Ohren und wieherte angesichts der unerwarteten Aufmerksamkeit, aber ich beugte mich tief zu ihrem Hals hinunter und versuchte, sie zu beruhigen, während ich zur Vorderseite der Schule ritt. Die aufgehende Sonne zog gelbe und silbrige Streifen über den Himmel. Die Eichen, die den Zufahrtsweg säumten, wirkten jetzt wie Riesen, die im Zwielicht aus dem Schlaf erwachten.

Die wuchtige Vordertür der Schule war abgeschlossen, aber ich erinnerte mich, wie wir in der Nacht, als wir zu den Höhlen gegangen waren, aus dem Fenster des Empfangszimmers geklettert waren. Wir waren herausgekommen, also würde ich vielleicht auch hineinkommen ... ich glitt von Seraphs Rücken und schob das Fenster hoch. Ein paar Augenblicke später hatte ich das Empfangszimmer durchquert und stand in der schwarzweiß gefliesten Eingangshalle, die immer noch im Dunkeln lag. Nicht mehr lange jedoch, und die Schule würde erwachen. Ich musste mich beeilen. Der neue Tag würde beginnen, und die Wyldcliffe-Mädchen würden sich wie Zombies ihrem immer gleichen Tagesablauf widmen, ohne zu wissen, dass sie unter der Kontrolle der Frau standen, die einmal für ihre Bildung und ihr Wohlergehen verantwortlich gewesen war. Mein Instinkt sagte mir, dass weder die Priesterin noch Dr. Franzen im Gebäude waren, aber ich wollte auch nicht von Miss Dalrymple oder einer der anderen Schwestern der Dunkelheit erwischt werden. Ich fand rasch, was ich gesucht hatte, steckte es unter meinen Pullover und ging zurück zum Empfangszimmer und weiter zum Fenster, durch das ich ins Freie kletterte. Ich stieg wieder auf Seraph, die geduldig wartete, und trieb sie den Zufahrtsweg entlang zum Galopp. Wir flogen an den uralten Bäumen vorbei, und ich musste mich an ihre Mähne klammern, meine Finger tief in sie hineingraben. Ich konzentrierte mich mit all meinen Fähigkeiten auf das eisengeschmiedete Tor ein Stück voraus, und die beiden Flügel öffneten sich, um uns durchzulassen. Während wir weiter den Weg entlangritten, hörte ich in der Abtei eine Glocke klingeln, aber ich beachtete sie nicht, sondern ritt weiter zum Dorf und zu dem grauen Friedhof, auf dem ich – wie ich wusste – Cal finden würde.

Beim Kirchentor ließ ich mich von Seraphs Rücken gleiten und führte die Stute zu Agnes' Grab. Ich erinnerte mich daran, dass ich das letzte Mal mit Lynton hier gewesen war. Wenn er nur jetzt bei mir sein könnte … ich hoffte inständig, dass er von Dr. Franzen und den Schwestern der Dunkelheit nicht allzu schlimm verletzt worden war. Ich versuchte, mich damit zu beschwichtigen, dass sie vorsichtig sein würden, da sie gezwungen wären, St. Martin's irgendeine überzeugende Geschichte darüber aufzutischen, wie er sich die Stirn aufgeschlagen hatte. Sofern er überhaupt zur Schule zurückgekehrt war, meine ich. Wenn Lynton allerdings wirklich …

Dann sah ich Cal neben der Engelsstatue knien. Er hatte die Augen geschlossen, betete also entweder oder war tief in Gedanken versunken. Sein Pferd fraß gemächlich an dem langen Gras, das zwischen den schiefen Grabsteinen wuchs.

»Cal«, rief ich leise. Er sprang sofort auf, und sein Gesicht erhellte sich, als er mich sah. Dunkle Ringe unter den Augen kündeten jedoch von zu wenig Schlaf.

»Helen! Wo ist Sarah? Ich war gerade unterwegs zur Schule, um sie zu treffen.«

»Cal. Es tut mir so leid.« Dann kam der Moment, den ich so gefürchtet hatte. Ich musste ihm sagen, was mit Sarah passiert war, musste versuchen, es besser klingen zu lassen, als es tatsächlich war. »Es ist so ähnlich, als würde sie einfach nur schlafwandeln, und Evie auch. Ich weiß, dass wir ihnen helfen können …«

Aber Cal stand reglos da, als wäre er vom Blitz getroffen. »Du meinst, sie ist von der Priesterin verflucht worden? Und wird als Nächstes in eine Gebundene Seele verwandelt? So wie diese Laura?« Er gab einen schrecklichen Schrei von sich. »Das werde ich nicht zulassen! Ich werde diese Frau mit bloßen Händen töten, wenn sie Sarah etwas antut. Ich schwöre dir, ich werde sie jagen und töten.«

»Der Tod ist noch zu gut für sie, Cal. Abgesehen davon glaube ich nicht, dass sie so am Leben ist wie wir; sie kann nicht sterben.«

»Aber sie kann andere zu einem trostlosen Dasein als lebende Tote verdammen!«, sagte er mit gequälter Stimme. »Und du hast das auch noch einfach so zugelassen!«

»Nein, Cal, das habe ich nicht, das schwöre ich.«

»Du warst da – du hättest es verhindern können.« Er starrte mich argwöhnisch an; sein ganzer Roma-Stolz blitzte in seinen dunklen Augen auf. »Wieso hat die Priesterin dich nicht auch genommen? Wirst du von ihr bevorzugt, weil du ihre Tochter bist? Ist das der Grund, weshalb du nicht das qualvolle Schicksal von Sarah und Evie teilst?«

»Sie möchte, dass ich die elementaren Kräfte für sie entschlüssele, als Gegenleistung für die Sicherheit der anderen.«

»Aber das darfst du nicht tun! Sie wird nur noch gefährlicher werden, als sie sowieso schon ist.«

»Ich weiß, aber wenn ich es nicht tue, werden Sarah und Evie und all die anderen für immer verloren sein.«

Cals Gesicht war dunkel und grimmig und so hart wie Granit. Er packte mich an den Armen und schüttelte mich unsanft. »Es ist dein Fehler! Du hättest sie aufhalten können. Sie ist deine Mutter, du hättest irgendetwas tun können. Ich werde es dir nie verzeihen, wenn Sarah nicht unverletzt zu mir zurückkommt!« Er stieß mich von sich, und ich stürzte gegen die Statue auf Agnes' Grab. Augenblicklich verebbte seine Wut, und er sah mich besorgt an. Dann half er mir wieder hoch.

»Gott, Helen, es tut mir so leid. Ich wollte dir nicht weh tun. Es tut mir leid.« Er kämpfte gegen aufsteigende Tränen an. »Es ist nur, dass alles so furchtbar durcheinander ist.«

»Und genau das will die Priesterin«, sagte ich ruhig. »Sie will sehen, wie wir unsere Zeit und Energie damit verschwenden, uns zu streiten. Wir müssen zusammenarbeiten – wir alle. Wir müssen zusammenhalten. Ich habe versucht, alleine zu arbeiten, aber das war ein Fehler. Wir sind alle miteinander verbunden, und wenn eine oder einer von uns fällt, fallen alle. Es ist, als würden wir uns in einem verzwickten Tanz befinden – einem Tanz der schicksalhaften Bestimmung. Wir müssen zusammenarbeiten, du und ich und Josh. Sarah und Evie sind darauf angewiesen, dass wir das für sie tun.«

Cals Schultern sackten müde nach unten. »Es ist zu spät. Josh ist weg. Ich habe das ganze Tal abgesucht. Einige von den Kinsfolk sind im Schutz der Nacht mit mir geritten, während die anderen unter der Erde in allen Höhlen und Tunneln gesucht haben, die sie kennen. Wo immer er ist, sie hat ihn so gut versteckt, dass wir ihn nie finden werden. Abgesehen davon sagt mir mein Herz, dass er tot ist. Deshalb bin ich gekommen. Ich wollte Sarah sagen, dass Josh tot ist.«

»Ich glaube das nicht, Cal. Ich will es nicht glauben. Die Priesterin hätte über seinen Tod triumphiert, wenn er bereits von uns gegangen wäre. Nein, sie versteckt ihn irgendwo, und wir müssen ihm helfen. Josh würde niemals das Vertrauen in uns verlieren; wir dürfen jetzt auch nicht das Vertrauen in ihn verlieren.«

»Aber selbst, wenn du Recht hast, wie könnten wir ihn finden? Ich habe dir gesagt, dass ich bereits jeden Zoll von Wyldcliffe abgesucht habe.«

Ich lächelte ihn an. »Wir sind nicht allein. Wir haben Agnes auf unserer Seite.«

Er sah mich verwirrt an.

»Erinnerst du dich an das, was im letzten *Term* passiert ist?«, fragte ich. »Wir haben herausgefunden, dass tief in Joshs Innern ein Funke von Agnes' heilendem Feuer verborgen ist – ein Erbe seiner Familie von Uppercliffe. Wenn Agnes ihn berühren kann, wird diese winzige, mystische Flamme ausreichen, um ihn von jedem Beschwörungsbann zu befreien, den die Priesterin ihm auferlegt hat.«

»Aber wie können wir Agnes ohne Evie oder den Talisman erreichen?«

Ich zog den Gegenstand, den ich aus der Abtei mitgenommen hatte, unter meinem Pullover hervor. Es war ein kleines Portrait von Lady Agnes Templeton, unserer geheimen Schwester und Freundin. Die langen roten Haare, die meergrauen Augen, es war ihr so ähnlich, dass es mir schien, als würde mich Agnes persönlich auf ihre sanfte, segnende Art ansehen. Auf dem Gemälde lehnte sie an einem zerbrochenen Steinbogen der Ruine und blickte offen geradeaus; ihre weich geschwungenen Lippen waren leicht geöffnet, als hätte sie gerade angefangen, etwas zu sagen.

»Hier, Cal, hier ist sie.«

»Es sieht aus, als würde sie uns wirklich ansehen«, rief

er. »Du denkst also, wir können dieses Bild benutzen, um sie zu erreichen?«

»Wir können es zumindest versuchen.«

Ich stellte das Bild an das untere Ende von Agnes' Grab und sah ihr tief in die Augen. »Schwester des Feuers«, flüsterte ich, »erwache! Wind der Zeit, wehe den Schleier fort, der zwischen uns und Agnes ist. Lass uns mit ihr sprechen.«

Nichts geschah. Ich rief sie noch einmal, und während ich das Gemälde anstarrte, bemerkte ich etwas, das ich vorher nicht gesehen hatte. Es war, als wäre etwas in den verwitterten Stein des Bogens gemeißelt worden, an dem Agnes in dem Gemälde lehnte. Es war ein vollkommener Kreis, der von zwei Zeichen gekreuzt wurde, die wie die raschen Flügel eines Vogels aussahen ... das Zeichen des großen Siegels. Ich streckte die Hand aus und berührte es, und plötzlich wirbelten die Farben des Gemäldes herum wie Herbstblätter. Ein neues Bild schimmerte in dem dunklen Rahmen. Agnes kniete auf dem Boden; ihr langes Kleid breitete sich um sie herum aus. Sie kümmerte sich um einen verwundeten Krieger – einen Ritter, dessen Kopf in ihrem Schoß lag und dessen goldene Haare blutverschmiert waren. Es wirkte wie in einem Märchen; dann veränderte sich das Bild erneut, wurde real, und Agnes hockte in einem dunklen, schmutzigen kleinen Raum, wusch den Kopf eines jungen Mannes und flüsterte beruhigend. Es war Josh, und er war krank, aber Agnes war bei ihm. »Alle Kreise treffen sich. Alle Pfade kreuzen sich«, flüsterte sie. Dann löste sich das Bild auf und setzte sich wieder zu dem vertrauten Portrait des jungen aristokratischen Mädchens mit den roten Haaren und den grauen Augen zusammen.

»Cal, Josh lebt«, freute ich mich. »Und er ist bei Agnes – sie hat ihn in Sicherheit gebracht.«

»Aber wo sind sie? Wie können wir sie finden?«

»Ich glaube, ich weiß, wo sie sind. Ich habe dieses Zimmer schon einmal gesehen. Es ist der verborgene Raum im Dachspeicher von Fairfax Hall. Sebastian hat sich dort versteckt, als er dabei war zu verblassen und sich im Griff der Unbesiegten Lords befunden hat. Es war sein Elternhaus, zu dem er zurückgekehrt ist, als er Probleme hatte, aber Evie hat herausgefunden, wo er sich versteckt hatte, und wir sind alle hingegangen, um ihm zu helfen.«

»Und wo ist dieses Fairfax Hall?«

»Westlich vom Upper Moor. Reite hin, Cal, und nimm Seraph mit – dann kannst du Josh auf ihr zurückbringen, wenn es ihm gut genug geht. Und beeil dich!« In der Zwischenzeit war der Morgen angebrochen. Die Sonne war hinter den schweren Wolken aufgegangen, und die Luft war kalt, die Zeit schritt voran.

Cal umarmte mich kurz, dann stieg er auf sein Pferd und nahm die Zügel von Seraph, um die Stute mitzunehmen. »Kümmere dich um Sarah, bis ich zurückkomme«, sagte er, als er wegritt.

»Komm so bald wie möglich zur Abtei!«, rief ich ihm nach. Während ich allein zurückblieb, war noch eine Weile das Hufgetrappel aus der Ferne zu hören. »Danke, Agnes«, sagte ich und bückte mich, um das Bild aufzuheben. Ich wollte ihr Portrait nicht in die Schule zurücktragen und damit erwischt werden, aber ich wollte es auch nicht auf ihrem Grab liegenlassen. Also lief ich zu der verwitterten grauen Kirche. Die Tür stand auf, und ich schlüpfte ins Innere. Drinnen roch es nach Stein und Blumen und poliertem Holz, und es war sehr still, als wäre die Zeit stehengeblieben. Die hölzernen Kirchenbänke, die aufgestapelten Gesangbücher und die verblassten Fahnen über dem Mittelgang – der Ort schien sich seit Agnes' Lebzeiten nicht verändert zu haben. Ich ging den schmalen Gang entlang und stellte das Bild am Fuß des Altars ab. Es kam mir vor, als wäre es genau der richtige Platz. Ich wollte mich gerade abwenden, als ich Schritte hinter mir hörte.

»Kommt sie dann also zurück?«

Ich wirbelte herum. Eine alte Frau in einem formlosen blauen Mantel und mit Schrubber und Eimer in den Händen nickte in Richtung des Gemäldes. Offenbar hatte ich eine der Gläubigen gestört, die zum Saubermachen herkamen.

»Wer ... was meinen Sie?«

»Die Lady«, sagte die Frau. »Sie wird eines Tages wiederkommen. Um uns zu retten.« Dann lachte sie leise in sich hinein. »Sie weiß, was die Leute tun. Sie sieht alles. Mehr als der Reverend in seinem Haus da drüben. Er ist nicht in Wyldcliffe geboren. Aber sie schon. Lady Agnes. Sie weiß es.«

»Ja«, sagte ich weich. »Ich glaube, das tut sie.«

»Ja.«

Die Frau stellte den Eimer zufrieden mit lautem Geklapper ab und begann den Boden zu wischen; sie achtete nicht mehr auf mich, als ich sie ihrer Arbeit überließ.

Sie sieht alles. Ich vertraute darauf, dass Agnes Cal über die Hügel reiten sehen konnte und dass sie ihn dorthin führen würde, wo Josh in ihren heilenden Armen lag. Ich selbst musste jetzt über die anderen von unserem heiligen Kreis wachen. Ich musste zur Schule zurückkehren und nach Sarah und Evie sehen. Ich ging so rasch wie möglich den Weg entlang, hielt den Kopf gegen den kalten Wind gesenkt. Kurz darauf erreichte ich das Tor wieder. Das alte Schild hing immer noch da, war mit ein paar rostigen Nägeln an der Mauer befestigt worden: WYLDCLIFFE ABBEYSCHOOL FOR YOUNG LADIES. Das raue Wetter des Tals hatte die Farbe zum Teil abspringen lassen, so dass einige Buchstaben fehlten, als wären es abgebrochene Zähne. Jetzt hieß es auf schräge Weise: ... BE COOL ... OR YOU ... DIE. Seit meiner Ankunft in Wyldcliffe war das so gewesen. Es hatte lange genug da gehangen. Ich packte das Schild und zog es mit Leichtigkeit von der Mauer, warf es in den Graben. Niemand würde an diesem Ort sterben oder verletzt werden; weder meine Freundinnen noch Celeste, noch Velvet, noch irgendjemand sonst von ihnen, solange ich noch atmete und der Geist von Lady Agnes Templeton über die Abtei wachte.

Ich ging um das Haupthaus herum und zum Hintereingang des Gebäudes, wo der alte Flügel genau im rechten Winkel zur Terrasse lang und niedrig herausragte. Hier war das Klassenzimmer von Miss Scratton gewesen, und ich blinzelte durch die Bogenfenster ins Innere. Miss Clarke erteilte gerade Lateinunterricht, betrachtete die Schülerinnen mit nichts sehenden, glasigen Augen. Die Mädchen beugten sich alle über ihre Arbeiten, methodisch und wohlerzogen und sinnentleert. Jeder Lebensfunke, jede Individualität war durch den Bann der Priesterin unterdrückt. Und dabei war das nur eine Warnung, ein Vorgeschmack auf den Schrecken, der noch in dieser Nacht kommen würde, wenn es mir nicht gelang, ihn aufzuhalten.

Da ich Sarah und Evie finden wollte, schlich ich mich weiter um das Gebäude herum bis zu einer der Seitentüren, durch die ich ins Innere huschte. Ich wollte nicht, dass jemand vom Hexenzirkel mich sah. Ich vermutete zwar, dass sie mich in Ruhe lassen würden – im Vertrauen darauf, dass ihre Mistress mich mit ihren schrecklichen Forderungen in die Enge getrieben hatte –, aber ich konnte mir nicht sicher sein. Ich befand mich in der Nähe der Umkleideräume und erinnerte mich daran, wie ich beinahe vor Velvets Freundinnen aus der Luft aufgetaucht wäre und nur Velvet mich gesehen hatte. Vielleicht konnte ich mich auf den geheimen Pfaden vor den Blicken des Hexenzirkels verbergen; vielleicht waren ihre Augen gegenüber so vielen Dingen blind und würden in die Reinheit der elementaren Mysterien nicht hineinsehen können.

Ich griff tief in mein Inneres nach den wirbelnden Kräften der Luft, die sich um mein Herz zusammenzurollen schienen. Mit gewaltiger Willenskraft zog ich mich von der festen Welt um mich herum zurück und suchte die Zwischenräume: Wechsel, Übergang, die Passage von einer Dimension zur nächsten. Ich kauerte in den geheimen Lücken, ohne Wyldcliffe zu verlassen oder irgendwo anzukommen. In den heimlichen Strömungen der Luft verborgen, konnte ich mich unbemerkt von Miss Dalrymple, Miss Schofield und den anderen Schwestern der Dunkelheit, die für ihre Mistress durch die Schule patrouillierten, fortbewegen.

Es tat weh zu sehen, wie zweihundert Mädchen geräuschlos den Tag verbrachten, als wären sie bereits tot. Sie waren wie Geister, eine verzerrte Vorspiegelung von Jugend und Hoffnung. Sie sprachen und lernten und gehorchten jedem Glockenschlag, der in den schwach beleuchteten Korridoren erklang, hielten sich an jede

Regel und jeden Brauch. Aber in ihren Augen war keinerlei Leben.

Als der Morgen vergangen war und der Nachmittag sich näherte, bestand mein einziger schwacher Trost darin, dass ich wusste, wir hatten Recht gehabt, Miss Hetherington und Miss Clarke zu vertrauen. Sie waren ebenfalls beide unter den tiefen Bann der Priesterin gefallen, was bewies, dass sie nicht Teil des Hexenzirkels sein konnten. Und die immer verärgerte deutsche Lehrerin war niemals eine Schwester der Dunkelheit gewesen, ebenso wenig wie die Hausverwalterin oder die Frau, die die Leitung der Wäscherei innehatte, und andere wie sie … sie alle waren unschuldig, schlafwandelten alle in einem Wirklichkeit gewordenen Alptraum durch das Haus, in dem all die alltäglichen Gespräche verstummt waren.

Evie und Sarah waren nur noch leere Karikaturen ihrer selbst. Ich näherte mich ihnen ungesehen, erhielt aber keinerlei Antwort, als ich versuchte, ihren Geist zu lesen. Ich versuchte sogar, Velvet zu wecken, in der Hoffnung, dass ihr hitzköpfiges Wesen dem Fluch der Priesterin hatte standhalten können, aber obwohl sich ihre Augen einen Moment weiteten, als ich ihr heimlich etwas ins Ohr flüsterte, versank sie sofort wieder in Benommenheit und verhielt sich genauso marionettenhaft wie alle anderen. Die Priesterin war so schlau gewesen, mir vierundzwanzig Stunden zu gewähren, um mich zu entscheiden. Dieser kurze Tag gab mir einen bitteren Vorgeschmack darauf, wie es sein würde, wenn meine Freundinnen und alle anderen Schülerinnen von Wyldcliffe wirklich Gebundene Seelen wären. Jetzt waren sie alle nur hypnotisiert worden, aber wenn ihre Seelen erst ausgesaugt worden waren, würden sie in einem Zustand, der schlimmer als der Tod war, voller Qual herumwandern – eine furchtbare Vorstellung.

Ich zog mich aus den Pfaden der Luft und den Korridoren der Schule zurück und begab mich zur Grotte, um mich dort zu verbergen. Am Morgen war ich noch voller Hoffnung gewesen, als ich Cal gesagt hatte, dass er Josh in Fairfax Hall suchen sollte, aber jetzt stieg Panik in mir auf. Es war nur noch so wenig Zeit, und ich hatte immer noch keinen anderen Plan. Wieder ging ich alle Möglichkeiten durch, die ich hatte. Sollte ich versuchen, die Priesterin anzugreifen, bevor sie nach Wyldcliffe zurückkehrte? Aber ich wusste ja noch nicht einmal, wo sie sich aufhielt oder wie ich ihre Verteidigung durchbrechen konnte. Genau in dem Moment, als ich schließlich das Siegel geöffnet und einen Teil seiner Macht gesehen hatte, hatte sie es mir entrissen – und hatte ich ohne das Siegel überhaupt die Möglichkeit, sie in einem offenen Konflikt zu besiegen? Oder sollte ich tun, was die Priesterin verlangte, und einen Weg finden, wie ich ihr unsere elementaren Kräfte übertragen konnte, in der verzweifelten Hoffnung, dass sie dann wirklich weit weggehen und meine Freunde in Frieden lassen würde? Beide Möglichkeiten erschienen mir gleichermaßen schrecklich. Sarah und Evie konnten mir bei meiner Entscheidung nicht helfen, und Agnes, Cal und Josh waren noch in Fairfax Hall. Die Priesterin hatte die Schlüssel gestohlen. Miss Scratton war gestorben. Ich wusste nicht einmal, wo Lynton war, und wie hätte mir ein bezaubernder Musiker jetzt auch helfen können? Auf wen sonst – oder auf was sonst? – konnte ich jetzt noch zurückgreifen? Was hatte ich noch, womit ich mich verbinden könnte?

Das Buch. Das war unsere Verbindung mit Agnes und

Sebastian. Sie waren kaum älter gewesen als wir, als sie an genau dieser Stelle in Lord Charles' phantasievoller Höhle gestanden und die Seiten durchgeblättert hatten, auf der Suche nach Wahrheiten und Kräften und neuen Lebensmöglichkeiten. Das Buch. Es war vollgepackt mit Wissen über den Mystischen Weg, und es hatte uns nie im Stich gelassen, noch nicht.

Ich wusste nicht, ob ich lachen oder weinen sollte. Ich wusste jetzt, was ich brauchte, aber ich hatte keine Ahnung, wo ich es finden konnte. Sarah versteckte es normalerweise in den Ställen, aber sie hatte es in der Nacht des Neumonds mit in die Höhle genommen. War es Kundar gelungen, in der Verwirrung nach der Ankunft der Priesterin mit dem Buch zu entkommen? Oder hatte er es in den schmalen, lichtlosen Tunneln für immer verloren?

Wenn ich nur mehr Zeit hätte! Schon bald würde die Nacht hereinbrechen, und die Priesterin würde zurückkehren und ihre Drohungen wahrmachen. Selbst wenn ich durch die Luft direkt zum unterirdischen Königreich reiste, um Kundar zu befragen, konnte ich nicht sicher sein, ob er und seine Kinsfolk meinen Ruf rechtzeitig erhören würden. Sie waren Sarahs Volk, nicht meines. Wieder sah ich so klar vor mir, wie sehr wir einander gebraucht hatten. Wir hatten verschiedene Gaben, die zusammen eine ganze Welt voller Möglichkeiten darstellten. Unsere Pfade hatten sich nicht ohne Grund gekreuzt, sondern um das Böse zu bekämpfen, das so lange in Wyldcliffe geschwärt hatte. Und wir waren so weit gekommen – wir konnten jetzt nicht scheitern, nicht jetzt. Ich brauchte nur noch ein bisschen mehr Zeit …

Wenn ich jemals in Schwierigkeiten stecken würde – wenn ich jemals Zeit bräuchte –, würde ich genau hierherkommen.

Die Stimme hallte in meinem Kopf wider wie der klare Ruf einer Glocke. Lynton hatte das gesagt, zu einem Zeitpunkt, der jetzt ewig zurückzuliegen schien. Hatte er etwas gewusst? War es nur eine zufällige Bemerkung gewesen? Ich tastete nach dem goldenen Ring an meinem Finger und drehte ihn herum. Wenn ich jemals Zeit brauchte … ich erinnerte mich an unseren Besuch beim Wasserfall, an diesem vollkommenen Herbsttag, und wie er mich mit einer raschen, verwirrenden Bewegung davor bewahrt hatte, in die Tiefe zu stürzen. Versuchte er jetzt, mich zu retten? Jetzt … und jetzt … und jetzt … was glaubte ich wirklich? War Lynton nur ein Schüler, der an einem einsamen Mädchen Gefallen gefunden hatte, oder war er mehr als das?

Mein Herz schlug so heftig, dass es sich anfühlte, als würde es mir fast aus der Brust springen, als ich zu entscheiden versuchte, was am besten war – Kundar oder Cal zu suchen oder diese letzte wilde Reise zu dem Ort zu machen, den Lynton mir damals unbedingt hatte zeigen wollen. *Du sollst einfach nur den Wasserfall sehen,* hatte er gesagt. *Er ist ein perfektes Wunder.*

Ich holte tief Luft. Ich hatte meine Entscheidung getroffen. So verrückt es auch schien, ich würde meinem wunderschönen Fremden vertrauen und mir sein Wunder ansehen.

Einen Moment später zog ich die kalte Luft der Grotte enger um mich zusammen und ließ mich in ihre Umarmung sinken, dann schwebte ich auf dem Rücken des Windes hoch über Wyldcliffe dahin, durch Zeit und Raum und Sterne. Blendendes Licht und rauschende Geschwindigkeit überwältigten mich fast, und gerade, als ich das Gefühl hatte, in einer Leere aus grenzenloser Macht und

Energie zu verbrennen, trat ich aus den verborgenen Pfaden heraus und sank auf der süßen feuchten Erde von Thornton Moor auf die Knie.

Ein Stück voraus sah ich den Schimmer des Wasserfalls im verblassenden Licht, wie er über die Klippe in die Tiefe stürzte; immer im Wandel, immer gleich. Ich stand auf und lief zu ihm, rutschte in meinem Eifer, keine Sekunde zu verschwenden, aus. Das Wasser stürzte geräuschvoll in den tiefen Teich am Fuß der Klippe, und beiderseits davon ragten dunkle Felsen wie stumme Wachen auf. Ich fing an, die Felsen zu erklimmen, stieg die groben Stufen hoch und befahl mir, nicht nach unten zu blicken. Schon bald stand ich an dem geheimen Platz, den Lynton mir gezeigt hatte, dort auf dem glitschigen Absatz zwischen dem Wasservorhang und der Klippe. Der Absatz zeigte nach Westen, und die untergehende Sonne glitzerte wie tausend Glühwürmchen auf dem funkelnden Wasser, das gleich vor meinen Augen in die Tiefe stürzte. Ich wandte diesem herrlichen Anblick jedoch den Rücken zu und fing an, mich umzusehen. Diesmal war niemand hier, um mich aufzufangen, falls ich stolpern sollte. Ich musste vorsichtig sein, und ich wusste nicht einmal, wonach ich überhaupt suchte. Ich wusste nur, dass ich es erkennen würde, wenn ich es sah. Ich fing an, das Felsgestein abzutasten und mit den Fingern zu erspüren, als würde ich im Dunkeln ein Gesicht erforschen … und dann war es da. Ein vollkommener, winziger Kreis, eine flache Rille im uralten Stein, die keinen Anfang und kein Ende hatte und darauf wartete, gefunden zu werden, jetzt, genau in diesem Moment. Ohne lange nachzudenken zog ich mir Lyntons Ring vom Finger und legte ihn in den Kreis. Es klickte, als der Ring an seinen Platz kam, und mit einem rumpelnden und schleifenden Geräusch öffnete sich im Fels eine Tür.

Ich trat ins Innere. Im Herzen des Felsens befand sich eine flache Höhle, und dort auf dem Boden lag das Buch. Ein loses Blatt Papier war an einer Stelle hineingeschoben. Ich riss das Blatt mit zitternden Händen heraus. *Du bist nicht allein*, stand darauf, und das Buch öffnete sich für mich. Ich musste mich zwingen, mich zu konzentrieren, und las die folgenden Worte:

Die Mächte leben in den Herzen der treuen Diener des Mystischen Weges und können anderen weder übergeben noch vererbt werden, es sei denn durch die Liebe. Wenn ein Dämon oder ein Dunkler Geist mit Gewalt versucht, sie an sich zu reißen, können sie die Mächte dadurch zersprengen und so sich selbst zerstören, indem sie sich in den Mahlstrom des Chaos ziehen, aus dem alle Sünde kommt und wohin alles zurückkehrt.

Es passte alles zusammen. Also hatte Evie deshalb an Agnes' Kräften teilhaben können, weil die beiden durch die Liebe als Schwestern miteinander verbunden waren. Die Priesterin hingegen würde es nicht wagen, uns unsere Mächte zu entreißen, denn sie würde nicht das Risiko eingehen, dabei zerstört zu werden. Dann erinnerte ich mich an noch etwas: wie Evie zum ersten Mal in Wyldcliffe aufgetaucht war und Mrs. Hartle versucht hatte, ihr die Kette und die damit verbundenen Kräfte zu stehlen, es aber nicht geschafft hatte, den Talisman zu berühren, ohne Schmerz zu empfinden. Deshalb musste die Priesterin die Schlüssel in diesem Käfig aufbewahren: weil sie es nicht ertragen konnte, sie zu berühren. Deshalb musste ich sie ihr freiwillig als Tausch gegen das Leben von Evie und Sarah und all den anderen Mädchen der Abteischule geben. Wenn ich das allerdings nicht tat, würden alle Opfer von Wyldcliffes dunkler Vergangenheit werden. Es war eine Entscheidung, die ich unmöglich treffen konnte. Ich musste mehr wissen, und so las ich weiter, verschlang jedes einzelne Wort.

Es gibt viele geheime und heilige Wege, um diese Liebe nutzbar zu machen und die Kräfte einem anderen würdigen Wesen zu übertragen. Sorge dafür, dass jene, die dem Mystischen Weg folgen wollen, wohlberaten sind, denn auf diesem Pfad gibt es keine Umkehr. Dies alles muss getan werden, mit aller angemessenen Feierlichkeit und Ernsthaftigkeit.

Und da war sie, eine Liste der einzelnen Schritte, um das zu bewerkstelligen, was die Priesterin mir befohlen hatte. Ich erhielt die Informationen über das, was ich tun musste. Wie ich die Schlüssel abgeben und unsere elementaren Kräfte an Celia Hartle weitergeben konnte. Und dann würde sie gehen, und wir wären in Sicherheit. Es war ein Zeichen, dass ich dieses Buch gefunden hatte. Es sollte so sein.

Fieberhaft begann ich, mir die Anweisungen einzuprägen, ging sie wieder und wieder im Kopf durch, übte die Beschwörungen. Ich versuchte, die kleine Stimme des Zweifels zu ignorieren, die mir zuflüsterte, dass selbst dann, wenn die Priesterin ihre giftige Macht weit entfernt von Wyldcliffe anwenden würde, immer noch jemand anderes ihretwegen leiden musste. Es würden nicht meine Freundinnen sein, redete ich mir ein, es wären nicht Sarah und Evie … und abgesehen davon war es die einzige Möglichkeit, die ich hatte. Jemand hatte das Buch hiergelassen. Jemand hatte gewollt, dass ich diese Seiten las, diese Anweisungen fand. Und so hockte ich über dem schlecht lesbaren Geschreibsel und den seltsamen Symbolen, bis ich jedes Wort auswendig gelernt hatte.

Schließlich setzte ich mich aufrecht hin und streckte meine schmerzenden Glieder. Ich begriff, dass mir vor Hunger und Schlafmangel schwindelig war, aber all das würde warten müssen. Ich musste zurück nach Wyldcliffe und mich dieser Frau – dieser Frau, die einmal meine Mutter gewesen war – ein letztes Mal stellen.

Ich schloss das Buch, drückte es zu. Ich würde nie wieder einen Blick hineinwerfen, dachte ich. Nach heute Nacht würden meine mystischen Kräfte mich verlassen haben. Dieser Teil meines Lebens war beinahe vorüber. Als meine Hand aber den abgeschabten grünen Buchdeckel berührte, blieb eine Art Aufdruck auf dem abgenutzten Ledereinband zurück. Ich zog meine Hand rasch weg, als hätte ich mich verbrannt, und starrte auf das seltsame röntgenbildähnliche Abbild auf dem Buchdeckel. Das Bild verblasste, und an seiner Stelle tauchten die schwankenden Zeilen einer Schreibschrift auf der Lederoberfläche auf: *Mysteriorum liber libri … sigillum magnum … signum dei vivi …* Ich begann zu lesen, und ich verstand. *Das Buch der Mysterien … das Große Siegel … das Zeichen des Lebenden Einen …* Dann hörte ich eine Stimme, die zu mir sprach:

»Das Siegel ist ein mächtiges Amulett, ein Zeichen des Abkommens zwischen dem Schöpfer und seinen geliebten Kindern. Denn alle Macht kommt von dem Einen, und diese Macht lebt nicht in den kostbaren Metallen, den Juwelen oder Gravuren, die die äußere Form des Siegels darstellen mögen, sondern haust im wahren Herzen der treuen Diener, die solcherart gezeichnet und unterschieden sind.«

Die Stimme rief mich, so wie der Wind über die *Moors* hinweg die Vögel rief, und sie erzählte eine große und wunderschöne Geschichte, die keinen Anfang und kein Ende hatte, aber der Kern aller Wahrheiten war. Diese Wahrheit rief mich, und ich verstand. Endlich wusste ich, wie ich dem Zeichen folgen konnte. Ich hatte mein Wunder gefunden.

Dreißig

Aus dem Tagebuch von Helen Black
Letzter Tag, abends – Thornton Falls

Das Geräusch des Wasserfalls ist überall um mich herum. Ich bin froh, dass ich das kleine Notizbuch in meiner Tasche hatte, denn ich weiß, was immer heute Nacht passiert, ich werde dir, mein Wanderer, Lebwohl sagen müssen. Du hast mir sehr geholfen, aber ich habe mich endlich gefunden und kann dich jetzt gehen lassen. Ich kann meine ganze Vergangenheit ziehen lassen und auch meine Zukunft. Die Zeit, die war, ebenso wie die Zeit, die hätte sein können …

Ich kehre jetzt zur Abteischule zurück, um es auf die eine oder andere Weise zu beenden. Jetzt weiß ich, was ich zu tun habe.

Es war an der Zeit, es zu beenden. Die Dämmerung hatte eingesetzt und sich zu dem Zeitpunkt, als ich zur Abteischule zurückkehrte, in einen kalten, feuchten Abend verwandelt. Der Wind stöhnte in den kahlen Bäumen, als ich den Zufahrtsweg entlangging, und die Schule wurde von sanften Schatten eingehüllt wie ein verzaubertes Schloss. In dieser Nacht würde die Priesterin zurückkehren. Es war überflüssig, mich jetzt noch zu verstecken. Ich musste aufrecht auf das zugehen, was mich erwartete.

Ich drehte den schweren Eisenring der Vordertür herum und betrat die Eingangshalle. Statt allerdings wie sonst ein helles Feuer und eine herrschaftliche Atmosphäre zum Empfang vorzufinden, fühlte sich der Raum verlassen an. Die Blumen in der schweren Vase waren verwelkt. Eine einzelne Lampe verströmte einen schwachen Schimmer. Als ich die Tür hinter mir schloss, sprangen ein halbes Dutzend Frauen auf mich zu und packten mich. Ich wehrte mich, aber es waren zu viele. Eine Glocke läutete in der Ferne, wie der Hinweis auf ein furchtbares Verhängnis. Es war die Glocke der Dorfkirche, und sie kündigte nicht die Stunde an, wie sie es so viele Jahre treu getan hatte, sondern rief mit schroffem, melodielosem Spott die Lebenden zur Verhandlung und forderte die Toten auf, sich aus ihren Gräbern zu erheben und herzukommen.

Miss Dalrymple hatte einen schweren Stock dabei, und jetzt benutzte sie ihn. Ich taumelte unter ihren Schlägen, während die Schwestern der Dunkelheit jubelten. »Das ist das letzte Mal – nie wieder wirst du frei herumlaufen!«, keuchte sie, und jedes Mal, wenn sie eine Pause machte, um Luft zu holen, schlug sie mich erneut, bis ich glaubte, meine Rippen würden brechen. »Wie kannst du es wagen, dich um den Gefangenen unserer Mistress zu kümmern? Aber wir werden ihn schon bald zurückbekommen.«

Trotz der Schmerzen schoss eine glühende Freude durch mich hindurch. Sie musste von Josh sprechen. Er war also wirklich entkommen, er war bei Agnes, und Cal würde ihn finden. Ich schloss die Augen und dachte nur noch an diese gute Nachricht, bis Rowena Dalrymple endlich fertig war.

Sie warf den Stock weg und packte mich an den Haaren, brachte ihr bebendes rotes Gesicht ganz dicht an meines heran. »Der Moment deiner endgültigen Niederlage ist nah«, sagte sie schadenfroh. »Die Priesterin wird uns, ihre treuen Anhänger, belohnen.« Die Frauen lachten, als Miss Dalrymple anfing, mich die kalten weißen Marmorstufen hochzuziehen. Ich stolperte auf wackligen Beinen mit, während eine lange Reihe ordentlicher, gesitteter Schülerinnen die Stufen herunterkamen, angeführt von Miss Schofield. Eines der Mädchen warf mir einen Blick zu. Es war Velvet. Ich glaubte, einen winzigen Hauch von Erkennen in ihren dunklen Augen gesehen zu haben. Aber sie wandte sich ab und folgte den anderen, während die Glocke weiter und weiter läutete.

Als wir den zweiten Stock erreichten, zwang Miss Dalrymple mich den Korridor entlang, bis wir das Turmzimmer erreichten, das für Strafen benutzt wurde. Sie schob mich in die Mitte des Zimmers, und ich brach zusammen, rieb mir die geprellten Stellen und versuchte, wieder zu Atem zu kommen. Als ich dann aufsah, stellte ich voller Verwunderung fest, dass sich das Zimmer verändert hatte; von den in der Schule üblichen nackten weißen Wänden und schlichten Möbeln war nichts mehr zu sehen, stattdessen hatte es sich in eine dunkle, erstickende Höhle verwandelt, die mit schwarzer Seide ausgekleidet war und in der überall abscheuliche Masken und grinsende Fratzen hingen. Auf dem Tisch stapelten sich haufenweise ledergebundene Bücher sowie Pergamente und Schriftrollen, alle mit Totenschädeln und Dämonen und Todeszeichen verziert. Ein scharlachrotes Pentagramm war auf den Boden gemalt worden, und am Fenster hatte jemand ein Symbol angebracht. Es schien aus Bleiglas zu bestehen und hatte die Form eines einzelnen, starrenden Auges, um das sich Schlangen wanden.

»Bewunderst du die Arrangements unseres Meisters?«, fragte Miss Dalrymple mit einem albernen, grausamen Lächeln. »Vielleicht werden sie dir helfen, deine Gedanken zu fokussieren, bis du von der Großen Priesterin gerufen wirst.«

Ich machte mir nicht die Mühe, darauf etwas zu erwidern. Sie war ebenso wahnsinnig wie die anderen, vergiftet von dem wahnsinnigen Traum, ewig leben zu können und Macht anstelle von Liebe zu suchen. Ich sah ihr ins gerötete Gesicht, und hinter der Grausamkeit und der Gewalttätigkeit erkannte ich eine verzweifelte, traurige Frau, die Angst vor dem Alter und der Einsamkeit hatte und die sich deshalb an etwas klammerte, das ihr niemals das geben konnte, was sie wirklich brauchte. In diesem Moment empfand ich nichts als Mitgefühl für sie und die anderen Schwestern der Dunkelheit. Und was die Priesterin und ihren Geliebten, Dr. Franzen, betraf – sie waren innerlich zerfressen vor Angst. Sie hatten sogar Angst vor mir, vor dem abgeschobenen Kind, und deshalb hatten sie versucht, mich zu zerstören. Ich musste lachen.

Miss Dalrymple schlug mir voller Zorn kräftig ins Gesicht, und dann sagte sie kalt: »Es ist so weit, Helen Black. Bereite dich auf deinen Untergang vor.« Damit rauschte sie aus dem Zimmer und verriegelte die Tür hinter sich.

Ich lief zum Fenster und starrte nach unten. Auf dem Schulgelände wirkte alles ruhig. Als ich jedoch durch das Symbol aus gefärbtem Glas mit dem starrenden Auge blickte, bemerkte ich etwas. Das, was eigentlich weit weg war, tauchte in scharfen, brillanten Details auf. Als ich in die Richtung der Dorfkirche blickte, konnte ich die steinernen Mauern und den Glockenturm und den umliegenden Friedhof tatsächlich genauso klar sehen wie meinen Handrücken. Ich sah Agnes' einfaches Grab und die Engelsstatue, die es bewachte. Etliche Leute hatten sich darum versammelt, Frauen in langen schwarzen Gewändern, die sich Kapuzen tief ins Gesicht gezogen hatten. Sie waren von den alptraumhaften Skeletten der Toten des Hexenzirkels umgeben, die wieder aus ihren Gräbern gerufen worden waren, und ihre verrottenden Leichenhemden verströmten den Gestank des Bösen. Die Frauen sprangen auf Agnes' Grab und fingen an, an der Engelsstatue zu zerren, sie wieder und wieder anzustoßen, bis sie umkippte und zu Boden stürzte. Der Kopf und die Flügel brachen ab, als sie zerbarst. Noch ein weiterer wunderschöner Gegenstand, den der Hexenzirkel zerstörte.

Ich riss mich von dem Anblick los und kauerte mich unter dem Fenster zusammen, während ich wartete. Meine Zeit war gekommen. Ich musste bereit sein. Es gab nur noch eines, das ich zu tun hatte. Ich kramte in meiner Tasche und fand mein Tagebuch, in das ich meine letzten Worte schrieb.

Evie und Sarah, meine geliebten Schwestern. Ich hoffe, ihr werdet das hier eines Tages lesen und verstehen. Ich hoffe, ich erhalte die Gelegenheit, es euch zu geben.

Aber wenn nicht, wenn diese Schrift weggeworfen wird und in Vergessenheit gerät, kommt vielleicht eines Tages ein fremder Mensch und findet es. Und das ist es, was ich zu sagen habe. Ich war die verrückte Helen Black, aber ich habe schließlich die Wahrheit erkannt, und ich habe geglaubt. Also, wer immer das hier findet, wer immer es liest … wer immer du bist … du sollst wissen, dass ich mein Bestes getan habe. Urteile nicht zu hart über mich.

Wunderschöner Fremder, bete für mich.

Einunddreißig

Zeugnis von Evelyn Johnson

Alles, was ich jetzt noch tun konnte, war beten. Da war ein Teil in meinem Geist, der immer noch ich war – der wie ich fühlte und dachte –, auch wenn der Rest von der Priesterin kontrolliert wurde. Und was ich spürte, war Schmerz. Jeder Gedanke war Schmerz. Ich glaubte, dass Josh tot war, oder Schlimmeres. Sarah war an meiner Seite, aber ich konnte mit ihr noch nicht einmal reden, außer mit Worten, die Celia Hartle mir in den Mund legte. Helen, Cal und Agnes schienen weit weg zu sein. Die Priesterin fühlte sich allerdings schrecklich nah an, als hätte sie mein Sein durchdrungen, selbst in meinem Schlaf. Schon bald würde sie ihr grausames Versprechen vollenden und sich an unseren Seelen nähren, uns in die ewige Bindung zerren.

Nur Helen konnte das noch aufhalten.

Es ist schwer, sich an alles, was in dieser Nacht geschah, klar zu erinnern. Ich schlafwandelte einem furchtbaren Ende entgegen, als würde ich mit weit geöffneten Augen über eine Klippe hinausgehen. Aber ich erinnere mich, dass wir von der Glocke gerufen wurden, die lauter und lauter in meinem Kopf erklang, und alle Mädchen in der Schule bewegten sich gemeinsam, marschierten durch die dunklen Korridore, um sich im Ballsaal zu versammeln.

Wir hätten in diesem Moment alles getan, was man uns gesagt hätte; wir hätten die ganze Nacht getanzt, bis wir vor Erschöpfung zusammengebrochen wären; wir wären auf die Zinnen von Wyldcliffe geklettert und hätten uns nach unten auf die Pflastersteine gestürzt; wir wären in den eiskalten See gesprungen und in seinen dunklen Tiefen versunken, wenn *sie* es befohlen hätte. Und wenn sie unsere Jugend wollte, unsere Lebenskraft, unsere Seelen – sie hätte es nur aussprechen müssen, und es wäre geschehen.

Ja, ich erinnere mich daran, wie wir im Ballsaal standen, ein Teil der stummen Menge von Wyldcliffe-Schülerinnen, die lammfromm darauf warteten, dass die Priesterin und ihre Kameraden eintrafen. Sarah war neben mir, aber sie starrte vor sich hin, unfähig, sich zu widersetzen. Und waren das da ein Stück vor mir Velvets gerader Rücken und ihre dunklen Haare? Ja, vielleicht … ich verlor die Fähigkeit, die anderen Mädchen als Individuen zu sehen. *Mehr als irgendwelche Individuen … Wyldcliffe-Mädchen … wie Soldaten … ein Körper, ein Ziel, eine Persönlichkeit … wir alle gehören der Priesterin.* Und so standen wir in dem luftigen, ruhigen Saal, der von der Vergangenheit träumte, und warteten.

Und dann war sie da, unsere Oberste Mistress, begleitet von Dr. Franzen und strahlend vor Stolz und Macht. Sie trugen beide lange Gewänder und Kronen, die mit Pentagrammen und Schlangen geschmückt waren. Die Kugel aus dunkler Energie, in der sich der Talisman, die Krone und das Siegel befanden, schwebte über ihren Köpfen. Die Frauen des Hexenzirkels versammelten sich um sie. Sie trugen schwarze Kapuzenumhänge und hielten flammende Fackeln in den Händen, deren schwerer Rauch den

Raum mit bittersüßen Dämpfen erfüllte. Neben jedem lebenden Mitglied des Hexenzirkels stand die abscheuliche Gestalt einer Leiche im Leichenhemd: eine tote Schwester der Dunkelheit, die aus dem Grab gerufen worden war, um die Armee des Schreckens und der Verzweiflung, die auf den Befehl der Priesterin hörte, zu verstärken.

Dr. Franzen klopfte mit seinem Stock auf den Boden, und die Vorhänge fielen von den hohen französischen Fenstern. Tanzende Spiegelungen der Fackeln glitzerten auf den Scheiben. Der Master ließ seine Stimme ertönen. »Die Priesterin ist bereit, eure Huldigung zu empfangen! Heute Nacht wird sie ihr großes Werk in Wyldcliffe vollbringen. Ihr habt das große Glück, Zeugen ihres Triumphes zu sein. Bezeugen wir ihren Sieg!«

Die zweiflügelige Tür am Ende des Ballsaals wurde aufgerissen. Zwei Frauen vom Hexenzirkel in karmesinroten Gewändern führten Helen in den Ballsaal. Sie war unsere letzte Hoffnung, und ich versuchte, ihren Namen zu rufen, aber ich konnte meine Lippen nicht bewegen.

Helen wurde nach vorn gezerrt und gezwungen, vor ihrer Mutter niederzuknien. Die Schwestern der Dunkelheit jubelten und pfiffen hämisch. Aber Helen kniete klaglos nieder, wie eine Heilige in der Wildnis, und eine Ecke meines erstarrten Herzens rührte sich vor Mitgefühl.

»So, Helen«, sagte die Priesterin. »Endlich ist der Moment gekommen; dies ist die Nacht unserer Abrechnung. Nichts kann dich jetzt vor der Entscheidung bewahren, die du treffen musst. Die Falle, die ich für dich ersonnen habe, wird alles, was du tust, zu meinem Vorteil wenden.« Sie lachte fröhlich, als würde sie etwas Wunderschönes an ihr Herz drücken. »Deine Freunde sind verschwunden. Es ist niemand mehr hier, um dir zu helfen. Du bist allein.«

Helen murmelte etwas. »Was war das?«, spottete ihre Mutter. »Sprich lauter, Liebes, damit wir alle von deiner Weisheit lernen können.«

»Ich sagte, ich bin nicht allein«, erwiderte Helen.

Die Frauen des Hexenzirkels heulten und lachten und ließen die langen silbernen Messer, die sie bei sich trugen, klirrend gegeneinanderklatschen. Die Priesterin hob die Hand und befahl Ruhe. »Also, wer ist hier, um dir zu helfen?« Sie sah sich in vorgetäuschter Verwunderung um. »Ich sehe meine Gefangenen. Ich sehe meinen treuen Gefährten. Ich sehe meine Schwestern und die Überreste der Dahingeschiedenen. Sie alle sind hier, um mir und meinem Meister, dem Dunklen König, zu dienen. Wer ist hier für dich?«

»Es gibt viele Dinge, die du nicht sehen kannst«, sagte Helen. »Ich dachte einst, dass ich allein auf dieser Welt wäre, aber ich habe mich geirrt. Du bist von deinen Schwestern der Dunkelheit umgeben, von deinem Geliebten, deinen Gefangenen, aber in Wirklichkeit bist du mehr allein als ich.« Sie hob ihr Gesicht zum flackernden Fackellicht und begann zu lächeln. »Es gibt etwas, das ist immer bei mir. Es ist überall. Es ist in der Luft und im Meer und in der Erde. Es ist im Feuer der Sterne.«

»Oh, nicht wieder diese alte Geschichte, nicht wieder deine wimmernde, schwächliche *Liebe*. Bitte erspare mir das! Das Wort macht mich krank. Abgesehen davon, Helen, wer auf der ganzen Welt hat dich schon jemals geliebt? Weißt du nicht, wie sie dich genannt haben? Die verrückte Helen Black! Sie haben dich ausgelacht!«

»Das ist unwichtig. Ich dachte, ich wollte geliebt werden. Ich habe mich so verzweifelt danach gesehnt. Aber jetzt – hier am Ende von allem, begreife ich, dass es unwichtig ist.« Helen blickte unverwandt in das wütende Gesicht ihrer Mutter. »Ich habe geliebt, und das genügt. Dadurch bin ich nicht allein auf der Welt, weder im Leben noch im Tod. Und keine Qual, die du ersinnen kannst, könnte das ändern. Ich glaube an die Liebe. Ich bin nicht allein. Ich glaube.«

Das Gesicht der Priesterin verzerrte sich vor Wut. »Genug! Ich weigere mich, mir deine pathetischen Worte noch länger anzuhören. Ich habe dir die Wahl gelassen, Helen. Du musst deine Entscheidung jetzt treffen – öffne die Schlüssel der Macht für mich, oder verdamme ganz Wyldcliffe zur ewigen Bindung.«

Ich hatte das Gefühl, als würde ich ohnmächtig werden, obwohl mein Körper durch die Beschwörung der Priesterin aufrecht gehalten wurde. Dies war der Augenblick, in dem sich unser aller Schicksale trafen.

Schließlich sprach Helen. In dem großen Raum klang ihre Stimme dünn. »Ich weiß, wie ich die Schlüssel für dich öffnen kann. Ich weiß, wie ich dir die Kräfte geben kann, die du begehrst.«

»Und wirst du es tun?« Die Stimme ihrer Mutter zitterte vor verzweifelter Sehnsucht.

»Die Alternative wäre, meine Freundinnen im Stich zu lassen und zuzusehen, wie sie das werden, was Laura einmal war. Und das werde ich nicht zulassen, niemals. Also gewinnst du. Du bekommst die Kräfte, und dann wirst du weit weggehen, und wir werden wieder unser altes Leben führen können.«

»Einverstanden«, flüsterte die Priesterin.

Oh, Helen! Ich hätte ihr so gern zugerufen: *Tu das nicht!* Erstarrte Tränen schmerzten hinter meinen Augen, aber ich konnte mich nicht bewegen, konnte nicht sprechen und auch auf keine andere Weise ein Gefühl ausdrücken. Helen war bereit, alles zu riskieren, nur um unser Leben zu retten, aber ich wusste, dass es falsch war. Ich wusste, dass die Priesterin nie ein Versprechen halten würde, das sie gemacht hatte. Sie würde die Kräfte nehmen, die Helen ihr bot, und uns dann trotzdem in Gebundene Seelen verwandeln. Nichts würde sie daran hindern, über Wyldcliffe zu herrschen, nicht nur über die Schule, sondern auch über die Menschen in den Häusern und einsamen Höfen, sogar über die Kinder, die glücklich in der Dorfschule spielten. Ich konnte fast hören, wie ihre tiefe, heisere Stimme in ihrem endgültigen Triumph frohlockte: *Jetzt gehört das ganze Tal uns – jeder Mann und jede Frau und jedes Kind. Oh, diese lieben kleinen Kinder aus dem Dorf! Wie unschuldig sie immer gespielt haben! Wie süß und wie frisch! Und wie gut werden ihre Seelen schmecken, wenn wir sie aussaugen! Ihre Kraft und Energie in Kombination mit der der Wyldcliffe-Schülerinnen wird uns gut nähren, und wir werden stärker sein als jemals zuvor, versorgt von unserem Heer an Gebundenen Seelen und Sklaven!* Wyldcliffe war verdammt, und ich konnte nicht das Geringste dagegen tun, außer zu hoffen und zu beten und Vertrauen in Helen Black zu haben.

»Fahren wir fort!«, rief die Priesterin mit tönender, eifriger Stimme.

»Meine Schwestern müssen bei mir sein.«

Die Priesterin zögerte, dann nickte sie Dr. Franzen leicht zu, der mich nach vorn winkte. Ich trat automatisch zu Helen, ohne irgendeinen eigenen Willen. Bei Sarah war es das Gleiche. Helen schob ihre Hand in ihre Tasche und zog ein Stück Kreide heraus, mit dem sie einen einfachen Kreis auf dem Boden des Ballsaals zog. »Es gibt viele Kreise und viele Schlüssel und viele Arten von Liebe«, flüsterte sie, während ihre Mutter argwöhnisch zusah. Erneut schob Helen ihre Hand in die Tasche, und diesmal zog sie eine Glasscherbe heraus. Sie schnitt sich eine Strähne ihrer blonden Haare ab und ließ sie im Kreis vor unsere Füße fallen. »Ich gebe alles, was ich habe«, sagte sie schlicht, und es war, als würde die Priesterin zufrieden tief ausatmen. Dann wandte Helen sich an Sarah und schnitt ihr eine Strähne ihrer weichen braunen Locken ab. »Gib alles, meine Schwester«, befahl sie und ließ die Locke auf den Boden fallen. Schließlich kam sie zu mir und tat dasselbe. »Gib alles – biete es an.« Eine Strähne meiner roten Haare lag auf dem Boden neben den anderen, und ein unklarer Gedanke strömte durch meinen Geist: *Wir brauchen auch Agnes, wir brauchen unsere vierte Schwester*, und dann schien eine Stimme als Antwort zu sagen, *Nein, nicht Agnes, Velvet*, und eine verworrene Erinnerung an Velvet, die einen Teil ihrer glänzenden schwarzen Haare abschnitt, kam wie ein seltsamer Traum zu mir.

Helen steckte die Glasscherbe und das Kreidestück wieder in ihre Tasche zurück. Sie hob die Arme und sah zu der dunklen, leuchtenden Kugel hoch, die noch immer in der Luft schwebte. In ihrem Innern waren die schwachen Umrisse des Talismans, der Krone und des Siegels gerade eben noch sichtbar. »Die Zeichen unserer Macht, die Schlüssel zu den elementaren Mysterien sind anwesend«, sagte Helen, »auch wenn sie außerhalb unserer Reichweite und im Dunklen Licht gefangen sind. Mögen sie uns jetzt hören. Wir entlassen sie. Lasst sie eine neue Herrin wählen, wenn das ihr Wille ist. Lasst sie ihre Bestimmung vollenden.«

Sie begann jetzt zu singen: »Wasser des Lebens, fließ

zu deinem Bestimmungsort. Erde, unsere Mutter, enthülle deine Geheimnisse. Feuer der Schöpfung, brenne deinen Pfad in die Nacht. Winde des Himmels, singt jetzt für uns!«

Die Schlüssel im Käfig glühten in einem unheimlichen Licht. Die Priesterin starrte sie gierig an, bereit, sich die Gaben zu schnappen, die Helen für sie vorbereitete. »Endlich ... endlich«, murmelte sie mit einer Stimme, die belegt war vor selbstsüchtiger Leidenschaft. »Alles wird mein sein, alles wird der Priesterin gehören. Beeil dich! Öffne die Schlüssel!«

Aber während die Priesterin sprach, zog Helen plötzlich ihren Ärmel hoch und berührte das Zeichen auf ihrem Arm, das einer Tätowierung ähnelte. Sie schrie: »Ich öffne die Schlüssel für meine Schwestern und den Mystischen Weg. Ich weise dich und deine Befehle für immer zurück!« Ein blendend heller Kreis aus goldenem Licht strahlte von dem Siegel auf Helens Arm aus, schoss wie ein wirbelnder Stern weg. Er krachte in die Kugel und zerstörte sie. Einen Moment später hing der Talisman um meinen Hals, und Sarah trug wieder die Krone. Wir waren wach und neben Helen, und um uns herum befand sich ein Schutzkreis. Sie drückte das Siegel an ihre Brust, und es leuchtete so hell, dass ich es kaum ansehen konnte, aber das war nichts verglichen mit dem Licht in Helens Augen, als sie mit ihrer entsetzten Mutter sprach.

»Du hast gedacht, ich könnte nicht gegen dich kämpfen, während das Siegel in deinem Besitz ist, aber das hier«, – Helen deutete auf die funkelnde Brosche – »ist nur eine äußere Hülle. Sein wahres Wesen ist in mir, so wie Evies und Sarahs wahre Kräfte in ihren Herzen und nicht in ihren Gegenständen sind, so kostbar diese auch sein mögen. Du konntest uns unsere Kräfte nicht stehlen, wie du auch Josh nicht aus unseren Herzen reißen oder irgendjemanden von uns wirklich von den anderen trennen konntest, selbst wenn du uns an verschiedene Ecken des Universums verfrachtet hättest. Wir alle sind durch Liebe miteinander verbunden, und die Liebe ist die einzig wahre, die einzig ewige Kraft. Solange wir das glauben, können wir alles vollbringen, und du wirst uns gegenüber immer hilflos sein.«

»Nein … nein«, stöhnte die Priesterin. Sie versuchte, das Siegel von Helens Kleidung wegzureißen, aber ein blendendes Licht ließ sie taumeln und zurückweichen. »Was hast du getan?«, kreischte sie voller Wut.

»Du verstehst es immer noch nicht, was?«, erwiderte Helen ruhig. »Ich bin stärker als du, weil ich mehr fühlen kann als nur Angst und Hass. Aber das menschliche Herz ist etwas, das du niemals verstehen wirst, weil du es als Schwäche verachtest. Sieh her!« Helen streckte ihren Arm aus. »Ich bin von der Liebe gezeichnet – vom Schicksal ausgesondert. Ich brauche das Siegel nicht mehr zu beanspruchen, es hat bereits mich beansprucht! Und jetzt glaube ich wirklich an meine Kräfte! *Sigillum magnum … signum dei vivi* … Ich folge dem Zeichen des Einen, der mich niemals verlassen wird. Mir wurde gezeigt, was ich tun soll und dass ich keine Angst davor haben muss, es zu tun. Mit der Macht des Großen Siegels befreie ich deine Gefangenen! Ich glaube!«

»Aufhören!«, schrie die Priesterin zornentbrannt. »Das Siegel gehört mir! Und ich beanspruche *dich*!« Und dann schien alles auf einmal zu passieren. Mrs. Hartle und Dr. Franzen machten einen Satz nach vorn, um uns zu ergreifen, aber sie wurden von unserem Schutzkreis zurückgehalten. Die Schülerinnen um uns herum erwachten jetzt nach und nach aus ihrer Trance. Vollständige Verwirrung und Panik brach aus. Die Mädchen sahen die toten Schwestern der Dunkelheit und die kapuzenverhüllten Reihen der lebenden Frauen des Hexenzirkels und wurden von Entsetzen überwältigt. Die Schwestern der Dunkelheit, die toten und die lebenden, heulten und zogen ihre langen Messer und machten sich bereit, sich auf uns zu stürzen, aber in diesem Moment erklang eine klare Stimme.

»Helen! Helen! Ich glaube an dich! Du bist nicht allein!«

Es war Velvet. Sie hatte sich aus den Reihen der benommenen Mädchen gelöst. Der Hexenzirkel starrte sie verwundert an, und die Priesterin fauchte. »Geh dahin zurück, wo du hingehörst, Sklavin.« Sie hob eine Hand, um eine Salve von ihrem dunklen Feuer auf sie abzuschießen, aber Velvet lachte nur.

»Deine Beschwörungen können mich nicht berühren. Ich habe meine eigenen Kräfte und meine eigene Geschichte. Und das hier ist erst der Anfang!« Velvet öffnete die Hand, und ich sah, dass sie das Messer mit dem Knochengriff hielt, das Sarah vor so vielen Wochen in der Grotte benutzt hatte. Es schien mir mittlerweile schon so lange her zu sein, als wäre es fast in einem anderen Leben gewesen.

Mit einer raschen Bewegung ihres Handgelenks stieß Velvet das Messer in den polierten Fußboden im Innern des Kreidekreises und rief: »Erwachet! Erwachet für Helen!«

»Aufhören – haltet sie auf!«, schrie die Priesterin. Aber es war zu spät. Das Messer steckte in der glatten Oberfläche des Holzes, und der Knochengriff zitterte leicht. Er begann sich zu drehen und zu wachsen, wie ein Baum, der vor meinen Augen ins Leben trat. Dr. Franzen versuchte, ihn mit seinem Stock wegzuschlagen, aber er wurde mit einem Ruck zurückgeschleudert. Der Knochengriff wuchs weiter, und ich sah, dass er die Form von zwei gebogenen Geweihen annahm. Der Boden schwankte und hob und senkte sich, und eine dunkle Masse aus Fell und Hufen barst in den Ballsaal: ein mächtiger Hirsch mit großen schwarzen Augen und zitternden Nüstern, der sich auf die Hinterbeine stellte und dann über die kauernde Priesterin hinwegsprang. In der Ferne erklang ein Horn, und die elegante Reihe aus französischen Fenstern zerbrach in ein Konfetti aus Glassplittern.

»Nein, nein! Zurück!«, schrie die Priesterin, aber ihre Worte waren so nutzlos wie trockenes Gras in einem Buschbrand. Ich stand wie angewurzelt mit offenem Mund da. Es war ein Wunder.

Reiter auf schäumenden schwarzen Hengsten galoppierten durch die zerbrochenen Fenster, schrien ihre wilde Freude heraus und jagten hinter dem Hirsch her. Sie trugen Felle und Leder und grüne Masken, und ihre langen Haare flatterten hinter ihnen her. Die Mauern des Saals schienen zu zittern und zu flimmern, und ich sah eine wilde grüne Waldlichtung, die sich einst an dieser Stelle befunden hatte, wo später die Abtei errichtet worden war.

»Die Wilde Jagd reitet für dich, Helen!«, rief Velvet. Die Priesterin und ihre Anhänger starrten entsetzt auf das Geschehen; sie versuchten, den wirbelnden Pferdehufen und den spitzen Speeren der Jäger auszuweichen, als die furchtlosen Reiter im Kreis herumgaloppierten, dabei in ihre hellen Hörner stießen und wilde, süße Klänge durch die Nacht hallten. Der Hirsch schoss davon, aber jetzt hatten die Jäger eine andere Beute – die Priesterin und ihre dunkle Brut. Und andere Reiter nahmen an der Jagd teil: Cal preschte auf seinem treuen alten Pferd heran, mit grimmiger, stürmischer Miene, während er Sarah in der Menge suchte, und hinter Cal ritt Josh auf einer wundervollen weißen Stute durch die Nacht. Er kam atemlos zu mir gedonnert, riss mich zu sich in den Sattel hoch. »Agnes und Cal haben mich gefunden, aber ich bin nur zu dir zurückgekehrt«, sagte er. »Alles, was ich bin, gehört dir, Evie, wenn du es willst.«

»Ich will dich so sehr«, antwortete ich mit zitternder Stimme. »Ich möchte von vorn anfangen. Kannst du mir verzeihen, dass ich dich so lange warten ließ?«

»Es gibt nichts zu verzeihen.« Dann küsste Josh mich, und ich hatte endlich mein Zuhause gefunden. Er schlang seine Arme fest um mich, und er war warm und freundlich und aufrichtig, und ich war bereit, von vorn anzufangen. Josh war wie die Sonne nach dem Regen, er war der Morgen nach dem Sturm, und die ganze Zukunft wartete auf uns.

Aber in diesem Moment brach erst einmal der Kampf aus. Alles andere würde warten müssen. Der Hexenzirkel hatte sich von seinem anfänglichen Schock erholt und schwärmte jetzt aus, um seine Mistress zu verteidigen. Der Jagdtrupp hatte sich auf die eine Seite begeben, der Hexenzirkel stand auf der anderen. Die Schwestern der Dunkelheit versuchten, die Jäger mit ihren blitzenden Messern und ihren brennenden Fackeln zurückzutreiben. Helen, Sarah und Velvet standen Rücken an Rücken in unserem Kreis. Zu Tode erschreckte Schülerinnen kauerten sich hin, wo sie waren, und schluchzten hysterisch. Cal stürzte sich auf Dr. Franzen, der ein schwarzes kurzes Messer zog und wild auf Cal einstieß. Aber Cal duckte sich und zwang ihn zu Boden; dann stieß Dr. Franzen erneut zu, und Cal stürzte … in seinem Gesicht war Blut … dann verlor ich ihn ganz aus den Augen. Ich rutschte von Joshs Pferd. »Geh und hilf Cal!«, sagte ich und lief zu Helen und den Mädchen zurück. Wir hielten uns im Kreis an den Händen, um Agnes um Hilfe anzurufen. Aber wir waren von den heulenden Frauen umkreist, die uns mit ihren feurigen Waffen reizten, und die Priesterin näherte sich uns rasch. Helen wandte sich an Velvet. »Kannst du sie mit deiner Wilden Jagd von uns fernhalten? Ich brauche dich und Cal und Josh hier; ihr müsst sicherstellen, dass den Schülerinnen nichts passiert – nicht einer einzigen. Und Sarah und Evie müssen mit mir kommen.«

»Natürlich«, antwortete Velvet eifrig. Sie hielt eine Fackel in der Hand, die sie einer der Schwestern der Dunkelheit entrissen hatte, und wirkte wie eine Kriegerkönigin, gefährlich, aber stolz und glücklich. »Es ist deine Zeit, Helen. Tu, was immer du tun musst.« Dann lächelte sie. »Ich habe mich richtig entschieden, nicht wahr? Ich habe meine zweite Chance genutzt. Geh jetzt!«

»Danke – danke!«, rief Helen. Velvet sprang aus dem Kreis und schwang die Fackel wie ein flammendes Schwert, während Helen zu singen begann. Es war ein reiner, hoher Ton, der sich über all dem Rauch und dem Lärm und dem Wahnsinn erhob. Das Letzte, was ich sah, bevor die dunkle, chaotische Schlacht vor meinen Augen verschwand, war Dr. Franzen, der auf Velvet zulief und sie an den Haaren packte, während die Priesterin mit verwegener, verzweifelnder Stimme eine schreckliche Beschwörung sang.

Ich aber war an einem kühlen, dämmrigen Ort. Meine Sorge, was unsere Feinde betraf, was Josh und Cal und die Schlacht betraf sowie meine Verblüffung über Velvet – all das verließ mich so plötzlich, als hätte ich einen schweren Mantel ausgezogen und wäre ins Wasser gesprungen. Sarah und Helen und ich hielten uns an den Händen, und Helen sang. Es war so wunderschön, dass ich glaubte, mir würde das Herz zerspringen.

Ihr Gesang war so rein wie das Sternenlicht, so klar wie die Stimme einer Mutter, die ihr Kind ruft, so heilig wie die eines Engels, der die erwachende Welt preist. Helen hielt unsere Hände fest, während sie uns durch die geheimen Pfade der Luft führte, und diesmal gab es keinen vernichtenden Sturm, durch den wir hindurchziehen mussten. Diesmal war alles Friede und Schönheit und Licht. Wir tanzten im Wind, Helen, Sarah und ich, getragen von ihrem Lied und erneuert durch unsere Schwesternschaft. Wir sahen die zitternden Umrisse von vertrauten Orten unterhalb von uns, in weiter Ferne und so, als würden wir durch tiefes Wasser blicken: die Abtei, die Ruine, der Steinring auf dem Ridge, die umgestürzten Reste von Uppercliffe, der Höhleneingang am Weißen Tor. Ich glaubte sogar, einen kurzen Blick auf die alte Kathedrale von Wyldford Cross erhascht zu haben. »Wohin gehen wir?«, fragte ich Helen, auch wenn es mir nicht so vorkam, als hätte ich gesprochen, und es vielmehr so war, als könnte sie meine Gedanken verstehen.

»Wir müssen die Zeit finden«, antwortete sie. »Und das, was hätte sein können.«

Ich verstand nicht ganz, was sie meinte. Aber sie sang bereits wieder, wenn auch jetzt auf eine andere Art und Weise, sanft und langsam, und wir sanken allmählich tiefer. Die Luft bewegte und veränderte sich, schimmerte wie Seide. Wir waren angekommen.

Es war dunkel. Wir befanden uns in einem kalten, feuchten Raum – vielleicht in der Grotte? Oder in irgendeinem Keller unter der Schule … Helen zündete ein Streichholz an und brachte eine Kerze in einem verrosteten Eisenhalter zum Brennen, der an einer Wand aus feuchten grauen Steinen befestigt war. Es dauerte einen Moment, bis mir klar wurde, wo wir uns befanden.

Ich war schon einmal hier gewesen. Unten in der Krypta unter der Ruine der Kapelle, wo sich eine Reihe von unterirdischen Tunneln und Kellerräumen befanden. In meinem ersten *Term* in Wyldcliffe war ich dort festgehalten worden, als Celia Hartle und ihr Hexenzirkel versucht hatten, mir den Talisman zu stehlen und mit seiner Hilfe Sebastian an ihren Willen zu binden. Sarah und Helen hatten mir geholfen, die Schwestern der Dunkelheit zu bekämpfen, während ich Sebastian in meinen Armen gehalten hatte. Und jetzt waren wir wieder hier. Der Kreis schloss sich. Ich wusste jetzt, dass Sebastian mir mein Glück mit Josh nicht übel nahm, ganz egal, was auch immer noch geschehen würde. Sebastian hätte nicht gewollt, dass ich mein Leben lang an den dunklen Orten blieb, die ich mit ihm zusammen kennengelernt hatte. Ich verspürte ein tiefgreifendes Gefühl der Hoffnung, als ich mich zu Helen umdrehte. »Wieso sind wir hierhergekommen?«, fragte ich sie.

»Ich muss diesen endlosen Kampf beenden, und das kann ich nur auf eine einzige Weise tun. Und ich muss es jetzt tun.« Sie zog an ihrem Finger, und zum ersten Mal bemerkte ich, dass sie dort einen schlichten Goldring trug. Sie hielt ihn hoch, und ich sah im Kerzenlicht, dass auf der Innenseite Zeichen eingraviert waren, undeutliche Buchstaben, die das Wort *jetzt* zu bilden schienen.

»Glaubt ihr, dass alles verbunden ist?«, fragte Helen, und ihre hellen Augen leuchteten seltsam dabei. »Ich ja. Ich glaube es.«

Sie ging zum Ende der breiten, gewölbten Krypta und legte ihre Hände locker auf den Steintisch oder Altar. Sie schien nach etwas zu suchen, tastete hier und da über den rauen Stein. »Seht nur!«, sagte sie. Sarah und ich knieten nieder und sahen, dass Helen auf den schwachen Umriss eines Kreises deutete, der in den unteren Teil des Altars gemeißelt worden war, eine Art flache Kerbe. Helen legte den Ring in den Kreis, und der gesamte Steintisch schwang zur Seite und gab eine Wendeltreppe frei, die hinab ins Herz der Erde führte. Sie wurde von seltsamen Blöcken aus Kristall beleuchtet, die an den Wänden angebracht waren. Helen steckte sich den Ring wieder an den Finger und erhob sich.

»Wo hast du diesen Ring her?«, fragte Sarah.

»Lynton hat ihn mir gegeben.«

»Lynton? Der Junge, der für dich Musik gemacht hat? Was hat er mit alldem zu tun?«

»Das kann ich jetzt nicht genau erklären«, antwortete Helen. »Wollt ihr weitergehen oder umkehren?«

Sarah und ich sahen uns an. All die Liebe und das Vertrauen, das ich für Helen empfand, sah ich in Sarahs Augen gespiegelt. »Musst du das wirklich noch fragen?«, wollte ich wissen. »Wir bleiben bis zum Ende bei dir.«

Und so begaben wir drei uns hinunter in die verborgene Erde, hundert Stufen und hundert weitere, und noch mal und noch mal so viele. Meine alten Ängste vor der Dunkelheit waren verschwunden, ich war bei meinen Schwestern und hatte keine Angst, ich wurde nur von dem Wunsch getrieben zu beenden, was wir angefangen hatten. Wir stiegen noch weiter hinunter, bis wir zu zählen vergaßen und von den vielen Windungen und dem endlosen Echo unserer Schritte ganz benommen waren. Als ich dann jedes Zeitgefühl und jede Orientierung verloren hatte und schon glaubte, nicht mehr weiterzukönnen, erreichten wir schließlich den Grund. Wir schritten durch eine niedrige Holztür und betraten eine runde Kammer, die aus dem schwarzen Fels gehauen worden war. Vier große Lampen aus Kristall verströmten ein weiches, reines Licht.

Die Wände der schwarzen Kammer waren poliert und glänzten, aber es war kein Dach zu sehen. Die Mauern ragten so hoch auf, dass wir nicht erkennen konnten, wo sie endeten, so als würden wir am Grund eines unmöglich hohen Brunnens stehen. Ich hatte das Gefühl – oder bildete es mir womöglich nur ein –, dass ich hoch über uns ein Fleckchen Licht und ein Fenster sehen konnte, das zurück in die Welt der Lebenden führte.

Mitten in der Kammer befand sich ein runder Teich, der von einer niedrigen Mauer umgeben war. Das Wasser reichte bis an ihren Rand und war vollkommen reglos und glatt wie eine Glasscheibe. Über dem Teich wölbte sich ein filigran geschmiedeter Bogen, von dem eine Glocke aus Eisen herabhing.

Wir sahen uns erstaunt an und traten näher, angezogen von dem seltsamen und schönen Anblick. Ganz oben auf dem Bogen befand sich ein Symbol: ein Kreis wie die Sonnenscheibe, durchkreuzt von zwei raschen Flügeln – oder waren es zwei scharfe Dolche?

»Das Siegel!«, rief Sarah. Und dann sahen wir, dass die

Glocke noch mit anderen Umrissen und Symbolen graviert war: ineinander verflochtene Kreise, die sich von allein zu Buchstaben und Worten formten, die wir irgendwie verstehen konnten.

Ich bewache die Zeit: das, was ist; das, was war; das, was sein wird, und das, was vielleicht gewesen wäre. Jeder Kreis ist ein Teil des Ganzen.

Helen wirkte blass, aber entschlossen, als hätte sie sich entschieden, etwas zu tun, das sie zugleich fürchtete und doch auch ersehnte.

»Wir haben die Gabe unserer elementaren Kräfte erhalten, aber es gibt noch ein anderes Element, die Zeit selbst. Miss Scratton hat uns gesagt, nicht wahr, dass es unter dem Tal von Wyldcliffe einen Riss in der Zeit geben würde, und das hier ist er, genau unter der Kapelle, die von den ersten heiligen Schwestern errichtet wurde, um den Einen zu rühmen, der alle Dinge erschaffen hat – Vergangenheit und Zukunft, Sichtbares und Unsichtbares. Die Menschen, die in uralten Zeiten das Auge der Zeit in das Gestein unter dem Ridge gemeißelt haben, ehrten auf diese Weise diesen heiligen, gefährlichen Ort. Dieses Wasser verbirgt eine Tür, die sich zwischen uns und den Schatten und vielen anderen Welten befindet. Eine dieser anderen Welten ist die Welt dessen, was hätte sein können. Sie stellt eine andere Dimension dar, die zusammengerollt in denjenigen verborgen liegt, die wir sehen und kennen, aber sie ist hinter einer geheimen Tür eingesperrt. Diese Tür müssen wir jetzt öffnen.«

»Woher weißt du das alles, Helen?«, fragte ich, fasziniert von ihrer Macht und ihrer Schönheit und ihrer Gewissheit.

»Ich spüre es in meinem Herzen. Ich sehe Dinge, Gestalten und Formen und Bedeutungen wie … wie strahlende Engel, die an den Rändern meines Verstandes schweben. Ich glaube, wir sind in diesem Moment hierhergeführt worden, um alle Geheimnisse zu enthüllen. Abgesehen davon«, sagte sie und berührte das Siegel leicht, das sie immer noch auf ihrem Pullover trug, »ist das Siegel jetzt aufgewacht. Es spricht zu mir, und ich bin endlich nach Hause gekommen.«

»Was sollen wir jetzt für dich tun?«, fragte Sarah geradeheraus. »Und wie kann uns das helfen, die Priesterin zu besiegen?«

»Wir können sie nicht besiegen.«

»Aber wir haben sie im Fels gefangen«, wandte ich ein. »Und wir haben sie und ihren Hexenzirkel mit dem Wasser des Sees weggeschwemmt, als der über die Ufer gestiegen ist. Und wir haben jetzt Cal und Josh und Velvet und die Wilde Jagd. Wir können sie wieder schlagen.«

»Und sie wird wieder zurückkommen und noch tödlicher sein, ein ums andere Mal«, erwiderte Helen ungeduldig. »Wie oft haben wir bereits gegen die Priesterin gekämpft? Diesmal müssen wir dem ein Ende machen. Weil es sonst immer irgendwelche Unschuldigen gibt, die sie als Geiseln nimmt: ein Kind, eine Mutter, meine Freundinnen. Sie wird wieder und wieder versuchen, mich dazu zu zwingen ihr zu geben, was sie sich ersehnt. Schon ohne die Kräfte unserer Schlüssel ist sie eine beachtliche Gegnerin. Wir können sie nicht wirklich besiegen, und wir können auch nicht den Zauberer Dr. Franzen oder ihren schrecklichen Ewigen König besiegen. Wir können die Priesterin nicht aufhalten. Aber wir können Celia Hartle daran hindern, überhaupt zur Priesterin zu werden. Wir können sie dazu bringen, eine andere Entscheidung zu treffen. Dazu müssen wir nur die Zeit zurückdrehen.«

»Aber das ist unmöglich!«, sagte Sarah.

Helen lächelte. »Und war es unmöglich für Evie, Sebastian dem Einen wiederzugeben? War es unmöglich für dich, hinunter in den Tod zu gehen und als Königin zurückzukehren? Nichts ist unmöglich, wenn man daran glaubt.«

»Aber wie? Die Zeit steht fest, du kannst sie nicht ändern«, sagte ich verwirrt.

»Die Zeit ist jetzt und jetzt und jetzt. Sie ist ein niemals endender Kreis; ein ganzer Tanz von Kreisen im Innern von Kreisen. Alles, was wir tun müssen, ist den richtigen Kreis zu finden.«

Sarah und ich starrten einander an; wir verstanden es immer noch nicht, aber wir waren bereit, ihr zu folgen. Helen hatte das Siegel geöffnet, und sie war eine Tochter der Luft, des größten Elementes von allen, der Atem des Lebens. Wir würden ihr folgen, wohin sie auch ging, sofern sie es zuließ.

Helen begann, langsam um den Teich herumzugehen. Sie sang. »Heiliger Wind des Friedens, komm jetzt zu uns, so weich wie der Atem unschuldiger Kinder.« Während sie ging, erwachte die Luft zum Leben, wirbelte in einem schimmernden Kreis aus funkelnden Farben. Helen lächelte uns an. »Liebe Sarah und Evie, leiht mir eure Gaben.«

Sarah folgte Helen langsam, ging um den Teich herum, und währenddessen öffnete sie die Hände. Frische grüne Blätter fielen heraus, verströmten ihren Duft, während sie weiterging. »Blätter der lebenden Bäume, Gaben der Erde, heilt und segnet uns, von Sonnenaufgang bis Sonnenuntergang.«

Dann machte auch ich meinen Kreis. Ich schloss meine Finger um den Talisman und bat Agnes im Stillen, uns zu helfen. »Feuer und Wasser, Flamme und Fluss«, sang ich, »brennt hell, fließt süß; entflammt unsere Herzen und löscht unseren Durst nach dem, was recht und wahr ist.« Ein Kreis sanfter Flammen flackerte und leuchtete am Rand des Teiches, trieb auf dem Wasser und spiegelte sich in seinen glasigen Tiefen.

»Danke.« Helen drückte unsere Hände und sah uns plötzlich geradeheraus an. »Was immer passiert, ich möchte, dass ihr wisst …« Sie unterbrach sich, dann kämpfte sie darum, doch zu sagen, was ihr auf der Zunge lag. »Wenn die Dinge sich ändern und ich weggehen muss …«

»Was ist los, Helen?«, fragte Sarah sanft. »Was versuchst du uns zu sagen?«

»Nichts.« Helen umarmte uns beide nacheinander, und dann ließ sie uns los. Tränen schimmerten in ihren Augen, aber sie lächelte und sagte: »Was habe ich immer gesagt? Alles wird gut werden. Ich glaube das jetzt wirklich, auch wenn ich nicht alles von dem, was passieren wird, erkennen kann. Machen wir einfach weiter.«

Sie hob die Arme und sagte: »Ich beschwöre die Welt dessen, was hätte sein können. Ich bin die Hüterin des Siegels. Lasst die frühere Hüterin aus dem Kreis der Zeit zu mir kommen und zurücknehmen, was ihr gehört.« Sie beugte sich über das Wasser und griff nach der Eisenglocke, um sie sanft zu läuten. Ein hallendes Geräusch erklang, wie die Erinnerung an ein Lied. Dann löste Helen das Siegel von ihrer Kleidung und hielt es über den Teich. »Ich opfere diesen Schlüssel, um die Tür der Zeit zu öffnen.«

Helen ließ die goldene Brosche aus ihrer Hand gleiten, und sie fiel ins Wasser, erzeugte Wellen, die sich immer weiter ausbreiteten. Das Geräusch der Glocke wurde lauter und beharrlicher. Ein Nadelstich aus Licht schien weit über uns zu sein, unmöglich weit weg am obersten Punkt des tiefen Ortes, an dem wir uns befanden, und dann sahen wir die Spiegelung des Mondes im Teich. Er nahm vor unseren Augen etliche Male zu und ab, und die Blätter, die Sarah verteilt hatte, als sie im Kreis herumgegangen war, verwelkten und wurden zu Staub.

Eine Gestalt begann sich aus der Tiefe des Teiches und den geheimen Kreisen der Zeit herauszuschälen. Sie schien zuerst aus Nebeln und Schatten zu bestehen, aber dann wirbelten die Nebel, und wir sahen, dass eine Frau auf dem Wasser stand, gleich unter dem Bogen. Es war Celia Hartle, aber so, wie ich sie noch nie zuvor gesehen hatte. Sie war jung und hübsch, und ihre dunklen Augen strahlten voller Intelligenz und Neugier. Und da war noch etwas an ihr – ein rascher, lebhafter Hunger, der sie mit einem inneren Licht zu erfüllen schien. Sie hielt das Siegel und blickte es verwundert an, während sie es in den Händen herumdrehte.

»Du hast mir viele seltsame Dinge gezeigt«, murmelte sie, als würde sie mit dem Siegel sprechen. »Ist dies eine weitere Vision, die mich dazu verführen soll, für dich alles aufzugeben, was ich jemals erfahren habe?«

Helen sank auf die Knie. »Hör mir zu«, bat sie. »Ich bin die Tochter, die du niemals haben wirst, wenn du dem Siegel und deiner wahren Bestimmung folgst. Wenn du diese Gabe zurückweist, wirst du leiden, und auch die Welt wird leiden. Du bist dazu ausersehen, groß zu sein, erhaben und rein und edel, eine Hüterin des Siegels. Kehre dem Leben, wie du es gekannt hast, den Rücken, und folge deiner Bestimmung!«

Die junge Celia sah Helen verwundert an. »Aber man hat mir gesagt, wenn ich das tue, würde ich alle Hoffnung auf das Glück dieser Welt aufgeben. Liebe, Ehe. Kinder und die gewöhnlichen Wunder. Und du … du würdest meine Tochter sein?« Dann huschte ein Schatten über ihr Gesicht. »Wenn ich das Siegel annehme, wirst du nicht geboren werden.«

»Ich weiß. Ich bin bereit, zu einem Hätte-Sein-Können zu werden. Ich bin bereit, alles aufzugeben, sogar meine Existenz, damit du Licht und nicht Dunkelheit in die wartende Welt bringst.«

»Helen!«, keuchte Sarah. »Nein – das kannst du nicht tun.«

»Ich kann es, und ich werde es tun. Es ist der einzige Weg, wie ich all den Schmerz und die Gefahr aufhalten kann.« Helen lächelte, und in ihren Augen war nur ein Hauch von Traurigkeit. »Ich habe niemals richtig ins Leben hineingepasst, oder? Auf diese Weise wird alles, was ich hätte sein können oder hätte tun können, vergessen sein, wie ein Traum. Und wenn es jemals jemand anderen gegeben hätte … wenn er nicht … nun, er wird sich nicht erinnern.« Sie holte tief Luft. »Er wird unter meinem Verlust nicht leiden. Niemand wird sich an mich erinnern. Niemand wird trauern. Alles wird gut werden.« Sie drehte sich wieder zu ihrer Mutter um und drängte sie: »Beanspruche das Siegel. Nimm seine Gaben freudig an. Jetzt.«

Die Worte schienen Celia Hartle zu stärken. Sie hielt die Brosche hoch, und es war, als würde sie in goldenes Licht getaucht werden. Bevor sie jedoch etwas sagen konnte, erschütterte ein Rumpeln die Kammer, und die Priesterin tauchte auf, in Dunkelheit und flackerndes Feuer gehüllt. Dies war die Celia Hartle, die wir kannten, und nichts an ihr ließ noch ihr jüngeres Selbst erkennen. Gier und Hass hatten sie über alle Maßen verzerrt. Sie fing an, um die Ränder unserer Kreise herumzugehen, und starrte uns der Reihe nach an.

»Aufhören!«, befahl sie. »Ich habe damit gerechnet, dass du versuchen würdest, dich wegzuschleichen, um mir zu entkommen, aber mein Dunkler König sieht alles. Er hat mir die Macht gegeben, dir hierherzufolgen und dich aufzuhalten. Gib mir das Siegel!«

»Ich versuche ja, es dir zu geben, wirklich«, sagte Helen. »Wenn du mir nur glauben würdest.«

»Indem du meine Vergangenheit ausgräbst? Wie kannst du es wagen, dich in die Entscheidungen anderer einzumischen, Helen, wenn du selbst nur so erbärmliche Entscheidungen getroffen hast?«

»Du kennst meine Entscheidung«, erwiderte Helen fest. »Sie lautet, mich dir und deinen Wegen ganz und gar zu widersetzen, und sie wird immer so lauten. Aber selbst jetzt vergebe ich dir.« Sie stand auf. »Ich vergebe dir alles. Und das macht mich frei von dir. Lynton hatte Recht, ebenso wie Miss Scratton. Ich hasse dich nicht mehr, und ich sehne mich auch nicht mehr nach deiner Liebe. Ich brauche dich nicht mehr. Ich möchte nur, dass das Licht scheint und die Dunkelheit zerstört wird. Das ist es, was mir die Kraft gibt, alles aufzugeben – selbst den Menschen, den ich mehr liebe als alle anderen –, damit du gerettet werden kannst.«

»Oh, und ich soll dir dafür wohl auch noch dankbar sein?«, versetzte die Priesterin höhnisch. »Also muss ich mitmachen und in deine Vorstellung dessen passen, was richtig und falsch ist? Ich verwandle mich in irgendeine Heilige und schulde meiner Retterin Helen alles, auf ewig demütig und dankbar? Nun, ich brauche deine Vergebung nicht und auch keine deiner zweiten Chancen. Alles, was ich will, ist das, was mir gehört!« Sie beugte sich nach vorn und streckte die Arme aus.

»Du darfst den Kreis der Zeit nicht übertreten!«, rief Helen warnend.

Aber die Priesterin hörte nicht auf sie. Ein rotes Licht aus hungriger Begierde funkelte in ihren Augen. »Selbst in der Schlacht konnte ich das Siegel aus der Vergangenheit nach mir rufen hören. Und jetzt wird es wieder mir gehören, aber ich werde auch noch all das haben, was ich seit damals, als ich dumm und unschuldig herumirrte, gelernt habe. *Gib es mir!*«

Sie machte einen Satz nach vorn und trat auf die Mauer, die den tiefen Teich umgab. Mit einem Triumphschrei riss die verzerrte Gestalt von Celia Hartle ihrem früheren Selbst das Siegel aus der Hand. Ein gewaltiger Blitz schoss durch die Kammer, traf die Glocke und brachte sie zum Läuten. Die jüngere Celia taumelte zurück und verschwand. Die Priesterin stand einen Moment völlig im Gleichgewicht auf der Mauer, hielt das Siegel mit schadenfrohem Blick in den Händen. Dann wurde das Licht stärker, glühte weiß und blendend hell – so blendend, dass man den Anblick nicht mehr aushalten konnte. Es war, als würde es wie leckende Flammen über ihren Körper laufen. Die Priesterin fing an zu zittern, das Wasser im Teich wirbelte. Sie leuchtete vor großer und strahlender Macht, einer Macht, die so überwältigend war, dass sie sie in Stücke riss. Sie schrie … ich wandte mich ab, wollte das Ende nicht sehen, aber in diesem Moment wurde die Unglückliche in den Strudel der Zeit gerissen. Das Siegel wirbelte aus ihrem Griff davon, als Celia Hartle in diesem tiefen, mystischen Wasser außer Sicht geriet und für immer aus unserem Leben verschwand.

Wir warteten, wagten kaum zu atmen. Als ich wieder aufsah, sah ich, dass Helen weinte und das Siegel wieder in ihren Händen hielt. Sarah trat zu ihr und legte ihr die Arme um die Schultern, als würde sie ein Kind trösten.

»Es ist vorbei«, sagte Sarah. »Es ist vorbei. Sie kann dir jetzt nichts mehr tun.«

»Ich weiß. Ich kann das alles nur gar nicht richtig aufnehmen«, erwiderte Helen zitternd.

»Aber was ist mit ihr passiert?«, fragte ich. Ich verstand es immer noch nicht ganz.

»Man kann sich nicht in den Kreisen der Zeit treffen und am Leben bleiben«, erwiderte Helen. »Abgesehen davon war die Macht des unverhüllten Siegels einfach zu viel für sie. Celia Hartle war im Laufe der Jahre weniger geworden und nicht mehr. Sie konnte das Siegel nicht berühren, ohne zerstört zu werden.« Wieder traten ihr Tränen in die Augen. »Ich wünschte, es hätte nicht so sein müssen.«

»Du hast alles getan, was du konntest, um ihr zu helfen, Helen«, sagte Sarah ernst. »Du hast dich sogar selbst als Opfer angeboten – dein ganzes Leben –, so dass sie eine zweite Chance hätte haben können, aber sie hat sich am Ende selbst zerstört.«

»Ich weiß.« Helen atmete lang aus, als eine große Bürde von ihr abfiel. »Aber – oh, Sarah – Evie – ist sie jetzt wirklich in den Tod gegangen? Ist sie frei von den Schatten? Gibt es Hoffnung für sie in der nächsten Welt?«

Ich zuckte mit den Schultern und nahm Helens Hand. »Ich weiß es nicht genau. Aber es gibt immer Hoffnung, oder nicht?«

»Ja.« Sie seufzte. »Zumindest müssen wir das glauben.«

Wir zogen uns vom Teich zurück. Es gab nichts mehr, das wir noch hätten tun können, und wir machten uns bereit, wieder von diesem Ort wegzugehen.

»Da ist nur noch eine einzige Frage«, sagte Sarah. »Du hast gesagt, dass du bereit bist, die eine Person aufzugeben, die du mehr liebst als alle anderen, Helen. Also, wer ist das – ich oder Evie?« Sie lächelte leicht. »Oder ein gewisser Musiker?«

Helen errötete und sah zur Seite. »Nicht alle Geschichten haben ein Happy End«, murmelte sie.

»Aber es gibt immer Hoffnung?«

Helen lächelte verlegen. »Ja, Miss Fitzalan, es gibt immer Hoffnung.« Dann wurde sie plötzlich wieder ernst. »Aber wir müssen zu Cal und Josh und Velvet zurückkehren. Ich hoffe, dass ihre Anhänger in dem Moment, als die Priesterin … gegangen ist, den Willen verloren haben weiterzumachen. Hoffen wir, dass dieser Wahnsinn endlich ein Ende hat.«

Wir stiegen die Wendeltreppe zur Krypta hoch, bis unsere Beine schmerzten, und schoben den Stein wieder über den Eingang. Ich fragte mich, ob ihn wohl jemals ein anderer Mensch benutzen würde und in welch verzweifelten Umständen diese Person dann den Riss der Zeit unter Wyldcliffes Ruine suchen würde. Aber für uns war es beinahe vorbei. Wir mussten nur noch zu unseren Freunden zurückkehren und hoffen, dass wir jetzt in die Zukunft sehen konnten und nicht mehr in die Vergangenheit blicken mussten.

Einer der Gänge, die von der unterirdischen Krypta ausgingen, führte zur Grotte. Sarah ging voran, befahl irgendwelchen Felsen und Steinen, die uns den Weg versperrten, zur Seite zu rücken und uns durchzulassen. Es fühlte sich an, als gäbe es jetzt nichts mehr, das wir nicht tun könnten. Wir erreichten rasch die vertraute Höhle und liefen durch sie ins Freie. Die Nacht war weit vorangeschritten und der Himmel so schwarz wie ein Rabenflügel, aber in der Schule ein Stück voraus leuchtete ein Licht. Einen Moment lang dachte ich, dass der Ballsaal für eine Feier herrlich erleuchtet worden war, und dann begriff ich die schreckliche Wahrheit. Dies war nicht das heimelige Glühen von Kerzen und Partylichtern. Dies war das gedämpfte Flackern von Flammen und Rauch. Schreie trieben in der Nachtluft aus der Ferne zu uns heran. Dies war der letzte Racheakt der Priesterin.

Wyldcliffe stand in Flammen.

Zweiunddreißig

Zeugnis von Sarah Fitzalan

Wyldcliffe brannte. Entsetzt und völlig gebannt starrten wir auf das rote Licht, das vom Ballsaal aus leuchtete und flackerte. Dann kam Bewegung in uns, und wir rannten auf die Schule zu. Wir hatten nur einen einzigen Gedanken: rechtzeitig dort zu sein und aufzuhalten, was immer dort geschah, und alle herauszuholen, bevor es zu spät war.

Wir rissen eine Seitentür auf, rannten dann durch das verlassene Gebäude in Richtung des roten Korridors und des verschlossenen Ballsaals. Mädchen trommelten auf der anderen Seite wild gegen die Tür, versuchten verzweifelt, sie zu öffnen und zu entkommen. Ich legte meine Hand auf das geschnitzte Holz und wandte mich an den Baum, der er einst gewesen war, bat ihn, sich für uns zu öffnen. Ich wurde allerdings zurückgeschleudert. Das Holz wurde von einer größeren Beschwörung beherrscht. »Helen, du musst uns helfen«, sagte ich, und rasch nahm sie uns bei den Händen. In einem kurzen Wirbel aus Licht und Energie gelangten wir durch die Luft in den Ballsaal.

Wahnsinn erwartete uns. Der Kampf tobte immer noch. Die wilden Reiter kämpften auf der einen Seite, und der Hexenzirkel wehrte sich. Überall waren brennende Fackeln und Glasscherben. Einer der langen Vorhänge am anderen Ende des Saals hatte Feuer gefangen. Die erschreckten Mädchen versuchten, durch die zerbrochenen Fenster zu fliehen, aber sie wurden von den hageren Gestalten der Toten zurückgedrängt. Cal kämpfte verzweifelt gegen drei Frauen in Kapuzenumhängen, und Josh versuchte, einen Angriff von Miss Dalrymple und Miss Schofield abzuwehren.

Über all dem Lärm und der Verwirrung ertönte Dr. Franzens Stimme: »Celia, nein, mein Liebling, nein … komm zurück. Wo bist du?« Aber seine Schreie erstarben, und es war niemand da, um ihm zu antworten.

Er musste sie auf seine eigene kranke Weise geliebt haben, denn sein Gesicht hatte sich verändert, als wäre er älter geworden, seit wir ihn das letzte Mal gesehen hatten. »Sie ist fort … sie ist fort«, weinte er. Dann gab er ein tiefes, unmenschliches Stöhnen von sich und riss seinen Stock hoch. Ohne uns weiter zu beachten, stapfte er durch die Menge, schob alle anderen beiseite, bis er bei Velvet war. Er deutete mit seinem Stock auf sie, und ein blauer Blitz schoss heraus und traf sie in die Brust. Sie verdrehte die Augen und keuchte, taumelte und sank dann bewusstlos zu Boden. Als Velvet fiel, verschwand auch die Wilde Jagd, löste sich nun, da sie nicht mehr bei Bewusstsein war, auf, als wäre sie Nebel. Die Fenster, die die Reiter zerbrochen hatten, verschlossen sich wieder, nahmen alle im Innern gefangen. Die Schwestern der Dunkelheit jubelten und jauchzten, als die Wilde Jagd vor ihren Augen verschwand, aber sie frohlockten nicht sehr lange.

»Es ist vorbei, ihr Närrinnen«, stöhnte Dr. Franzen. »Eure große Mistress ist gestorben.« Er riss einer der Frauen eine brennende Fackel aus der Hand und stieß sie gegen einen der schweren Vorhänge an der langen Fensterreihe. »Sie sollen alle verbrennen«, schrie er, während der Stoff rasch Feuer fing. »Alles soll verbrennen. Erst die Abtei und dann das Dorf. Das ganze Tal soll verbrennen und alle, die sich darin befinden!« Jemand vom Hexenzirkel lief herbei, um die Flammen zu ersticken, aber er lachte, und das Licht des Wahnsinns leuchtete hell in seinen Augen. Er schwang die Fackel erneut, stieß sie der Frau ins Gesicht, die zufällig am nächsten bei ihm stand – Miss Dalrymple –, und was für Verbrechen sie auch im Auftrag der Priesterin begangen haben mochte, das hatte sie nicht verdient. Sie heulte auf vor Schmerz, aber er schlug erneut zu, und ihr Umhang fing Feuer. Mir wurde elend, als sie schreiend vor Qual weglief, das Feuer überall wie eine ansteckende Krankheit verbreitete. Die Schülerinnen begannen angesichts des neuen Schreckens zu schreien. Alles schien jetzt auf einmal zu passieren, und doch hatte ich das seltsame Gefühl, dass vor meinen Augen alles langsamer ablief, wie in einem surrealen Alptraum.

Helen war bei Velvet und versuchte, sie in den Armen zu wiegen, aber Dr. Franzen beugte sich herunter und packte sie an der Kehle. »Du!«, fauchte er. »All das ist nur deinetwegen passiert! Nichts hält mich jetzt davon ab, dich zu töten, als Blutzoll für meine Geliebte!« Er trat zurück und richtete seinen schwarzen Stock auf sie, aber Helen befehligte das Siegel und löste sich aus seinem Griff. »Sie werden mir niemals wieder weh tun«, sagte sie ganz ruhig. »Ihre Zeit ist vorüber. Sie sind derjenige, der sterben wird.«

In diesem Moment rastete Dr. Franzen richtig aus. Er packte laut aufheulend seinen Stock. »Das ist das Ende!« Er deutete damit in die Luft, und ein Schauer aus grünen Flammen brach aus ihm heraus, berührte die Decke und schoss in alle Richtungen. Der ganze Saal fing jetzt Feuer. Flammen leckten an der Decke und an den Fenstern, die Luft füllte sich mit bitterem erstickendem Rauch. Schülerinnen, Lehrerinnen und Mitglieder des Hexenzirkels schrien um Hilfe. Ich stand da, hielt Evies Hand umklammert und sah mich verzweifelt nach Cal um. Also würde es auf diese Weise enden. Dies war das Ende.

Dr. Franzens Stimme dröhnte wieder. »Ihr werdet alle sterben, um für ihren Tod zu bezahlen!« Er stolperte weg, stieß ein wahnsinniges Lachen aus und ging auf jeden Menschen los, der ihm zu nahe kam. »Brennen!«, rief er. »Alles soll brennen! Dies ist die Stunde eures Todes – und meines!«

Seine Stimme hallte laut durch den Höllenlärm. »Die Stunde meines Todes … die Stunde meines Todes …«

Velvet rührte sich schwach in Helens Armen und öffnete die Augen. »Die Stunde meines Todes«, murmelte sie. »Agnes … denk an Agnes.«

In diesem Moment hatte ich fast zu viel Angst, um irgendetwas zu denken oder zu tun, aber Helen blickte auf, und ihre Augen waren klar und furchtlos. »Agnes!«, rief sie. »Dies ist die letzte Abrechnung! In der Stunde von Velvets Tod gedenken wir deiner! Komm und hilf uns. Bei der Krone und beim Siegel und beim Talisman rufen wir dich, unsere geheime Schwester!«

Im nächsten Moment stand Agnes vor uns – nicht als Vision oder Schatten oder Erinnerung, sondern als lebendiges Mädchen mit langen, dunkelroten Locken und grauen Augen, die wie das weit entfernte Meer wirkten … so, wie sie gewesen war, als Wyldcliffe ihr Zuhause war und sie angefangen hatte, sich mit den Mysterien des Lebens zu beschäftigen.

»Ich bin deinem Ruf gefolgt. Leih mir den Talisman, Evie, und dann werden wir diese Nacht in ein ewig währendes Mahnmal an Lady Agnes Templeton und ihre Schwestern verwandeln!« Evie riss sich die Kette vom Hals und reichte sie Agnes, die den funkelnden Kristall küsste. Mitten in all dem Chaos und der Qual strömte weißes Licht von Agnes und ihrem Talisman aus, das uns vor der Hitze und dem Rauch schützte.

Dr. Franzen stolperte wie wahnsinnig im Saal herum, während er an dem dichter werdenden Rauch zu ersticken begann. »Ich verfluche diesen Ort!«, schrie er. »Ich verfluche die Abtei und das ganze Tal von Wyldcliffe! Tausend Jahre Angst und Dunkelheit, Wut und Hass werden in dieser Nacht geboren werden!«

»Nein! Ich werde nicht zulassen, dass du meinem Heim Schaden zufügst!«, rief Agnes und hielt den Talisman hoch über ihren Kopf. Sie schloss die Augen und begann, den unsichtbaren Kräften etwas zuzumurmeln. »Geist der heiligen Flamme, ich habe dir treu gedient. Höre mich jetzt! Lass die Flüche dieses Zauberers zu Staub zerfallen. Lass das Feuer des Lebens zum Guten und nicht zum Bösen brennen. Säubere diesen Ort mit heilenden Flammen, so dass die Toten in ihre Gräber zurückkehren und uns nicht mehr stören! Strahlende Zungen der Macht, berührt nicht die Unschuldigen von Wyldcliffe! Kommt zu mir … jetzt … und jetzt … und jetzt.«

Während Agnes dastand, gekleidet in Reinheit und Kraft, ertönte ein hohes, süßes Lied über dem Lärm und dem Fieber des Feuers, wie kühlender Balsam. Die Flammenzungen, die gedroht hatten, Wyldcliffe zu zerstören, folgten Agnes' Ruf und begannen, wie leuchtende Speere auf sie zuzuschießen. Dr. Franzen sprang wie ein verletztes Tier von einer Seite zur anderen und brach dann zusammen. Und die ganze Zeit blieb Agnes aufrecht und entschlossen, hielt den Talisman in die Höhe, der die Flammen einsaugte, der Hitze und der Wut widerstand und sie in seinem reinen kristallenen Herzen bewahrte. Schließlich hatte das glitzernde Juwel das Feuer vollständig verschluckt. Stille und Reglosigkeit senkten sich wie ein Gebet über Wyldcliffe.

Die Toten waren verschwunden. Die Türen des Ballsaals standen offen. Josh und Cal kamen zu uns gestolpert, dankbar und erschöpft. Ich klammerte mich an Cal, als wollte ich ihn nie wieder loslassen, während um uns herum die Schülerinnen von Wyldcliffe zitternd und verblüfft wieder auf die Beine kamen. Ihr Alptraum war fast vorüber. Das Geräusch weinender verletzter Mädchen erfüllte die Luft, als Freundinnen sich aneinanderklammerten und versuchten, einander zu trösten.

Ich sah mich um. Dr. Franzen lag ausgestreckt unter einem der langen Fenster. Er war tot. Unweit von ihm hatten sich die Schwestern der Dunkelheit versammelt; sie standen unter Schock und zogen langsam ihre Gewänder aus, starrten sich bestürzt an, als würden sie aus irgendeinem furchtbaren Traum aufwachen. Ich sah Miss Dalrymples verdrehte Leiche in den Trümmern. Ein Teil der Decke war eingestürzt, und als es zu regnen begann, stiegen Dampfschwaden von den geschwärzten Balken auf. Ich sah Miss Clarke und Miss Hetherington aus der Trance auftauchen, in der sie gewesen waren, benommen und voller Prellungen, aber entschlossen, die Schülerinnen in Sicherheit zu bringen. Sie schienen sich nicht erinnern zu können, was geschehen war.

»Das Feuer ist unter Kontrolle. Alle versammeln sich

auf dem Zufahrtsweg zu einem Anwesenheitsappell«, rief Miss Hetherington mit zittriger Stimme. »Miss Clarke, können Sie zum Büro des Masters gehen und den Notarzt rufen? Caroline, Liebes, keine Panik, das ist nur ein Schnitt, dir passiert nichts. Kommt, Mädchen, auf die Beine, raus hier. Der Doktor wird schon bald hier sein. Es hat einen furchtbaren Zwischenfall gegeben, aber jetzt ist es vorbei.«

Sie ging dicht an uns vorbei, schien uns aber nicht zu bemerken. Wir wurden durch Agnes' Licht und Macht verborgen. Für die Schülerinnen von Wyldcliffe war es vorbei. Ein Feuer war in der Schule ausgebrochen, aber wie durch ein Wunder waren sie ihm alle entkommen. Das war alles, was sie in Erinnerung behalten würden. Das Leben würde weitergehen. Für uns jedoch, für Velvet, war das etwas anders. Sie lag in Helens Armen, ihre Haut war so weiß wie eine Lilie und ihre Lippen so rot wie Blut, und in ihren Augen stand der Tod. Kein Arzt würde ihr jetzt noch helfen können.

Agnes wandte sich an uns. »Meine Zeit hier ist beendet. Ich habe getan, worum ihr gebeten habt, und die Prophezeiung ist erfüllt. Wyldcliffe und seine Bewohner sind vor der großen Gefahr gerettet worden. Das Feuer ist unter Kontrolle. Der Hexenzirkel ist zerbrochen. In Wyldcliffe wird es keine Gebundenen Seelen mehr geben. Der Fluch ist aufgehoben. Ich werde fortan nie wieder auf dieser Erde wandeln.«

»Du kannst uns jetzt nicht verlassen! Wir lieben dich, Agnes. Bleib bei uns«, bat Evie.

Agnes schüttelte den Kopf und nahm Evies Hand. »Meine Schwester – meine Tochter – ich kann nicht. Dies ist das Ende. Unsere Pfade haben sich gekreuzt, damit du

Sebastian retten konntest, und so konnte ich Wyldcliffe retten. Wir haben getan, was getan werden musste. Ich bin schon zu lange zwischen dieser Welt und der nächsten hin und her gerissen; wenn du mich liebst, so lässt du mich jetzt gehen.«

»Aber es ist noch nicht vorbei!«, schluchzte Evie. »Wir brauchen dich immer noch.«

»Ihr seid alle Mistresses mit eigener Macht und eigener Bestimmung. Ihr braucht mich nicht mehr.«

»Und was ist mit Velvet?«

»Sie ist jetzt eure Schwester des Feuers«, sagte Agnes. »Ihr drei müsst ihr helfen, und auch Josh und Cal. Sie sind jetzt Teil eures Mystischen Weges. Siehst du, ihr seid nicht allein. Ihr habt einander. Ihr habt die Krone und das Siegel. Und den Talisman, den ich dir vermache, Evie, für alle Zeiten. Benutze ihn gut in Erinnerung an mich.«

Sie umarmte Evie, und einen kurzen Moment lang klammerten sie sich aneinander. Dann war Agnes weg, wie das Vergehen eines Sterns, und das Licht um uns herum wurde schwächer. Aber wir waren nicht allein. Wir hatten einander, und auf uns wartete noch eine letzte Aufgabe. Velvet entglitt uns, und wir mussten sie von der Schwelle des Todes zurückholen.

Dreiunddreißig

Zeugnis von Evelyn Johnson

Agnes' Abschied hinterließ einen süßen, zarten Schmerz in meinem Herzen, aber ich wusste, dass sie Recht hatte. Wir mussten ohne sie weitermachen und unsere Gaben noch einmal zugunsten von Velvet einsetzen.

»Evie«, sagte Helen rasch, »gib Velvet den Talisman. Sie braucht die Kraft des Feuers und die Reinigung des Wassers. Und Sarah, gib ihr die Krone. Sie braucht die Erneuerung des Lebens vom immerwährenden Baum.«

Wir taten, worum sie gebeten hatte, und ordneten die Gaben, die die Schlüssel zu unseren Kräften waren, um Velvet herum an. Und dann warf Helen das Siegel in die Luft, wo es sich wie eine Münze drehte, und rief: »Ich wende mich an die Diener des Siegels. Ich glaube an sie!«

Das Siegel öffnete sich zu einem weiten, goldenen Kreis, der von zwei gebogenen Schemen durchkreuzt wurde, wie Schwerter, nein … wie Flügel. Velvet stöhnte schwach, und ihre Augen schlossen sich. Alles verlangsamte sich, und ich dachte schon, mein Herz wäre stehen geblieben. Das Siegel loderte wie die Sonne, und im Herzen seines Strahlens sah ich eine Kreatur aus Licht mit Flügeln aus Feuer; so anmutig wie eine Tänzerin, so stark wie eine Mutter, so wunderschön wie ein Engel …

Die Vision verging. Das Siegel schrumpfte und landete wieder in Helens Hand, nichts weiter als eine kleine, unbedeutende Brosche. Vor uns allerdings stand eine Frau, ein strahlendes Wesen. Dann verhüllte sie ihre Schönheit und nahm eine andere Gestalt an: Sie wurde schlank, fast hager, hatte schroffe Gesichtszüge und scharfe, dunkle Augen.

»Miss Scratton!«

Sarah und ich liefen zu ihr, aber sie hob die Arme und bat um Ruhe. »Das war der Name, unter dem ihr mich gekannt habt, aber dieses Leben ist für mich jetzt beendet.« Und noch während sie sprach, veränderte sich ihr Gesicht erneut. Eine schlanke Frau von etwa vierzig Jahren mit kurzgeschnittenen blonden Haaren und einem ausdrucksvollen Gesicht wie das einer Künstlerin stand vor uns. Nur der Glanz in ihren Augen war noch der gleiche. Sie lächelte über unsere Verblüffung. »Dies ist mein neues Leben auf der Erde. Dies sind die Kleider, die ich im Augenblick trage, und sie werden genauso brauchbar sein wie alle anderen. Ihr könnt mich weiterhin Miss Scratton nennen, wenn ihr möchtet. Es ist mir erlaubt, wieder mit euch zusammen zu sein, bis der Morgen anbricht.« Sie wandte sich an Helen und sagte sanft: »Du hast mich aus einem bestimmten Grund gerufen. Bist du bereit für diese letzte Aufgabe?«

Helen nickte. »Ja, ich bin bereit. Velvet ist jetzt diejenige, um die es geht. Sie ist todkrank.«

Miss Scratton seufzte. »Dr. Franzen war tatsächlich ein Zauberer von einiger Macht, wie er behauptet hat. Er hat Velvet mit einem uralten Bann belegt. Ihre Lebenskraft schwindet immer weiter, während wir uns unterhalten.«

»Was können wir tun?«, fragte Helen.

»Schafft sie zur Ruine der Kapelle.«

Cal und Josh hoben Velvet gemeinsam auf, und Miss Scratton ging voran, verließ das Gebäude und trat ins Freie. Vor der Schule befanden sich immer noch kleine Gruppen von Schülerinnen, und Lehrerinnen liefen herum. Krankenwagen und Feuerwehr und Polizeiautos unterstrichen noch den unwirklichen Charakter der ganzen Szenerie, während Leute zur Behandlung weggeschafft wurden oder Augenzeugenberichte über das abgaben, was geschehen war. Aber wir hatten mit alldem nichts zu tun. Unbemerkt begaben wir uns zum rückwärtigen Teil der Schule, vorbei an der Terrasse und hinunter zum See und zur verlassenen Ruine. Als wir unter die zerbröckelnden Torbogen der alten Kapelle traten, wurden der Lärm und die Geschäftigkeit, die aus der Ferne zu hören waren, plötzlich abgeschnitten, als hätten wir eine andere Welt betreten.

Die Jungen legten Velvet sanft auf den grünen Erdhügel, der den Altar bildete. Die Narben, die das unheilige Eindringen der Priesterin an diesem Ort verursacht hatte, waren inzwischen verheilt. Velvet schien friedlich zu schlafen, als die Jungen ein paar Schritte zurücktraten. Miss Scratton blickte ernst drein. »Velvet ist weit in die Dunkelheit geschritten. Wir haben vielleicht noch eine kurze Stunde, um ihr zu helfen. Wenn sie stirbt, wird die Priesterin in dieser Nacht einen großen Sieg errungen haben. Sie und Dr. Franzen haben bereits ein anderes unschuldiges Leben beansprucht – Mr. Brooke. Und wir sollten auch Rowena Dalrymple und die übrigen gefallenen Schwestern betrauern. Sie sind nicht als das geboren worden, als das sie gestorben sind. Sie alle waren einmal unschuldig.«

Ich sah erschüttert auf. »Mr. Brooke … das hatte ich nicht gewusst.«

Miss Scratton nickte leicht. »Er war mutiger, als ihr ahnt. John Brooke war Celia Hartles Bruder und hatte ihre teuflischen Wege schon seit langem geahnt, auch wenn es ihn schmerzte, sich das einzugestehen. Er war Wyldcliffe ein treuer Freund. Als sie noch gelebt hat, hat er sich alle Mühe gegeben, sie zu zügeln, obwohl sie ihn verachtet hat. Es hat sie amüsiert, ihn hierzubehalten und ihre Macht im Vergleich zu seiner Schwäche nur noch umso deutlicher zur Schau zu stellen. Er hat versucht zu helfen, aber letztlich war sie zu stark für ihn.«

»Velvet darf nicht sterben!«, sagte Helen plötzlich überraschend heftig. »Sonst werden die Leute genau das über uns sagen. ›Oh, sie haben versucht zu helfen, aber Celia Hartle war letztlich zu stark.‹ Es tut mir leid, was mit dem armen Mr. Brooke passiert ist, aber Velvet soll nicht den gleichen Preis zahlen müssen. Sie ist noch nicht bereit. Und wenn sie auch die ganze Zeit so hart und gleichgültig getan hat, war sie einfach nur verloren. Heute Nacht hat sie gezeigt, dass sie ein tapferes Herz hat. Velvet sollte leben, um zu erfahren, dass wir ihr dankbar für das sind, was sie für uns getan hat, und dass sie jetzt unsere Schwester ist. Und da ist noch etwas.« Helen holte tief Luft. »Sie muss wissen, dass ihre Mutter sie liebt, trotz der Streitereien und Eifersüchteleien, die zwischen ihnen entstanden sind. Sie müssen die Chance haben, einander erneut zu finden. Velvets Mutter hat schon eine Tochter verloren; wir können nicht zulassen, das sie auch noch Velvet verliert. Ich hatte anfangs Angst vor Velvet, aber ich sehe jetzt, dass sie eine dunkle Rose ist, wunderschön und wild, und sie verdient es zu erblühen. Sie verdient es zu leben.«

»Und wie können wir ihr das Leben geben, das sie verdient hat, jetzt, da sie an der Schwelle zum Tode weilt?«, fragte Miss Scratton ruhig und sah uns der Reihe nach an. Ich fühlte mich unbehaglich. Ich hatte bereitwillig einen Tag meiner Lebensspanne für Sebastian gegeben, so dass er einen weiteren Tag auf der Erde haben konnte, und ich hatte auch einen für Laura geopfert, aber noch ein weiterer Tag – oder auch viele Tage – würde nicht genügen, um Velvet in den Tanz des Lebens zurückkehren zu lassen.

Alle schwiegen. Josh sah mich fragend an. Cal rückte beschützend an Sarahs Seite. Helen stand allein da.

»Ich werde sie ihr geben«, sagte sie mit leiser, zitternder Stimme. »Ich werde meine Lebenskraft für Velvet geben, und ich werde Agnes und Sebastian durch die Tore des Todes folgen.«

»Helen …«

»Bitte versucht nicht, mich daran zu hindern. Ich war bereit, meine gesamte Existenz für meine Mutter zu opfern, die das Opfer nicht einmal verdient hatte. Ich bin glücklich, wirklich richtig glücklich, wenn ich dieses sehr viel kleinere Geschenk Velvet machen kann, die eine zweite Chance verdient hat. Ich fühle so viel Liebe in mir, und ich muss sie jemandem geben. So soll es denn für eine Schwester sein – für Velvet.«

»Aber wir könnten einen anderen Weg finden, um Velvet zu helfen! Wirf dein Leben nicht so weg!«, rief Sarah.

»Ich werfe gar nichts weg. Ich lege eine lange und ermüdende Pflicht beiseite. Sarah, Liebes, ich habe auf dieser Welt niemals eine große Zukunft für mich gesehen. Ich habe nie die Hoffnung gehabt, Karriere zu machen oder Kinder oder andere Dinge zu bekommen, die das Leben gewöhnlich bereithält. Meine Hoffnungen und Träume waren anders. Ich war immer eine, die aus dem Rahmen gefallen ist. Also gebe ich gar nicht so viel auf, verstehst du«, sagte sie mutig, obwohl sich auch ihre Augen mit Tränen füllten. »Es tut mir leid, so leid, dass ich euch allen Lebwohl sagen muss, es tut mir mehr leid, als ich sagen kann. Aber es ist nur für eine kurze Weile. Wir werden uns wiedersehen, in dem Licht, in dem Agnes weilt. Und so werde ich weiterziehen und auf den Großen Schöpfer vertrauen, dass er mich nach Hause geleitet.«

»Was ist mit dem Siegel?«, fragte Miss Scratton. »Kehrst du ihm nicht den Rücken?«

Helen schüttelte den Kopf. »Es tut mir leid. Ich weiß, dass dies bedeutet, dass ich dem Siegel nicht so dienen kann, wie es möglich gewesen wäre. Aber ich denke, ein unschuldiges Leben zu retten ist wichtiger als alles andere.«

»Indem du das sagst, beweist du nur, dass du wahrhaftig zum Siegel und all dem gehörst, was es darstellt«, sagte Miss Scratton sanft. Sie nahm Helens Hand in ihre, wie eine Mutter es vielleicht getan hätte, und suchte in ihrem Gesicht nach etwas. »Und willst du dann also deine Freunde an den Toren des Todes verlassen und weiterreisen? Du wirst sie vermissen, das weiß ich, bis alle Pfade sich wieder kreuzen. Gibt es noch jemanden, den du vermissen wirst, Helen?«

»Tony, meinen Vater. Ich möchte nicht, dass er trauert. Er war nett, aber zwischen uns herrscht eine zu große Kluft. Es war zu spät, das ist alles. Ich möchte nicht, dass er meinetwegen traurig ist.«

»Für ihn und die ganze weite Welt wird es sein, als hättest du niemals gelebt, wenn dies dein Wunsch ist. Nur diejenigen, die hier stehen, werden sich an dich erinnern. Diese Gnade können die Wächter dir erweisen.«

»Ja, bitte. Das ist es, was ich möchte.«

»Oh, Helen, bist du dir sicher?«, fragte ich und versuchte, nicht zu weinen. »Wie werden wir ohne dich zurechtkommen?«

Sie trat zu uns und umarmte uns der Reihe nach, und ich spürte, wie ihre Kraft mich erfüllte wie der Atem einer Löwin. »Ihr habt einander«, flüsterte sie. »Vergesst das nie. Und danke … danke dafür, dass ich dies mit euch teilen durfte. Aber jetzt ist es Zeit für mich zu gehen. Auf Wiedersehen, meine Schwestern.« Sie griff in ihre Tasche und nahm ein abgenutztes Notizbuch heraus, das sie mir reichte. »Lies es eines Tages«, sagte sie. »Lies es, und erinnere dich an mich.«

Sie wandte sich an Miss Scratton. »Ich bin bereit. Zeigen Sie mir, was ich tun soll.«

»Sofort. Alles wird sich erfüllen. Aber noch einmal, Helen, gibt es noch jemanden, von dem du dich verabschieden möchtest?«

Helen antwortete nicht, aber Sarah rief: »Was ist mit diesem Jungen – diesem Musiker? Was ist mit Lynton? Ich dachte, er würde dich lieben!« Tränen liefen ihr übers Gesicht. »Und du hast gesagt, dass es jemanden gibt, den du am meisten liebst – hast du ihn gemeint? Du kannst das nicht aufgeben, nicht, bevor du dem allen auch nur eine Chance gegeben hast. Es muss einen anderen Weg geben!«

Helen zuckte mit den Schultern, und ein Hauch ihrer alten Verschlossenheit war zu spüren. »Wir können sonst nichts für Velvet tun. Es ist zu spät. Aber wenn ich jetzt das Richtige tue, wenn dies meine Bestimmung ist, dann glaube ich, dass Lynton … nun, er wird es verstehen. Ich kann es nicht erklären.«

»Vielleicht musst du das auch gar nicht«, sagte Miss Scratton sanft.

In diesem Moment erklang ein Rascheln, wie von Blättern in der ersten Frühlingsbrise. Ein goldenes Licht verbreitete sich überall um uns herum, so süß und so sanft wie Honig. Verzückter Gesang erfüllte die Luft, und wir waren von einer großen Gruppe strahlender Wesen umgeben, die wunderschön und mächtig waren, mit geschwungenen Flügeln und scharfen Schwertern an der Seite. Und auf der Brust trugen sie das Zeichen des Großen Siegels.

»Du bist nicht für den Tod bestimmt, sondern für das ewige Leben, Helen«, sagte Miss Scratton fröhlich. »Dein Opfer, das erforderlich ist, um Velvet zu heilen, wird angenommen – unter einer Bedingung. Du wirst ihr deine Lebenskraft geben, damit sie auf dieser Erde ein glückliches, sterbliches Leben leben kann. Aber deine Seele wird nicht in den Tod übergehen. Du wirst weiterleben und die Gabe annehmen, die deiner Mutter einst angeboten wurde. Du wirst das werden, was sie hätte werden sollen, und der Kummer über ihr Versagen wird weggewischt werden. Helen, du hast eine seltsame und wunderschöne Bestimmung, wenn du sie annehmen willst. Vor dir steht der Orden des Siegels: die Wächter, vom Großen Schöpfer geschickt, um krumme Pfade zu begradigen und die Unschuldigen zu schützen und eine Botschaft der Hoffnung in die beschwerliche Welt zu tragen. Du musst nur ja sagen, und sie sind bereit, dich zu begrüßen. Und es ist auch einer dabei, den du schon seit langem kennst.«

Eines der Engelswesen trat vor. Ich fühlte mich durch seine Gegenwart geblendet, aber dann fiel all diese Herrlichkeit von ihm ab, und seine Gestalt veränderte sich mehrmals. Jetzt wirkte er wie ein kleines Kind, und jetzt wie der alte Gärtner, der sich um das Schulgelände kümmerte, und jetzt wie ein Teenager mit fröhlichen Augen und einem breiten Grinsen.

»Tom! Oh, Tom ... mein Wanderer, du bist es! Du bist zurückgekommen!« Helen stürzte sich auf ihn, sie schluchzte heftig, und ich wusste zwar nicht wieso, aber ich musste ebenfalls weinen.

Der Junge löste sich lachend aus ihrer Umarmung. »Ja, ich bin es«, sagte er. »Ich war die ganze Zeit bei dir.« Und dann hörte er auf zu lachen und sah stattdessen feierlich und zärtlich aus. Sein Gesicht veränderte sich erneut, und ich sah einen jungen Mann mit blonden Haaren und einer ganzen Welt voller Wunder in seinen blauen Augen. »Lynton!« Helen schwankte, und er fing sie auf; sie klammerten sich aneinander wie zwei Seelen, die weit draußen auf dem Meer am Ertrinken gewesen und jetzt gerettet waren und an den Ufern des Paradieses entlanggingen.

»Lynton«, sagte Helen schließlich, während sie verwundert einen Schritt zurück machte. »Mein Wanderer, meine Hoffnung, meine Rettung! Ich dachte, vielleicht ... ich habe versucht, es zu erraten; als du mir den Ring gegeben hast, dachte ich, dass es vielleicht eine Verbindung geben könnte, auch wenn ich keine Ahnung hatte, ob du wirklich mit alldem hier verbunden bist. Aber ich habe die Hoffnung nie aufgegeben. Ich habe nie aufgegeben zu glauben, nein, eigentlich nicht. Wieso hast du es mir nicht gesagt? Wieso hast du es mir nicht erzählt?«

»Ich durfte es nicht. Bis jetzt. So oft hätte ich mich fast verraten, und dann musste ich mich wieder zurückziehen, was furchtbar schwer war. Ich musste so tun, als wären wir nur Freunde, obwohl ich wusste, dass wir Seelenverwandte sind. Und ich wollte so gern bei deinem letzten Kampf dabei sein. Ich habe alles getan, um dir zu helfen, ohne dabei die Grenzen zu überschreiten. Du musstest die Dinge selbst herausfinden, wenn du wirklich bereit sein wolltest, eine von uns zu werden. Aber die Opfer, die zu bringen du bereit warst – für deine Mutter und für Velvet –, haben den Wächtern gezeigt, dass du tatsächlich bereit bist. Und das bedeutet, dass ich nichts mehr vor dir verbergen muss, nicht dort, wo wir hingehen. Das heißt – wenn du mit mir mitkommen willst.« Er sah Helen flehentlich an, zwischen Hoffnung und Furcht schwebend. »Es ist an dir zu wählen.«

»Und wirst du dort immer bei mir sein?«

»Immer. Jetzt … und jetzt … und jetzt«, wiederholte er sanft. »In jedem Kreis der Zeit, an jedem Ort und über die Grenzen dieser Welt hinaus. Helen, ich habe dich schon immer geliebt, seit ich geschickt wurde, um im Heim auf dich aufzupassen.«

»Dann warst du also da?« Helen starrte ihn verwundert an. »Du warst mein Wanderer, die ganze Zeit … das warst wirklich du. Oh, Lynton.«

»Jemand musste dich beschützen, wenn auch nur aus der Ferne. Du warst die Tochter von jemandem, die eine große Hüterin hätte sein können, und daher warst du vom Schicksal berührt. Du hattest große Gaben, größere, als du jemals geahnt hast, und diese Gaben können auch eine Bürde sein. Wir mussten sicherstellen, dass dir kein dauerhafter Schaden zugefügt wurde. Helen, ich weiß, dass du im Heim ein hartes Leben hattest, und es hat mir auch weh getan. Ich habe versucht, dir so viel Trost zu geben, wie es mir möglich war, aber vor allem ging es darum, dass deine Seele bewacht wurde und dass sie sie nicht berühren konnten. Seit ich dich das erste Mal gesehen habe, wusste ich, dass deine Seele wunderschön und groß und stark ist – wie hätte ich dich da nicht lieben können, auch wenn ich davon ausging, dass du mich nicht zurücklieben würdest? Ich dachte, ich würde einfach nur dabei helfen, dich zu beschützen, so dass du aufwachsen konntest und in Sicherheit warst und später irgendeinen Jungen kennenlernen und mich vergessen würdest. Aber du hast mich nicht vergessen, und der Orden hat mir gestattet, wieder in deine Nähe zu kommen und in Wyldcliffe über dich zu wachen. Helen, ich habe dich vom ersten Moment an geliebt, als ich dich gesehen habe. Ich werde dich immer lieben, egal, wie du dich entscheidest.«

»Ich habe mich bereits entschieden«, sagte Helen mit strahlendem Gesicht und großer Gewissheit. »Es ist die einfachste Entscheidung, die ich jemals getroffen habe.«

»Und du wirst es niemals bereuen?«, fragte er.

»Niemals.«

»Ich möchte es aus deinem Mund hören.« Seine Stimme war jetzt kaum mehr als ein Flüstern. »Sag mir, dass du mich liebst.«

»Du weißt, dass ich das tue. Du hast es immer gewusst.« Helen blinzelte Tränen zurück und lachte voller Freude. »›Zwei-, dreimal liebte ich dich schon, als fremd mir noch dein Name und Gesicht …‹«

Lynton zog sie an sich und murmelte als Antwort darauf: »›Leg mich wie ein Siegel an dein Herz, wie ein Siegel an deinen Arm! Denn stark wie der Tod ist die Liebe.‹« Dann schlang er seine Arme um sie und küsste sie, und Licht fiel auf sie wie ein Segen.

Aber Velvet lag immer noch reglos auf dem Boden; ihr

Atem ging flach, und ihr Gesicht war so weiß wie der Morgenstern, der jetzt am Horizont funkelte.

»Komm«, sagte Miss Scratton. »Es ist Zeit. Sieh in den Morgen und folge dem Zeichen. Das große Zeichen ruft dich, das Zeichen des Einen: Signum dei vivi. Dies ist der Moment, da alle Pfade sich kreuzen und alle Kreise verbunden sind. Helen, dies ist der Moment, da alles von Neuem beginnt. In der neuen Welt, die auf dich wartet, werden deine alten Kümmernisse von dir abfallen. Alles, was dir genommen wurde, alles, was du bereit warst zu opfern, wird dir hundertfach zurückgegeben werden. Tochter des Lichts und der Luft, Tochter des Schicksals, komm zu uns. Ich werde jetzt deine Mutter sein, und Lynton wird an deiner Seite sein. Du wirst deinen wahren Namen erfahren und uns erkennen, ohne Schatten oder Furcht.«

Sie befestigte das Siegel an Helens Pullover, dann bedeutete sie ihr, sich an Velvets Seite zu knien. Helen hob Velvets Kopf und bettete ihn in ihrem Schoß, legte ihr dann die Hände auf die Stirn. Mit der Schlichtheit eines Kindes schloss Helen die Augen und sagte: »Ich gebe dir dieses Geschenk.« Es war, als würden wir klare, weiße Flammen wie eine Krone um ihren Kopf flackern sehen, bis das Licht um Helen verblasste. Der helle Schein leuchtete jetzt auf Velvets glänzenden Haaren inmitten der Blätter der Krone. Velvet machte einen tiefen, dankbaren Atemzug und setzte sich auf. Einen Moment lang starrten sie und Helen einander in die Augen und umarmten sich wie Schwestern. Dann stand Velvet auf, voll neuen Lebens und Elan, im Gegensatz zu Helen. Während Velvet sich erhob, sackte Helen zusammen. Ihre hellen Haare strömten um ihre Schultern, als sie auf der grünen Erde lag, und das Licht in ihren Augen wurde schwächer, und dann war sie nicht mehr. Ich verbarg meinen Kopf in Joshs Armen und weinte über den Verlust, aber als die Trauer mich gerade wie einer der großen Steine auf dem Ridge zermalmen wollte, begann eine Stimme zu singen.

Es war eine Lerche, die den Morgen begrüßte. Es war eine reine Seele, die den Schöpfer pries. Es war ein neues Leben, das begann, während ein altes endete. Alles beginnt von Neuem …

Helen sang das Lied selbst, so wunderschön, wie sie wirklich gewesen war, hätte die Welt nur die Augen gehabt, es zu sehen. Ihr Lied war der Wind und der Himmel, und während sie sang, war sie mit allen lebenden Dingen verbunden. Und eine weitere Melodie erhob sich in die Luft und verband sich mit ihrer, wie der klare, weiche Ruf einer Flöte. Und so wurde die verrückte Helen Black schließlich mit Herrlichkeit und Liebe gesegnet, und wir waren als Zeugen dabei. Auf ihrer Brust trug sie das Zeichen des großen Siegels, und ihre raschelnden Flügel bestanden aus weißem Feuer, die strahlenden Schwerter an ihrer Seite aus reinstem Gold. Lynton war bei ihr und Miss Scratton und der ganze Orden der Wächter. Während sie sich hinter dem Schleier des Sonnenaufgangs zurückzogen, grüßten sie uns fröhlich und nannten ihre wahren Namen, die so wunderbar und mächtig waren, wie der Eine sie erschaffen hatte, wie Musik, die zwischen den weit entfernten Sternen widerhallt.

Vierunddreißig

WYLDFORD CHRONICLE

Die Ursachen für das vernichtende Feuer, das vergangene Woche an der Abteischule Wyldcliffe für junge Ladys gewütet hat, sind weiterhin unklar. Höchstwahrscheinlich, so die Untersuchungsbehörden, war der Auslöser eine defekte altmodische Gaslampe im viktorianischen Ballsaal. Sämtliche Schülerinnen und das Lehrpersonal waren in der fraglichen Nacht dort versammelt. Es wird vermutet, dass zum Zeitpunkt des Feuers eine Probe für ein Konzert abgehalten werden sollte. Die Schule ist wegen ihres hohen Standards in klassischer Musik bekannt.

Augenzeugen, die frühzeitig vor Ort waren, berichten jedoch, dass viele der Anwesenden auf dem ausgedehnten Gelände der Schule gefunden wurden, wo sie in einem hochgradig verwirrten Zustand herumirrten. Einige behaupten sogar, den Geist von Lady Agnes Templeton in der Abtei gesehen zu haben, als das Feuer seinen Höhepunkt erreichte. Donald Hooke vom örtlichen Feuerwehr- und Rettungsdienst erklärte: »Viele der Brandopfer litten unter geringen Verbrennungen und den Folgen einer Rauchvergiftung. Aber es wurde auch von Erinnerungsverlust, Verwirrtheit und Halluzinationen berichtet. Es besteht die Möglichkeit, dass gewisse Substanzen – alter Lack auf den teuren, antiken Holzpaneelen beispielsweise – giftige Dämpfe abgesondert haben, als das Gebäude Feuer fing, und somit diese Symptome verursacht haben. Alles, was wir zu diesem Zeitpunkt sagen können, ist, dass weitere Untersuchungen nötig sein werden und dass wir dankbar sind, dass nicht noch weitere Menschen sterben mussten.«

Drei Lehrer und Lehrerinnen wurden bei dem Brand getötet. Sie wurden als Miss Rowena Dalrymple, Miss Ellen Schofield und Dr. Franzen benannt; bei Letzterem handelt es sich um den Schulleiter. Außerdem wurde verkündet, dass Mr. John Brooke an einem Herzanfall gestorben ist.

Was die Schülerinnen angeht, so wurde bei dem Feuer nicht eine einzige von ihnen ernsthaft verletzt. »Es war das reinste Wunder«, sagte die vierundfünfzigjährige Wyldcliffe-Bewohnerin Mrs. Hannah Wilkers, die als Köchin in der Schule arbeitet. »Der Ballsaal im Ostflügel stand in Flammen, aber dann ist das Feuer plötzlich abgeklungen. Es heißt, der Wind hätte gedreht und es hätte angefangen zu regnen oder so etwas, aber ich glaube, dass in dieser Nacht jemand über Wyldcliffe gewacht hat. Ja, das glaube ich.«

Gänzlich unerwartet ist inzwischen auch ein Retter auf den Plan getreten, um der stark geschädigten Schule zu helfen. Rick Romaine, Rockstar und Multimillionär, hat eine große Geldsumme zu-

gesagt, um die Renovierung des Ballsaals zu ermöglichen, offenbar auf Bitten seiner Tochter Velvet, die Schülerin dieser Schule ist. Dazu meinte er wörtlich:
»Meine Velvet hatte erst Schwierigkeiten, sich in Wyldcliffe einzuleben, aber sie hat mir erzählt, dass sie dort mittlerweile gute Freundschaften geschlossen hat. Ich bin nur zu gern bereit, der Schule wieder auf die Beine zu helfen. Hey, Wyldcliffe ist weltberühmt – es ist das Beste, oder? Es existiert schon seit einer halben Ewigkeit, und es wird noch sehr viel länger existieren, glauben Sie mir.«
Die Untersuchungen dauern an.

Fünfunddreißig

Zeugnis von Sarah Fitzalan

In den feuchten Novembertagen nach dem Brand unterhielten wir uns sehr viel und setzten die einzelnen Teile zusammen. Ich dachte zuerst, dass es zu schmerzhaft sein würde, Helens Tagebuch und die Gedichte in dem kleinen Notizbuch zu lesen, das sie uns hinterlassen hatte, aber schließlich überzeugte Evie mich, sie mir anzusehen, und sie hatte Recht: Sie boten Trost. Das Lesen des Tagebuchs gab mir das Gefühl, dass Helen immer noch nahe bei uns war, und es beantwortete so viele Fragen und enthüllte viele Geheimnisse. Es war allerdings schwer zu akzeptieren, dass abgesehen von Velvet niemand sonst in der Schule auch nur ahnte, dass Helen jemals in Wyldcliffe gewesen war oder überhaupt existiert hatte. Aber von den anderen Schülerinnen hatten so wenige sie wirklich gemocht oder verstanden, dass es in gewisser Weise keinen großen Unterschied machte. Unser Verlust war persönlich.

Die Lehrerinnen versuchten, den Unterricht an den Tagen nach dem Feuer weiterzuführen. Alles fühlte sich ein bisschen improvisiert an, als Regeln gelockert und Zeitpläne umgeworfen werden mussten, aber wir wurstelten uns durch. Einige Eltern kamen eilig in ihren schicken Autos von London hergefahren und holten ihre Töchter für immer von hier weg. Dieses große Unglück in Wyldcliffe war einfach zu viel für sie, aber als die Meckerer erst weg waren, breitete sich eine andere Atmosphäre in Wyldcliffe aus. Offiziell sagten natürlich alle, wie schrecklich es war, dass diese beiden Lehrerinnen und der Schulleiter bei dem Feuer umgekommen waren. Aber ganz im Geheimen wurden die Herzen derjenigen, die in Wyldcliffe arbeiteten, von einer schweren Last erleichtert, auch wenn sie nicht wussten, wieso.

Nur wir wussten, was passiert war: Der innere Kern des Hexenzirkels von Wyldcliffe war letztendlich vernichtet worden, und die Luft des Tals war von einem Gift gesäubert worden. Dunkelheit und Gefahr waren so nah gewesen, aber dank Helen und dank Agnes waren wir alle verschont geblieben. Ich konnte nicht um Miss Schofield und Miss Dalrymple oder Dr. Franzen trauern, aber ich hoffte, dass der Wahnsinn, der sie auf die dunklen Pfade geführt hatte – ganz egal, was oder wie er gewesen sein mochte –, jetzt für immer von ihren Seelen gewischt sein würde. Die noch übrigen Frauen des Hexenzirkels gaben kein weiteres Zeichen mehr von sich, und wir hofften inbrünstig, dass sie ihre Besessenheit hinter sich gelassen hatten, zu ihrem gewöhnlichen Leben zurückgekehrt waren und nichts weiter als vergessen wollten.

Der ganze Dreck und die Trümmer von dem Feuer waren rasch beseitigt worden. Während die Arbeiter beschäftigt waren, wurde ein Teil des Unterrichts im Gemeindesaal abgehalten, wo man uns sehr freundlich aufnahm. Die ganze Erfahrung mit dem Brand scheint die Schule und das Dorf näher zusammengebracht zu haben. Es ist erstaunlich, sagten die Leute, wie wenig echter Schaden der Abtei zugefügt worden war, abgesehen vom Ballsaal und ein paar Klassenräumen in der Nähe. Und als Velvets Vater verkündete, dass er jegliche finanziellen Mittel bereitstellen würde, die für die Instandsetzung nötig wären, wurde sie rasch wieder die beste Freundin von allen, die beliebteste Schülerin, die coolste, wagemutigste, ungeheuerlichste …

Aber wir wussten, dass unter alldem Velvets Herz darauf wartete, zu erblühen wie eine Rose. Wir warteten darauf, sie richtig kennenzulernen, und es kümmerte uns nicht, ob unsere Klassenkameradinnen überrascht waren, wenn sie Velvet und Evie, die sonst nie besonders gut miteinander ausgekommen waren, in ernstem Gespräch beisammensitzen sahen.

Ich rief meine Mutter an, um sie wissen zu lassen, dass es mir gut ging, und um ihr zu sagen, dass Miss Hetherington besonders geeignet war, sich um die Schule zu kümmern, bis alles einigermaßen geordnet war. Mom rief ihre in dieser Hinsicht einflussreichen Freundinnen und Freunde an und ließ ein paar Hinweise fallen. Es schien zu funktionieren, jedenfalls wurde schon bald verkündet, dass die Kunstlehrerin übergangsweise als Direktorin agieren würde. Manchmal ist es ganz hilfreich, reiche Eltern und einflussreiche Freunde zu haben … Wie auch immer, ich war froh, dass dieser Kram mit »Oberste Mistress« aufgegeben wurde; davon hatten wir nun wirklich genug gehabt. Es war Zeit weiterzuziehen.

Das schien auch noch jemand anderes zu denken. Eines Tages beim Essen kam Celeste zu Evie. Sie wirkte unbeholfen. »Hey«, sagte sie nervös. »Kann ich mal eine Minute mit dir sprechen?«

»Natürlich«, sagte Evie, während sie versuchte, ihre Überraschung zu verbergen, und auf der langen Holzbank ein Stück beiseiterutschte, um Platz zu machen. »Setz dich. Worum geht es?«

»Es ist nur … es mag etwas komisch klingen, aber es geht um Laura.«

»Um Laura?«

»Ja, ähm … ich träume immer wieder von ihr. Und sie sagt immer wieder solche Dinge über dich. Komische Dinge.« Celeste errötete und wirkte extrem unsicher. »Du lachst bestimmt nur«, murmelte sie.

»Ist schon okay, Celeste«, erwiderte Evie. »Ich verspreche, dass ich nicht lachen werde. Was hat Laura in dem Traum gesagt?«

»Sie hat gesagt: Es ist nicht Evies Fehler, mach ihr keine Vorwürfe. Sie hat gesagt, dass ich dir Danke sagen soll. Und dann – das war das Seltsamste – hat sie gesagt, dass ich tanzen soll. Das Leben ist ein Tanz, sagt sie. Und ich habe diesen gleichen Traum jetzt schon seit Tagen. Er macht mich noch verrückt, deshalb musste ich es dir erzählen.« Ihr Gesicht wurde härter. »Ich vermute, du wirst jetzt allen sagen, dass ich vollständig bescheuert bin, aber das ist mir egal.«

»Ich werde kein Wort sagen«, versprach Evie. »Und ich bin froh, dass du es mir gesagt hast, Celeste. Danke.«

Celeste erhob sich, um zu gehen, aber dann drehte sie sich noch einmal um. »Es tut mir leid, dass ich gemein zu dir war. Ich wollte nicht … na ja, ich habe es mit Absicht gemacht, aber ich weiß wirklich nicht genau, warum. Und ich habe ja dieses Foto von Laura über dein Bett gehängt, um dich zu vertreiben. Heute Morgen habe ich mich entschieden, es runterzunehmen, und habe die Hausverwalterin gebeten, es abzuschrauben. Aber das Foto … es hat anders ausgesehen; sie hat gelächelt.«

»Ich glaube nicht, dass du noch weiter träumen wirst, oder zumindest nicht diesen gleichen Traum«, sagte Evie sanft. »Obwohl ich manchmal auch von meiner Mutter träume und mir das hilft.«

Celeste zögerte. »Deine Mutter ist tot, nicht wahr?«

»Ja. Ich weiß, wie es ist, wenn man jemanden verliert, den man liebt. Glaube mir, Celeste, ich verstehe dich wirklich. Ich werde da sein, wenn du reden willst.«

»Oh … na ja, vielleicht. Ich … bis später.«

Sie ging weg, ging zurück zu Sophie, die ein Stück weiter weg auf sie wartete. Ich war froh. Es war eine weitere kleine Heilung für Wyldcliffe. Agnes wäre stolz gewesen.

Und was mich betraf, ich hatte meine Schwestern und meine Freundinnen. Und ich hatte Cal. Für mich würde es immer Cal geben. Das Leben winkte uns zu sich, und wir waren bereit, es zu begrüßen. Helen war weitergegangen, und auch wir würden weitergehen, würden uns der Zukunft voller Hoffnung stellen.

Denn das schuldeten wir ihr, unserer verlorenen Schwester – der verrückten Helen Black.

Sechsunddreißig

Zeugnis von Evelyn Johnson

Der November verging, und der Dezember brachte Schnee. Er lag auf den Hügeln und dem Schulgelände, reinigte das Land und verbarg all die Narben und Wunden. Schon bald würde dieser *Term* vorüber sein. Dieser Teil unserer Geschichte wäre beendet, nichts weiter als eine Erinnerung an ein vergangenes Kapitel unseres Lebens. Ich empfand Trost durch Joshs ruhige, treue Liebe, durch die treue Freundschaft der lieben Sarah, durch Cals Stärke und selbst durch Velvets leidenschaftliche Dankbarkeit, dass sie schließlich in unseren Kreis hatte eintreten können. Aber ich musste immer wieder an diejenigen denken, die ich verloren hatte, während der Schnee in wirbelnden Flocken herabfiel, die wilde Landschaft sanfter wirken ließ und in Träume und Erinnerungen hüllte.

Sebastian, meine erste Liebe, der meine Welt mit seiner Schönheit und seinem Kummer für immer auf den Kopf gestellt hatte. Agnes, die von jenseits des Grabes gekommen war, um zu helfen, Wyldcliffe zu heilen. Sie beide hatten jetzt Frieden, bis wir uns im Licht des Einen wiederfinden würden. Und Helen – oh, ich dachte jeden Tag an Helen, jede Stunde. Ich fragte mich, welche neuen Wege sie jetzt beschritt, welche Wunder sie wahr werden ließ. Ich freute mich für sie, aber ich vermisste sie auch sehr. Der Schmerz in mir hatte einen schlichten Grund. Ich vermisste sie.

Eines Nachmittags ging ich in den Kunstraum. Obwohl sämtliche Erinnerungen an Helen vom Angesicht der Welt gewischt worden waren, hatte ich plötzlich einen Gedanken; eine Hoffnung, dass vielleicht ein paar der Bilder, die sie gemalt hatte, vergessen worden sein könnten und dass sie noch in irgendeiner Mappe steckten. Ich musste wieder spüren, dass sie mir nah war, ich wollte etwas anfassen, das sie angefasst hatte. Ich beschleunigte meinen Schritt und betrat den Kunstraum. Er war leer, als ich mich daranmachte, auf den Regalen nachzusehen und in den breiten Schubladen nach irgendeinem Schnipsel zu suchen, der von Helens Arbeit übrig geblieben sein mochte.

Ich fand nichts. Aber als ich gerade aufgeben wollte, drehte ich ein letztes Blatt um. Es war die wunderschöne Zeichnung eines Engels – groß und anmutig mit sanft angelegten Flügeln. Der Engel trug ein Instrument, das eine schlanke Flöte sein mochte, und er hatte das Gesicht von Helen Black. Ich schnappte geräuschvoll nach Luft, dann hörte ich leise Schritte hinter mir.

»Gefällt sie dir?« Miss Hetherington lächelte. »Die Dorfbewohner haben zusammengelegt, um die Statue zu ersetzen. Die auf Agnes' Grab, die in der Nacht des Brandes zerstört worden ist. Der Vikar weiß nicht, ob es Vandalismus oder ein Unfall war, aber im Dorf herrscht die starke Überzeugung, dass es wieder in Ordnung gebracht werden sollte. Man hat mich gebeten, ein paar Zeichnungen für eine mögliche neue Statue anzufertigen.«

»Sie ist wunderschön«, sagte ich verwundert. »Aber dieses Gesicht … ist es jemandem nachempfunden, den

Sie kennen?« Miss Hetherington sah mich lange abschätzend an, dann sagte sie weich: »In unseren Träumen begegnen wir vielen Menschen, Evie. Und sie bleiben bei uns. Vergiss das nie.«

Sie bleiben bei uns ... In diesem Moment wusste ich, dass Helen, ganz egal, wo sie sich aufhalten mochte, auch immer noch bei mir war. Jetzt und jetzt und jetzt ... Und zum ersten Mal seit dem Feuer empfand ich wirklich Frieden.

Später an diesem Tag rief Miss Hetherington alle Schülerinnen und die Lehrerschaft zu einer Versammlung in den Speisesaal. Ich war neugierig, was sie sagen würde, als sie mit klarer, fester Stimme erklärte: »Die Abteischule Wyldcliffe für Junge Ladys – diese berühmte Schule, die unser Zuhause ist – hat dunkle Zeiten durchlebt. Nach all den Schwierigkeiten der letzten paar Monate haben wir jetzt auch noch ein geschätztes Mitglied unseres Lehrkörpers verloren, Mr. Brooke, der plötzlich erkrankt ist, wie auch die Lehrerinnen, die im Feuer auf tragische Weise umgekommen sind. Aber obwohl wir sie mit Respekt und Traurigkeit in Erinnerung behalten werden, dürfen wir nicht vergessen, dass diese Schule und jede Einzelne von euch noch eine strahlende Zukunft vor sich hat. Es war ein Wunder, dass niemand von euch Mädchen im Feuer ernsthaft verletzt worden ist. Es kommt mir so vor, als hätten wir alle eine zweite Chance im Leben erhalten. Es ist unsere Pflicht, diese Chance mit Dankbarkeit und Freude anzunehmen.

Es mag seltsam erscheinen«, sprach sie ruhig weiter, »in einer solchen Zeit von Freude zu sprechen, aber ich bin sicher, dass diejenigen, die uns verlassen haben, nicht wollen würden, dass unser Leben von Trauer überschattet wird. Ich denke vor allem an Miss Miriam Scratton, die ich ebenso wie ihr hier in Wyldcliffe kennenlernen durfte.« Sie sah mich einen Moment an, aber vielleicht bildete ich mir das auch nur ein. »Ich habe Miss Scratton aus ganzem Herzen in ihren Plänen unterstützt, diese Schule zu reformieren. Vor noch gar nicht so langer Zeit hat Miriam genau an dieser Stelle gestanden und zu uns über die Notwendigkeit gesprochen, das Licht nach Wyldcliffe hereinzulassen. Das beste Andenken, das wir jenen, die wir verloren haben, gewähren können, besteht darin, ihre Pläne umzusetzen und ohne Angst in die Zukunft zu gehen. Und daher wird es einige Veränderungen geben.«

Die Mädchen sahen einander erwartungsvoll an. Wie viele von ihnen waren wirklich bereit für einen Wandel?, fragte ich mich. Wollten sie alle noch »junge Ladys« sein, oder genügte die Herausforderung, in dieser sich ständig verändernden Welt zu einer Frau heranzuwachsen, um sie zufriedenzustellen?

»In diesem Jahr«, sagte Miss Hetherington, »wird es am Todestag von Lady Agnes Templeton keine Gedenkprozession geben.« Ringsum wurde überrascht nach Luft geschnappt. »Natürlich werden wir uns in Ehren an Agnes erinnern, aber nicht mit traurigen Liedern und Paraden, die der Vergangenheit zugewandt sind. Vergessen wir nicht, dass Agnes eine junge Frau war, genau wie ihr. Tatsächlich wurde der zerstörte Ballsaal von ihrem Vater erbaut, um ihren sechzehnten Geburtstag zu feiern. Im Augenblick kann der Raum nicht benutzt werden, aber dank der Großzügigkeit von Velvets Vater können wir uns darauf freuen, dass er schon bald wieder in seiner alten Pracht erstrahlen wird. Aber auch so werden wir uns an Agnes und all diejenigen, die von uns gegangen sind, mit dem

Ball erinnern, den Miss Scratton euch und euren Gästen versprochen hat – ob sie Schüler von St. Martin's sind oder Freunde aus dem Dorf.« Sarah drückte meine Hand und lächelte erfreut. Wir würden öffentlich mit Josh und Cal tanzen, wie Miss Scratton es einmal geplant hatte. Die Mädchen begannen wild miteinander zu flüstern und zu tuscheln.

»Was meint sie damit?«

»Ich kenne jede Menge Jungen von St. Martin's!«

»Wo wird das stattfinden?«

»Meint sie das ernst?«

Miss Hetherington bat um Ruhe und erklärte es näher. »Uns ist dafür freundlicherweise die Benutzung des Gemeindesaals angeboten worden. Dieses furchtbare Feuer hat uns vielleicht daran erinnert, dass es bei Wyldcliffe nicht nur um diese Schule geht, sondern auch um die größere Gemeinschaft um uns herum. Unsere Schule, so schön und hehr ihre Ideale auch sind, hat sich schon zu lang von der Welt abgeschottet und ist ein bisschen … na ja … verblasst und vertrocknet, da sie so sehr in der Vergangenheit weilte. Öffnen wir die Fenster weit und lassen wir das Licht herein. Heißen wir die Zukunft willkommen – und tanzen wir!«

Einen Moment lang sagte niemand etwas. Ein paar Schülerinnen sahen aus, als würden sie denken, dass Miss Hetherington verrückt geworden war. Ein Mädchen allerdings stand auf und begann zu klatschen. Es war Celeste. Tränen liefen ihr über die Wangen, aber sie klatschte. Ich stand ebenfalls auf, und auch Sarah und Velvet taten es, und schon bald klatschte und jubelte die ganze Schule, sich erhebend wie ein Schwarm zahmer Vögel, die endlich freigelassen worden waren.

Also das ist alles, was ich sagen kann. Jetzt schließen sich die Kreise der Vergangenheit hinter uns, und die Zukunft winkt uns zu. Celia Hartle ist gegangen, und ihr Hexenzirkel ist zerbrochen und in alle Winde verstreut. Es wäre eine gute Stelle für ein Ende.

Aber der dunkle Meister der Priesterin, der Ewige König der Unbesiegten Lords, wartet nach wie vor in den Schatten. Das Böse nimmt mal die eine Gestalt an, dann eine andere, immer bereit, die Unschuldigen anzugreifen und das zu zerstören, was gut und schön ist. Niemand von uns weiß, welche Gefahren die Zukunft bringen wird. Helen und Agnes sind unserem Blick entschwunden, aber wir haben immer noch den Talisman und die Krone, und Velvet hat ihre eigenen einzigartigen Kräfte erweckt. Wir können uns nie vom Mystischen Weg abwenden oder vergessen, was wir gesehen haben.

Ich glaube, dass alle tief in ihrem Innern Kräfte haben, selbst die gewöhnlichsten Mädchen in Wyldcliffe, selbst Celeste, wenn sie es nur wüsste. Vielleicht wird eines Tages ein anderes Mädchen mit Wind in den Haaren und Sternenlicht in den Augen vor dem Tor der Abteischule stehen. Vielleicht wird sie uns neue Wunder und Mysterien zeigen. Oder es könnte auch jemand ganz anderes sein: die junge Mutter, die ihr Kind zu einem Spaziergang am Fluss mitnimmt; das Mädchen, das im Dorf in einem Geschäft arbeitet; oder die stille Schülerin, die in der Klasse in der Ecke sitzt und die bisher niemand besonders aufgefallen ist. Denn wir sind alle verbunden, und wir müssen einfach nur die Geheimnisse unserer Herzen einander öffnen, um es zu wissen.

Vielleicht wird unser Kreis eines Tages wieder vollständig sein, und wir werden einander im endlosen Kampf gegen die Dunkelheit wieder brauchen, im endlosen Tanz von Gut und Böse. Bis dahin habe ich so viel, und ich frage nicht nach mehr. Meine Geschichte ist fast zu Ende.

Einige der letzten Worte in meinem Zeugnis dieser seltsamen Ereignisse sollen von Helen kommen:

Der Mitternachtswind weht
Über das schlafende Land.
Sterne lodern oben,
Und Liebe lodert in meinem Herzen.
Umarmen möchte ich
Die Mutterhügel
Und die Schwesternbäume.
Ich möchte meine Liebe
Um die dunklen Steine legen
Und den Schatten des Mondes.
Ich möchte lieben, immer, ewig,
Wie ein ewig fallender Wasserfall,
Jetzt und jetzt und jetzt.
Jemand ruft mich,
Und ich folge mit glücklichem Herzen,
Gehe in das flimmernde Licht,
Wie der Geist des gestrigen Tages.

Aber ich glaube nicht an Geister. Ich glaube auch nicht an Hexerei oder an Ouija-Bretter, Levitation, Tarot-Karten, Astrologie, Flüche, Kristalle, Hellseherei oder Vampire – von diesem ganzen Hokuspokus von der »anderen Seite« halte ich nichts. Natürlich nicht. Schließlich bin ich intelligent, gesund und vernünftig. Mädchen wie ich verschwenden ihre Zeit nicht mit solchem übersinnlichen Blödsinn.

Nein, ich glaube an etwas ganz anderes. Meine Welt ist voller Licht, nicht voller Dunkelheit. Ich glaube an Mysterien und Wunder – und an die Liebe. Liebe ist die größte Macht, die die Welt je gesehen hat, und sie wartet darauf, auch dein Leben zu berühren, wenn du nur daran glaubst. Sie ist in der Luft und im Meer und in der Erde. Sie ist im Feuer der Sterne. Sie ist in unseren Herzen und wartet darauf, wie eine Rose zu erblühen.

Vertrau mir. Ich weiß es.

Ich glaube.

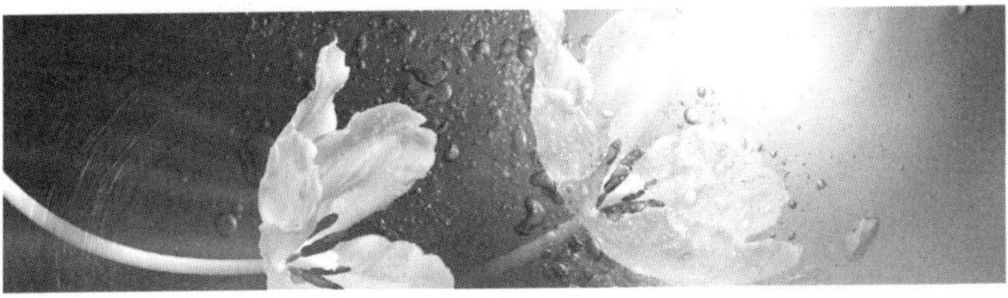